DEIN COACH ZUM ERFOLG!

Dein ActiveBook auf My**STARK**:

Du kannst auf alle digitalen Inhalte zu diesem Band online zugreifen. Registriere dich dazu unter **www.stark-verlag.de/mystark** mit deinem **persönlichen Zugangscode**:

W0264760

Die Inhalte dieser Auflage stehen bis Schuljahresende zur Verfügung.

MySTARK

Das ActiveBook *bietet dir:*

- Original-Prüfungsaufgaben von 2022 mit vollständigen Lösungsvorschlägen
- Kleinschrittige Aufgaben zur Analyse von literarischen und pragmatischen Texten
- Videos zur Veranschaulichung des Vorgehens bei der Textanalyse
- Sofortige Ergebnisauswertung und Feedback zu einzelnen Aufgaben

DEIN COACH ZUM ERFOLG!

So kannst du interaktiv lernen:

Interaktive Aufgaben

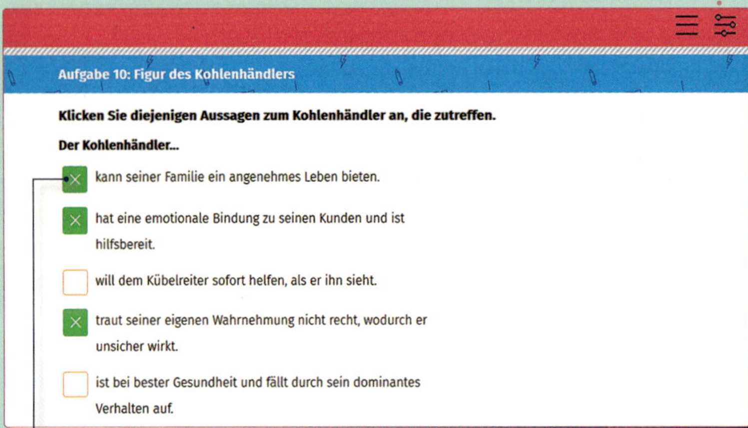

Sofortige Ergebnisauswertung

Lernvideos

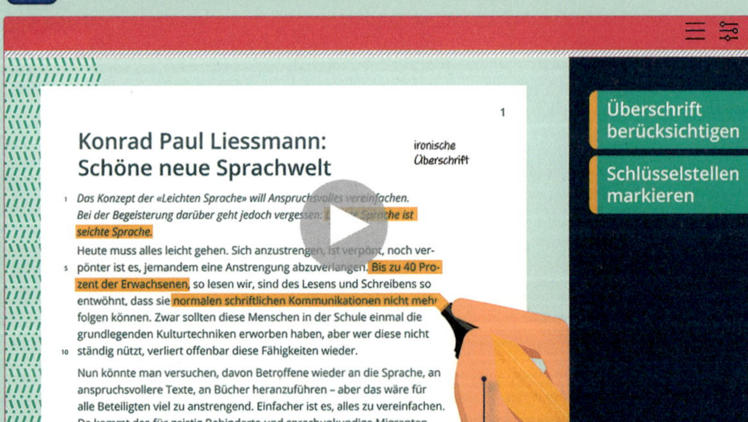

Anschauliche Erklärungen zur Textanalyse

Systemvoraussetzungen:
- Mindestens 1024×768 Pixel Bildschirmauflösung
- Chrome, Firefox oder ähnlicher Webbrowser
- Internetzugang

2023

Abitur

Original-Prüfungsaufgaben
mit Lösungen

Gymnasium · Gesamtschule NRW

Deutsch LK

STARK

16. neu bearbeitete und ergänzte Auflage
www.stark-verlag.de

Inhalt

Abiturprüfungsaufgaben 2022

Aufgaben 2022 . . . . **www.stark-verlag.de/mystark**

Sobald die Original-Prüfungsaufgaben 2022 freigegeben sind, können sie als **PDF** auf der **Plattform MyStark** heruntergeladen werden (Zugangscode vgl. Farbseiten vorne im Buch).

Autorinnen und Autoren:
Rainer Koch (Herausgeber, Hinweise und Tipps)

Andreas Baridis (Übungsaufgabe 1, 2), Petra Wurm (Übungsaufgabe 5), Claudia Mutter (Übungsaufgabe 3), Dr. Ulrich Vormbaum (Übungsaufgabe 4), Angela Horwitz (Übungsaufgabe 6), Redaktion (Übungsaufgabe 7)

Lösungen 2019: Dr. Hans-Friedrich Wessels (Aufgabe 1), Lothar Adam / Dr. Hans-Friedrich Wessels (Aufgabe 2)
Lösungen 2020: Dr. Hans-Friedrich Wessels (Aufgabe 1), Lothar Adam (Aufgabe 2)
Lösungen 2021: Dr. Peter Peters (Aufgabe 1), Regina Esser-Palm (Aufgabe 2), Ellen Schindler-Horst (Aufgabe 3)

Vorwort

Liebe Abiturientinnen und Abiturienten,

Sie haben Deutsch als Leistungskurs gewählt und werden 2023 das Zentralabitur ablegen. Dieser Band wird Ihnen dabei helfen, sich optimal auf diese Prüfungen vorzubereiten!

Das einführende Kapitel „**Hinweise und Tipps**“ informiert Sie über die offiziellen Rahmenvorgaben, stellt die verschiedenen Aufgabenarten des Abiturs vor und macht Sie mit den Arbeitsanweisungen (Operatoren) vertraut. Es schließen sich konkrete Tipps an, wie Sie Ihren Aufsatz gestalten können. Hinweise zur mündlichen Prüfung im Fach Deutsch runden diesen Teil ab.

Die **abiturähnlichen Übungsaufgaben** richten sich zum einen nach dem *Kernlehrplan Deutsch für die Sekundarstufe II – Gymnasium/Gesamtschule in Nordrhein-Westfalen.* Zum anderen greifen sie die ministeriellen Vorgaben für das Zentralabitur Deutsch 2023 auf und berücksichtigen alle inhaltlichen Fokussierungen.

Die Auswahl von **Original-Prüfungsaufgaben** aus den **Jahren 2019 bis 2022** zeigt Ihnen, was im Abitur auf Sie zukommt, und bietet Ihnen optimales Übungsmaterial.

Zu jeder Aufgabe finden Sie einen ausführlichen **Lösungsvorschlag**, mit dem Sie Ihren eigenen Aufsatz vergleichen können. Den Lösungsvorschlägen vorangestellt sind jeweils **Hinweise und Tipps**, die Ihnen bei der Erschließung der einzelnen Arbeitsanweisungen und bei der Bearbeitung der Aufgabe helfen. Wesentliche **Inhalte** und **Fachbegriffe** in den Lösungsvorschlägen sind durch Fettdruck hervorgehoben, **Strukturierungshinweise am Rand** unterstützen Sie dabei, den Gedankengang und die Machart des Aufsatzes nachzuvollziehen. Vergegenwärtigen Sie sich bei Ihrer Vorbereitung immer wieder die genaue Fragestellung und die verwendeten **Operatoren** und lesen Sie wiederholt die Erklärung zu den unterschiedlichen Aufgabenarten in den Hinweisen nach. Auf diese Weise wiederholen Sie auch die im Unterricht gelernten Inhalte und Methoden.

Sollten nach Erscheinen dieses Bandes noch wichtige Änderungen für die Abiturprüfung 2023 vom Schulministerium bekannt gegeben werden, finden Sie aktuelle Informationen dazu im Internet unter: www.stark-verlag.de/mystark.

Wir wünschen Ihnen eine effektive Vorbereitung und eine erfolgreiche Abiturprüfung!

Der Herausgeber, die Autor*innen und der Verlag

Hinweise und Tipps

1 Grundlagen

1.1 Allgemeines

Die Aufgaben für die schriftliche Abiturprüfung werden in Nordrhein-Westfalen zentral vom Ministerium für Schule und Weiterbildung gestellt. Wesentliche Grundlage hierbei sind der Kernlehrplan Deutsch für die Sekundarstufe II Gymnasium/Gesamtschule sowie die jährlich vom Ministerium neu festgelegten thematischen Fokussierungen. Die Aufgaben für die mündliche Abiturprüfung hingegen werden weiterhin dezentral von der jeweiligen Schule entwickelt.

Alle für Sie wichtigen Informationen zur Prüfung finden Sie in den anschließenden Hinweisen. Im Internet können Sie sich auf den Seiten des Schulministeriums Düsseldorf ergänzend informieren:

www.standardsicherung.schulministerium.nrw.de/cms/zentralabitur-gost/faecher/fach.php?fach=1

1.2 Termine

Hinweise zu den Abiturterminen finden Sie hier: *https://www.standardsicherung.schulministerium.nrw.de/cms/zentralabitur-gost/termine/termine-2023*

1.3 Zeitrahmen

Bei den zentralen Abiturprüfungen im Fach Deutsch werden Ihnen vier verschiedene Aufgaben vorgelegt, von denen Sie eine zur Bearbeitung auswählen müssen. Für die Auswahl haben Sie 30 Minuten Zeit. Im Leistungskurs stehen Ihnen für die Anfertigung der Arbeit dann noch 4 ½ Stunden (270 Minuten) zur Verfügung.

1.4 Ausrichtung der Abituraufgaben

Die Abituraufgaben entsprechen folgenden ministeriellen Vorgaben:

1. Die **inhaltlichen Schwerpunkte** beziehen sich auf die vier Halbjahre der Qualifikationsphase (Q 1 und Q 2) und werden ebenso wie die **Fokussierungen für das Abitur 2023** vorausgesetzt (siehe unten).

2. Die vier zur Auswahl gestellten Aufgaben greifen unterschiedliche Themen hieraus auf. Zur erfolgreichen Bearbeitung sind Kompetenzen aus unterschiedlichen Bereichen notwendig, da jede Abiturprüfungsaufgabe über einen einzelnen Schwerpunkt hinausreichende Kompetenzbezüge aufweist.
3. Die Abituraufgaben sind im Hinblick auf die konkrete Aufgabenstellung so gestaltet, dass sie von Ihnen Leistungen auf drei aufeinander aufbauenden Niveaus, den sogenannten „Anforderungsbereichen“ (siehe ab S. XIX), verlangen und einer der im Kernlehrplan zugelassenen Aufgabenarten I bis IV (siehe S. IV ff.) entsprechen müssen.

2 Unterrichtsbereiche und Aufgabenarten

2.1 „Inhaltliche Schwerpunkte“ des Kernlehrplans und „Fokussierungen“ im Fach Deutsch für die Abiturprüfung 2023 (im Leistungskurs)

Fokussierungen sind nur für das Inhaltsfeld **Sprache** und das Inhaltsfeld **Texte** festgelegt worden. Die folgende Tabelle verzeichnet diese zusammen mit den dazugehörigen Übungsaufgaben, die Sie im vorliegenden Band finden.

Inhaltlicher Schwerpunkt	Fokussierung 2023	Übungsaufgaben
Inhaltsfeld Sprache		
• Spracherwerbsmodelle und -theorien		
• sprachgeschichtlicher Wandel		
• Sprachvarietäten und ihre gesellschaftliche Bedeutung		
• Verhältnis von Sprache, Denken, Wirklichkeit	Aktualität der Sapir-Whorf-Hypothese	6
Inhaltsfeld Texte		
• strukturell unterschiedliche Dramen aus unterschiedlichen historischen Kontexten	Gotthold E. Lessing: *Nathan der Weise*	2, 7
• strukturell unterschiedliche Erzähltexte aus unterschiedlichen historischen Kontexten	Arno Geiger: *Unter der Drachenwand*	1, 5
• lyrische Texte zu einem Themenbereich im historischen Längsschnitt	„unterwegs sein“ – Lyrik vom Barock bis zur Gegenwart	3, 4
• poetologische Konzepte		
• komplexe, auch längere Sachtexte		

(Quelle: Ministerium für Schule und Weiterbildung Düsseldorf 2020; vgl. auch Kernlehrplan Deutsch für die Sek. II – Gymnasium/Gesamtschule in NRW)

Bei den literarischen Themen ist es hilfreich, sich als Ergänzung zum Unterricht eine **Interpretationshilfe** anzuschaffen, die vertieftes Wissen zu Inhalt und Deutung vermittelt. Im Programm des Stark Verlags finden sich folgende Interpretationsbände:

- G. E. Lessing: **Nathan der Weise** (Titelnr.: 24501D; ISBN: 978-3-89449-439-1)
- Arno Geiger: **Unter der Drachenwand** (Titelnr.: 24931D; ISBN: 978-3-8490-4351-3)

Für die Abiturprüfung sind darüber hinaus die folgenden Inhaltsfelder mit ihren Schwerpunkten verbindlich, für die allerdings keine Fokussierungen vorgegeben sind:

Inhaltsfeld Kommunikation
- sprachliches Handeln im kommunikativen Kontext
- rhetorisch ausgestaltete Kommunikation in funktionalen Zusammenhängen
- Autor-Rezipienten-Kommunikation

Inhaltsfeld Medien
- Informationsdarbietung in verschiedenen Medien
- filmisches Erzählen
- Bühneninszenierung eines dramatischen Textes
- kontroverse Positionen der Medientheorie

(Quelle: Ministerium für Schule und Weiterbildung Düsseldorf 2020; vgl. auch Kernlehrplan Deutsch für die Sek. II – Gymnasium/Gesamtschule in NRW)

Grundlage einer Prüfungsaufgabe des schriftlichen Abiturs können alle verbindlichen inhaltlichen Schwerpunkte dieser vier Inhaltsfelder und die Fokussierungen sein.

Eine Abituraufgabe zur Lyrik wird von Ihnen in der Regel nicht nur eine Interpretation eines Gedichts aus einer einzigen Epoche verlangen, sondern Sie z. B. auffordern, dieses aspektbezogen mit einem thematisch entsprechenden Gedicht einer anderen Epoche zu vergleichen.
Sie werden Aufgaben bekommen, die auf Kompetenzen basieren, die Sie im Unterricht im Zusammenhang mit diesen Texten erworben haben. Vorstellbar sind daher z. B.:

- eine Aufgabe mit einem Analyseauftrag zu einem dramentheoretischen Text und einem weiterführenden Schreibauftrag, der sich auf Lessings *Nathan* bezieht;
- die Aufgabe, zwei Rezensionen zu einem der Werke vergleichend zu analysieren;
- eine Aufgabe mit einem Analyseauftrag zu einem Text, in dem sich G. E. Lessing zu seinem Werk oder zu seinem Verständnis als Schriftsteller äußert, verbunden mit einem weiterführenden Schreibauftrag, der umfassende Kenntnisse zum Werk, zum Autor oder zur jeweiligen Epoche voraussetzt;
- eine Aufgabe mit einem Interpretationsauftrag zu einem Auszug aus einem im Unterricht nicht behandelten Drama oder Roman mit anschließendem weiterführenden Schreibauftrag, der sich auf ein im Unterricht behandeltes Werk, z. B. Arno Geigers *Unter der Drachenwand,* bezieht (Voraussetzung: Beherrschen der Methode der Dramen- und Erzähltext-Interpretation, umfassende Kenntnisse der behandelten Werke sowie der jeweiligen Autoren und Epochen).

2.2 Aufgabenarten und Bearbeitungshinweise

In der Abiturprüfung 2023 werden Ihnen Aufgaben gestellt, die zu den folgenden vier Aufgabenarten gehören:

- **Analyse von literarischen Texten** (siehe unten auf dieser Seite)
- **Analyse von Sachtexten** (siehe ab S. IX)
- **Erörterung von Sachtexten** (siehe ab S. XIII)
- **Materialgestütztes Verfassen eines Textes mit fachspezifischem Bezug** (siehe ab S. XVII).

Die folgende Tabelle gibt Ihnen einen kurzen Überblick über die möglichen Varianten der **Aufgabenarten:**

I a	Analyse eines literarischen Textes (ggf. mit weiterführendem Schreibauftrag)
I b	Vergleichende Analyse literarischer Texte
II a	Analyse eines Sachtextes (ggf. mit weiterführendem Schreibauftrag)
II b	Vergleichende Analyse von Sachtexten
III a	Erörterung von Sachtexten
III b	Erörterung von Sachtexten mit Bezug auf einen literarischen Text
IV	Materialgestütztes Verfassen eines Textes mit fachspezifischem Bezug

2.2.1 Aufgabenart I: Analyse von literarischen Texten

Aufgabenart I bezieht sich auf die Analyse von literarischen Texten. Diese setzt fundierte Kenntnisse der im Unterricht behandelten Themen und der jeweiligen Epochen- und Textsortenmerkmale voraus.

Denkbar ist u. a. die Analyse folgender Texte:

- Auszüge aus einem Drama
- Auszüge aus einem Roman oder einem anderen epischen Text, der vor dem Hintergrund Ihrer Beschäftigung mit Geigers Roman von Ihnen analysiert werden soll,
- kurze literarische Texte,
- Gedichte, die Sie im Hinblick auf Ihre im Unterricht erworbenen Kenntnisse (z. B. zur Reiselyrik in der Romantik) analysieren können.

Hilfreiche Fragen für die Erschließung literarischer Texte

1. Aus welcher Epoche stammt der Text? Um welche Textsorte handelt es sich?
2. Wer ist der Autor? Um welches Thema handelt es sich?
3. Inhaltliche Aspekte

Epische Texte	Dramatische Texte	Lyrische Texte
Um welche handelnde(n) Figur(en) geht es? Wie werden sie charakterisiert? Wie stehen sie zueinander?	Um welche handelnde(n) Figur(en) geht es? Wie werden sie charakterisiert? Wie stehen sie zueinander?	Kommen im Gedicht Menschen vor? Tritt ein lyrisches Ich in Erscheinung? Wird jemand angesprochen?

Epische Texte	Dramatische Texte	Lyrische Texte
Wie setzt der Text/Auszug ein? Gibt es eine Einleitung oder beginnt er unvermittelt?	Wie lässt sich die Kommunikationssituation beschreiben?	Gibt es ein bestimmendes Motiv im Gedicht? Welche Stimmung wird vermittelt?
Was wird erzählt – ein Geschehen, ein innerer Vorgang, ein Gespräch etc.?	Wie lässt sich der Gesprächsverlauf genauer bestimmen? Welche Intentionen der Figuren liegen dem Gespräch zugrunde?	Was ist das Thema des Gedichts – handelt es sich beispielsweise um ein Naturgedicht oder ein Stadtgedicht, um Erlebnislyrik oder Reflexionslyrik?
In welche Sinnabschnitte lässt sich der Text untergliedern? Gibt es beispielsweise einen Spannungsbogen?	In welche Sinnabschnitte lässt sich der Text untergliedern? Gibt es beispielsweise einen Spannungsbogen?	In welche Sinnabschnitte lässt sich das Gedicht untergliedern? Wie ist seine „Architektur" (z. B. Rahmung durch Wiederholungen in erster und letzter Strophe)?
Was vermittelt der Erzähler über innere Vorgänge in den Figuren?	Wie sind die Redeanteile? Was sagen die Requisiten, die Körperhaltung und die Gestik über die Figuren bzw. die Situation aus?	Welchen Zusammenhang gibt es zwischen Gedichttitel und -text?
In welchen größeren inhaltlichen Kontext kann der Text gestellt werden (sofern es sich um einen Textauszug handelt)?	In welchen größeren inhaltlichen Kontext kann der Text gestellt werden (sofern es sich um einen Textauszug handelt)?	In welchen Publikations- bzw. Entstehungskontext kann das Gedicht gestellt werden? Ist es beispielsweise Teil eines Zyklus oder handelt es sich um ein Widmungsgedicht?

4. Gestalterische Aspekte

Epische Texte	Dramatische Texte	Lyrische Texte
Um was für einen Erzähler handelt es sich (Ich-Erzähler, personaler Erzähler, auktorialer Erzähler)?	Auf welcher Sprachebene bewegen sich die einzelnen Figuren (Umgangssprache, Fachsprache, Jargon, Vulgärsprache o. Ä.)?	Wie ist das Gedicht formal gestaltet (Strophen, Reimschema, Kadenzen, Metrum etc.)?
Weist der Text besondere erzählerische Mittel wie Perspektivenwechsel, innere Monologe, erlebte Rede oder szenisches Erzählen auf?	Weist der Text besondere dramatische Mittel wie Beiseitesprechen, Mauerschau oder Botenbericht auf?	Weist der Text besondere lyrische Mittel wie Refrains oder Verswiederholungen auf?

Epische Texte	Dramatische Texte	Lyrische Texte
Ist das Dargestellte chronologisch gereiht oder folgt es anderen Prinzipien (Rückblenden, Vorausdeutungen)? Wird zeitdehnend, -raffend oder -deckend erzählt?	Ist der Dramentext in Prosa oder in Versen verfasst? Ist er gereimt?	Welche Konnotationen haben die verwendeten Worte? Welche Assoziationen werden durch die Wortwahl geweckt?
Welche syntaktischen Kennzeichen hat der Text (z. B. hypotaktischer vs. parataktischer Stil)?	Welche syntaktischen Kennzeichen haben jeweils die Redebeiträge der Figuren (z. B. hypotaktischer vs. parataktischer Stil)?	Welche syntaktischen Kennzeichen hat das Gedicht? In welchem Verhältnis stehen Syntax und Versgestaltung (Zeilenstil vs. Enjambements)?
Welche Stilmittel verwendet der Verfasser (z. B. Bilder, Vergleiche, Metaphern, Antithesen, Klimax, Negationen, rhetorische Fragen)? Welche davon dominieren?	Welche Stilmittel verwendet der Verfasser (z. B. Bilder, Vergleiche, Metaphern, Antithesen, Klimax, Negationen, rhetorische Fragen)? Welche davon dominieren?	Welche Stilmittel verwendet der Verfasser (z. B. Bilder, Vergleiche, Metaphern, Antithesen, Klimax, Negationen, rhetorische Fragen)? Welche davon dominieren?
Welche Wirkung erzielt die erzählerische und sprachlich-rhetorische Gestaltung?	Welche Wirkung erzielt die sprachlich-rhetorische Gestaltung?	Welche Wirkung erzielt die formale und sprachlich-rhetorische Gestaltung?

5. Rezeption des Textes
   - Gibt es, z. B. in den Anmerkungen, Aussagen zur Textrezeption durch Dritte?
   - Wie reagieren Sie selbst auf den Text?

Hinweise zur Gliederung der Analyse

In Ihrer **Einleitung** zur Analyse sollten Sie kurz auf Titel, Autor, Entstehungszeit und Textsorte eingehen. Geben Sie am besten auch Ihr Text-/Themenverständnis wieder, indem Sie z. B. das Thema des zu analysierenden Gedichtes benennen. So haben Sie für die Analyse eine Arbeitshypothese.

Greifen Sie im Verlauf des **Hauptteils** wiederholt auf Ihre Arbeitshypothese zurück; Sie gelangen so im Fortgang Ihrer Ausführung zu einem zunehmend vollständigen Ergebnis. Achten Sie im Hauptteil darauf,

- dass Sie dem Text **kein starres Analyseschema** überstülpen, sondern von einer Arbeitshypothese oder von besonderen Textmerkmalen ausgehen und davon Ihre weiteren Analyseschritte ableiten;
- dass Sie die **Untersuchungsgesichtspunkte miteinander in Verbindung bringen**. So sollten Sie z. B. klären, welche rhetorischen Mittel der Autor einsetzt, um die Eigenschaften des Protagonisten besonders zu betonen;
- dass Sie den jeweiligen Aufgabenteil mit einer reflektierten Schlussfolgerung im Sinne einer vernetzten Zusammenschau der von Ihnen angeführten relevanten Aspekte abschließen.

Hinweise zur Bearbeitung
Im Verlauf Ihrer Textanalyse ist entscheidend, dass Sie keine bloße Auflistung von Textmerkmalen erstellen, sondern dass Sie die einzelnen Elemente stets hinsichtlich Ihrer **Funktion und Wirkung** hinterfragen und entsprechend erläutern.

> **Beispiel:**
> Das achtfache Vorliegen von Negationen im zweiten Abschnitt verdeutlicht im besonderen Maße die Ablehnung des Schriftstellers; die in diesem Abschnitt ebenfalls vorkommenden drei Antithesen verstärken das gemeinte positive Gegenbild, worin X die Lösung sieht.

Aufgabenart Ia: Analyse eines literarischen Textes (ggf. mit weiterführendem Schreibauftrag)

Die Aufgabenarten Ia und IIa (siehe ab S. XI) sehen mehrheitlich einen weiterführenden Schreibauftrag vor, durch den die notwendige breite inhaltliche Anforderung auf allen drei Anforderungsebenen gegeben ist. Bei solchen Aufgaben wird in der Regel die Textanalyse einen etwas höheren Punktwert aufweisen als der weiterführende Schreibauftrag. Für die ab und zu geforderte bloße Analyse einer Textgrundlage gilt das im Folgenden zur Textinterpretation Gesagte entsprechend.

Hinweise zur Aufgabenstellung
Die Aufgabenstellung fordert die **Interpretation eines literarischen Textes**. Sie kann als allgemeiner Interpretationsauftrag an Sie gerichtet sein *(„Interpretieren Sie den vorliegenden Text.")*, sie kann jedoch auch einen zusätzlichen Aspekt umfassen *(„Interpretieren Sie den vorliegenden Text unter besonderer Berücksichtigung der Metaphorik.")*. In diesem Fall müssen Sie im Rahmen Ihrer Interpretation in besonderem Maße auf den genannten Untersuchungsaspekt eingehen.

Der **weiterführende Schreibauftrag** erfordert in der Regel, dass Sie sich erörternd, darlegend, erklärend und/oder deutend äußern, z. B. durch
- einen Vergleich von Rolle oder/und Verhalten einer Figur des vorgelegten Textes mit einer anderen aus dem Unterricht bekannten Figur,
- eine Verbindung zu einer im Unterricht behandelten Epoche oder zu einem im Unterricht behandelten Werk,
- eine ausführliche Stellungnahme.

> **Beispiele:**
> Erläutern Sie, welche Kritik ein Vertreter der Epoche der Klassik an vorliegendem Text geübt haben könnte.
>
> Vergleichen Sie das im vorliegenden Text zum Ausdruck gebrachte Frauenbild mit dem Bild, das in dem Ihnen bekannten Roman X von Figur Y entworfen wird.

Hinweise zur Gliederung des weiterführenden Schreibauftrages
Welche Gliederung sich beim **weiterführenden Schreibauftrag** anbietet, ist sehr aufgabenabhängig. Es sollte aber auf jeden Fall eine **aufgabenbezogene Überlei-**

tung formuliert werden. In einer reflektierten Schlussfolgerung am Ende Ihres Aufsatzes können Sie Ihre Ergebnisse bündeln.

Aufgabenart I b: Vergleichende Analyse literarischer Texte

Die vergleichende Analyse unterscheidet sich von der Analyse eines einzelnen literarischen Textes darin, dass Sie zwei Texte aspektbezogen hinsichtlich Ihrer Analyseergebnisse miteinander in Beziehung setzen und vergleichen sollen.

Hinweise zur Aufgabenstellung

Bei der vergleichenden Analyse literarischer Texte werden Ihnen zwei Texte (meistens Gedichte) vorgelegt. In der ersten Teilaufgabe interpretieren Sie den ersten Text und in der zweiten Teilaufgabe vergleichen Sie ihn mit dem zweiten Text. In der Regel werden die zu vergleichenden Aspekte vorgegeben.

Beispiel:

1. Interpretieren Sie das erste der beiden vorliegenden Gedichte. Beachten Sie dabei besonders die Metaphorik.
2. Vergleichen Sie die Konzepte menschlicher Lebensführung, die in beiden Gedichten zur Sprache kommen. Berücksichtigen Sie hierbei die unterschiedlichen Entstehungszeiten.

Bei dieser Aufgabenart wird nicht verlangt, dass Sie eine Interpretation des zweiten Textes verfassen. Um den Vergleich auf feste Füße zu stellen, bedarf es gleichwohl einer vorbereitenden Erarbeitung dieses Textes, bei der Sie ein vertieftes Gesamtverständnis entwickeln. Beim zu verfassenden Vergleich kann es dann nötig sein, an der einen oder anderen Stelle Ihre Überlegungen zum zweiten Text auf dieser Grundlage textanalytisch zu untermauern, u. a. indem Sie diese mit Zitaten oder Verweisen belegen.

In den offiziellen Abituraufgaben bis zum Jahr 2022 wurde noch verlangt, dass Sie auch eine schriftliche Analyse des zweiten Gedichts verfassen. Beachten Sie beim Üben mit diesen Aufgaben, dass das nun nicht mehr der Fall ist.

Hinweise zur Bearbeitung

Einige Formulierungshilfen für die Vergleiche:

- „Während im Gedicht aus dem Barock …, betont das lyrische Ich im Gedicht der Romantik …“
- „Anders als bei Hölderlin …“ / „Im Gegensatz zu Eichendorff …“ / „Bachmann hingegen …“
- „Beide Hauptfiguren weisen einerseits eine Reihe ähnlicher Charaktermerkmale auf wie z. B. …; andererseits …“
- „Der Anfang der beiden Gedichte unterscheidet sich: Während beim ersten …, fängt das zweite unvermittelt an, indem …“
- „Anders als die Nachkriegsprosa, die durch … gekennzeichnet ist, weist die Erzählung des Expressionismus …“

Hinweise zur Gliederung

Folgende Gliederung empfiehlt sich bei dieser Aufgabenart:

1 Einleitung
2 Hauptteil
  2.1 Interpretation von Text 1
  2.2 Reflektierte Schlussfolgerung im Sinne einer vernetzten Zusammenschau
  2.3 Aufgabenbezogene Überleitung
  2.4 Aspektbezogener Vergleich von Text 2 mit Text 1
3 Schluss: Reflektierte Schlussfolgerungen im Sinne einer vernetzten Zusammenschau

2.2.2 Aufgabenart II: Analyse von Sachtexten

Aufgabenart II fordert die Analyse von Sachtexten mit überwiegend informierender, argumentierender oder appellativer Funktion. Sie lassen in der Regel weniger Deutungsspielräume zu, müssen jedoch trotzdem hinsichtlich ihrer Intention, der enthaltenen Argumentationsstruktur und des situativen Kontextbezuges interpretiert werden. Es werden Ihnen z. B. Texte vorgelegt, die sich mit Fragen der Literatur, der Sprache, der Medien oder der Kommunikation beschäftigen. Vorwiegend handelt es sich hierbei um Briefe, Rezensionen, (politische) Reden, um Zeitungsartikel oder auch um literaturwissenschaftliche Texte.

Denkbar sind z. B.:

- Rezensionen zu einer Inszenierung von G. E. Lessings *Nathan der Weise,*
- literaturwissenschaftliche Texte zu A. Geigers *Unter der Drachenwand,*
- Zeitungsartikel zum Thema *Sprachliche Relativität,*
- dramentheoretische Texte, z. B. ein Brief, in dem sich ein Autor mit seiner Aufgabe als Dramatiker auseinandersetzt.

Hilfreiche Fragen für die Erschließung von Sachtexten

1. Welches sind Anlass, Thema, Inhalt und Intention des Textes?
2. Wer ist der Verfasser? Wer sind die Adressaten?
   Hinweise darauf sind z. B. den Anreden innerhalb des Textes und – im Falle einer Rede – den ausgewiesenen Reaktionen des Publikums zu entnehmen.
3. Inhalt und Argumentation des Textes
   - Wie geht der Verfasser vor, um wirksam zu sein?
     Besonders zu beachten sind die folgenden Elemente in ihrer Funktion/Wirkung:
     - Wovon handelt der Text? In welche Sinnabschnitte lässt sich der Inhalt untergliedern?
     - Wie ist der Text aufgebaut? Welche Argumentationsstruktur stellen Sie fest (Thesen, Argumente, Belege)?
     - Was ist die vorherrschende Funktion des Textes: Darstellung, Selbstoffenbarung/Ausdruck, Appell?

- Welche These(n) vertritt der Verfasser? Spricht er Vermutungen, Annahmen oder Überzeugungen aus?
- Enthalten die Thesen Forderungen? Falls ja: Welche Forderungen werden gestellt?
- Mit welchen Argumenten werden Thesen gestützt (z. B. Tatsachen, Gesetzmäßigkeiten, Forschungsergebnisse, Meinungen von Autoritäten oder Experten, allgemeine/persönliche Erfahrungen)?
- Mit welchen Belegen bzw. Beispielen verdeutlicht der Verfasser seine Argumente?
- Zieht der Verfasser Schlussfolgerungen?
- Wie setzt sich der Verfasser mit möglichen Einwänden auseinander?

4. Sprachlich-rhetorische Gestaltung
   - Auf welcher Sprachebene bewegt sich der Verfasser? Benutzt er Fachsprache(n), Umgangssprache, Vulgärsprache?
   - Wie lässt sich die verwendete Sprache charakterisieren? Handelt es sich um einen sachlichen Sprachstil oder ist die benutzte Sprache emotional geprägt?
   - Welche Stilmittel verwendet der Verfasser (z. B. Bilder, Vergleiche, Metaphern, Antithesen, Klimaxe, Negationen, rhetorische Fragen)?
   - Welche Wirkung soll durch die Verwendung dieser Stilmittel erzielt werden?
   - Wie lässt sich der Satzbau charakterisieren (hypotaktisch vs. parataktisch)?
   - Besitzt der Text einen appellativen Charakter?
   - Soll der Leser gegebenenfalls manipuliert werden?
5. Rezeption des Textes
   - Wie wurde der Text aufgenommen?
   - Welche Reaktionen sind zu erwarten?

Hinweise zur Gliederung der Analyse

Die oben zu 1 genannten Aspekte (Anlass, Thema und Intention des Textes) sowie zu 2 (Verfasser, Adressaten) sollten in Kurzform auch Bestandteil der **Einleitung** sein, sie werden ausführlich im Hauptteil bearbeitet.

> **Beispiel für eine Einleitung:**
> Zu seinem Brief vom … wurde der Dramatiker … durch die Vorwürfe seiner Familie veranlasst. Er will sich vor seinen Eltern rechtfertigen, wendet sich an seine Familie und erklärt, worin er seine Aufgabe als Dichter sieht. Besonderen Wert legt er darauf, sich von anerkannten Dichtern wie … abzugrenzen. Sein Brief lässt die Annahme zu, dass er an das Verständnis seiner Familie appelliert.

Bei der **Analyse** (siehe die oben genannten Aspekte 3 und 4) müssen Sie darauf achten, dass Sie die Untersuchungsgesichtspunkte miteinander in Verbindung setzen und nicht nur additiv aneinanderreihen. Das bloße Aufzählen verdeutlicht z. B. nicht, aus welcher Wirkungsabsicht heraus die eine oder andere Textentscheidung vom Autor getroffen wurde.

Am **Schluss** des Analyseteils sollten Sie ein bündelndes Zwischenresümee in Form einer reflektierten Schlussfolgerung formulieren.

Hinweise zur Bearbeitung

Wichtig ist vor allem, dass Sie darauf achten, Merkmale des Textes nicht einfach nur aufzulisten. Sie müssen vielmehr stets die **Funktion bzw. Wirkung der verwendeten Elemente** hinterfragen – z. B.:

- Woran wird deutlich, dass der Verfasser weniger argumentiert als manipuliert?
- Welche Wirkung soll durch den Einsatz der rhetorischen Fragen an Stelle X des Textes hervorgerufen werden?

Da der Text in einem bestimmten **Kommunikationszusammenhang** steht, ist es erforderlich, auch diesen angemessen darzustellen. Nur auf diese Weise lassen sich Aussagen zur Funktion von Besonderheiten des Textes treffen. So ist es z. B. bei **Reden** wichtig, sowohl den zeitlichen Bezug herzustellen als auch den Zuhörerkreis zu betrachten, vor dem die Rede gehalten wurde. Machen Sie sich bewusst, dass jeder Text andere Eigenarten hat. So kann es bezogen auf den einen Text besonders wichtig sein, auf Anlass und Adressaten einzugehen. Bezogen auf einen anderen Text, z. B. den Werkstattbericht eines Autors, kann dies eher unbedeutend sein.

Aufgabenart II a: Analyse eines Sachtextes (ggf. mit weiterführendem Schreibauftrag)

Wie Aufgabenart I a (vgl. ab S. VII) sieht auch Aufgabenart II a die Möglichkeit eines **weiterführenden Schreibauftrages** vor. Bei solchen Aufgaben wird in der Regel die Textanalyse etwas höher bepunktet sein als der weiterführende Schreibauftrag: Sollte ausnahmsweise eine bloße Analyse einer Textgrundlage gefordert sein, gilt das im Folgenden zur Textuntersuchung Gesagte entsprechend.

Hinweise zur Aufgabenstellung

Die Aufgabenstellung fordert die **Analyse des Sachtextes**. Der Arbeitsauftrag beschränkt sich selten nur auf die Aufforderung *„Analysieren Sie den vorliegenden Text"*, er weist vielmehr überwiegend eine Schwerpunktsetzung auf, z. B. *„Analysieren Sie den vorliegenden Text unter besonderer Berücksichtigung der Frage, welcher Mittel der Leserlenkung sich der Verfasser bedient"*. In diesem Fall müssen Sie im Rahmen Ihrer Analyse besonders ausführlich auf diesen zusätzlichen Aspekt eingehen. Das kann z. B. dadurch geschehen, dass Sie rhetorische Mittel hinsichtlich der Wirkung, die durch sie erzielt werden soll, untersuchen und zudem erläutern, wie dadurch die Intention des Verfassers deutlich wird.

Beim **weiterführenden Schreibauftrag** sollen Sie mit Bezug zu dem in Teilaufgabe 1 analysierten Text(auszug) im Unterricht erworbene Kenntnisse einbringen und anwenden. Der weiterführende Schreibauftrag verlangt z. B.:

- ein In-Bezug-Setzen zu einem im Unterricht behandelten Werk, z. B. wenn ein literaturtheoretischer Text zur Analyse vorliegt;

> **Beispiel:**
> Verdeutlichen Sie, inwiefern sich die hier vertretene Position in literarischen Werken des 21. Jahrhunderts nachweisen lässt. Beziehen Sie sich dabei vor allem auf Arno Geigers „Unter der Drachenwand".

- eine Prüfung der Aussagen des in Teilaufgabe 1 analysierten Textes auf der Grundlage der Kenntnisse zu einem im Unterricht behandelten Sachthema (z. B. „Sapir-Whorf-Hypothese");
- bei einem produktionsorientierten Auftrag: eine eigene kurze Rede zu einem bestimmten Anlass, z. B. der geplanten Namensgebung Ihres Gymnasiums im Anschluss an einen Zeitungsartikel, der sich mit der für die Neubenennung infrage kommenden Person kritisch auseinandersetzt.

Hinweise zur Bearbeitung
Die Untersuchung der Argumentation steht in der Regel im Vordergrund der Analyse. Eine Berücksichtigung der sprachlich-rhetorischen Mittel wird ebenfalls oft gefordert. Es gilt vor allem, Inhalt, Gestaltungsweise und Wirkung des Textes herauszuarbeiten und dabei alle relevanten textimmanenten Aspekte zu berücksichtigen.

Hinweise zur Gliederung des weiterführenden Schreibauftrages
Welche Gliederung sich beim **weiterführenden Schreibauftrag** anbietet, ist sehr aufgabenabhängig. Es sollte aber auf jeden Fall eine **aufgabenbezogene Überleitung** formuliert werden. In einer reflektierten Schlussfolgerung am Ende Ihres Aufsatzes können Sie Ihre Ergebnisse bündeln.

Aufgabenart II b: Vergleichende Analyse von Sachtexten

Die vergleichende Analyse unterscheidet sich von der Analyse eines einzelnen Sachtextes nur darin, dass Sie zwei Texte hinsichtlich Ihrer Analyseergebnisse miteinander in Beziehung setzen und vergleichen sollen.

Hinweise zur Aufgabenstellung
Sie haben zwei Sachtexte zu bearbeiten, die Sie zunächst analysieren und anschließend miteinander vergleichen sollen.

Beispiel:

1. Untersuchen Sie den vorliegenden Textauszug 1 im Hinblick auf die Position des Verfassers und stellen Sie die Kerngedanken dar, mit denen er seine Position vertritt.
2. Stellen Sie dar, wie in Text 2 das Verhältnis von Welterfahrung und gegenseitigem Verstehen bestimmt wird. Vergleichen Sie die beiden Texte dahingehend, in welchen Punkten Autor A und B übereinstimmen und in welchen sie sich unterscheiden. Nehmen Sie abschließend begründet Stellung, indem Sie für eine der beiden Positionen Partei ergreifen.

Hinweise zur Bearbeitung
Einige Formulierungshilfen für den Vergleich:

- „Während Text 1 auf … abzielt, verfolgt Text 2 die Intention …";
- „Anders als in Text 1 …" / „Im Gegensatz zu Text 1 …";
- „Dieser Aspekt wird im Vergleich dazu in Text 1 … thematisiert";

- „Während in Text 1 davon ausgegangen wird, dass ..., wird in Text 2 die Behauptung aufgestellt, ... sei ...“;
- „Anders als in Text 1 wird in Text 2 ... positiv bewertet“.

Hinweise zur Gliederung
Folgende Gliederung empfiehlt sich bei dieser Aufgabenart:

1 Einleitung
2 Hauptteil
  2.1 Analyse von Text 1
  2.2 Reflektierte Schlussfolgerung im Sinne einer vernetzten Zusammenschau
  2.3 Aufgabenbezogene Überleitung
  2.4 Analyse von Text 2
  2.5 Aspektbezogener Vergleich der beiden Texte
3 Schluss: Reflektierte Schlussfolgerungen im Sinne einer vernetzten Zusammenschau

Sie sollten in der **Einleitung** den ersten Sachtext kurz im Hinblick auf Anlass, Thema, Verfasser, Intention und Adressaten vorstellen sowie das Thema benennen.

Sie müssen im **Hauptteil**

- zunächst den ersten Text im Hinblick auf die vorgegebenen Aspekte (im obigen Beispiel: *„Position des Verfassers“* und *„Kerngedanken“*) analysieren,
- danach in einer geeigneten Überleitung den zweiten Text kurz vorstellen und dann ebenfalls unter Berücksichtigung des vorgegebenen Aspektes/der vorgegebenen Aspekte analysieren (im obigen Beispiel: *„Verhältnis von Welterfahrung und gegenseitigem Verstehen“*),
- anschließend die Übereinstimmungen bzw. Unterschiede herausstellen.

Beenden Sie Ihre Ausführungen mit einem geeigneten **Schluss**.

2.2.3 Aufgabenart III: Erörterung von Sachtexten mit und ohne Bezug auf einen literarischen Text

Zentraler Bezugspunkt der Erörterung ist die differenzierte Erfassung der inhaltlichen Teilaussagen und der Argumentationsstruktur eines Sachtextes, gegebenenfalls verschiedener kurzer Sachtexte (Verstehensleistung). Daran anschließend soll die Erörterung der gestellten Problemfrage im Rahmen einer eigenständigen Argumentation erfolgen (Argumentationsleistung). Für die Erörterung gibt es meist mehr Punkte als für die Textuntersuchung. Daher sollten Sie sich bei der eingeschränkten Analyse auf das Wesentliche konzentrieren.

Hinweise zur Aufgabenstellung

Diese Aufgabenart fordert von Ihnen in der ersten Teilaufgabe meist eine **eingeschränkte Analyse** des Sachtextes. Dies bedeutet, dass sich die Textuntersuchung vor allem auf die Argumentationsstruktur sowie den Argumentationsansatz des jeweiligen Textes konzentriert.

> **Beispiel:**
> Erschließen Sie die Hauptaussagen des Textes und analysieren Sie ihn im Hinblick auf den Argumentationsansatz und die Argumentationsstruktur.

Die geforderte **Erörterung** in der zweiten Teilaufgabe wird sich in der Regel beziehen auf

- die im vorgelegten Sachtext vertretene Position oder
- eine im Text ausführlich entfaltete These sowie entsprechende Argumente.

Als Grundlage für die eigentliche Erörterung wird manchmal zunächst eine **Darstellung** von Zusammenhängen oder Sachverhalten gefordert, die von Ihnen aufgrund Ihres im Unterricht erworbenen (Text-)Wissens geleistet werden kann.

Hilfreiche Fragen für die Erschließung von Sachtexten bei der Aufgabenart III

Je nach Aufgabenstellung gelten die allgemeinen Hinweise zur Sachtextanalyse ab S. IX. Da in der Regel die Argumentationsstruktur des Textes im Mittelpunkt steht, sind die folgenden Fragen besonders wichtig:

- Welche These(n) vertritt der Verfasser?
- Spricht er Vermutungen, Annahmen oder Überzeugungen aus?
- Enthalten die Thesen Forderungen? Falls ja: Welche Forderungen werden gestellt?
- Mit welchen Argumenten werden Thesen gestützt (z. B. Tatsachen, Gesetzmäßigkeiten, Forschungsergebnisse, Meinungen von Autoritäten bzw. Experten, allgemeine/persönliche Erfahrungen)?
- Mit welchen Belegen bzw. Beispielen verdeutlicht der Verfasser seine Argumente?
- Zieht der Verfasser Schlussfolgerungen?
- Wie setzt sich der Verfasser mit möglichen Einwänden auseinander?

Hinweise zur Bearbeitung

Beachten Sie hierzu die „Hinweise zur Bearbeitung" eines Sachtextes auf S. XI. Um die Aussagen eines Sachtextes in einen größeren Kontext einordnen zu können, bedarf es des Hinzuziehens von Unterrichtswissen.

Im Rahmen Ihrer **Erörterung** ist vor allem wichtig, dass Sie die Hauptthesen der Textvorlage und die vorgebrachten Argumente kritisch hinterfragen:

- Was spricht für die Stimmigkeit der Thesen?
- Welche Gegenargumente lassen sich anführen?
- Bietet sich gegebenenfalls ein Kompromiss an?

Hinweise zur Gliederung

Folgende Gliederung empfiehlt sich bei dieser Aufgabenstellung:

1 Einleitung
2 Hauptteil
   2.1 Sachtextanalyse
   2.2 Reflektierte Schlussfolgerung im Sinne einer vernetzten Zusammenschau
   2.3 Aufgabenbezogene Überleitung
   2.4 Erörterung
3 Schluss: Reflektierte Schlussfolgerung/begründete Stellungnahme

In der **Einleitung** sollten Sie kurz auf Titel, Textsorte, Autor und Entstehungszeit Bezug nehmen und das Thema benennen.
Im **Hauptteil** gehen Sie auf die in der Aufgabenstellung genannten Analyseaspekte ein. In der Regel wird dabei die Argumentationsstruktur eine zentrale Rolle spielen.

Wie sich die **Erörterung** aufbauen lässt, hängt stark von der Textvorlage und der Aufgabenstellung ab. Nicht immer wird sich eine blockbildende Pro-und-Kontra-Erörterung, bei der zunächst alle Pro-Argumente und dann alle Kontra-Argumente (oder umgekehrt) angeführt werden, oder eine fortlaufend antithetische Pro-und-Kontra-Erörterung, die nacheinander jeweils ein Pro-Argument und ein Kontra-Argument einander gegenüberstellt, durchführen lassen – insbesondere, wenn keine Problemfrage oder These vorgegeben ist, die es zu erörtern gilt. Oft verlangt die Aufgabenart beispielsweise lediglich die Erörterung der Argumentation einer Textvorlage. In solchen Fällen bietet es sich an, sich im Erörterungsaufbau nach den Einzelaussagen bzw. -argumenten zu richten: Prüfen Sie diese in sinnvoller Weise nacheinander. Falls möglich, ist es gut, wenn Sie Ihre stärksten Argumente an den Schluss setzen.

Sie haben grundsätzlich drei Möglichkeiten für Ihre eigene Positionierung:

A Stimmen Sie begründet der Position/der These/dem Argument zu:
„Den Standpunkt des Verfassers halte ich insofern für richtig (teile ich), als …“
„Wenn der Verfasser kritisiert, dass …, so kann ich das bekräftigen, denn …“

B Lehnen Sie begründet die Position/die These/das Argument ab:
„Im Gegensatz zum Verfasser bin ich überhaupt nicht der Ansicht, dass …“
„Schon allein aus Grund X ist die These … nicht haltbar“.

C Differenzieren Sie, d. h. stimmen Sie in Teilen zu und lehnen Sie in Teilen ab:
„Zwar hat der Verfasser recht, wenn er … fordert, aber …“
„Sicher kann man dem Verfasser darin zustimmen, dass …, aber er beachtet dabei nicht …“

Achten Sie darauf, Ihre Position immer sachlich und differenziert zu begründen, und wenden Sie hierfür die Kompetenzen an, die Sie im Unterricht erworben haben.

Zum **Schluss** Ihrer Ausführung fassen Sie die Ergebnisse Ihrer Erörterung im Sinne reflektierter Schlussfolgerungen zusammen.

Aufgabenart III a: Erörterung von Sachtexten

Aufgaben der Aufgabenart III a können sich auf alle im Unterricht obligatorisch behandelten Themen beziehen, die keinen Bezug zu einem literarischen Text aufweisen.

Mögliche Themen:

- theoretische Abhandlungen, z. B. über Soziolekte oder den sprachgeschichtlichen Wandel,
- die Funktion und Aufgabe von Literatur, geäußert z. B. in Briefen, die ein Dichter verfasst hat.

Beispiel:

1. Analysieren Sie den Text … des Verfassers … im Hinblick auf seine Thesen zur Sapir-Whorf-Hypothese und auf seine Argumentationsstruktur.
2. Stellen Sie neuere Forschungen dar, die nach Auffassung mancher Forscherinnen und Forscher für die Sapir-Whorf-Hypothese sprechen. Überprüfen Sie auf dieser Grundlage, inwieweit die vom Verfasser geäußerten Thesen und Argumente plausibel sind.

Aufgabenart III b: Erörterung von Sachtexten mit Bezug auf einen literarischen Text

Diese Aufgabenart verknüpft die differenzierte Erfassung von Inhalt und Argumentation eines Sachtextes mit dem Deutungswissen zu einem literarischen Werk.

Mögliche Themen:

- (kritische) Stellungnahme zu einer im vorgelegten Sachtext geäußerten Meinung (z. B. zur Bedeutung einer bestimmten literarischen Person) vor dem Hintergrund der im Unterricht behandelten Ganzschrift(en),
- (kritische) Stellungnahme zu Rezensionen von Filmen oder Theaterstücken.

In der ersten Teilaufgabe wird in der Regel verlangt, dass Sie den Sachtext im Hinblick auf die vertretene Position und auf den Gedanken- bzw. Argumentationsgang untersuchen. In der zweiten Teilaufgabe schließt sich dann eine **Auseinandersetzung mit dem Sachtext** an, wobei Sie meist anhand des **literarischen Bezugstextes überprüfen** sollen, inwiefern der Verfasser des Sachtextes mit seinen Überlegungen richtig liegt. Häufig ist dabei die zu erörternde Position, These oder Frage nicht in der Aufgabenstellung vorgegeben, sondern muss aus dem Sachtext erschlossen werden.

Beispiel:

1. Untersuchen Sie den Text … des Verfassers … im Hinblick auf seine Deutung der Figur Nathan und auf seine Argumentationsstruktur.
2. Stellen Sie dar, wie Nathan in Lessings „Nathan der Weise“ dem Herrscher Saladin gegenüber auftritt. Erörtern Sie auf dieser Grundlage, ob die Deutung des Verfassers … stimmig ist.

2.2.4 Aufgabenart IV: Materialgestütztes Verfassen eines Textes mit fachspezifischem Bezug

Im Unterschied zu der Auseinandersetzung mit literarischen Texten, die eine tiefgründige Analyse in inhaltlicher, sprachlicher und formaler Hinsicht verlangt, geht es bei dieser Aufgabenart darum, die Inhalte eines vorgelegten Materialpools **schnell zu erfassen**, mit eigenem **(Allgemein- und Unterrichts-)Wissen zu verknüpfen** und in einen überzeugenden Schreibplan zu integrieren.

Materialgestützte Aufgaben haben entweder einen **überwiegend erklärenden** oder **überwiegend argumentierenden Schwerpunkt**. Je nach Schwerpunkt sollten Sie bei der Sichtung der Materialien das Hauptaugenmerk entweder mehr auf die Sachinformationen und Erläuterungen oder auf die Argumentation und Wertung legen.

Hinweise zur Aufgabenstellung
Die Aufgabe besteht erstens aus der Beschreibung einer fiktiven Schreibsituation und zweitens aus dem Schreibauftrag. Sie enthält Hinweise auf das Thema, auf die zu verfassende Textsorte sowie auf den Adressatenkreis. Darüber hinaus fordert Sie zur Formulierung einer passenden Überschrift auf, gibt eine ungefähre Wörterzahl für Ihren Text vor und signalisiert Ihnen, ob die Aufgabe einen argumentierenden oder einen informierenden Schwerpunkt aufweist.

Beispiel:
Situation
Im Unterricht haben Sie sich zwei Monate lang mit dem Thema „Gendern" beschäftigt. In Ihrer Schule sollen an einem Aktionstag der Oberstufe zum Thema „Gleichberechtigung" Diskussionsbeiträge aus verschiedenen Fächern in Form eines umfangreichen Handouts vorgestellt werden. Neben Mitschüler*innen und Lehrer*innen werden auch Eltern eingeladen.

Schreibauftrag
Verfassen Sie für das Fach Deutsch einen Kommentar zu der Frage, ob „sprachliches Gendern" ein sinnvoller Beitrag zur Stärkung der Gleichberechtigung in der Schule ist.
Formulieren Sie eine prägnante Überschrift und stützen Sie sich bei Ihrer Argumentation auf die Texte des Materialpools sowie auf Ihr eigenes Wissen zum Thema.
Ihr Beitrag sollte etwa 1000 Wörter umfassen.

Tipp: Zählen Sie bei der Vorbereitung des Deutschabiturs einmal, wie viele Wörter Sie mit Ihrer Handschrift für eine Spalte eines Klausurbogens benötigen. Dann können Sie in der Abiturprüfung besser abschätzen, wie viele Spalten Sie in etwa für Ihren Aufsatz nutzen können – ohne ständig die Wörter zu zählen.

Hilfreiche Fragen für die Erschließung der Aufgabenstellung
Lesen Sie zunächst genau die Aufgabenstellung, da Sie Ihnen wichtige Hinweise für den zu verfassenden Text gibt – und zwar zu …

- … dem **Thema** (Was ist das Hauptthema, zu dem ich mich äußern soll? Aus welchem Fachbereich stammt das Thema?)
- … dem **Schreibziel** (In welchem kommunikativen Zusammenhang steht mein Schreibauftrag? Was sind Anlass und Ziel?)
- … dem **Adressatenbezug** (Wer sind meine Leser? Gibt es bestimmte Merkmale und Eigenschaften, die diese von anderen unterscheiden, z. B. Alter, Geschlecht, Schulabschluss, Beruf etc.?)
- … der **Textsorte** (Welche Textsorte soll ich schreiben? Welche fachlichen Anforderungen werden an diese Textsorte gestellt?)

Hilfreiche Fragen für die Erschließung der Materialien

Da die Arbeitszeit für eine tiefgründige Auswertung des Materialpools nicht ausreicht, sollen Sie diese lediglich als „Informationsquelle" nutzen. Filtern Sie bei einem **„überfliegenden Lesen"** aus ihnen heraus, was für die Aufgabenstellung und das Thema wesentlich und für Ihre Ausführungen brauchbar ist.

Folgende Fragen helfen dabei:

- Was ist das Hauptthema?
- Welche Informationen und Meinungen sind im Materialpool enthalten? Welche davon sind für meinen eigenen Text relevant?
- Lassen sich unterschiedliche Positionen feststellen? Wenn ja: Welche sind das?
- Hat das jeweilige Material eher informierenden oder argumentierenden Charakter?
- Welches sind die Kernbegriffe?
- An wen richtet sich der jeweilige Text?
- Wer ist der Autor bzw. die Autorin und um was für eine Quelle handelt es sich? Lassen sich Rückschlüsse auf ihre Glaubwürdigkeit ziehen?
- Liegt ein appellativer Text vor, z. B. eine Rede oder ein Plakattext?
- Welche Informationen/Argumente kann ich für meinen eigenen Text verwenden?

*Grundsätzliche Fragen bei **diskontinuierlichen Texten:***

- Gibt die Überschrift bereits erste Hinweise auf das dargestellte Thema?
- Wird ein Zeitpunkt / Zeitraum abgebildet? Wenn ja, welcher?
- Wer ist der Herausgeber / Verfasser – aus welcher Quelle stammt die Information?
- Wie glaubwürdig und richtig ist die Aussage?

Hinweise zur Vorbereitung des Schreibprozesses

Bereiten Sie dann Ihren eigenen Schreibprozess vor, indem Sie …

- … die bisher gewonnenen Informationen durch **eigenes Vorwissen** zum Thema aus dem Unterricht und aus Ihrem Privatleben **anreichern**,
- … **zusammengehörige Aspekte und Teilthemen** auf Ihrem Konzeptpapier in einer Übersicht (z. B. Tabelle, Cluster, Mindmap) entsprechend **anordnen** und dabei auch veranschaulichende Beispiele und geeignete Zitate notieren,
- … sich die **Merkmale der geforderten Textsorte** noch einmal bewusst machen (häufigste Textsorten: Plakat-Text/Flyer-Text, Leserbrief, Kommentar sowie Beitrag für die Abitur-/Schülerzeitung oder den Jahresbericht der Schule),
- … Ihr **Schreibziel** festlegen – und zwar unter Berücksichtigung der Erwartungen der Leserinnen und Leser.

Hinweise zur Gliederung Ihres Textes

In der **Einleitung** gilt es in der Regel, beim Leser **Interesse** zu wecken und dafür einen geeigneten Einstieg zu finden. Den **Hauptteil** können Sie gegebenenfalls nach **Unterthemen** untergliedern. Am Ende müssen Sie einen geeigneten **Schluss** formulieren. Hierfür bieten sich z. B. ein Fazit, eine Schlussfolgerung, eine Einschätzung, ein Appell, eine Forderung oder auch ein Ausblick an.

Hinweise zum Verfassen des Textes

Nachdem Sie sich bei der Erstellung des Schreibplans Gedanken über Inhalt und Aufbau Ihres Textes gemacht haben, steht dessen Abfassung nun nichts mehr im Wege. Achten Sie dabei v.a. auf folgende Punkte:

- Geben Sie Ihrem Text eine prägnante Überschrift, die wie die Einleitung das Interesse Ihrer Leserinnen und Leser weckt.
- Veranschaulichen Sie allgemeine Aussagen, indem Sie Beispiele hinzufügen.
- Schreiben Sie abwechslungsreich – sowohl im Hinblick auf die Wortwahl (z. B. bei Kausalzusammenhängen nicht immer „weil", sondern auch „da", „wegen", „infolge") als auch hinsichtlich der Satzkonstruktionen (z. B. durch Variation der Satzglied-Reihenfolge).
- Gestalten Sie Ihre Ausführung so, wie es für die **geforderte Textsorte typisch** ist: So zeichnet sich z. B. ein Kommentar meist durch eine lebendigere rhetorische Gestaltung aus, mit der die eigene Meinung gestützt wird, als ein Lexikonartikel, der eher sachlich verfasst ist.
- Fügen Sie an geeigneten Stellen prägnante, nicht zu lange Zitate ein.
- Gestalten Sie die Übergänge zwischen einzelnen Abschnitten abwechslungsreich.
- Nutzen Sie die **textsortenspezifischen Möglichkeiten des Layouts** (z. B. Zwischenüberschriften bei einem Zeitungsartikel).

3 Anforderungsbereiche und Operatoren

3.1 Anforderungsbereiche (AFB)

In der Abiturprüfung erwarten Sie Aufgabenstellungen, die klar definierte Anforderungen an Ihre Verstehens- und an Ihre Darstellungsleistung stellen. Diese Anforderungen und die zugehörigen Arbeitsanweisungen lassen sich den drei verschiedenen **Anforderungsbereichen I bis III** zuordnen, die aufeinander aufbauen und von Ihnen einen zunehmenden Grad an Komplexität und an Abstraktionsfähigkeit verlangen.

Jede Abiturprüfungsaufgabe setzt sich aus Elementen dieser drei Anforderungsbereiche zusammen. Dies bedeutet, es werden von Ihnen bei der Bearbeitung der Aufgaben grundsätzlich Leistungen dreier verschiedener Leistungsniveaus verlangt: die **Wiedergabe von Kenntnissen** (Anforderungsbereich I), die **Anwendung dieser Kenntnisse** (Anforderungsbereich II) sowie das **Problemlösen und Werten** (Anforderungsbereich III). Der Schwerpunkt der Anforderungen liegt bei allen Aufgabenarten im Anforderungsbereich II, für den die meisten Punkte bei der Bewertung vergeben werden.

3.2 Operatoren

Operatoren definieren, welche Anforderungen mit einer Arbeitsanweisung verbunden sind. Sie zeigen zudem, welches Anforderungsniveau mit ihrer Hilfe angesteuert werden soll. Sie dienen durch ihre eindeutige Definition sowohl dazu, Arbeitsaufträge unmissverständlich zu formulieren und voneinander abzugrenzen als auch einheitliche Bewertungs- und Korrekturmaßstäbe zu ermöglichen und vorzugeben. Daher ist es äußerst wichtig, dass Sie sich mit den Anforderungen, die durch die einzelnen Operatoren an Sie gestellt werden, eingehend auseinandersetzen und sich bewusst machen, was jeweils konkret von Ihnen gefordert wird.

In der folgenden Tabelle werden die AFB im Zusammenhang mit den einzelnen Operatoren skizziert, die einzelnen Operatoren definiert und mit einem Beispiel erläutert.

Übersicht über die Operatoren

Operator	Definition	AFB	Beispiel
analysieren	einen Text als Ganzes oder aspektorientiert unter Wahrung des funktionalen Zusammenhangs von Inhalt, Form und Sprache erschließen und das Ergebnis der Erschließung darlegen	I, II, III	*Analysieren Sie* die Rede unter Berücksichtigung der Anmerkungen. *Analysieren Sie* den vorliegenden Text *im Hinblick auf die Argumentationsstruktur.*
begründen	ein Analyseergebnis, Urteil, eine Einschätzung, eine Wertung fachlich und sachlich absichern (durch einen entsprechenden Beleg, Beispiele, eine Argumentation)	III	*Begründen Sie* Ihre Einschätzung mithilfe Ihrer Kenntnisse zur Funktion von Dialekten.
(be)nennen	aus einem Text entnommene Informationen, Aspekte eines Sachverhalts, Fakten zusammentragen	I	*Nennen Sie wesentliche Merkmale* eines Sonetts.
beschreiben	Sachverhalte, Situationen, Vorgänge, Merkmale von Personen bzw. Figuren sachlich darlegen	I, II	*Beschreiben Sie die äußere Form* des Gedichtes.
beurteilen	einen Sachverhalt, eine Aussage, eine Figur auf Basis von Kriterien bzw. begründeten Wertmaßstäben einschätzen	II, III	*Beurteilen Sie* den Versuch des Autors, die Ereignisse und Folgen des 11. Septembers 2001 in lyrischer Form darzustellen.
charakterisieren	die jeweilige Eigenart von Figuren/ Sachverhalten herausarbeiten	II, III	*Charakterisieren Sie* die *Titelfigur* der Kurzgeschichte.
darstellen	Inhalte, Probleme, Sachverhalte und deren Zusammenhänge aufzeigen	I, II	*Stellen Sie die Bedeutung des Briefs* für den Handlungsverlauf *dar.*

deuten	unter Berücksichtigung des Wechselbezuges von Textstrukturen, Funktionen und Intentionen, der erfassten zentralen strukturbildenden genretypischen, syntaktischen, semantischen und stilistisch-rhetorischen Elemente und ihrer Funktion für das Textganze Ergebnisse der Textbeschreibung in einen Erklärungszusammenhang bringen	III	*Deuten Sie* Wortfeldschwerpunkte und Metaphern vor dem Hintergrund Ihrer bis dahin erfolgten Texterläuterungen, u. a. im Zusammenhang mit dem Epochenbezug.
einordnen	eine Aussage, einen Text, einen Sachverhalt unter Verwendung von Kontextwissen begründet in einen vorgegebenen Zusammenhang stellen	I, II	*Ordnen Sie* dieses Gedicht *epochal ein.*
entwerfen	in Verbindung mit einer Textvorlage auf der Grundlage einer konkreten Arbeitsanweisung einen eigenen Text unter Benennung der notwendigen Entscheidungen und Arbeitsschritte planen	III	*Entwerfen Sie* einen Schluss für diesen Text.
erklären	Textaussagen, Sachverhalte auf der Basis von Kenntnissen und Einsichten differenziert darstellen und durch zusätzliche Informationen und Beispiele veranschaulichen	II	*Erklären Sie* den Einfluss des Dialekterwerbs auf das Sprachvermögen.
erläutern	Materialien, Sachverhalte, Zusammenhänge, Thesen in einen Begründungszusammenhang stellen und mit zusätzlichen Informationen und Beispielen veranschaulichen	II, III	*Erläutern Sie* Lessings Theaterverständnis *durch Miteinbeziehen* seines Dramas X.
erörtern	auf der Grundlage einer Materialanalyse oder -auswertung eine These oder Problemstellung unter Abwägung von Argumenten hinterfragen und zu einem Urteil gelangen	I, II, III	*Erörtern Sie die Notwendigkeit* von Sprachförderkonzepten im Zusammenhang mit den Aussagen der beiden vorliegenden Texte.
erschließen	an Texten, Textaussagen, Problemstellungen, Sachverhalten kriterienorientiert bzw. aspektgeleitet arbeiten	II	*Erschließen Sie* anhand der Bildsprache *die Grundstimmung des Textes.*
formulieren	einen Sachverhalt, Zusammenhang, eine methodische Entscheidung, eine Problemstellung strukturiert, fachsprachlich zutreffend darlegen	–	*Formulieren Sie eine Gegenthese* aus der Sicht eines Expressionisten.
gestalten	in Verbindung mit einer Textvorlage, auf der Grundlage einer konkreten Arbeitsanweisung einen eigenen Text nach ausgewiesenen Kriterien erarbeiten	III	*Gestalten Sie* ein Flugblatt textlich und grafisch, das die Intention der analysierten Rede widerspiegelt.
in Beziehung setzen	Zusammenhänge unter vorgegebenen oder selbst gewählten Gesichtspunkten begründet herstellen	II, III	*Setzen Sie Ihre Ergebnisse in Beziehung* zur aktuellen Kritik an *Sozialen Medien.*

interpretieren	auf der Grundlage einer Analyse im Ganzen oder aspektorientiert Sinnzusammenhänge erschließen und unter Einbeziehung der Wechselwirkung zwischen Inhalt, Form und Sprache zu einer schlüssigen (Gesamt-)Deutung gelangen	I, II, III	*Interpretieren Sie* das vorliegende Gedicht. *Interpretieren Sie* den vorliegenden Text im Zusammenhang mit den Ihnen bekannten Dramentheorien.
prüfen	eine Textaussage, These, Argumentation, ein Analyseergebnis, einen Sachverhalt auf der Grundlage eigener Kenntnisse, Einsichten oder Textkenntnis auf ihre/seine Angemessenheit hin untersuchen und zu Ergebnissen kommen	III	*Prüfen Sie*, ob die Figurendeutung des Verfassers stimmig ist.
sich auseinandersetzen mit	eine Aussage, eine Problemstellung argumentativ und urteilend abwägen	II, III	*Setzen Sie sich* mit der Position des Schriftstellers vor dem Hintergrund Ihrer Kenntnisse zum Expressionismus *auseinander.*
(kritisch) Stellung nehmen	die Einschätzung einer Problemstellung, Problemlösung, eines Sachverhaltes, einer Wertung auf der Grundlage fachlicher Kenntnis und Einsicht nach kritischer Prüfung und sorgfältiger Abwägung formulieren	III	*Nehmen Sie* zu den Aussagen des Autors *kritisch Stellung,* indem Sie Erkenntnisse der Sprachsoziologie berücksichtigen.
überprüfen	Aussagen / Behauptungen kritisch hinterfragen und ihre Gültigkeit kriterienorientiert und begründet einschätzen	II, III	*Überprüfen Sie* die Stimmigkeit der Aussage anhand der Gliederung und der rhetorischen Mittel.
untersuchen	an Texten, Textaussagen, Problemstellungen, Sachverhalten kriterienorientiert bzw. aspektgeleitet arbeiten	II	*Untersuchen Sie*, inwiefern *die rhetorischen Mittel* die Aussageabsicht verstärken.
verfassen	auf der Grundlage einer Auswertung von Materialien wesentliche Aspekte eines Sachverhaltes in informierender oder argumentierender Form adressatenbezogen und zielorientiert darlegen	I, II, III	*Verfassen Sie einen Leserbrief* zu dem Artikel des Autors.
vergleichen	nach vorgegebenen oder selbst gewählten Gesichtspunkten Gemeinsamkeiten, Ähnlichkeiten und Unterschiede herausarbeiten und gegeneinander abwägen	II, III	*Vergleichen Sie die Figurenkonstellation* mit derjenigen im Drama X. *Vergleichen Sie Art und Wirkung der Metaphorik* in den Texten.
wiedergeben	Inhalte, Zusammenhänge in eigenen Worten sachlich und fachsprachlich richtig formulieren	I	*Geben Sie die Hauptgedanken* der Rede *wieder.*
zusammenfassen	Inhalte oder Aussagen komprimiert wiedergeben	I, II	*Fassen Sie die Überlegungen* des Verfassers X *zusammen.*

Quelle (Spalten 1–3): https://www.standardsicherung.schulministerium.nrw.de/cms/zentralabitur-gost/faecher/getfile.php?file=5330

4 Bewertung der Abiturklausur

Bei der Bewertung Ihrer Prüfungsleistung werden beide Teilaufgaben einzeln mit Notenpunkten versehen; es ist deshalb unbedingt notwendig, dass Sie **beide Teilaufgaben** bearbeiten. Auf Leistungen zum AFB II entfällt hierbei der größte Punkteanteil. Aus der vorgegebenen Bepunktung setzt sich durch Addition die Gesamtpunktzahl zusammen. Insgesamt werden im Fach Deutsch genau 100 Punkte vergeben, davon 72 für die inhaltliche und 28 Punkte für die Darstellungsleistung.
Für die Note „gut" müssen annähernd vier Fünftel (mindestens 75 %) der Höchstpunktzahl erreicht werden. Die Note „ausreichend" soll erteilt werden, wenn annähernd die Hälfte (45 %) der vorgesehenen Höchstpunktzahl erreicht wird.

4.1 Anforderungen an die inhaltliche Leistung

Bei der Bewertung des inhaltlich-sachlichen Gehaltes Ihrer Ausführungen werden folgende Aspekte berücksichtigt:

Aufgabenarten I – III:
- sachlich richtige Wiedergabe/Darstellung auf der Grundlage richtigen und vollständigen Textverständnisses
- Aufzeigen erschließbarer situativer Bezüge eines Textes sowie seiner Bedeutung im historischen und/oder aktuellen Kontext
- richtige Bestimmung von Textart und zentralen Strukturelementen, wie z. B. Zeit-/Handlungsgerüst, Erzählperspektive, Figurenkonstellation, Argumentationsaufbau
- Erläuterungen von Wortschatz, Satzbau und poetischen oder rhetorischen Mitteln eines Textes im Zusammenhang mit ihrer Funktion und Wirkung
- sachangemessenes Erörtern fachspezifischer Sachverhalte, z. B. Überprüfung von Text- oder Wissenszusammenhängen im Hinblick auf eine These, die im ersten Arbeitsschritt aus einer Textvorlage zu entwickeln ist

Aufgabenart IV:
- Formulierung einer Überschrift, die die Intention Ihres eigenen Textes enthält
- Berücksichtigung der geforderten Textsorte und der für diese typischen Textmerkmale
- klare Darstellung der eigenen Position (bei argumentierenden Texten); klare Vermittlung der Sachinformationen, die für das Thema relevant sind (bei informierenden Texten)
- erkennbare Argumentation mit dem Ziel, die in der Aufgabenstellung benannten Adressaten von der eigenen Sehweise zu überzeugen (bei argumentierenden Texten); sinnvolle Gewichtung der Sachinformationen mit dem Ziel einer ausgewogenen Darstellung, die den Adressaten angemessen über das Thema informiert (bei informierenden Texten)
- Herstellung hinreichender Bezüge zu den relevanten Inhalten der Texte des Materialpools

- Einbezug von (Unterrichts-)Wissen in die eigene Darstellung und überzeugende Verknüpfung mit Inhalten des Materialpools
- Formulierung eines geeigneten Schlusses (insbesondere bei argumentierenden Texten: ein Fazit)

4.2 Anforderungen an die Darstellungsleistung

Neben dem inhaltlich-sachlich richtigen Ertrag kommt der Darstellungsleistung eine große Bedeutung zu – hierbei sind vor allem folgende Kriterien relevant:

- *Sachgerechte Strukturierung*
  Untergliedern Sie Ihre Darstellung in sinnvolle Absätze und Abschnitte, kennzeichnen Sie diese durch Einrückungen bzw. Leerzeilen.
- *Wissenschaftspropädeutische Richtigkeit*
  Stellen Sie Ihre Zitier- und Belegkompetenz unter Beweis.
- *Verwendung von Fachbegriffen*
  Auch im Fach Deutsch hat jedes „Kind“ einen Namen: Belegen Sie also jedes Phänomen mit einem Fachbegriff, benennen Sie z. B. Stilmittel der Textanalyse ebenso wie literarische Epochen.
- *Stilistisch richtiges Schreiben*
  Unterlassen Sie umgangssprachliche Formulierungen, verwenden Sie ausschließlich Hoch- und Fachsprache, variieren Sie Satzanfänge.
- *Hypothesen/Vermutungen*
  Kennzeichnen Sie ungesicherte Aussagen, Vermutungen und Hypothesen als solche, grenzen Sie diese gegen gesicherte Aussagen ab:

  Beispiele:
  Es ist zu vermuten …
  Es könnte sein, dass …
  Für eine gesicherte Aussage fehlen folgende Informationen …
- *Syntaktisch richtige Schreibweise*
  Schreiben Sie in vollständigen Sätzen, achten Sie auf die richtige Wortstellung.
- *Verwendung einer präzisen und differenzierten Sprache*
  „Missbrauchen“ Sie Hilfsverben nicht als Vollverben; benutzen Sie Synonyme statt Wiederholungen; variieren Sie beim Satzbau, wählen Sie Nebensatzkonstruktionen statt Hauptsatzketten. Denken Sie bei materialgestützten Aufgaben daran, Ihre Schreibweise auf den Adressatenkreis und auf das Ziel Ihres Textes auszurichten.
- *Rechtschreibung:* Im Klausurraum liegen Rechtschreibwörterbücher aus – Sie sollten sich nicht zu schade sein nachzusehen, wenn Sie unsicher sind.

Berücksichtigen Sie bei Ihrer Ausführung diese Anforderungen an **die korrekte Verwendung der deutschen Sprache**. Denn: gehäufte Verstöße gegen die sprachliche Richtigkeit führen im Rahmen der Bewertung der Darstellungsleistung zu Nichtgewährung von Punkten.

4.3 Formale Anforderungen

Berücksichtigen Sie bei Ihrer Ausführung auch die Anforderungen an **die äußere Form** einer Klausur.

- *Deckblatt-Vorgabe:* Berücksichtigen Sie die an Ihrer Schule getroffene Regelung.
- *Layout-Vorgabe:* Beachten Sie diese – an manchen Schulen darf z. B. nur eine halbe Seite je Bogen beschrieben werden, der Rest dient dann als halbseitiger Rand.
- *Seitenzahlen:* Fügen Sie ab Seite 2 diese am Fuß jeder Seite bei – nummerieren Sie erst am Schluss, wenn keine Einschübe mehr erfolgen!
- *Nachträge:* Setzen Sie diese als Fußnoten durchnummeriert an den Schluss jeder Teilaufgabe oder einheitlich ganz an den Schluss, quetschen Sie solche Zusätze nicht nachträglich in den Text oder an den Rand.
- *Sauberkeit:* Streichen Sie nicht unsauber durch. Gegebenenfalls setzen Sie zu Streichendes in eckige Klammern oder fügen eine entsprechende Fußnote zur Erklärung bei.
- *Zeilenende:* Respektieren Sie den Rand, trennen Sie Wörter, schreiben Sie nicht über den Rand hinaus.
- *Kopf- und Fußzeile:* Diese gehören zum Seitenaufbau und sind kein geeigneter Platz für Zusätze oder Nachträge.

4.4 Punktgestützter Erwartungshorizont (dargestellt an Übungsaufgabe 3)

Aufgabenstellung: **Punkte**

1. Interpretieren Sie das Gedicht *Auf Wolkenbürgschaft* von Hilde Domin. 42
2. Vergleichen Sie das Gedicht „Auf Wolkenbürgschaft" mit Bertolt Brechts Gedicht „Der Radwechsel" im Hinblick darauf, wie das Motiv des Unterwegsseins ausgestaltet wird. Berücksichtigen Sie dabei neben inhaltlichen auch sprachlich-formale Aspekte. 30

a) Inhaltliche Leistung

Teilaufgabe 1

	Anforderungen **Die Schülerin/der Schüler**	**maximal erreichbare Punktzahl**
1	formuliert eine aufgabenbezogene Einleitung unter Berücksichtigung von Autor, Titel, Textsorte, Entstehungszeit.	3
2	nennt das Thema des Gedichts, etwa: Heimweh ohne Heimat, gerichtet auf ein utopisch fernes Ziel.	3
3	beschreibt den formalen Bau des Gedichts: – formlose Lyrik, – zwei unterschiedlich lange Abschnitte, – verschieden lange Verse, – kein festes Metrum und keine Reime.	4

4	stellt den Inhalt des Gedichtes dar, etwa mit Hinweis auf dessen Zweiteilung: 1. Abschnitt (V. 1–11): Heimweh ohne genaues Ziel • paradoxes „Heimat“-Gefühl: Sehnsucht nach einem unbekannten Land, in dem das lyrische Ich noch nie war, • Widerspruch: Bekanntsein des lyrischen Ichs bei der Natur, • die Existenz des lyrischen Ichs versichernde, personifizierte Natur; 2. Abschnitt (V. 12–26): Unterwegs-Sein und Charakterisierung des Sehnsuchtslandes • Aufbruch des aktiv werdenden Ichs (V. 12, 14, 16), • erfolgloses Tun/Reisen: ohne Ankunft (V. 16), • gleichwohl anhaltender Optimismus, da das Unterwegs-Sein nicht in Gefahr gerät (V. 18), • positive Einflüsse der Natur (z. B. Vögel, Sonne, V. 20 ff.), • Hoffnung auf Ankunft auf imaginärem Kontinent, wo amtliche Personalnachweise nicht verlangt werden (V. 25 f.).	10
5	untersucht die formalen und sprachlich-stilistischen Gestaltungsmittel des Gedichtes mit Blick auf deren Funktion, etwa: – Fehlen von fester äußerer Form, Metrum und Reimen → Entsprechung zur Hoffnung des Ichs, dass im Sehnsuchtsland Formalitäten keine Rolle spielen („Pass“, „Bürgschaft“, V. 25 f.), – poetische Sprache als Ausdruck des Emotionalen, der Sehnsucht, – unbestimmte Artikel als Indikatoren der unsicheren Situation, – Personifizierung der Natur als Gegenpol zu menschlichen Erfahrungen (Negationen wie „niemals“, „keinem“ etc.) – Anapher zur Verstärkung der Aktivitätsbemühungen (V. 12, 14, 16), – Metapher: „Schlüssel-ins-Meer-Werfen“ (V. 14) als Zeichen unmöglicher Rückkehr und als Ausdruck scheinbarer Ausweglosigkeit („komme nirgends an“, V. 16), – Bild des nicht reißenden, spinnenwebgleichen Segels als Ausdruck der Sicherheit, unterwegs bleiben zu können (V. 17 f.).	10
6	deutet das Gedicht (ggf. mit biografischen Bezügen), etwa: – möglicher Rückschluss auf den Grund der Reise anhand der beiden letzten Verse: Vertriebene „ohne Paß“ (V. 25) in schwieriger Lebenssituation, – Herstellung eines Bezugs zur Biografie der Schriftstellerin: Flucht als deutsche Jüdin im Dritten Reich nach Südamerika, – Heimatverlust und Exil im existenziellen Sinn, – Sehnsucht nach der verlorenen Einheit mit der Natur, – „Prinzip Hoffnung“: Hoffnung auf Aufnahme in irgendeinem Land „jenseits des Horizonts“ (V. 19), – Vertrauen in moralische Verpflichtung anderer Menschen, zu helfen, – gleichwohl stärkere Hoffnung auf Unterstützung durch die Natur („Wolkenbürgschaft“, Titel und Schlussvers).	12
7	erfüllt ein weiteres aufgabenbezogenes Kriterium (max. 6 P.).	
	Summe erste Teilaufgabe	**42**

Teilaufgabe 2

	Anforderungen **Die Schülerin/der Schüler**	**maximal erreichbare Punktzahl**
1	formuliert eine aufgabenbezogene Überleitung unter Nennung von Autor, Titel, Textsorte und Entstehungszeit.	3
2	vergleicht die beiden Gedichte im Hinblick auf inhaltliche **Übereinstimmungen**, etwa: – Thematik des „Unterwegsseins“, – Unzufriedenheit der Reisenden mit der gegenwärtigen Situation, – das lyrische Ich/der Mensch auf der Suche nach Veränderung.	4
3	vergleicht die beiden Gedichte im Hinblick auf inhaltliche **Unterschiede**, etwa: – existenzielle Lebenssituation bei Domin vs. (scheinbar) banale Alltagssituation bei Brecht („Radwechsel“), – Sehnsucht nach Zugehörigkeit als Grund für die Reise bei Domin vs. Unklarheit bezüglich Beginn und Ziel der Reise bei Brecht, – Entsprechung von Heimweh und Fernweh bei Domin vs. Ablehnung des Herkunftsortes und des Zieles bei Brecht (V. 3 f.), – aktives Vorantreiben der Weiterreise durch das lyrische Ich bei Domin vs. ungeduldiges, passives Abwarten bei Brecht („sitze am Straßenhang“, V. 1), – sensible Wahrnehmung der Natur bei Domin vs. fehlendes Um-sich-Sehen bei Brecht, – Blick in die Ferne bei Domin vs. Blick nach innen bei Brecht („Warum sehe ich den Radwechsel / mit Ungeduld, V. 5 f.).	8
4	vergleicht die beiden Gedichte im Hinblick auf die **sprachlich-formale Gestaltung**, etwa: – Form der Gedichte jeweils modern (u. a. Reimlosigkeit, keine Regelmäßigkeit in strophischer und metrischer Gestaltung), – unterschiedliche Länge: 26 Verse bei Domin, die die ausführliche Darstellung der Sehnsüchte erlauben vs. extreme Kürze bei Brecht mit nur 6 Versen, durch die die Nüchternheit des Gedichts unterstrichen wird, – vielfältige rhetorische Mittel bei Domin, die die existenzielle Situation des lyrischen Ichs und seine Hoffnung auf Besserung veranschaulichen vs. sprachliche Kargheit bei Brecht als Ausdruck der freudlosen Situation, z. B. überwiegend kurze einfache Aussagesätze, lakonische Aussagen (V. 1–4), – poetische Sprache bei Domin vs. Schnörkellosigkeit und Beschreibungsgestus bei Brecht,	8

	– Parallelismen zur Intensivierung der Aussage bei Domin vs. die Nüchternheit der Aussagen unterstreichender Parallelismus (vgl. V. 3 f.) bei Brecht, – jeweils Negationen zur Verstärkung der negativen Gefühlsäußerung („keinem“ [V. 10] bei Domin bzw. „bin nicht gern“ [V. 3 f.] bei Brecht), – Zeilensprünge als Ausdruck der in die Ferne gehenden Gedanken bei Domin vs. Zeilensprung bei Brecht als Mittel der Hervorhebung der Frage (V. 5 f.), – Aussagesatz am Ende von Domins Gedicht als Ausdruck der Zuversicht des lyrischen Ichs vs. Fragesatz am Ende von Brechts Gedicht als Zeichen für Unwissenheit bezüglich der Entwicklungen in der Zukunft (V. 5 f.).	
5	vergleicht die beiden Gedichte auf der **Deutungsebene**, etwa: – beide Texte: Fahrt/Unterwegs-Sein als Sinnbild für das Leben mit Hoffnung auf Veränderung und Wandel, – Offenheit der Texte – bei Domin im Hinblick auf die Erreichbarkeit einer neuen Heimat in der Ferne vs. ohne Antwort bleibende Selbstbefragung bei Brecht im Hinblick auf die eigene Ungeduld, – Ausdruck von Hoffnung und Zuversicht bei Domin vs. Perspektivlosigkeit bei Brecht, – Sehnsucht nach der verlorenen Einheit mit der Natur (als Garant von Zugehörigkeit) bei Domin vs. nüchterner Technik-Bezug bei Brecht, – Dynamik bei Domin vs. Stagnation und Mangel an Entwicklung(sperspektiven) bei Brecht, – existenzielle Frage nach dem Wohin als Grundton des Daseins bei Domin vs. Unrast, Unsicherheit bezüglich menschlicher Sinnfragen und Perspektiven bei Brecht, – biografisch-politische Lesarten: Erfahrung des Heimatverlusts und deren Verarbeitung bei der Exilantin Domin vs. mögliche Hoffnung Brechts auf politische/gesellschaftliche Änderungen nach dem Arbeiteraufstand 1953 in der DDR.	7
6	erfüllt ein weiteres aufgabenbezogenes Kriterium (max. 4 P.).	
	Summe zweite Teilaufgabe	**30**
	Summe inhaltliche Leistung (Teilaufgaben 1 und 2)	**72**

b) Darstellungsleistung

	Anforderungen **Die Schülerin/der Schüler**	**maximal erreichbare Punktzahl**
1	strukturiert seinen Text kohärent, schlüssig, stringent und gedanklich klar: – angemessene Gewichtung der Teilaufgaben in der Durchführung, – gegliederte und angemessen gewichtete Anlage der Arbeit, – schlüssige Verbindung der einzelnen Arbeitsschritte, – schlüssige gedankliche Verbindung von Sätzen.	6

2	formuliert unter Beachtung der fachsprachlichen und fachmethodischen Anforderungen: – Trennung von Handlungs- und Metaebene, – begründeter Bezug von beschreibenden, deutenden und wertenden Aussagen, – Verwendung von Fachtermini in sinnvollem Zusammenhang, – Beachtung der Tempora, – korrekte Redewiedergabe (Modalität).	6
3	belegt Aussagen durch angemessenes und korrektes Zitieren: – sinnvoller Gebrauch von vollständigen oder gekürzten Zitaten in begründeter Funktion.	3
4	drückt sich allgemeinsprachlich präzise, stilistisch sicher und begrifflich differenziert aus: – sachlich-distanzierte Schreibweise, – Schriftsprachlichkeit, – begrifflich abstrakte Ausdrucksfähigkeit.	5
5	formuliert lexikalisch und syntaktisch sicher, variabel und komplex (und zugleich klar).	5
6	schreibt sprachlich richtig.	3
	Summe der Darstellungsleistung	**28**
	Gesamtsumme Teile (a) und (b)	**100**

5 Allgemeine Tipps für die Anfertigung der Abiturklausur

5.1 Auswahl der Aufgabe

Am Tag der schriftlichen Prüfung können Sie eine aus vier zur Wahl gestellten Aufgaben auswählen; hierfür haben Sie 30 Minuten Zeit. Deshalb sollten Sie in der Lage sein, nach einem relativ kurzen Blick auf Arbeitsanweisungen und Texte diese Entscheidung zu treffen.
Anhand der **Überschrift** wird bereits klar, um welche Aufgabenart und um welchen Themenschwerpunkt es sich handelt. Auch wenn Sie sofort zu einer Aufgabe tendieren: Entscheiden Sie sich nicht vorschnell, überprüfen Sie in jedem Fall, ob Ihnen die jeweilige **Textgrundlage** „liegt". Entscheiden Sie erst danach. Hierbei kann unter Umständen auch die Tatsache behilflich sein, ob ein solches Thema (bezogen auf ein anderes Textbeispiel) bereits einmal Gegenstand einer **Klausur** war oder Sie sich sonst im Rahmen Ihrer **Vorbereitung** damit beschäftigt haben.

5.2 Zeiteinteilung

Beginnen Sie nicht zu früh mit der Reinschrift – zuerst müssen Sie sich Klarheit darüber verschaffen, welche Anforderungen die Aufgabe umfasst und welche Teilaufgaben erfüllt werden müssen. Zunächst sollten Sie eine **Grobgliederung** anfertigen, um Ihre Gedanken zu dem Thema zu strukturieren und in eine sinnvolle Reihenfolge zu bringen. In Abhängigkeit von der Aufgabenstellung sollten Sie bereits zu diesem Zeitpunkt Ihre **Arbeitshypothese** formulieren, sich die methodische Vorgehensweise überlegen und eine vorläufige Beantwortung gestellter Fragen im Stillen vornehmen.
Für einen **letzten Korrekturgang** sollten Sie am Ende ca. 15 Minuten einplanen. Da gilt es, formale Fehler (Rechtschreibung, Zeichensetzung, Layout-Anforderungen wie Deckblattgestaltung, Seitenzahlen-Hinweise u. a.) zu überprüfen.
Im Vorfeld der Prüfungen können Sie Ihre Zeiteinteilung kontrollieren und verbessern, indem Sie bei Klassenarbeiten oder beim Üben zu Hause die **Zeit**, die Sie **für die Ausfertigung** benötigen, festhalten. Erstellen Sie ein Zeitraster für den gesamten Arbeitsprozess: Maximalzeiten für das Lesen des Textes, für das Markieren im Text und am Rand, für die Gliederung der geplanten Ausführungen auf Konzeptpapier, für die eigentliche Niederschrift und zuletzt für die Überarbeitung am Schluss.

5.3 Notizen beim Erarbeiten der Textinformationen

Markieren Sie die **Operatoren** in der Aufgabenstellung, rufen Sie sich ins Gedächtnis, welche Anforderungen hiermit verbunden sind, und halten Sie sich unbedingt daran! So vermeiden Sie Themaverfehlungen.
Kennzeichnen Sie die Textstellen, die Sie z. B. zur Darlegung der Argumentationsstruktur verwenden oder die Sie als Zitat in Ihre Ausfertigung einfügen wollen. Anmerkungen und Notizen am Rand des Textes können Ihnen helfen, eine Gliederung zu erarbeiten und Ihr methodisches Vorgehen zu strukturieren.

5.4 Strukturierung

Die Aufgabenstellung legt meist durch die exakten Arbeitsanweisungen und die Formulierung in den Teilaufgaben eine Strukturierung nahe, an die Sie sich bei Ihrer Ausfertigung halten sollten. Dennoch wird von Ihnen verlangt, eine darüber hinausgehende Gliederung Ihrer Arbeit vorzunehmen, die logisch stringent und klar verständlich sein soll.
Fügen Sie Absätze ein, wenn Sie einen Gedankengang von einem anderen abheben und betonen wollen oder wenn Sie sich einem neuen Gliederungspunkt zuwenden. So machen Sie deutlich, dass Ihrer Ausfertigung eine klare gedankliche Ordnung zugrunde liegt. Überlegen Sie sich passende Überleitungen zwischen den Teilaufgaben und machen Sie sich frühzeitig Gedanken darüber, wie Sie den Schlussteil sinnvoll gestalten wollen. Damit erleichtern Sie nicht nur die Korrekturarbeit der Lehrkraft, sondern zeigen auch, dass Sie in der Lage sind, strukturiert und folgerichtig zu arbeiten.

5.5 Der Schluss

Der Schlussteil soll Ihre Ausfertigung vervollständigen, das Thema, das der Aufgabenstellung zugrunde liegt, nochmals aufgreifen und unter Bezugnahme auf die einzelnen Teilaufgaben zu einem stimmigen Abschluss führen. Lassen Sie, um im Bild eines Maurers beim Hausbau zu sprechen, mit dem letzten Satz zur letzten Teilaufgabe nicht die Kelle fallen: Zwar ist das gedankliche Gebäude vom Grundsatz her fertig und die Argumentation „dicht" – aber zu einer Ausführung gehört nun einmal ein Abschluss wie zu einem Haus der äußere Verputz. Jede der Teilaufgaben hatte einen eigenen Arbeitsschwerpunkt – und alle hatten etwas mit dem Thema in der Aufgabenstellung zu tun. Dieses Thema ist quasi das Dach, das alle Gebäudeteile überdeckt.
Deshalb: Formulieren Sie Ihren Schlussteil möglichst unter Rückbezug auf die Themenstellung, und fassen Sie die wesentlichen Teilergebnisse in einer vernetzten Zusammenschau zu einem **Fazit** zusammen, ohne hierbei bereits Gesagtes mit derselben Formulierung zu wiederholen („wie gesagt" gehört übrigens grundsätzlich nicht in eine Ausführung, da Sie ansonsten eine überflüssige Wiederholung auch noch selbst ankündigen würden!).

5.6 Materialien und Hilfsmittel

Für die schriftliche Abiturprüfung im Fach Deutsch sind ein deutsches Wörterbuch sowie unkommentierte Textausgaben der unter den „Fokussierungen" aufgeführten Texte (G. E. Lessing: *Nathan der Weise;* A. Geiger: *Unter der Drachenwand)* im Klausurraum vorhanden.

5.7 Wiederholung und Übung

Wie können Sie am effektivsten wiederholen und üben, wie können Sie Ihre Vorbereitung auf die schriftliche Abiturprüfung Deutsch möglichst optimal gestalten?

Einige Tipps:

- Vergegenwärtigen Sie sich, wozu die einzelnen **Operatoren** aufrufen.
- Gewinnen Sie durch **schriftliches Üben** Sicherheit in der Bearbeitung der vier Aufgabenarten.
- Lesen Sie die **behandelten Pflichtlektüren** (G. E. Lessing: *Nathan der Weise;* A. Geiger: *Unter der Drachenwand*) noch einmal gründlich.
- Frischen Sie Ihre **allgemeinen Kenntnisse** zu den genannten Schriftstellern anhand Ihrer Unterrichtsmitschriften auf.
- Vergegenwärtigen Sie sich die **Methode der Analyse** eines Dramen- und eines Romanauszugs sowie eines Gedichtes.
- Wiederholen Sie **Epochenmerkmale** vor allem durch die Lektüre der Texte aus dem Unterricht und anhand Ihrer Hefteinträge zu diesen Themen. Schwerpunkte:
  - Barock, Romantik, Expressionismus u. a. ausgehend von Gedichten,
  - Aufklärung ausgehend von Lessings *Nathan der Weise,*
  - dazu literaturgeschichtliches Wissen aus den anderen Epochen, die Sie bei der Analyse lyrischer, epischer und dramatischer Texte behandelt haben.
- Wiederholen Sie **Dramen- und Romantheorien**, soweit im Unterricht behandelt (z. B. Dramentheorie von Aristoteles, Lessing, Goethe, Schiller).
- Arbeiten Sie die im Unterricht vermittelten Kenntnisse zu den **vier inhaltlichen Schwerpunkten** auf:
  - Inhaltsfeld Sprache: Spracherwerbsmodelle, Sprachvarietäten u. a.
  - Inhaltsfeld Texte: poetologische Konzepte, Dramentheorien u. a.
  - Inhaltsfeld Kommunikation: rhetorisch ausgestaltete Kommunikation in funktionalen Zusammenhängen u. a.
  - Inhaltsfeld Medien: kontroverse Positionen der Medientheorie u. a.
- Verbessern Sie Ihre **Darstellungsleistung**, indem Sie Übungen zu folgenden Teilaspekten durchführen:
  - einen Argumentationsgang schlüssig und gedanklich klar aufbauen,
  - beschreibende, deutende, wertende Aussagen begründet aufeinander beziehen,
  - klar und stilistisch angemessen formulieren: keine Umgangssprache verwenden, Wiederholungen vermeiden, Formulierungen variieren, treffende Begriffe benutzen,
  - Fachsprache an den richtigen Stellen anwenden,
  - Aussagen durch angemessenes und korrektes Zitieren belegen,
  - die Regeln der Rechtschreibung, Zeichensetzung und Grammatik üben.
- Trainieren Sie die **Sachtextanalyse:**
  - Analysieren Sie Sachtexte vor allem im Hinblick auf ihre Argumentationsstruktur und erörtern Sie die dabei vertretenen Positionen,
  - Untersuchen Sie Sachtexte auch im Hinblick auf die sprachlich-rhetorische Gestaltung.
- Trainieren Sie die Auswertung **diskontinuierlicher Texte** wie Karikaturen, Grafiken, Bilder.

6 Die mündliche Abiturprüfung im Fach Deutsch

Eine mündliche Abiturprüfung gibt es in jedem Fall im vierten Abiturfach. Daneben werden weitere mündliche Prüfungen im ersten bis dritten Abiturfach angesetzt, wenn ansonsten das Bestehen der Abiturprüfung gefährdet ist, weil die Mindestbedingungen gemäß § 29 Abs. 4 APO-GOSt nicht erfüllt sind. Außerdem kann sich jeder zu freiwilligen mündlichen Abiturprüfungen melden, u. a. um seine Abiturdurchschnittsnote zu verbessern. Für mündliche Prüfungen im ersten bis dritten Abiturfach gilt, dass sie inhaltlich nicht dem Stoffgebiet der Abiturklausur oder Leistungsprüfungen der Qualifikationsphase entsprechen dürfen.
Die mündliche Prüfung enthält in der Regel zwei gleichwertige Elemente, durch die einerseits die Fähigkeit zum **Vortrag**, andererseits die Fähigkeit zur Beteiligung an einem **Prüfungsgespräch** überprüft wird. Es gelten ansonsten grundsätzlich dieselben Kriterien für die Bewertung wie bei den schriftlichen Anforderungen, wobei der sprachlichen Darstellung aufgrund der Kommunikationssituation eine besondere Bedeutung zukommt.
Zunächst erhalten Sie eine Aufgabenstellung, die aus einer oder mehreren Teilaufgaben bestehen kann. Für die Bearbeitung dieser Aufgabe stehen Ihnen im Vorbereitungsraum 30 Minuten zur Verfügung. Innerhalb dieser Zeit sollen Sie einen 10- bis 15-minütigen Vortrag vorbereiten, der in sich geschlossen und logisch untergliedert ist. Während des Vortrages können Sie sich auf die Texte sowie auf Ihre stichwortartigen Aufzeichnungen stützen.
Die Kürze der Vorbereitungszeit schließt aus, dass Sie Ihren Vortrag schriftlich ausformulieren; vielmehr ist es notwendig, ähnlich wie bei der Sichtungsphase in der Klausur durch sinnvolles Markieren und knappe Anmerkungen den Vortrag vorzubereiten.

Folgende **Aufgabenarten** sind für den ersten Prüfungsteil vorgesehen:

Aufgabenart I	Analyse eines literarischen Textes (unter Nennung von Bearbeitungsschwerpunkten)
Aufgabenart II	Analyse eines Sachtextes (unter Nennung von Bearbeitungsschwerpunkten)
Aufgabenart III a	Erörterung eines Sachtextes
Aufgabenart III b	Erörterung eines Sachtextes mit Bezug auf einen literarischen Text

Der zweite Prüfungsteil besteht aus einem Prüfungsgespräch, in dem Ihr Hintergrundwissen und Ihre Fähigkeit, größere fachliche und sachliche Zusammenhänge zu erschließen, überprüft werden.

6.1 Prüfungsteil I: eigenständiger Vortrag

Die größten Schwierigkeiten bei der mündlichen Abiturprüfung liegen erfahrungsgemäß im ersten Teil: Hier wird ein mindestens 10-minütiger zusammenhängender, gegliederter Vortrag gefordert. Da es für solch lange Vorträge kaum echte Übungsmöglichkeiten im Unterricht gibt, zumindest nicht für jeden Einzelnen, fehlt es weitgehend an konkreten Vorerfahrungen – daher einige Tipps, mit denen Sie sich auf diese Prüfungssituation vorbereiten und Ihren Vortrag ansprechend gestalten können.

Tipps für die 30-minütige Vorbereitung

- Beginnen Sie sofort konzentriert mit der Bearbeitung.
- Beachten Sie die Themenstellung: Was ist die Zielrichtung der geforderten Bearbeitung?
- Achten Sie auf die Operatoren: Welche konkreten Anforderungen werden gestellt? Bei Mehrteiligkeit: Welche Gliederungshilfe bieten die Teilaufgaben?
- Bedenken Sie den Einstieg: Was führt schnell und zielführend zum Kern der Aufgabenstellung?
- Arbeiten Sie im Text: Fachbegriffe an den Rand schreiben, Quellen-Anmerkungen ergänzen, Stichworte für den Vortrag festlegen; wichtige Zitatstellen markieren.
- Gliedern Sie den geplanten Vortrag: Nummerieren Sie Ihre Markierungen, damit Sie anhand dieser Reihenfolge Ihren Vortrag gestalten können.
- Formulieren Sie ein Fazit: Themenformulierungen beinhalten häufig regelrechte Fragestellungen; bei anderen deutet die letzte Aufgabenstellung auf eine Lösung/Bewertung/Beantwortung hin. Gestalten Sie deshalb den Schluss Ihrer Ausführung mit einem klaren Fazit, in dem Sie eine klar formulierte Antwort geben.

Tipps für den Vortrag

- *Zeitmanagement:* Legen Sie eine Armbanduhr neben Ihr Konzept, schreiben Sie, bevor Sie zu sprechen anfangen, den konkreten Zeitraum für Ihren Vortrag auf Ihr Konzept – so haben Sie klare zeitliche Anhaltspunkte.
- *Grobstruktur:* Nennung der Aufgabenstellung – Einleitung – Bearbeitung der Teilaufgaben – Schlussteil.
- *Leitfaden Ihres Vortrages:* Nutzen Sie Ihre Anmerkungen, die Sie während der Vorbereitungszeit angefertigt haben.
- *Vortragsweise:* Sprechen Sie möglichst frei, klammern Sie sich nicht an Ihr Konzept. Sprechen Sie klar, deutlich und hinreichend laut.
- *Sprechtempo:* Versuchen Sie, nicht zu schnell zu sprechen.
- *Stil:* Vermeiden Sie sowohl „Endlossätze" als auch Aneinanderreihungen und monotone Satzanfänge („Und … und … und …").
- *Sprachniveau:* Verwenden Sie die Fachsprache, die Sie gelernt haben, um zu verdeutlichen, dass Sie Ihr Metier beherrschen.
- *Zitate/Textbelege:* Verdeutlichen Sie während des Vortrages, woher Sie Ihre Aussagen beziehen, indem Sie Kernstellen mit Zeilenhinweis anführen.
- *Nonverbale Kommunikation:* Ein gelegentlicher Blickkontakt zu Ihrem Prüfer/Ihrer Prüferin oder den übrigen Beisitzern zeugt von einem souveränen Umgang mit der Situation und den Kommunikationsregeln.

- *Adressatenbezug:* Bewegen Sie sich bei Ihrem Vortrag auf einer einheitlichen Sprachebene und vergegenwärtigen Sie sich, dass die Adressaten Ihres Vortrags allesamt Deutschlehrerinnen und Deutschlehrer, also Fachleute, sind.

Sie können diesen ersten Teil der mündlichen Prüfung üben und simulieren, indem Sie eine Teilaufgabe der Arbeitsaufträge in diesem Band nehmen, die Vorbereitungszeit exakt einhalten und zwei Kursmitglieder als fiktive Prüfungskommission hinzuziehen. Lassen Sie sich anschließend von Ihrer „Prüfungskommission" begründet darlegen, ob Ihr Vortrag sprachlich und inhaltlich „verstanden" wurde.
Ebenso können Sie natürlich in der Familie oder im Freundeskreis das Referieren üben oder zu diesem Zweck Ihren Vortrag selbst aufnehmen und überprüfen.

6.2 Prüfungsteil II: das Prüfungsgespräch

Die zeitliche Dauer des zweiten Prüfungsteils entspricht derjenigen des ersten Teils: 10 bis 15 Minuten, je nach Verlauf. Auch das Thema des Prüfungsgesprächs muss in Bezug auf das Thema des Vortrags einem anderen Kurshalbjahr entnommen sein. Meistens erfolgt durch den Prüfer/die Prüferin eine Überleitung von Ihrem Vortrag zu diesem zweiten Teil – hier können Sie unmittelbare Bezüge zum Ausgangsthema herstellen.
Im weiteren Verlauf sollen Sie Ihre Kommunikationskompetenzen im Rahmen eines Fachgespräches unter Beweis stellen: Zeigen Sie sich also als gewandter Gesprächspartner, der adressatengerecht und sachkundig die Fragen und Impulse aufgreift und möglichst selbstständig und tiefgründig damit umgeht.

Tipps für das Prüfungsgespräch

- *Sprechanteil:* Je eigenständiger und umfassender Sie als Prüfling mit den Fragen und Impulsen umgehen, desto besser! Begnügen Sie sich nicht mit Kurzantworten, führen Sie länger aus.
- *Erfassen der Frageintention:* Achten Sie auf die Operatoren und auf fachliche Kernbegriffe! Führen Sie sinnvolle Beispiele oder Vergleiche aus dem Unterricht an, zeigen Sie Ihr Hintergrund- und Allgemeinwissen. Aber schweifen Sie nicht ab, bleiben Sie beim Thema.
- *Gesprächsaufbau durch den Prüfer/die Prüferin:* In der Regel gestaltet der Prüfer/die Prüferin ein solches Gespräch nach dem Prinzip „Vom Einfachen zum Schwierigen, vom Einzelfallbeispiel zum Allgemeinen/Modellhaften".
  Wenn Sie einen Bezug zu einer Ihnen passend erscheinenden Theorie oder zu einem aus dem Unterricht bekannten Beispiel selbst herstellen können: Tun Sie dies!
- *Unterrichtsbezüge:* Hintergrund aller Fragen und Impulse ist das gemeinsam aus dem Unterricht Bekannte. Stellen Sie also dort, wo möglich, über das gerade angesprochene Einzelbeispiel Vergleiche zu dem im Unterricht Behandelten an, weisen Sie auf Gemeinsamkeiten oder auch auf Unterschiede hin. Machen Sie somit

deutlich, dass Sie den Gesprächsgegenstand aus dem Prüfungsgespräch in größere Zusammenhänge einordnen können.

- *Verständnisproblem:* Sollten Sie mit einer einzelnen Frage einmal nichts anfangen können: Verlieren Sie keine Zeit, bitten Sie an einer solchen Stelle um eine kurze ergänzende Erläuterung.
- *Unterbrechungen:* Lassen Sie sich nicht irritieren. Der Prüfer/die Prüferin möchte Ihnen entweder zurück auf den Haupt(frage)weg helfen oder den Themenschwerpunkt wechseln, was vielleicht nur daran liegt, dass die Prüfungszeit allmählich knapp wird: Werten Sie solche Unterbrechungen in jedem Fall als für Sie günstig und hilfreich.
- *Mimik und Gestik:* Lassen Sie sich nicht durch Äußerlichkeiten irritieren: Jeder ist bemüht, einen möglichst neutralen Eindruck zu machen.

Training/Vorbereitungen

Vereinbaren Sie mit Ihrem Kurslehrer/Ihrer Kurslehrerin möglichst einmal im Verlauf der Qualifikationsphase die Simulation eines solchen Prüfungsgespräches unter Abiturbedingungen. Gegebenenfalls können Sie weitere Trainings mit anderen Mitgliedern Ihres Kurses wechselseitig durchführen, indem Sie die jeweiligen Kurshalbjahresthemen und die Vorgaben zu den unterrichtlichen Voraussetzungen (inhaltliche Schwerpunkte) berücksichtigen.

Viel Erfolg!

Leistungskurs Deutsch (Nordrhein-Westfalen) – Übungsaufgabe 1
I a: Analyse eines literarischen Textes mit weiterführendem Schreibauftrag

Arbeitsgrundlage:
Erich Maria Remarque: *Im Westen nichts Neues*

Aufgaben:

	Punkte
1. Interpretieren Sie den Auszug aus Erich Maria Remarques Roman *Im Westen nichts Neues.*	42
2. Vergleichen Sie – ausgehend von Ihren Interpretationsergebnissen – den Auszug mit Arno Geigers Roman *Unter der Drachenwand* im Hinblick auf die Verfassung des Protagonisten und auf sein Verhältnis zu den Zivilisten.	30

Erich Maria Remarque (1898–1970)
Im Westen nichts Neues (1928)

Vorbemerkung: *Mitten im Ersten Weltkrieg. Der Ich-Erzähler, der 19-jährige Paul Bäumer, hat sich noch als Gymnasiast für den Kriegseinsatz gemeldet und wurde nach der Grundausbildung an die Westfront geschickt, wo die Kampfhandlungen als zermürbender und brutaler Stellungskrieg festgefahren sind. Paul, der durch das allgegenwärtige Töten und Sterben abgestumpft ist, erhält eine zweiwöchige Urlaubserlaubnis und reist in seine Heimatstadt.*

[…] Es ist schön, still irgendwo zu sitzen, zum Beispiel in dem Wirtsgarten gegenüber den Kastanien, nahe der Kegelbahn. Die Blätter fallen auf den Tisch und auf die Erde, wenige nur, die ersten. Ich habe ein Glas Bier vor mir stehen, das Trinken hat man beim Militär gelernt. Das Glas ist halb geleert, ich habe also noch einige gute, kühle Schlucke vor mir, und außerdem kann ich ein zweites und ein drittes bestellen, wenn ich will. Es gibt keinen Appell und kein Trommelfeuer, die Kinder des Wirts spielen auf der Kegelbahn, und der Hund legt mir seinen Kopf auf die Knie. Der Himmel ist blau, zwischen dem Laub der Kastanien ragt der grüne Turm der Margaretenkirche auf.

Das ist gut, und ich liebe es. Aber mit den Leuten kann ich nicht fertig werden. Die einzige, die nicht fragt, ist meine Mutter. Doch schon mit meinem Vater ist es anders. Er möchte, daß ich etwas erzähle von draußen, er hat Wünsche, die ich rührend und dumm finde, zu ihm schon habe ich kein rechtes Verhältnis mehr. Am liebsten möchte er immerfort etwas hören. Ich begreife, daß er nicht weiß, daß so etwas nicht erzählt werden kann, und ich möchte ihm auch gern den Gefallen tun; aber es ist eine Gefahr für mich, wenn ich diese Dinge in Worte bringe, ich habe Scheu, daß sie dann riesenhaft werden und sich nicht mehr bewältigen lassen. Wo blieben wir, wenn uns alles ganz klar würde, was da draußen vorgeht.

So beschränke ich mich darauf, ihm einige lustige Sachen zu erzählen. Er aber fragt mich, ob ich auch einen Nahkampf mitgemacht hätte. Ich sage nein und stehe auf, um auszugehen.

Doch das bessert nichts. Nachdem ich mich auf der Straße ein paarmal erschreckt habe, weil das Quietschen der Straßenbahnen sich wie heranheulende Granaten anhört, klopft mir jemand auf die Schulter. Es ist mein Deutschlehrer, der mich mit den üblichen Fragen überfällt. „Na, wie steht es draußen. Furchtbar, furchtbar, nicht wahr? Ja, es ist schrecklich, aber wir müssen eben durchhalten. Und schließlich, draußen habt ihr doch wenigstens gute Verpflegung, wie ich gehört habe, Sie sehen gut aus, Paul, kräftig. Hier ist das natürlich schlechter, ganz natürlich, ist ja auch selbstverständlich, das Beste immer für unsere Soldaten!“ Er schleppt mich zu einem Stammtisch mit. Ich werde großartig empfangen, ein Direktor gibt mir die Hand und sagt: „So, Sie kommen von der Front? Wie ist denn der Geist dort? Vorzüglich, vorzüglich, was?“

Ich erkläre, daß jeder gern nach Hause möchte.

Er lacht dröhnend: „Das glaube ich! Aber erst müßt ihr den Franzmann verkloppen! Rauchen Sie? Hier, stecken Sie sich mal eine an. Ober, bringen Sie unserm jungen Krieger auch ein Bier.“

Leider habe ich die Zigarre genommen, deshalb muß ich bleiben. Alle triefen nur so von Wohlwollen, dagegen ist nichts einzuwenden. Trotzdem bin ich ärgerlich und qualme, so schnell ich kann. Um wenigstens etwas zu tun, stürze ich das Glas Bier in einem Zug hinunter. Sofort wird mir ein zweites bestellt; die Leute wissen, was sie einem Soldaten schuldig sind. Sie disputieren darüber, was wir annektieren sollen. Der Direktor mit der eisernen Uhrkette will am meisten haben: ganz Belgien, die Kohlengebiete Frankreichs und große Stücke von Rußland. Er gibt genaue Gründe an, weshalb wir das haben müssen, und ist unbeugsam, bis die andern schließlich nachgeben. Dann beginnt er zu erläutern, wo in Frankreich der Durchbruch einsetzen müsse, und wendet sich zwischendurch zu mir: „Nun macht mal ein bißchen vorwärts da draußen mit eurem ewigen Stellungskrieg. Schmeißt die Kerle ‘raus, dann gibt es auch Frieden.“ – Ich antworte, daß nach unserer Meinung ein Durchbruch unmöglich sei. Die drüben hätten zuviel Reserven. Außerdem wäre der Krieg doch anders, als man sich das so denke.

Er wehrt überlegen ab und beweist mir, daß ich davon nichts verstehe. „Gewiß, der einzelne“, sagt er, „aber es kommt doch auf das Gesamte an. Und das können Sie nicht so beurteilen. Sie sehen nur Ihren kleinen Abschnitt und haben deshalb keine Übersicht. Sie tun Ihre Pflicht, Sie setzen Ihr Leben ein, das ist höchster Ehren wert – jeder von euch müßte das Eiserne Kreuz haben –, aber vor allem muß die gegnerische Front in Flandern durchbrochen und dann von oben aufgerollt werden.“

Er schnauft und wischt sich den Bart. „Völlig aufgerollt muß sie werden, von oben herunter. Und dann auf Paris.“ Ich möchte wissen, wie er sich das vorstellt, und gieße das dritte Bier in mich hinein. Sofort läßt er ein neues bringen. Aber ich breche auf. Er schiebt mir noch einige Zigarren in die Tasche und entläßt mich mit einem freundschaftlichen Klaps. „Alles Gute! Hoffentlich hören wir nun bald etwas Ordentliches von euch.“

*

Ich habe mir den Urlaub anders vorgestellt. Vor einem Jahr war er auch anders. Ich bin es wohl, der sich inzwischen geändert hat. Zwischen heute und damals liegt eine Kluft. Damals kannte ich den Krieg noch nicht, wir hatten in ruhigeren Abschnitten gelegen. Heute merke ich, daß ich, ohne es zu wissen, zermürbter geworden bin. Ich finde mich hier nicht mehr zurecht, es ist eine fremde Welt. Die einen fragen, die andern fragen nicht, und man sieht ihnen an, daß sie stolz darauf sind; oft sagen sie es sogar noch mit dieser Miene des Verstehens, daß man darüber nicht reden könne. Sie bilden sich etwas darauf ein.

Am liebsten bin ich allein, da stört mich keiner. Denn alle kommen stets auf dasselbe zurück, wie schlecht es geht und wie gut es geht, der eine findet es so, der andere so, – immer sind sie auch rasch bei den Dingen, die ihr Dasein darstellen. Ich habe früher sicher genauso gelebt, aber ich finde jetzt keinen Anschluß mehr daran.

Sie reden mir zuviel. Sie haben Sorgen, Ziele, Wünsche, die ich nicht so auffassen kann wie sie. Manchmal sitze ich mit einem von ihnen in dem kleinen Wirtsgarten und versuche, ihm klarzumachen, daß dies eigentlich schon alles ist: so still zu sitzen. Sie verstehen das natürlich, geben es zu, finden es auch, aber nur mit Worten, nur mit Worten, das ist es ja – sie empfinden es, aber stets nur halb, ihr anderes Wesen ist bei anderen Dingen, sie sind so verteilt, keiner empfindet es mit seinem ganzen Leben; ich kann ja selbst auch nicht recht sagen, was ich meine.

Wenn ich sie so sehe, in ihren Zimmern, in ihren Büros, in ihren Berufen, dann zieht das mich unwiderstehlich an, ich möchte auch darin sein und den Krieg vergessen; aber es stößt mich auch gleich wieder ab, es ist so eng, wie kann das ein Leben ausfüllen, man sollte es zerschlagen, wie kann das alles so sein, während draußen jetzt die Splitter über die Trichter sausen und die Leuchtkugeln hochgehen, die Verwundeten auf Zeltbahnen zurückgeschleift werden und die Kameraden sich in die Gräben drücken! – Es sind andere Menschen hier, Menschen, die ich nicht richtig begreife, die ich beneide und verachte. [...]

Aus: Erich Maria Remarque: Im Westen nichts Neues, Köln, Kiepenheuer & Witsch 2014, Seite 148–152.

Teilaufgabe 1

Hinweise und Tipps

Welche Aufgabenart liegt vor und wie sind die Teilaufgaben gewichtet?
Die Aufgabe entspricht der ***Aufgabenart I a: Analyse eines literarischen Textes mit weiterführendem Schreibauftrag****. Wie meist bei diesem Aufgabentyp ist die* ***erste Teilaufgabe höher bepunktet*** *(42 Punkte) als die zweite Teilaufgabe (30 Punkte).*

Was verlangt die Aufgabenstellung von mir?
*Der Operator „****Interpretieren****" verlangt von Ihnen eine genaue* ***Textuntersuchung*** *und* ***Deutung*** *des Romanauszugs, wobei der Inhalt, formale Elemente und die sprachliche Gestaltung berücksichtigt werden müssen. Es sind keine Untersuchungsaspekte oder Schwerpunkte vorgegeben. Ein Blick in die zweite Teilaufgabe zeigt Ihnen aber, dass es sinnvoll ist, schon bei der Textinterpretation einen Fokus auf die* ***innere Verfassung des Protagonisten und auf sein Verhältnis zu seinem Umfeld*** *zu legen.*

Wie gehe ich bei der Bearbeitung der Aufgabe sinnvollerweise vor?
Lesen Sie den vorliegenden Text mehrfach genau und erarbeiten Sie ihn mit farbigen ***Markierungen*** *und* ***Randnotizen****. Es ist ratsam, längere Text wie den vorliegenden in* ***Sinnabschnitte*** *zu untergliedern und diesen Überschriften zu geben, die den jeweiligen Inhalt auf den Punkt bringen. So behalten Sie den Überblick und können im Aufsatz den Aufbau des Auszugs besser darlegen.*
Überlegen Sie bei der Arbeit am Text, was er über den ***Ich-Erzähler*** *und sein* ***Verhältnis zu seinem Umfeld aussagt****. Fragen Sie sich also beispielsweise, was es bedeutet, dass er den Aufenthalt im Wirtsgarten so sehr genießt oder dass er seinem Vater nicht von seinen Kriegserfahrungen erzählen möchte.*
Die erzählerische und sprachliche Gestaltung des Textes können Sie z. B. anhand der ***folgenden Fragen*** *untersuchen:*
- *Wo wird Geschehen geschildert, wo dagegen reflektiert?*
- *Wie ist die Erzählsituation angelegt und welche Perspektive ergibt sich dadurch?*
- *Wie ist der Satzbau gestaltet?*
- *Finden Sie ungewöhnliche sprachliche Elemente?*
- *Was haben diese für eine Funktion?*

Nach diesen Vorarbeiten überlegen Sie, wie Sie den Aufsatz strukturieren möchten.

Wie kann ich meinen Aufsatz strukturieren?
Beginnen Sie Ihre Ausarbeitung mit einer ***knappen Einleitung****, in der Sie die Basisinformationen (Autor, Titel, Erscheinungsjahr, Thema) nennen. Im* ***Hauptteil*** *ist es ratsam,* ***abschnittsweise*** *vorzugehen und für jeden der von Ihnen ermittelten Sinnabschnitte* ***inhaltliche, formale und sprachliche Ebene zu verknüpfen****. So lassen sich Wiederholungen vermeiden. Stützen Sie Ihre Aussagen durch geeignete Zitate, die Sie mit der Fundstelle (Zeilenangabe) nachweisen. Da sich im vorliegenden Text das* ***Erzählverhalten*** *nicht ändert, empfiehlt es sich, die erzähltechnische Gestaltung in einem eigenen Absatz zu behandeln. Mit einem* ***Fazit*** *können Sie die zentrale Aussage des Romanauszugs nochmals zusammenfassen sowie Ihre Deutung abrunden.*

Lösungsvorschlag

Krieg wird als Abwesenheit von Frieden definiert. Er ist ein Ausnahmezustand, der nicht nur Grenzen und Einflusssphären verrückt, sondern auch moralische Maßstäbe und das zwischenmenschliche Zusammenleben. Wer den Krieg aus nächster Nähe miterlebt hat, droht untauglich zu werden für den normalen Alltag. Davon erzählt der Auszug aus Erich Maria Remarques 1928 veröffentlichtem Roman „Im Westen nichts Neues".

Einleitung

Basisinformationen (Autor, Titel, Gattung, Jahr, Thema)

Der erst **19-jährige Soldat Paul Bäumer** hat im **Ersten Weltkrieg** an der Westfront unmittelbar das brutale Gemetzel miterleben müssen. Nun, im **Heimaturlaub**, ist er unfähig, die eigenen Erfahrungen zu verarbeiten und sich mit seinem Umfeld zu verständigen. Die gutgemeinten Ratschläge und besserwisserischen Ansichten der Zivilisten stehen im krassen Gegensatz zu seinem authentischen Erleben und machen ihm bewusst, dass er sich verändert hat und **nicht mehr in seine alte Welt hineinpasst**.

Hauptteil

Kurze Inhaltszusammenfassung

Der vorliegende Romanauszug lässt sich in vier **Sinnabschnitte** untergliedern. Während Paul, der als Ich-Erzähler fungiert, im **ersten Abschnitt die Ruhe in einem Wirtsgarten** als friedvolles Gegenbild zum Gefecht ausmalt (Z. 1– 9), beschreibt er in den beiden folgenden Abschnitten seine **Probleme im Umgang mit den Menschen daheim**. Zum einen gelingt es ihm nicht, seinem Vater ehrlich und schonungslos von der Front zu berichten (Z. 10–21). Zum anderen muss er am Stammtisch seines früheren Lehrers die ignoranten Weisheiten der Runde zu Strategie und Zielen des Kriegs ertragen (Z. 22–60). **Im vierten Sinnabschnitt** gelangt Paul schließlich zu der Erkenntnis, dass er seine **frühere Identität verloren** hat und mit der zivilen Welt nichts mehr anzufangen weiß (Z. 61–88).

Aufbau

Eine kleine **Idylle** zeichnet der **erste Absatz**, in dem Paul allein in einem Wirtsgarten bei einem Glas Bier sitzt. Er genießt die **Stille** in der spätsommerlichen Natur, die – das schwingt ungesagt mit – eine Wohltat ist nach dem Kriegsinferno. Die Farbadjektive – der Himmel ist blau, der Kirchturm grün (vgl. Z. 7 f.) – schmücken die harmonische Szenerie aus, in der Kinder spielen und ein zutraulicher Hund zu ihm kommt. Allerdings scheint Paul die Eindrücke nicht für sich gelten lassen zu können, sondern beleuchtet sie **vor der Folie des Krieges:** „Es gibt keinen Appell und kein Trommelfeuer […]." (Z. 6 f.) Zudem bedeutet es für ihn schon ein Mehr an Freiheit und Selbstbestimmung, dass er weitere Gläser Bier trinken kann. Der kurze Konditionalsatz „wenn ich will" (Z. 5 f.) zeigt, dass im Urlaub nicht alles von Befehl und Gehorsam durchdrungen wird, sondern auch der eigene Wille eine Rolle spielen darf. Eine Antithese stellt die beiden **extremen Zustände** unversöhnlich gegenüber: den **Kampf** auf Leben und Tod mithilfe mechanischer

Lineare Interpretation

1. Abschnitt: Idylle als Gegensatz zu Krieg

Waffen gegen das **Zusammensein mit glücklichen Kindern und dem Hund inmitten der Natur** (vgl. Z. 6f.).

Sein Wohlbefinden angesichts dieser Umstände bilanziert Paul mit einer schlichten Selbstaussage: „Das ist gut, und ich liebe es." (Z. 10) Doch ist sie nur die Überleitung zu einem Abschnitt, in dem er sein **Leiden an den „Leuten"** (Z. 10) beschreibt. Von den **Eltern** hat er sich **entfremdet**. Zwar sei die Mutter die Einzige, die ihn nicht mit Fragen bedränge, doch bleibt offen, ob sie dies aus Rücksicht tut oder ob sie das Kriegsgrauen verdrängen will. Der Vater giert dagegen nach Geschichten von der Front, die mit „draußen" (Z. 12) umschrieben wird. Mit dem Begriffspaar „rührend und dumm" (Z. 12f.) wertet Paul die väterlichen Wünsche ab, was die klassische Rollenhierarchie auf den Kopf stellt: Aufgrund seiner Erlebnisse erscheint nun der **Sohn reifer und wissender als der Vater**. Doch ist er nicht in der Lage, dieses Wissen auch zu artikulieren. Stattdessen speist er den Vater mit „lustige[n]" (Z. 19) Erzählungen ab und vermeidet längere Gespräche über den Krieg. Denn er betrachtet es als „Gefahr", „diese Dinge", also die Wahrheit über den Frontkampf, in Worte zu fassen, da sie dann „riesenhaft" (Z. 15ff.) werden könnten. Die **unausgesprochenen Worte** werden durch die Metapher zu einem **Ungeheuer**, das den Sprecher um seinen Verstand bringen könnte. Mit einer rhetorischen Frage deutet der Ich-Erzähler an, dass man es **nicht wagen dürfe, das Grauen sprachlich zu erfassen:** „Wo blieben wir, wenn uns alles ganz klar würde, was da draußen vorgeht." (Z. 17f.)

2. Abschnitt: Entfremdung Pauls von den Eltern

Nicht nur vom Elternhaus, auch vom sonstigen **sozialen Umfeld** fühlt sich Paul missverstanden, wie die Begegnung im dritten Abschnitt vorführt. Zwei unterschiedliche Lebenswelten prallen aufeinander: auf der einen Seite der durch den Krieg **verstörte Paul**, der in einem Zustand ständiger Wachsamkeit das Quietschen der Straßenbahn mit dem Fluggeräusch von Granaten verwechselt (vgl. Z. 23), auf der anderen Seite der leutselige **Deutschlehrer**, der leere **Durchhaltephrasen** von sich gibt und dreisterweise die Soldaten um ihre bessere Verpflegung beneidet (vgl. Z. 26ff.). Hinter seinen Worten verbergen sich Selbstmitleid und der Vorwurf, die Zivilisten müssten größere Entbehrungen hinnehmen als die Soldaten.

3. Abschnitt: Belehrung durch besserwisserische Zivilisten

Nicht besser wird es im Kreis des **Stammtischs**, zu dem der Lehrer Paul mitnimmt. Die versammelten Herren reagieren hocherfreut auf den Besuch, gibt er ihnen doch Gelegenheit, **über ihre Sicht der Dinge zu schwadronieren**. Pauls ehrliche Meinung wird gar nicht gewünscht, da die Herren ohnehin schon alles besser wissen. Ein besonders großsprecherischer Direktor beantwortet seine Fragen daher gleich selbst: „Wie ist denn der Geist dort? Vorzüglich, vorzüglich, was?" (Z. 31) Mit der saloppen Aufforderung, die Deutschen müssten erst einmal „den Franzmann verkloppen" (Z. 33), käut er die gängigen **nationalistischen Feindbilder** wieder und strahlt eine **vermeintliche, gönnerhafte Überlegenheit** aus. Trotz ihrer Distanz zum Kriegsgeschehen führen sich die Stammtischbruder siegessicher **als Experten** auf und diskutieren mögliche Gebietsannexionen. Der Direktor erweist sich dabei besonders unersättlich (vgl. Z. 40ff.) und gegenüber Einwänden „unbeugsam" (Z. 43) – so, als hätte er irgendetwas zu entscheiden. Es ergibt sich eine absurde Situation: Die selbst ernannten Fachleuchte fällen **Urteile ohne jede Sachkenntnis**, wohingegen Pauls Einwand, „der Krieg [wäre] doch anders, als man sich das so denke" (Z. 48), als falsche Einschätzung weggewischt wird: Der Einsatz des kleinen Soldaten sei zwar preiswürdig, doch fehle ihm der Überblick übers große Ganze (vgl. Z. 49ff.). Der Direktor hält sich dagegen für kompetent und „überlegen" (Z. 49) genug, um als Pseudo-Feldherr eine Strategie zu entwerfen, wie man bis nach Paris vorstoßen könne (vgl. Z. 55f.). Im Abschiedswunsch, dass man „[h]offentlich [...] nun bald etwas Ordentliches" (Z. 59f.) von den deutschen Soldaten hören werde, schwingt auch ein Vorwurf mit, so als ob es am einzelnen Soldaten läge, dass noch kein Sieg errungen sei.

Pauls innere Abneigung gegen Stammtischrunde

Paul ist „ärgerlich" (Z. 37) und fühlt sich in der Runde sehr unwohl, doch gelingt es ihm lange nicht, sich loszumachen. Vielleicht hat der militärische Drill ihn schon so sehr verbogen, dass er es auch **nicht wagt, gegenüber den bürgerlichen Würdenträgern Widerstand zu leisten**. So lässt er sich von seinem Lehrer zu dessen Stammtisch „[mit]schlepp[en]" (Z. 29) – eine Wortwahl, die seinen inneren Widerwillen verrät. Und er schafft es nicht, die ihm spendierten Biere abzuwehren. Dabei räumt er durchaus ein, dass die Runde es gut mit ihm meint, doch ist seine Formulierung sarkastisch aufgeladen: Die Herren „triefen nur so von Wohlwollen" (Z. 36f.), sie „wissen, was sie einem Soldaten schuldig sind" (Z. 39f.). In dieser Charakterisierung deutet sich bereits die Einsicht an, die den vierten Sinnabschnitt dominiert: **Paul kann mit den „Leuten" daheim**, ihren Sorgen und Wünschen, vor allem mit ihrem Bild vom Krieg **nichts anfangen**.

4. Abschnitt: Reflexion Pauls über seine innerliche Veränderung

So ist der vierte Sinnabschnitt eine **persönliche Bilanz Pauls** – auffällig ist das häufig verwendete Personalpronomen „ich". Desillusioniert stellt der junge Mann fest, dass sein einstiges **Umfeld ihm nun völlig fremd** geworden und er dieser Welt abhandengekommen ist. Mit der Metapher der „Kluft" veranschaulicht er, dass für ihn „heute und damals" (Z. 63) getrennt sind. Paul gelangt zu der Erkenntnis, dass er „es wohl [ist], der sich inzwischen geändert hat" (Z. 63). **Zermürbt** vom Kämpfen hat er kein Verständnis mehr für die Welt der Zivilisten und deren „Sorgen, Ziele, Wünsche" (Z. 74). Anhand seiner abschätzigen Beurteilung der Menschen in seiner Heimatstadt wird allerdings deutlich, dass es ihm keiner recht machen kann: Egal, ob sie sich nach seinen Erlebnissen erkundigen oder ob sie Takt beweisen wollen, **fühlt Paul sich durch sie gestört** und sehnt die Einsamkeit herbei (vgl. Z. 66ff.). Dass die anderen „immer [...] rasch bei den Dingen [sind], die ihr Dasein darstellen" (Z. 72), signalisiert, dass die Nicht-Soldaten persönliche Anliegen haben und den **ständigen Überlebenskampf der Soldaten nicht nachvollziehen können**. So misst Paul dem Stillsitzen einen besonderen Wert zu, den sein Umfeld nicht versteht, da es keiner „mit seinem ganzen Leben" (Z. 79) empfindet. Der Graben zwischen der sprachlichen Anteilnahme und der persönlichen Erfahrung scheint unüberwindbar. Die Zivilisten drückten ihr Verständnis „nur mit Worten, nur mit Worten" (Z. 77f.) aus. Die **existenzielle Betroffenheit fehlt** ihnen, wohingegen Paul intensiv den Augenblick im Hier und Jetzt erlebt.

Sprachkritik

Somit hat der Text eine **sprachkritische Dimension**, da er die Fähigkeit der Sprache anzweifelt, über den Krieg zu sprechen und wahrhaftig mit Unbeteiligten zu kommunizieren. Die Sprache stößt an ihre Grenzen: Im Gespräch mit seinem Vater wagte es Paul nicht, mit Worten an das Grauen zu rühren (vgl. Z. 15ff.). Nun kapituliert er bei dem Versuch, seine so andere Wahrnehmung zu artikulieren (vgl. Z. 79f.).

Pauls Einstellung zur Zivilgesellschaft

Es ergibt sich ein **ambivalentes Verhältnis Pauls zu seiner angestammten Umgebung**, die er durch Antithesen ausdrückt. Er fühlt sich zugleich von der Normalität eines bürgerlichen Erwerbslebens angezogen und wegen dessen Enge abgestoßen. Er kann den Gegensatz zwischen Alltagsleben in der Heimat und Kriegshölle mit Tod und Zerstörung nicht ertragen (vgl. Z. 81ff.). So gelangt er zu dem Eingeständnis seiner völligen Entfremdung: „Es sind andere Menschen hier, Menschen, die ich nicht richtig begreife, die ich beneide und verachte." (Z. 87f.) Er scheint seine alte Identität verloren zu haben und **findet sich in der Zivilwelt nicht mehr zurecht**. Pauls Erfahrungen stehen zwischen ihm und den „Leuten", die meist mit dem Personalpronomen „sie" als unpersönliche Masse der Zivilisten bezeichnet werden.

Erzählerische Gestaltung

Das durchgehend **personale Erzählverhalten** sorgt dafür, dass der Leser nur **Pauls subjektive Sicht** der Dinge erhält. Das Erzähltempus **Präsens** sorgt für Unmittelbarkeit. Auch die vorwiegend **parataktische Syntax**, die knappe Sätze aneinanderreiht, die sparsame Verwendung sprachlicher Bilder und die vielen **Ich-Aussagen** lassen den Text **wie ein authentisches Dokument** wirken, das Zeugnis ablegt von der existenziellen Erschütterung, die Frontsoldaten erlebten.

Fazit

Der **Krieg hat Paul Bäumer fundamental verändert** und verformt, sodass es fraglich erscheint, ob er sich jemals wieder in seine alte Rolle wird einfügen können.

Teilaufgabe 2

Hinweise und Tipps

Was verlangt die Aufgabenstellung von mir?
Die zweite Teilaufgabe fordert einen ***Vergleich*** *des analysierten Romanauszugs mit Arno Geigers Roman „Unter der Drachenwand", der Ihnen aus dem Unterricht bekannt ist. Die Aufgabenstellung gibt die* ***Vergleichsaspekte*** *vor: Es geht zum einen um Pauls bzw. Veits* ***innere Verfassung*** *(also u. a. darum, wie sie sich fühlen) und um ihr* ***Verhältnis zu den Zivilisten*** *(also u. a. um ihre Einstellung zu ihrem Umfeld).*

Wie gehe ich bei der Bearbeitung der Aufgabe sinnvollerweise vor?
Zur Vorbereitung können Sie auf einem Konzeptblatt eine zweispaltige Tabelle anlegen, mit der Sie die beiden Soldaten einander gegenüberstellen. Suchen Sie nach geeigneten ***Unteraspekten –*** *beispielsweise:*
- *Wie sieht die jeweilige Situation der jungen Männer aus?*
- *Wie empfinden sie das Verhältnis zu ihren Eltern?*
- *Wie verläuft der Kontakt zu Bekannten?*
- *Ist von Freunden die Rede?*
- *Wie erleben sie das Zivilleben vor dem Hintergrund ihrer Fronterfahrungen?*
- *Welche Zukunftshoffnungen hegen sie?*

Wie kann ich meinen Aufsatz strukturieren?
Beginnen Sie mit einer ***aufgabenbezogenen Überleitung****, die zum Vergleichstext hinführt. Den* ***Hauptteil*** *bauen Sie am besten entsprechend Ihrer Vorarbeit auf, also nach den oben genannten Unteraspekten. Dabei ist es nötig, ausgewählte Inhalte aus Arno Geigers Roman kurz wiederzugeben, doch beschränken Sie sich unbedingt auf relevante Zusammenhänge und erzählen Sie nicht die ganze Romanhandlung nach. In einem* ***Resümee*** *können Sie Ihre Ergebnisse bündeln.*

Was gibt es bei dieser Aufgabe sonst noch zu beachten?
Beim Vergleich zweier Romane über den Krieg sind Grundkenntnisse ***zum historischen Hintergrund*** *unverzichtbar. Greifen Sie daher auf Ihr im Geschichtsunterricht erworbenes Wissen zum Ersten und Zweiten Weltkrieg zurück. Bedenken Sie, dass Zivilisten im Zweiten Weltkrieg viel direkter eingebunden und betroffen waren und thematisieren Sie diesen Unterschied zum Ersten Weltkrieg.*

Lösungsvorschlag

Überleitung
Unterschied zwischen Erstem und Zweitem Weltkrieg

Das Gegenüber von Front und Heimat, das den Ersten Weltkrieg prägte, war im **Zweiten Weltkrieg** beseitigt. Der **Krieg** war, wie von Propagandaminister Goebbels gefordert, „**total**" geworden. Er durchdrang alle Lebensbereiche, was auch der nationalsozialistische Begriff der „**Heimatfront**" andeutet. Von den Zivilisten wurde ebenfalls die totale Hingabe für die nationale Sache eingefordert, zudem waren sie durch Kriegshandlungen wie Bombardements existenziell betroffen und mussten nicht nur um ihren Besitz, sondern auch um ihr Leben bzw. dasjenige ihrer Angehörigen fürchten.

Textvergleich

Aktuelle Lage der Protagonisten

Arno Geigers 2018 erschienener Roman „Unter der Drachenwand" erzählt aus der Perspektive des 24-jährigen Soldaten **Veit Kolbe** davon, wie der Krieg nicht nur sein eigenes Leben, sondern auch die ganze Zivilgesellschaft überschattet und prägt. Nach einer Verwundung und der folgenden Operation wird er in einen **mehrmonatigen Genesungsurlaub** geschickt, den er – zuletzt mithilfe von Urkundenfälschung – immer weiter ausdehnen kann. So entkommt er schließlich etwa für **ein Jahr** der Kriegshölle, bevor er an die Front zurückkehren muss. **Paul** Bäumer hat dagegen einen nur **zweiwöchigen Heimaturlaub**. Seine Kontakte mit dem Umfeld sind daher zeitlich begrenzt und können ihn nicht so nachhaltig beeinflussen wie Veit.

Problematisches Verhältnis zu den Eltern

Auffällig ist beider **Entfremdung von den Eltern**. Während sich die **Mütter** jeweils heraushalten, wollen die Väter ihre Söhne in **Kriegsgespräche** verwickeln. Herr Bäumer hofft auf Berichte von spektakulären Fronterlebnissen, als sei der Krieg ein großes Abenteuer. Herr Kolbe hat eine ideologische Sicht auf den Krieg – die nationalsozialistische Indoktrination wirkt. Er betrachtet den Krieg als große nationale Aufgabe, die Opfer erfordere, und ergeht sich angesichts des Rückzugs in pathetischen Durchhalteparolen. Paul und Veit **entziehen sich diesen Gesprächen** mit den Vätern, die ihre Augen vor der Realität verschließen und bei ihrer vorgefassten Meinung bleiben wollen. Allerdings sagt Veit zuletzt seinem Vater die Meinung und überwirft sich mit ihm.

Angespanntes Verhältnis zur Zivilgesellschaft

Sowohl Paul als auch Veit **hadern mit der Zivilgesellschaft** und deren Sicht auf den Krieg. Während im Ersten Weltkrieg positive Erwartungen daher rührten, dass das eigentliche Kampfgeschehen weit weg war und die Probleme des deutschen Militärs verschwiegen wurden, war 1944 schon eher zu erahnen, dass Deutschland unterliegen würde. Dennoch sorgten Propaganda, Terror und eine innere Abstumpfung dafür, dass die Menschen den Krieg nicht offen infrage stellten. Wie es in Geigers Roman heißt, galt schon Schwarzsehen als Verrat. In beiden Fällen klagen die beurlaubten Soldaten über die **Zivilisten, die sich ein Urteil über den Kampfverlauf erlauben, ohne die tatsächlichen Zusammenhänge zu kennen**. Die besserwisserische Stammtischrunde gibt Paul Ratschläge, die Bürger von Mondsee werfen Veit Pflichtvergessenheit und Drückebergerei vor, da er sich in ihrer Gemeinde erholt und nicht wieder an der Front steht.

Versagen der Sprache bei Gesprächen über den Krieg

Paul ist **nicht in der Lage, seinem Umfeld das erlebte Grauen sprachlich zu vermitteln**. Er schottet sich daher innerlich von den „Leuten" ab und widerspricht nicht offen. Veit fällt es ebenfalls schwer, über die **Fronterfahrungen** zu sprechen, aber im Verlauf des Romans erzählt er dennoch gelegentlich davon – beispielsweise Margot (vgl. S. 199). Auch wegen seiner Kriegserlebnisse hat Veit zunehmend **Zweifel am nationalsozialistischen Regime**. So äußert er z. B. gegenüber der Quartiersfrau, einer fanatischen NS-Anhängerin, versteckt Kritik. Seine Erzählung ist zudem immer wieder von Einlassungen durchsetzt, die seine kritische Distanz zur Ideologie verdeutlichen. In Pauls Bericht dagegen finden sich – jedenfalls im vorliegenden Auszug – **keine vergleichbaren politischen Äußerungen**.

Kriegserfahrungen und politische Haltung

Beide Protagonisten **registrieren ihre innerliche Veränderung und Entfremdung von der Normalwelt**. „Ich finde mich hier nicht mehr zurecht, es ist eine fremde Welt." (Z. 65 f.), resümiert Paul seine Situation. Und auch Veit betrachtet den Krieg als Krankheit, der seine Persönlichkeit verzerrt und verformt hat. Er gelangt zu dem Schluss, dass er zeit seines Lebens immer Teil des Krieges bleiben wird. Auch wird ihm bewusst, dass er Aktionen zur Ermordung von Juden nicht wahrnehmen wollte. In gewisser Weise hat er durch sein Wegschauen eine Mitschuld auf sich geladen hat, die den Krieg überdauern wird.

Veränderung der eigenen Person

Paul und Veit werden von den **Schreckensbildern der Front** heimgesucht. So muss Paul auch in der heimischen Idylle daran denken, wie „jetzt die Splitter über die Trichter sausen und die Leuchtkugeln hochgehen" (Z. 84 f.), während Veit unter einer posttraumatischen Belastungsstörung leidet. In stärkerem Maß als bei Paul überkommen ihn anfallsartig Erinnerungen und konfrontieren ihn mit lebensgefährlichen Situationen aus dem Kampf.

Traumatische Erinnerungen

Kann sich eine junge Generation, die durch das permanente Töten abgestumpft und zermürbt ist, wieder **ins gewöhnliche Leben integrieren**? Paul verspürt eine große Sehnsucht nach dem Alltag und normalen Erwerbsleben, verachtet jedoch zugleich dessen Enge. Veit hat ebenfalls den Wunsch nach einem kleinen Privatglück und beklagt die verlorene Jugend. Denn eigentlich hätte er längst sein Studium abgeschlossen und würde ein unabhängiges Leben führen. **Geigers Roman** erzählt auch davon, wie der junge Mann **allmählich wieder ins Leben zurückfindet**. Vor allem zwei soziale Kontakte geben ihm Halt: So freundet er sich zum einen mit dem **Brasilianer** an, der dem Regime sehr kritisch gegenübersteht und trotz Lebensgefahr weiterhin seine Meinung äußert. Von ihm lernt Veit den Wert geistiger Freiheit und übernimmt dann auch Verantwortung, als er die Gärtnerei des Brasilianers während dessen Haftstrafe weiterführt. Und schließlich wird er sogar zum Mörder und erschießt seinen Onkel, um dem Brasilianer eine erneute Festnahme zu ersparen. Zum anderen schenkt ihm die **Beziehung zu seiner Zimmernachbarin Margot** neue Zuversicht und einen optimistischen Blick auf die Zukunft. Bei ihr erlebt er Zärtlichkeit und Ge-

Soziale Kontakte und Liebe als Hilfe für Veit

borgenheit und kann den Krieg zumindest kurzzeitig ausblenden. **Liebe und Freundschaft** erscheinen so als Heilmittel für die vom Krieg gezeichnete Seele Veits. Ob Paul eine ähnliche Wende zum Positiven vergönnt ist, lässt der Romanauszug offen. Er selbst scheint es zu bezweifeln.

Fazit des Vergleichs

Die Romane von Remarque und Geiger erzählen zwar von unterschiedlichen Kriegen, doch ist die **existenzielle Verstörung der beiden Protagonisten vergleichbar**. Sie müssen sich beide mit der Erkenntnis auseinandersetzen, dass sie aufgrund ihrer Erfahrungen von allen Zivilisten getrennt sind, zumal diese oft ihr eigenes Bild vom Krieg haben, das nicht mit der Frontrealität übereinstimmt. Paul und Veit erleben jeweils, dass sie nicht mehr in ihr altes Leben zurückkönnen. Doch das Beispiel Veits zeigt, was trotz aller seelischen Wunden ein **Weiterleben ermöglichen** kann: Die **Liebe** siegt über Schmerz und Leid.

Leistungskurs Deutsch (Nordrhein-Westfalen) – Übungsaufgabe 2
I a: Analyse eines literarischen Textes mit weiterführendem Schreibauftrag

Arbeitsgrundlage:
Friedrich Hebbel: *Maria Magdalena*

Aufgaben: Punkte

1. Interpretieren Sie den vorliegenden Auszug aus Friedrich Hebbels bürgerlichem Trauerspiel *Maria Magdalena* unter besonderer Berücksichtigung von Meister Antons Beziehung zu seinen Kindern. Beziehen Sie dabei die Situation, in der sich die Figuren befinden, sowie die sprachlich-stilistische Gestaltung mit ein. 42
2. Vergleichen Sie den Auszug mit Lessings Drama *Nathan der Weise* im Hinblick auf die dargestellte Vater-Tochter-Beziehung und unter Berücksichtigung epochenspezifischer Merkmale. 30

Friedrich Hebbel (1813–1863)
Maria Magdalena (1844, Auszug)

Vorbemerkung: *Karl, der Sohn des Tischlermeisters Anton, wurde wegen eines Diebstahlverdachts verhaftet, woraufhin die Mutter aus Schreck stirbt. Anton konzentriert sich nun ganz auf seine Tochter, die ihre eigenen Probleme verheimlichen muss: Sie wurde von ihrem Verlobten, dem Kassierer Leonhard, geschwängert und dann verlassen.*

ZWEITER AKT
Zimmer im Hause des Tischlermeisters.
ERSTE SZENE
MEISTER ANTON *(STEHT VOM TISCH AUF).*
KLARA *(WILL ABRÄUMEN).*

MEISTER ANTON Willst Du wieder nicht essen?
KLARA Vater, ich bin satt.
MEISTER ANTON Von nichts?
KLARA Ich aß schon in der Küche.
MEISTER ANTON Wer keinen Appetit hat, der hat kein gut Gewissen! Nun, alles wird sich finden! Oder war Gift in der Suppe, wie ich gestern träumte? Einiger wilder Schierling, aus Versehen beim Pflücken ins Kräuterbündel hineingeraten? Dann tatst du klug!
KLARA Allmächtiger Gott!
MEISTER ANTON Vergib mir, ich – Geh zum Teufel mit deiner blassen Leidensmiene, die du der Mutter des Heilands[1] gestohlen hast! Rot soll man aussehen, wenn man jung ist! Nur einer darf Staat machen mit einem solchen Gesicht, und der

tut's nicht! Hei! Jedem eine Ohrfeige, der noch au sagt, wenn er sich in den Finger geschnitten hat! Dazu hat keiner das Recht mehr, denn hier steht ein Mann, der – Eigenlob stinkt, aber was tat ich, als der Nachbar über deiner Mutter den Sargdeckel zunageln wollte?

KLARA Er riss ihm den Hammer weg und tat's selbst, und sprach: dies ist mein Meisterstück! Der Kantor, der eben mit den Chorknaben vor der Thür das Sterbelied absang, meinte, Er sei verrückt geworden!

MEISTER ANTON Verrückt! *(lacht)* Verrückt! Ja, ja, das ist ein kluger Kopf, der sich selbst köpft, wenn's Zeit ist. Der meinige muss dazu zu fest stehen, sonst – Man hockte in der Welt, und glaubte in einer guten Herberge hinterm Ofen zu sitzen, da wird plötzlich Licht auf den Tisch gestellt, und siehe da, man ist in einem Räuberloch, nun geht's piff, paff, von allen Seiten, aber es schadet nicht, man hat zum Glück ein steinernes Herz!

KLARA Ja, Vater, so ist's!

MEISTER ANTON Was weißt du davon? Meinst du, du hast ein Recht, mit mir zu fluchen, weil dein Schreiber davongelaufen ist? Dich wird ein anderer sonntags nachmittags spazieren führen, ein anderer wird dir sagen, dass deine Backen rot sind und deine Augen blau, ein anderer wird dich zum Weibe nehmen, wenn du's verdienst. Aber, wenn du nun dreißig Jahre lang in Züchten und Ehren die Last des Lebens getragen, wenn du nie gemurrt, sondern Leid und Tod und jedes Missgeschick in Geduld hingenommen hast, und dann kommt dein Sohn, der dir für dein Alter ein weiches Kopfkissen stopfen sollte, und überhäuft dich so mit Schande, dass du die Erde anrufen möchtest: verschlucke mich, wenn dich nicht ekelt, denn ich bin kotiger, als du! – dann magst du all die Flüche, die ich in meiner Brust zurückhalte, aussprechen, dann magst du dein Haar raufen und deine Brüste zerschlagen, das sollst du vor mir voraus haben, denn du bist kein Mann!

KLARA O Karl!

MEISTER ANTON Wundern soll mich's doch, was ich tun werde, wenn ich ihn wieder vor mir sehe, wenn er abends vor Lichtanzünden mit geschorenem Kopf, denn im Zuchthaus sind die Frisuren nicht erlaubt, in die Stube tritt und einen guten Abend herausstottert und die Klinke der Tür in der Hand behält. Tun werd ich etwas, das ist gewiss, aber was? *(Mit Zähneknirschen.)* Und ob sie ihn zehn Jahre behalten, er wird mich finden, ich werde so lange leben, das weiß ich, merk dir's, Tod, ich bin von jetzt an ein Stein vor deiner Hippe[2], sie wird eher zerspringen, als mich aus der Stelle rücken!

KLARA *(fasst seine Hand).* Vater, Er sollte sich eine halbe Stunde niederlegen!

MEISTER ANTON Um zu träumen, dass du in die Wochen gekommen seist[3]? Um dann aufzufahren, und dich zu packen, und mich hinterdrein zu besinnen und zu sprechen: liebe Tochter, ich wusste nicht, was ich tat! Ich danke. Mein Schlaf hat den Gaukler verabschiedet und einen Propheten in Dienst genommen, der zeigt mir mit seinem Blutfinger hässliche Dinge, und ich weiß nicht, wie's kommt, alles scheint mir jetzt möglich. Hu, mich schaudert's vor der Zukunft, wie vor einem Glas Wasser, das man durchs Mikroskop – ist's richtig, Herr Cantor? Er hat mir's oft genug vorbuchstabiert! – betrachtet hat. Ich tat's einmal in Nürnberg auf der Messe, und mochte den ganzen Tag nicht mehr trinken! Den lieben Karl sah ich in der letzten Nacht mit einer Pistole in der Hand, als ich den Schützen näher ins Auge fasste, drückte er ab, ich hörte einen Schrei, aber vor Pulverdampf konnt ich nichts sehen, auch als der Dampf sich verzog, erblickte ich keinen zerschmetterten Schädel, aber mein Herr Sohn war inzwischen ein reicher Mann geworden, er stand und zählte Goldstücke von einer Hand in die andere, und er hatte ein Gesicht – hol' mich der Teufel, man kann's nicht ruhiger haben, wenn man den ganzen Tag arbeitete und nun die Werkstatt hinter sich abschließt. Nun davor könnte man aufpassen! Man könnte Gericht halten und sich nachher selbst vor den höchsten Richter stellen.

KLARA Werd' Er doch wieder ruhig!

MEISTER ANTON Werd' Er doch wieder gesund! Warum ist Er krank! Ja, Arzt, reich mir nur den Trank der Genesung! Dein Bruder ist der schlechteste Sohn, werde du die beste Tochter! Wie ein nichtswürdiger Bankerottierer steh ich vor dem Angesicht der Welt, einen braven Mann, der in die Stelle dieses Invaliden treten könne, war ich ihr schuldig, mit einem Schelm hab ich sie betrogen. Werde du ein Weib, wie deine Mutter war, dann wird man sprechen: an den Eltern hat's nicht gelegen, dass der Bube abseits ging, denn die Tochter wandelt den rechten Weg, und ist allen andern vorauf. *(Mit schrecklicher Kälte.)* Und ich will das Meinige dazu tun, ich will dir die Sache leichter machen, als den Übrigen. In dem Augenblick, wo ich bemerke, dass man auch auf dich mit Fingern zeigt, werd' ich – *(mit einer Bewegung an den Hals)* mich rasieren, und dann, *das schwör' ich dir zu*, rasier ich den ganzen Kerl weg, du kannst sagen, es sei aus Schreck geschehen, weil auf der Straße ein Pferd durchging, oder weil die Katze auf dem Boden einen Stuhl umwarf, oder weil mir eine Maus an den Beinen hinauflief. Wer mich kennt, wird freilich den Kopf dazu schütteln, denn ich bin nicht sonderlich schreckhaft, aber was tut's? Ich kann's in einer Welt nicht aushalten, wo die Leute mitleidig sein müssten, wenn sie nicht vor mir ausspucken sollen.

Aus: Friedrich Hebbel: Maria Magdalena. Ein bürgerliches Trauerspiel in drei Akten. Stuttgart: Reclam, S. 61–64.

Anmerkungen:
1 *Mutter des Heilands:* gemeint ist Maria, die Mutter Jesu
2 *Hippe:* Sense; der Tod wird seit dem Mittelalter oft bildlich als Sensenmann dargestellt
3 *in die Wochen kommen:* veraltete Redewendung für: ein Kind bekommen

Teilaufgabe 1

Hinweise und Tipps

Welche Aufgabenart liegt vor und wie sind die Teilaufgaben gewichtet?
Diese Aufgabe entspricht der ***Aufgabenart I a: Analyse eines literarischen Textes mit weiterführendem Schreibauftrag****. Für die erste Teilaufgabe können Sie 42 Punkte erhalten, für die zweite Teilaufgabe 30 Punkte – die Analyse des vorliegenden Textes ist also in der Bewertung stärker gewichtet.*

Was verlangt die Aufgabenstellung von mir?
Teilaufgabe 1 besteht aus einem ***Interpretationsauftrag:*** *Der Operator „****interpretieren****" fordert die Untersuchung des Zusammenspiels von* ***Inhalt, Form und Sprache*** *sowie eine darauf beruhende* ***Deutung*** *des Textes – es gilt also, den Inhalt zu verstehen, die Art und Weise der Textgestaltung zu untersuchen und daraus eine Textauslegung zu gewinnen. Der Fokus soll dabei auf die* ***Beziehung des Vaters zu seinen Kindern*** *gelegt werden. Außerdem gibt die Aufgabe vor, dass die* ***Situation der Figuren*** *berücksichtigt werden soll und dass* ***Sprache und Stil*** *zu untersuchen sind.*

Wie gehe ich bei der Bearbeitung der Aufgabe sinnvollerweise vor?
Beginnen Sie am besten damit, den ***Inhalt*** *des Textes grob zu erfassen. Lesen Sie dafür den Text aufmerksam und halten Sie fest,* ***worüber die Figuren eigentlich sprechen****. Mithilfe eines Farbstiftes unterteilen Sie dann den Text in* ***Sinnabschnitte*** *und erfassen kurz deren Inhalt, um einen genaueren* ***Überblick*** *über den* ***Verlauf des Dialogs*** *zu bekommen. Im Anschluss können Sie an die* ***Detailanalyse*** *gehen – fragen Sie sich unter anderem, …*

- *… was die Äußerungen der Figuren, insbesondere Meister Antons, über* ***diese selbst*** *und über ihre* ***Beziehungen*** *zu den anderen Figuren* ***aussagen****,*
- *… wie die* ***Kommunikationssituation*** *charakterisiert werden kann,*
- *… ob eine Figur den Dialog dominiert,*
- *… ob es eine Entwicklung im Gespräch gibt.*

Auch ***Sprache und Stil*** *sollten Sie jetzt untersuchen: Entschlüsseln Sie z. B. Meister Antons bildliche Ausdrücke, um diese dann in ihrer rhetorischen Funktion zu deuten, und leiten Sie aus der Redeweise Charakterzüge der sprechenden Figuren ab.*

Wie kann ich meinen Aufsatz strukturieren?
Zum Aufsatz zu Teilaufgabe 1 gehören eine ***Einleitung****, ein* ***Hauptteil*** *und ein* ***Schlussteil****. Die* ***Einleitung*** *sollte die* ***Basisdaten*** *des zu untersuchenden Textes (Titel, Autor, Gattung, Erscheinungsdatum) enthalten. Beim* ***Hauptteil*** *gilt es, eine Entscheidung zu treffen zwischen einer* ***linearen Analyse****, bei der Sie chronologisch den Text im Hinblick auf einzelne Analyseaspekte (Inhalt, Gestaltung, Deutung) durchgehen, und einer* ***aspektorientierten Analyse****, bei der Sie in jedem Absatz einen Aspekt des Textes in den Mittelpunkt stellen. Der vorliegende Beispielaufsatz folgt der erstgenannten Struktur, weil der Auszug sprachlich eher schwierig ist und die Deutung einzelner Äußerungen im Sprechkontext dann leichter fällt. Im* ***Schlussteil*** *ziehen Sie am besten eine* ***reflektierte Schlussfolgerung*** *– z. B. mit Blick auf den historischen Hintergrund.*

Was gibt es bei dieser Aufgabe sonst noch zu beachten?
Besondere Beachtung verdient die ***Vorbemerkung****, die Sie am besten schon vor der ersten Lektüre des Auszuges lesen. Da eine genaue Kenntnis dieses Werkes nicht vorausgesetzt werden kann, erhalten Sie hier* ***wichtige Informationen****, ohne die Sie den Dialog nicht richtig verstehen können.*

Lösungsvorschlag

Einleitung
Grundlegende Textinformationen und kurze Hinführung zum Auszug

Ein Vater terrorisiert seine Tochter mit unmenschlichen Tugend- und Moralvorstellungen. Auf diesen Kern lässt sich der vorliegende Auszug aus dem zweiten Akt von Friedrich Hebbels 1844 veröffentlichtem bürgerlichen Trauerspiel *Maria Magdalena* bringen.

Hauptteil
Ausgangssituation

Zwei Schicksalsschläge haben das Weltbild und das Dasein des Tischlermeisters Anton aus dem Gleichgewicht gebracht: Sein Sohn Karl wurde wegen des Verdachts, einen Diebstahl begangen zu haben, verhaftet und seine Frau verstarb aus Schreck über diese Meldung. Anton bleibt allein mit seiner Tochter Klara zurück und hadert mit der neuen Situation, die seinen **Ruf und seine Ehre beschädigt** hat.

Analyse

Seine Frage, ob Klara denn wieder nichts essen wolle (vgl. Z. 1), ließe sich als Ausdruck liebevoller Besorgtheit deuten, wenn Anton nicht im Anschluss eine moralische Lehre verkünden würde: „Wer keinen Appetit hat, der hat kein gut Gewissen!“ (Z. 5) Damit äußert er den versteckten Vorwurf, seine Tochter hätte etwas Unrechtes getan – und trifft damit unwissend ins Schwarze. Denn Klara müssen solche Unterstellungen umso mehr beunruhigen, als sie mit ihrer **unehelichen Schwangerschaft** tatsächlich ein Geheimnis hat, das das gesellschaftliche Ansehen der Familie bedroht.

Härte gegen die Tochter

Anton behält auch in der Folge seinen **aggressiv attackierenden Ton** bei, mutmaßt, dass Klara ihn möglicherweise vergiften könnte, und beschwert sich über ihre „blass[e] Leidensmiene“ (Z. 10 f.). Ein kurzer, abgebrochener Satz („Vergib mir, ich –“, Z. 10) verrät, dass er zärtlichere Gesten nicht zulassen mag. Statt väterlicher Zuwendung überhäuft er Klara weiterhin mit Vorwürfen und der Forderung, er allein dürfe angesichts seines Unglücks klagen.

Charakterzüge Antons

Weniger Trauer als **Trotz und Selbstgerechtigkeit** zeigt er durch seinen Entschluss, persönlich den Sarg seiner Frau zuzunageln. Sarkastisch hat der Tischlermeister diese Tat sein „Meisterstück“ (Z. 18) genannt. Bei der Erinnerung daran, dass man ihn für verrückt gehalten hat, muss er lachen. Dieses Lachen resultiert aber nicht aus einer geistigen Verwirrung, es spiegelt vielmehr sein **Selbstmitleid** wider. Den Schaden, den sein Weltbild durch die vermeintliche Untat Karls genommen hat, versucht er metaphorisch zu beschreiben. So habe er erkennen müssen, dass er nicht „in einer guten Herberge hinterm Ofen“, sondern in einem wilden „Räuberloch“ (Z. 22 ff.) säße. Die „Schande“ (Z. 34), die sein Sohn über ihn gebracht und ihn gleichsam beschmutzt („kotiger“, Z. 36) hätte, **bedroht seine Lebensleistung**. Dabei rekapituliert Anton seine eigene entbehrungsreiche und tugendhafte Existenz – sprachlich gefasst in die Alliteration „Last des Lebens“ (Z. 31 f.) –, um dann in einer Mischung aus Ekel und Zorn die **Enttäuschung über seinen Sohn** herauszuschreien, der ihm eigentlich im Alter eine Stütze hätte sein sollen. Mit einer anaphorischen Reihung („dann magst du“, Z. 36 f.) zählt er all die heftigen Reaktionen auf, die angemessen wären, die er als Mann aber unterdrücke. Er **lobt sich** damit indirekt **selbst** für seine Fassung und Charakterstärke. Wie grausam er seine Lage findet, unterstreicht er, indem er die Tatsache, dass Klara von ihrem Verlobten verlassen wurde, herunterspielt und – wieder im vorwurfsvollen Tonfall und wieder mit einer Reihung von Anaphern („ein anderer“, Z. 28 ff.) – voraussagt, dass Klara auf ein anderes, neues Liebesglück hoffen könne.

Einstellung gegenüber seinem Sohn

Zu keinem Zeitpunkt stellt sich Anton die Frage, warum Karl zum Dieb geworden ist, wie es ihm nun geht oder wie er ihm helfen kann. Anders als **Klara**, deren schmerzlicher Ausruf „O Karl!“ (Z. 39) ihre **Empathie** ausdrückt, interessiert sich **Anton** nur für sich und sein **Ansehen**. Das Wiedersehen mit Karl nach dessen Haftstrafe wird von ihm zugleich gewünscht und gefürchtet. „Tun werd ich etwas, das ist gewiss, aber was?“ (Z. 43 f.) droht er zähneknirschend und prophezeit, dass er so lange leben werde, bis Karl wieder freikomme. In einer lebhaften Schilderung vergegenwärtigt er die Heimkehr des verunsicherten Sträflings, doch machen Antons grimmiger Ton und die Apostrophe des Todes („merk dir’s, Tod!“, Z. 45 f.) deutlich, dass **Karl nicht als verlorener Sohn willkommen** geheißen werden wird. Als Vater eines Verbrechers und „Schelm[s]“ (Z. 72) gelte er nun in den Augen der Welt, sei also selbst gescheitert, weshalb er sich mit einem „nichtswürdige[n] Bankerottierer“ (Z. 70) vergleicht. Dabei wird deutlich, dass die Gesellschaft kriminelle Taten von jungen Menschen auch den Eltern anlastet, dass also die **ganze Familie** dadurch **in Misskredit** gerät.

Erschütterung von Antons Leben

Die **Zukunft** birgt für den Tischlermeister nur noch **Schrecken**. Und auch vor dem Schlaf bzw. vor seinen Träumen fürchtet er sich, da sie nur weitere fürchterliche Szenarien vor seinem inneren Auge heraufbeschwören. Die metaphorische Umschreibung, dass ihm ein innerer Prophet „mit seinem Blutfinger hässliche Dinge“ (Z. 53) zeige, verbalisiert **Antons existenzielle Verunsicherung**. Da er kurz vor Karls Verhaftung im Traum seinen Sohn zunächst mit einer Pistole, dann beim Zählen von Geldstücken gesehen hat, fühlt er sich in dem Glauben bestärkt, er könne aus seinen Träumen die Zukunft ableiten.

Da er sich von Karl so hintergangen und um den wohlverdienten, ehrenvollen Lebensabend betrogen fühlt, konzentriert er nun all seine **Erwartungen und Ansprüche auf die verbliebene Tochter**. Eine Horrorvorstellung wäre es für ihn, wenn Klara „in die Wochen gekommen" (Z. 49) sei. Erneut errät er unwissentlich die Wahrheit. Seine unbedingte **Forderung an Klara, ein Vorbild an bürgerlicher Tugend zu sein**, bringt diese in eine **ausweglose Situation**, weiß sie doch nun, dass sie vonseiten ihres Vaters keinerlei Verständnis zu erwarten hat. Aus dem Fehlverhalten Karls erwächst für Klara das Gebot, umso mustergültiger zu handeln, wie die Verwendung zweier antithetischer Superlative zeigt: „Dein Bruder ist der schlechteste Sohn, werde du die beste Tochter!" (Z. 69f.) Klara hat **keine Alternative**, da Anton ihr im Falle eines Normverstoßes und Ehrverlusts unmissverständlich **mit Suizid droht**. Die Regieanweisung betont die „schrecklich[e] Kälte" (Z. 75), mit der Anton seine Warnung vorbringt: „In dem Augenblick, wo ich bemerke, dass man auch auf dich mit Fingern zeigt, werd' ich – [...] mich rasieren, und dann, das schwör' ich dir zu, rasier ich den ganzen Kerl weg" (Z. 76ff.). Dass er von sich in der dritten Person spricht, veranschaulicht die Härte und Konsequenz, die er auch sich selbst gegenüber anzuwenden bereit ist. Zynisch nennt er einige mögliche Erklärungen, mit denen Klara seinen Rasierunfall vertuschen könnte. Auch hier unterstellt er in seiner **Ich-Fixierung** der Tochter **Gewissenlosigkeit und Gleichgültigkeit**, so als wäre er der Einzige, der Wert auf moralisches Verhalten legen würde.

Druck auf Klara

Das Statement „Ich kann's in einer Welt nicht aushalten, wo die Leute mitleidig sein müssten, wenn sie nicht vor mir ausspucken sollen" (Z. 82ff.) bringt schließlich noch einmal sein **Selbstbild** auf den Punkt: Meister Anton kann weder Verachtung noch Mitleid ertragen, die Gefahr eines Ehrverlusts stellt für ihn den Sinn seiner Existenz infrage. Sein **moralischer Rigorismus** bringt die schwangere Klara in eine verzweifelte Situation, da sie nun fürchten muss, mit ihrem unehelichen Kind den Vater in den Selbstmord zu treiben. Die **emotionale Erpressung**, mit der Anton Klara konfrontiert, entlarvt ihn endgültig als **bigotten, selbstgerechten Vertreter eines patriarchalen Systems**, das sich weniger um christliche Werte wie Mitgefühl, Empathie und Nächstenliebe kümmert als um Ehre und den sogenannten guten Ruf. Er hat recht, wenn er bei sich ein „steinernes Herz" (Z. 25) diagnostiziert. So kreist Meister Anton in seinen **monologisierenden Redebeiträgen** nur um die Folgen, die Karls Verhaftung für ihn bedeuten. Er lässt keine Trauer um seine soeben verstorbene Frau erkennen und ist blind für die Nöte und Sorgen seiner Tochter.

Beurteilung von Antons Charakter

Die Vorherrschaft des Vaters über die Familie lässt sich auch im **Gesprächsverlauf** wiederfinden: Während Klara nur kurze, oft er-

Gesprächs-analyse

schrockene oder begütigende Einwürfe äußert, **dominiert Anton** klar den ganzen Dialog. Es findet keine Entwicklung statt, die Gesprächspartner befinden sich in einem **komplementären Verhältnis:** Der **Machtposition des Vaters** steht das **Ausgeliefertsein der Tochter** gegenüber. Anton legt offenbar keinen Wert darauf, mit Klara ein wirkliches Gespräch zu führen; selbst ihre Bitten, sich zu schonen, nutzt er nur zu weiteren hämischen Vorwürfen ihr gegenüber (vgl. Z. 49 f., 68 ff.).

Reflektierte Schlussfolgerung

Gesellschaftskritische Aussage des Textes

Die von Hebbel vorgeführte Familienhölle stellt nicht nur die Gnadenlosigkeit Meister Antons bloß. Sie erscheint vielmehr **symptomatisch für die ganze Gesellschaft**, deren Konventionen und Normen als kleinbürgerlich, engstirnig und unbarmherzig erscheinen. Die Gattung „bürgerliches Trauerspiel" lässt vermuten, dass es kein Happy End für die unglückliche Klara geben wird und ihre „Verfehlung" in einer unbarmherzigen, kalten Gesellschaft zu ihrem Untergang führen wird. Insofern transportiert das Drama eine starke **sozialkritische Botschaft**.

Teilaufgabe 2

Hinweise und Tipps

Was verlangt die Aufgabenstellung von mir?
Die zweite Teilaufgabe fordert einen ***aspektgeleiteten Vergleich*** *des analysierten Textauszugs mit dem aus dem Unterricht bekannten Drama „Nathan der Weise" von Gotthold Ephraim Lessing – und zwar hinsichtlich der* ***Vater-Tochter-Beziehung****. Ausdrücklich gilt es dabei* ***epochenspezifische Merkmale*** *zu berücksichtigen.*

Wie gehe ich bei der Bearbeitung der Aufgabe sinnvollerweise vor?
Als Vorbereitung des Schreibvorgangs vergegenwärtigen Sie sich am besten zuerst die ***Beziehung zwischen Nathan und Recha*** *in Lessings Drama. Notieren Sie* ***wichtige Aspekte*** *– z. B. in einer Tabelle, in der Sie dann in einer weiteren Spalte entsprechende* ***Aspekte der Beziehung zwischen Meister Anton und seiner Tochter vermerken****. Fragen Sie sich unter anderem, …*
– … wie die Verwandtschaftsverhältnisse genauer aussehen,
– … wie man die Bindung zwischen Vater und Tochter jeweils charakterisieren kann,
– … wie die Väter mit ihren Töchtern umgehen.

Der Anfang der Tabelle könnte dann beispielsweise so aussehen:

Nathan und Recha	Meister Anton und Klara
Recha: Pflegetochter	Klara: leibliche Tochter
liebevolle, enge Beziehung	wenig Einfühlung in Tochter
…	…

In diese Tabelle tragen Sie möglichst auch schon die relevanten ***epochenspezifischen Merkmale*** *ein.*

Wie kann ich meinen Aufsatz strukturieren?
In einer ***aufgabenbezogenen Überleitung*** *schlagen Sie zunächst die Brücke zu „Nathan der Weise". Im* ***Hauptteil*** *zur zweiten Teilaufgabe bietet es sich an, zunächst die Figurenbeziehungen zu vergleichen und dann auf die Epochenbezüge einzugehen. Auch Teilaufgabe 2 runden Sie durch eine* ***reflektierte Schlussfolgerung*** *ab.*

Was gibt es bei dieser Aufgabe sonst noch zu beachten?
Die ***Epochenbezüge*** *herauszuarbeiten, ist nicht ganz einfach. Bei Lessings Drama dürfte Ihnen dies noch leichtfallen, bei Hebbels Drama, das Sie ja vermutlich nicht kennen, ist es schon schwerer. Falls Sie nicht wissen, dass Hebbels Drama dem* ***Realismus*** *zugezählt wird, können Sie sich mit dem Erscheinungsjahr sowie der* ***Beschreibung zentraler Eigenheiten*** *der Szene behelfen und sich auch auf die* ***Gattung des bürgerlichen Trauerspiels*** *beziehen.*

Lösungsvorschlag

Aufgabenbezogene Überleitung
kurze Inhaltsangabe zu *Nathan der Weise*

Sowohl Meister Anton als auch der jüdische Kaufmann Nathan sind **starke Vaterfiguren** – wenn auch in gegensätzlicher Hinsicht. Gotthold Ephraim **Lessings dramatisches Gedicht** *Nathan der Weise* von 1779 bringt das Jerusalem der Kreuzzüge auf die Bühne. Es zeigt, wie der Titelheld durch kluges Argumentieren, den Appell an **Vernunft und Menschenliebe** sowie sein eigenes **Vorbild in Toleranz und Humanität** die Spannungen zwischen den Vertretern der drei monotheistischen Weltreligionen (Christentum, Judentum, Islam) beruhigt. Zuletzt müssen die Figuren, die unterschiedlichen Glaubensrichtungen anhängen, erkennen, dass sie Teil <u>einer</u> Familie sind – eine Einsicht, die sich auch auf die übergeordnete religiöse Ebene beziehen lässt.

Vergleich
Verwandtschaftsverhältnisse

Die Beziehung zwischen Nathan und Recha unterscheidet sich grundlegend von derjenigen zwischen **Anton und Klara:** Während Letztere **blutsverwandt** und miteinander biologisch durch ein Vater-Tochter-Verhältnis verbunden sind, hat **Nathan** seine eigenen Kinder bei einem Pogrom verloren und später **ein christliches Waisenmädchen als Pflegetochter** aufgenommen und in seinem Glauben erzogen.

Art der Vater-Tochter-Bindung

Doch obwohl es sich somit bei **Recha** nur um eine Ziehtochter handelt, ist ihre **Beziehung** ungleich **liebevoller** und enger als diejenige von Anton und Klara. Entsetzt reagiert Nathan, als er erfährt, dass Recha während seiner Abwesenheit fast verbrannt wäre. Ihr Wiedersehen nach seiner Rückkehr verläuft sehr emotional und beweist, dass auch Recha ihm in inniger Liebe zugetan ist. Später fürchtet sie, ihn angesichts der Enthüllung ihrer wahren Herkunft als Vater zu verlieren. Trotzig beharrt sie darauf, dass nicht nur das Blut den Vater ausmache – sie fühlt sich Nathan auch **geistig verwandt**.

Umgang des Vaters mit der Tochter und kommunikatives Verhalten

Tatsächlich hat Nathan Recha im Sinne der von ihm gelebten Weltoffenheit und Toleranz erzogen. Und er erweist sich als **geschickter Pädagoge**, als es darum geht, Recha von ihrer irrationalen Schwärmerei für ihren Retter, den Tempelherrn, abzubringen. Da sie fest davon überzeugt ist, dass ein Engel sie aus den Flammen getragen hat, bringt Nathan sie mithilfe von Argumenten und kritischen Nachfragen zum Nachdenken. Es ist der von ihm ausgesäte „**Same der Vernunft**", der sie vor einem eifernden religiösen Fanatismus bewahrt. **Nathan agiert ihr gegenüber auf Augenhöhe**, nimmt sie ernst und sucht den tatsächlichen kommunikativen Austausch, wobei er ihre Meinung anhört, **verständnisvoll und einfühlsam** darauf eingeht und sie im Falle ihres Wunderglaubens behutsam korrigiert.

Ganz anders springt dagegen **Meister Anton** mit seiner Tochter um: In einer **asymmetrischen Kommunikationssituation** hält Anton ihr monologische Vorträge über die ihm angetane Schmach. Die kleinlauten Einwände Klaras ignoriert er oder nutzt sie als Anlass zu neuen spöttischen und verletzenden verbalen Ausfällen. Einen Moment lang scheint er Klara für das Unrecht, das er ihr antut, um Verzeihung bitten zu wollen (vgl. Z. 10), doch siegt in ihm letztlich wieder die **Härte**. Anton interessieren weder Meinung noch Befinden seiner Tochter, von der er nur **Gehorsam und Wohlverhalten einfordert**. Zwar verkündet er auch die Devise, dass er der Welt anständige, gut erzogene Kinder schulde (vgl. Z. 70 ff.), doch will er dieses Ziel nur mit Strenge und Moralpredigten erreichen. Trauriger Höhepunkt seines lieblosen Umgangs mit Klara ist seine Drohung, sich im Falle eines Vergehens ihrerseits umzubringen. Der **von Anton ausgeübte psychische Druck** bildet den größtmöglichen Kontrast zu der **liebevollen Nachsicht, mit der Nathan Recha begegnet**.

Weltbild der Väter

Ihr Verhalten den Töchtern gegenüber spiegelt das völlig unterschiedliche **Weltbild** der beiden Vaterfiguren wider: Während **Anton** nur auf einen **äußerlichen Ehrbegriff** fixiert ist und die soziale Ächtung fürchtet, zählen für **Nathan** die **zwischenmenschliche Verständigung** und die Achtung vor dem Gegenüber – und das obwohl er als Jude Gewalt und Ausgrenzung erfahren musste.

Verhalten der Töchter

Die beiden Töchter lassen die **Früchte ihrer unterschiedlichen Erziehung** erkennen: **Recha** diskutiert mit Nathan und ahmt auch später sein Vorbild nach, indem sie mit **Vernunftgründen** Dajas Verabsolutierung des christlichen Glaubens hinterfragt oder sich vor Saladin zu Nathan bekennt. **Klara** wagt es dagegen nicht, gegenüber ihrem Vater eine eigene Meinung zu vertreten oder dessen

Vorwürfen zu widersprechen. Als Frau ist ihr eine **untergeordnete Stellung** zugewiesen, die sie nicht infrage stellt.

Aussagen der Dramen (Epochenbezug)

Die großen Unterschiede zwischen den Figurenzeichnungen resultieren aus der jeweiligen Epoche bzw. der jeweiligen Stoßrichtung des Dramas. So bietet Friedrich Hebbel mit seinem **bürgerlichen Trauerspiel** ein schonungsloses und **realistisches Bild der kleinbürgerlichen Schicht um 1850**, die in ihren eigenen rigiden moralischen Normen und Konventionen gefangen ist und über ihrer **Ehr- und Tugendversessenheit** jede Empathie und Mitmenschlichkeit vermissen lässt.

Handlungsort und -zeit von **Lessings Drama** ist das **mittelalterliche Jerusalem**, das den Rahmen bildet für eine Versöhnung der Religionen und den Sieg der Toleranz und Güte. Dabei wird ein **utopischer Idealzustand in die Vergangenheit zurückprojiziert**. Ganz im Sinne der **Aufklärung** verfolgt *Nathan der Weise* das didaktische Ziel, den Leser bzw. Zuschauer vom Gebrauch der Vernunft sowie der Bedeutsamkeit von Humanität und Toleranz zu überzeugen. Die Botschaft: Wenn jeder diese Werte berücksichtigt, ist ein glückliches, respektvolles und friedliches Zusammenleben aller Menschen möglich. Zentral ist dabei die **Erziehung**, bei der die Eltern so wie Nathan diese Handlungs- und Denkweisen vermitteln.

Während also **Lessings Stück** die **Überwindung von Vorurteilen** lehrt und ein **aufklärerisch-optimistisches Menschenbild** propagiert, ist die Gesellschaft in Hebbels Drama von Engstirnigkeit und Vorurteilen geprägt. Das dem **Realismus** zuzuordnende Drama übt durch die entlarvende Darstellung der realen Zustände scharfe **Sozialkritik an der damals vorherrschenden moralischen Prinzipienstrenge**.

Reflektierte Schlussfolgerung

Nathan repräsentiert somit das **Idealbild eines liebevollen Vaters** – und das obwohl er ein fremdes Kind aufzieht –, Meister Anton dagegen das **Schreckbild eines herzlosen, selbstgerechten Vaters**. Beide Dramen wollen ein Umdenken und eine Verhaltensänderung erreichen – das eine mit einer **Vorbildfigur**, das andere mit einem abschreckenden **Negativbeispiel**.

Leistungskurs Deutsch (Nordrhein-Westfalen) – Übungsaufgabe 3
I b: Vergleichende Analyse literarischer Texte

Arbeitsgrundlage:
Hilde Domin: *Auf Wolkenbürgschaft*
Bertolt Brecht: *Der Radwechsel*

Aufgaben: Punkte

1. Interpretieren Sie das Gedicht „Auf Wolkenbürgschaft“ von Hilde Domin. 42
2. Vergleichen Sie das Gedicht „Auf Wolkenbürgschaft“ mit Bertolt Brechts Gedicht „Der Radwechsel“ im Hinblick darauf, wie das Motiv des Unterwegsseins ausgestaltet wird. Berücksichtigen Sie dabei neben inhaltlichen auch sprachlich-formale Aspekte. 30

Hilde Domin (1909–2006)
Auf Wolkenbürgschaft (1957–1959)

Ich habe Heimweh nach einem Land,
in dem ich niemals war,
wo alle Bäume und Blumen
mich kennen,
in das ich niemals geh,
doch wo sich die Wolken
meiner
genau erinnern,
ein Fremder, der sich
in keinem Zuhause
auswweinen kann.

Ich fahre
nach Inseln ohne Hafen,
ich werfe die Schlüssel ins Meer
gleich bei der Ausfahrt.
Ich komme nirgends an.
Mein Segel ist wie ein Spinnweb im Wind,
aber es reißt nicht.
Und jenseits des Horizonts,
wo die großen Vögel
am Ende ihres Flugs
die Schwingen in der Sonne trocknen,
liegt ein Erdteil,
wo sie mich aufnehmen müssen,
ohne Paß,
auf Wolkenbürgschaft.

Aus: Hilde Domin, Nur eine Rose als Stütze, Frankfurt am Main – Astano, Tessin, Juni 1957–Mai 1959. In: Hilde Domin, Gesammelte Gedichte. Frankfurt am Main: S. Fischer 1987, S. 131.

Anmerkung zur Autorin: Hilde Domin wurde als Jüdin während der deutschen Nazi-Herrschaft verfolgt und ging ins Exil. Der Name Domin ist ein Pseudonym und geht auf ihr Gastland, die Dominikanische Republik, zurück. Gedichte mit dem Thema Exil schreibt sie auch nach der Rückkehr nach (West-)Deutschland in den 1950er-Jahren.

Bertolt Brecht (1898–1956)
Der Radwechsel (1953)

Ich sitze am Straßenhang.
Der Fahrer wechselt das Rad.
Ich bin nicht gern, wo ich herkomme.
Ich bin nicht gern, wo ich hinfahre.
Warum sehe ich den Radwechsel
mit Ungeduld?

Aus: Bertolt Brecht, Buckower Elegien. 1953, Suhrkamp Frankfurt.

Anmerkung zum Autor: Bertolt Brecht floh wie Hilde Domin vor den Nazis, siedelte sich nach dem Krieg jedoch in der damaligen DDR an. Das Erscheinungsjahr des Gedichts verweist auf ein historisch wichtiges Datum: In den Tagen um den 17. Juni 1953 fand in der DDR ein Arbeiteraufstand statt, der von der Sowjetarmee gewaltsam niedergeschlagen wurde. Brecht schrieb die Buckower Gedichte, zu denen *Der Radwechsel* gehört, nach diesem Aufstand.

Teilaufgabe 1

Hinweise und Tipps

Welche Aufgabenart liegt vor und wie sind die Teilaufgaben gewichtet?
*Diese Aufgabe entspricht der **Aufgabenart I b: Vergleichende Analyse literarischer Texte**. Die erste Teilaufgabe ist mit 42 Punkten stärker gewichtet als die zweite Teilaufgabe mit ihren 30 Punkten.*

Was verlangt die Aufgabenstellung von mir?
Der Operator „interpretieren" in Teilaufgabe 1 verlangt eine umfassende Untersuchung und Deutung des Gedichts. Dabei werden Ihnen keine Vorgaben gemacht, was mögliche Schwerpunktsetzungen angeht. Das bedeutet, dass Sie selbst herausfinden müssen, welche Aspekte für die Textdeutung besonders relevant sind.

Wie gehe ich bei der Bearbeitung der Aufgabe sinnvollerweise vor?
*Erarbeiten Sie zunächst das Gedicht mit **Markierungen** und **Anmerkungen**. Berücksichtigen Sie dabei neben dem **Inhalt** auch die **Sprache** (z. B. rhetorische Figuren, Metaphern) und die **Form** (z. B. äußere Gliederung, Rhythmus). Auf dieser Grundlage setzen Sie sich dann u. a. mit der Frage auseinander, wie das **Thema des Unterwegs-Seins** im Gedicht ausgestaltet wird, denn dieses Thema ist für den Vergleich in Teilaufgabe 2 entscheidend:*
– Von welcher Art des Unterwegs-Seins handelt das Gedicht?
– Was sind Grund und Anlass der Reise?

- *Handelt es sich um eine reale oder eine gedankliche, womöglich utopische Reise?*
- *Welche Erfahrungen und Erlebnisse, Gefühle und Reflexionen kommen zum Ausdruck?*

Wie kann ich meinen Aufsatz strukturieren?
Beginnen Sie Ihren Aufsatz mit einer ***Einleitung****, in der Sie zum Thema hinführen. Sie können dabei vom Schlüsselbegriff des Gedichts „Auf Wolkenbürgschaft" ausgehen. Achten Sie auf korrekte* ***Angaben zu Titel, Autor und Erscheinungsjahr****.*
Im ***Hauptteil*** *können Sie* ***linear*** *vorgehen, d. h. die Analyse entsprechend dem Gedichtverlauf verfassen, oder Sie können sich* ***aspektorientiert*** *die wichtigen Gesichtspunkte herausgreifen und unabhängig vom Gedichtverlauf darstellen. Vergessen Sie dabei nicht, dass Sprache und Form nicht isoliert betrachtet, sondern mit dem Inhalt verknüpft und für die Deutung nutzbar gemacht werden sollten.*

Was gibt es bei dieser Aufgabe sonst noch zu beachten?
Bei den vorliegenden Gedichten werden recht ausführliche ***Informationen zu den Autoren*** *gegeben. Lesen Sie diese aufmerksam, denn sie können Ihnen Anhaltspunkte für eine biografische und/oder politische Lesart der Texte liefern. Allerdings sollten Sie mit den Zusatzinformationen vorsichtig und behutsam umgehen – denn wie bei anderen Interpretationen gilt auch hier: Der Text ist primär.*

Lösungsvorschlag

Einleitung
Heimweh als Sehnsucht

Heimweh – mit diesem Begriff benennen Menschen in der Fremde ihre **Sehnsucht**, wieder in der Heimat zu sein. Nicht nur auf ein bestimmtes Land, eine Landschaft oder einen fernen Ort kann das Heimweh sich richten, auch der **Verlust** einer für sicher geglaubten Gemeinschaft oder einer vertrauten Umgebung kann das schmerzhafte Gefühl von Heimweh hervorrufen.

Grundlegende Informationen zu Domins *Auf Wolkenbürgschaft*

Von Heimweh spricht auch das lyrische Ich in Hilde Domins Gedicht „Auf Wolkenbürgschaft" (1957–1959). In **poetischer Sprache** beschreibt es ein **Heimweh ohne Heimat**, das sich nicht auf das Gewohnte und Vertraute der eigenen Herkunft richtet, sondern auf ein **utopisch fernes Ziel**.

Hauptteil
Form, Struktur, Inhalt

Auch wenn die äußere Gestalt mit den unterschiedlich langen Versen und Abschnitten keinem strengen Formprinzip folgt, so zeigt sich doch, dass sie bewusst gewählt ist. Die Zeilenumbrüche beispielsweise rhythmisieren das Gedicht, indem sie die Parallelität einzelner Aussagen formal stützen (so z. B. von V. 3 und 6), und die Zweiteilung des Gedichts entspricht der inhaltlichen Struktur: Im ersten Abschnitt schildert das lyrische Ich seine Sehnsucht nach einem Land, wo es weder jemals war noch jemals hingehen wird und dennoch bekannt ist. Im zweiten Abschnitt beschreibt es konkreter den Aufbruch sowie das Unterwegs-Sein (vgl. V. 12–18) und **imaginiert als Ziel seiner Reisen einen Erdteil**, wo es auch ohne amtlichen Identitätsnachweis aufgenommen wird (vgl. V. 19–26). Der Verzicht auf festes Metrum und Reim passt dabei zum erzählerischen Sprechgestus des lyrischen Ichs.

Erste Versgruppe

Ausgangssituation des lyrischen Ichs: Heimweh ohne genaues Ziel

Domins Gedicht beginnt mit einer Aussage, die dem Leser recht trivial vorkommt – auf den ersten Blick zumindest. „Ich habe Heimweh" – wer hätte das noch nie gesagt? Aber bereits die Ergänzung „nach einem Land" (V. 1) löst durch den **Gebrauch des unbestimmten Artikels** Irritationen aus, da sich Heimweh normalerweise auf ein **konkretes Ziel** richtet: Man hat z. B. Heimweh nach Deutschland, nach dem Bergischen Land, nach der Stadt oder dem Dorf, in dem man aufgewachsen ist. Das lyrische Ich jedoch hat Heimweh nach „einem Land, / in dem [es] niemals war" (V. 1 f.) und in das es auch niemals gehen wird (vgl. V. 5). Wie seltsam, ja geradezu **paradox** mutet diese Aussage an, besteht die Voraussetzung für Heimweh doch gerade darin, dass man einen vertrauten Ort verlassen hat, dem man fest verbunden ist und an den man irgendwann zurückkehren will.

Charakterisierung des Sehnsuchtslandes

Für das lyrische Ich gilt dies nicht. Das **Land seiner Sehnsucht** hat andere Attribute: Es ist ein unbekanntes Land, wo jedoch in der Erde verwurzelte Pflanzen – Bäume und Blumen, und zwar alle – das lyrische Ich kennen (vgl. V. 3 f.) und wo **flüchtige, unbeständige Gebilde am Himmel** – Wolken – sich seiner „genau" erinnern (vgl. V. 6–8). Die **personifizierte Natur**, nicht der Mensch, versichert es seiner Existenz. Deshalb bleibt es unbehaust, „ein Fremder, der sich / in keinem Zuhause / ausweinen kann" (V. 9–11). Durch die **isolierte Position des Personalpronomens „meiner"** (V. 7) und die mehrfachen Negationen („niemals", V. 2, 5; „keinem", V. 10) wird dieser Eindruck unterstrichen.

Personifizierung der Natur

Zweite Versgruppe

Handlungen des lyrischen Ichs in zweiter Versgruppe

In der zweiten Versgruppe kommt Bewegung auf: Das lyrische Ich wird aktiv und so zum **handelnden Subjekt**. In einer dreiteiligen Satzreihe steht es als Anapher an jeweils erster Stelle und **am Versbeginn:** „Ich fahre" (V. 12), „ich werfe" (V. 14), „Ich komme [...] an" (V. 16). Aber die Aktivitäten des lyrischen Ichs **laufen ins Leere:** Es steuert „Inseln ohne Hafen" (V. 13) an – Inseln also, die nicht auf die Ankunft Fremder eingestellt sind; es wirft „die Schlüssel ins Meer" (V. 14) und schließt damit eine Rückkehr endgültig aus; es kommt „nirgends" (V. 16) an. Im **Bild** des spinnwebgleichen Segels (vgl. V. 17 f.) hellt sich die Situation des lyrischen Ichs auf: Wo auch immer der Wind das Schiff hintreibt, wie stark auch immer es stürmt, das Segel bleibt beweglich, es gibt nach, passt sich an, „reißt nicht" (V. 18). Wenn auch keine unmittelbare Hoffnung auf Ankunft besteht, so ist doch zumindest das Unterwegs-Sein nicht gefährdet.

Wohl auch deshalb gelingt es dem lyrischen Ich, zuversichtlich in die Zukunft zu blicken (vgl. V. 19–26) – und erneut ist es die **Natur**, die **Hoffnung** spendet: Vögel kommen nach offenbar längerem Flug auf einem entlegenen Erdteil an (vgl. V. 21: „am Ende ihres Flugs") und scheinen dort Ruhe zu finden, wie es das Trocknen ihrer Flügel in der Sonne, die wiederum ein positiv konnotiertes Element der Natur darstellt, andeutet (vgl. V. 22). Es wirkt fast so, als wolle das lyrische Ich es den Vögeln gleichtun: Es hofft, wie die Vögel in diesem Teil der Erde anzukommen und dort aufgenommen zu werden, und zwar „ohne Paß, / auf Wolkenbürgschaft" (V. 25 f.). **Grund und Anlass der Reise** lassen sich aus den letzten beiden Versen erschließen. Wer ohne Pass unterwegs und zum Betreten eines fremden Landes auf eine Bürgschaft angewiesen ist, befindet sich **in einer prekären Situation**, z. B. als Flüchtling. **Hilde Domins Biografie** als deutsche Jüdin, die vor dem NS-Regime nach Südamerika floh, legt diese Interpretation nahe.

Wichtige Rolle der Natur

Bezug zu Domins Biografie: Flucht und Exil

Die Deutung des Gedichts reicht jedoch weit darüber hinaus in zeitunabhängige Sinndimensionen. Es geht um **Heimatverlust** und Exil in einem existenziellen Sinn, um Unterwegs-Sein als Grundmuster menschlichen Lebens, um die **Sehnsucht nach der verlorenen Einheit mit der Natur**, um die **Vergeblichkeit allen Reisens** und den **Mut**, dennoch **zu vertrauen**. „[S]ie" (V. 24) – wer auch immer das ist – sind verpflichtet, das heimatlose lyrische Ich aufzunehmen. Völlig offen bleibt, worauf diese **Verpflichtung** beruht: Sind „sie" humanitären Werten verpflichtet, handeln „sie" aus Nächstenliebe, haben „sie" irgendeinen Vertrag unterschrieben, bekommen „sie" eine Gegenleistung?

Vertrauen auf Aufnahme im Ankunftsland

Der letzte Vers greift den Titel des Gedichts auf und nimmt auf die Beschreibung des Sehnsuchtslands Bezug (vgl. V. 6 ff.). Die **Verantwortung einer Bürgschaft für die Einreise in das fremde Land** übernehmen nicht Menschen, die sich für das lyrische Ich einsetzen, ein Pfand hinterlassen oder seine Integrität garantieren, sondern in irrealer Weise die Wolken, die sich des lyrischen Ichs „genau erinnern" (V. 8). Nur auf diese flüchtigen Gebilde, die am Himmel in wechselnden Formationen vorüberziehen, sich in Schnee und Regen auflösen oder uns heftige Gewitter bescheren, kann es sich verlassen. Es reist „auf Wolkenbürgschaft" (V. 26). Dass am Ende des Gedichts nicht Resignation, sondern eine Art **Hoffnungsschimmer** steht, ein Urvertrauen durchschimmert, erstaunt den Leser.

Ungewöhnliche Bürgschaft: Wolken als Garanten für lyrisches Ich

Anklang von Zuversicht am Gedichtende

Insofern ist das Gedicht auch eine emotionale Ermutigung, die Hoffnung auch bei widrigen Umständen möglichst nicht aufzugeben.

Schlussgedanke

Teilaufgabe 2

Hinweise und Tipps

Was verlangt die Aufgabenstellung von mir?
In Teilaufgabe 2 ist ein ***Vergleich*** *des in Teilaufgabe 1 interpretierten Gedichts „Auf Wolkenbürgschaft" mit Bertolt Brechts Gedicht „Der Radwechsel" verlangt, und zwar im Hinblick auf das Motiv des Unterwegsseins. Der zweite Satz macht deutlich, dass dabei neben der inhaltlichen auch die sprachlich-formale Ebene zu beachten ist.*

Wie gehe ich bei der Bearbeitung der Aufgabe sinnvollerweise vor?
Die Aufgabe fordert von Ihnen zwar keine schriftliche Interpretation von Brechts Gedicht – um aber einen guten Vergleich schreiben zu können, sollten Sie es als Vorbereitung ***gründlich erarbeiten****, indem Sie Markierungen im Text vornehmen, am Rand relevante Beobachtungen vermerken und sich auf einem eigenen Blatt strukturierte Notizen machen. Angesichts der Kürze des Gedichts und der sprachlichen Kargheit ist folgendes Vorgehen ratsam: Versuchen Sie am besten zunächst, die* ***„Architektur"*** *des Gedichts zu ergründen. Benennen Sie dafür knapp neben dem Text, was in den Versen dargestellt wird – bei V. 1 f. beispielsweise „Situationsbeschreibung" –, und machen Sie mit beschrifteten Pfeilen Bezüge klar (z. B. Pfeil mit Wort „Gegensatz" von V. 3/4 zu V. 6).*
Rhetorische Figuren werden Sie in dem Gedicht nicht viele finden – solche zu suchen bzw. zu markieren, wird Ihnen daher nicht viel bringen. Notieren Sie sich stattdessen ***allgemeiner****, wie das Gedicht* ***sprachlich und formal*** *gestaltet ist (z. B. nüchtern, einfache Aussagesätze in V. 1–4, reimlos).*
Für die ***Deutung*** *des Textes können Sie sich die folgenden Fragen stellen:*
- *Welche* ***Gefühle*** *artikuliert das lyrische Ich?*
- *Handelt es sich um eine* ***reale*** *oder eine* ***gedankliche Reise****? Oder kann man das Unterwegs-Sein hier auch als* ***Bild*** *für eine bestimmte Situation verstehen?*
- *Lassen sich vielleicht* ***historische oder persönliche Kontexte*** *ausmachen, die bei der Deutung des Textes helfen? Für diese Frage ziehen Sie am besten die Anmerkungen zum Autor heran – nicht ohne Grund sind diese hier recht ausführlich.*

Den ***Vergleich****, den Sie verfassen sollen, bereiten Sie dann am besten mit einer* ***Gegenüberstellung*** *der zentralen Unterschiede und Gemeinsamkeiten vor – z. B. in einer Tabelle. Denken Sie dabei daran, alle geforderten Aspekte zu berücksichtigen.*

Wie kann ich meinen Aufsatz strukturieren?
Mit einer ***aufgabenbezogenen Überleitung****, in der Sie wie bei der Einleitung zu Teilaufgabe 1 die grundlegenden Informationen zum Gedicht nennen, beginnen Sie den zweiten Teil Ihres Aufsatzes. Im* ***Hauptteil vergleichen*** *Sie dann die beiden Gedichte miteinander. Folgen Sie dabei am besten bestimmten Gesichtspunkten (z. B. erst Form und Sprache, dann Reise als Suche usw.). Weil dem Vergleich ja keine gesonderte Interpretation des Brecht-Gedichtes vorangeht, ist es sinnvoll, im Zuge des Vergleichs Ihre Sicht auf das Gedicht etwas genauer zu erläutern und mit Textzitaten bzw. -verweisen zu belegen. Im* ***Schlussteil*** *können Sie die Ergebnisse mit einem selbst gewählten Schwerpunkt* ***zusammenfassen*** *oder auch einen Ausblick geben.*

Lösungsvorschlag

Überleitung

Bertolt Brechts *Der Radwechsel*

Auch Bertolt Brechts Gedicht „Der Radwechsel" von 1953 gestaltet das Unterwegssein eines lyrischen Ichs aus – allerdings auf ganz andere Art und Weise als Domins „Auf Wolkenbürgschaft".

Hauptteil: Vergleich der beiden Gedichte

Unterschiede in sprachlicher und formaler Gestaltung

Beide Texte können zwar angesichts der äußeren Form klar als **moderne Gedichte** eingeordnet werden: Sie sind reimlos und weisen keine regelmäßige strophische und metrische Gestaltung auf. Aber sowohl in der Länge – 26 Verse bei Domin, 6 Verse bei Brecht – als auch in der Sprache unterscheiden sie sich deutlich. Wie die vorangehende Analyse gezeigt hat, kennzeichnet Domins „Auf Wolkenbürgschaft" eine **reiche Rhetorik**, u. a. mit parallelistischen Satzkonstruktionen, Enjambements sowie poetischer Wort- und Bildwahl, die die **existenzielle Situation des lyrischen Ichs** unterstreicht. Dem stehen bei Brecht knappe, wortkarge, lakonisch wirkende Verse gegenüber. Insbesondere die Verse 1–4 sind von einem nüchternen, schnörkellosen **Beschreibungsgestus** geprägt, der von Aussagesätzen und vom Zeilenstil getragen wird. Sie umreißen die **konkrete Lage des Sprechers**, ohne sie durch Adjektive oder Bildsprache zu veranschaulichen. Die rhetorischen Mittel der Anapher und des Parallelismus (vgl. V. 1, 3, 4) werden hier nicht zur Intensivierung eingesetzt, sondern stützen die Nüchternheit der Verse.

Situation und Bedeutung von Heim- und Fernweh

Diese konkrete Lage des Sprechers besteht darin, dass seine Fahrt von A nach B, vermutlich im Auto, **von einer Reifenpanne unterbrochen** wird. Während des Radwechsels hat er unerwartet Zeit und **Gelegenheit**, **über seine Situation nachzudenken**. Er muss feststellen: „Ich bin nicht gern, wo ich herkomme. / Ich bin nicht gern, wo ich hinfahre." (V. 3 f.) Er hat offenbar **weder Heim- noch Fernweh**. In Hilde Domins Gedicht dagegen bezeichnet das lyrische Ich die Sehnsucht nach einem fernen Land als Heimweh – es deckt sich insofern mit dem Fernweh. Die Sehnsucht ist dabei offenbar der **Grund für die Reise**. Im Unterschied hierzu bleibt dieser bei Brechts lyrischem Ich im Dunkeln: Ist es eine freiwillige Reise? Hat sie einen beruflichen oder einen privaten Anlass?

Anlass der Reise

Blickrichtung

Fest steht: Der Radwechsel verkehrt den Zweck seiner Reise ins Gegenteil, sein Wagen garantiert ihm nicht mehr Mobilität, sondern schafft **Stillstand und Ruhe**. Während Domins lyrisches Ich den **Blick in die Weite** richtet, kehrt Brechts **Sprecher** seine **Gedanken nach innen:** „Warum sehe ich den Radwechsel / mit Ungeduld?" (V. 5 f.) Mitten im Alltag überfällt ihn eine Unrast, die ihn **verunsichert** und mit **Sinnfragen** konfrontiert. Für Domins lyrisches Ich dagegen bildet die existenzielle Frage nach dem Wohin den **Grundton seines Daseins**.

Bezug zu Natur und Umgebung sowie Umgang mit der Situation

Domins lyrisches Ich schöpft dabei **Hoffnung aus der Natur:** Bäume, Blumen, Wolken, Inseln, das Meer, der Wind, Vögel, die Sonne – all dies nimmt das lyrische Ich im Sinne einer **Selbstvergewisserung** und als Bestätigung der eigenen Existenz sensibel wahr. Und es trägt dazu bei, dass das Ich **aktiv** die Weiterreise vorantreibt. In starkem Kontrast dazu schaut sich Brechts Sprecher nicht um. Er erwähnt seine Umgebung nur mit einem einzigen Wort: „Ich sitze am Straßenhang." (V. 1) Er bleibt ein **passiver Beobachter**.

Grundstimmung

Die **Unzufriedenheit** mit dem, was hinter ihm und was vor ihm liegt (vgl. den Parallelismus in V. 3 f.), und die **Selbstbefragung** wirken **perspektivlos**. Ganz anders verhält es sich bei Domins Gedicht: Das lyrische Ich wird auf seiner gedanklichen Reise nach fernen Kontinenten **von der Hoffnung getragen**, „jenseits des Horizonts" (V. 19) einen Ort für ein neues Leben zu finden – auch wenn offen bleibt, ob es irgendwann ankommen wird, und auch wenn es dort nur auf „Wolkenbürgschaft" (V. 26) aufgenommen werden könnte. Domins Gedicht, dessen lyrisches Ich sich in einer **existenziellen Notsituation** befindet, wirkt insofern sehr viel **optimistischer** als Brechts Text, in dem die Lage des lyrischen Ichs eher **alltäglich** wirkt.

Unbeantwortete Frage als Aufforderung an Leser

Auch Brechts Text bleibt offen: Der Leser wird mit einer **expliziten Frage aus dem Monolog des Sprechers entlassen** – und so dazu aufgefordert, sich **Gedanken über dessen paradoxe Lage** zu machen. Wieso empfindet der Sprecher Ungeduld? Besteht doch noch Hoffnung oder Vorfreude auf das Kommende?

Biografische Lesarten

Hier könnte **Brechts persönliche Situation** eine biografisch-politische Deutung nahelegen: Hoffte er als DDR-Bürger nach dem Aufstand vom 17. Juni 1953 auf politische Veränderung, wie auch immer sie aussehen mochte? Dann kann der Radwechsel insgesamt als Metapher verstanden werden.

Domins Text lässt ebenfalls eine biografisch-politische Lesart zu: Die jüdische Exilantin könnte darin ihre **persönliche Erfahrung des erzwungenen Heimatverlusts** verarbeitet haben.

Sinnbildliche Bedeutung des Unterwegsseins

Weitet man die Perspektive, dann lässt sich die Reise in den beiden Gedichten aber auch als **Sinnbild für das Leben** verstehen: der Mensch *in statu viatoris*, d. h. ständig unterwegs, auf der **Suche nach einem Ort zum Wohlfühlen**, vor existenzielle Fragen gestellt, auf die es keine endgültigen und eindeutigen Antworten gibt. Insofern zeugt nicht nur die Form der beiden Gedichte von ihrer Modernität, sondern auch das **Fehlen eines verbindlichen, Sicherheit gebenden Sinnzusammenhangs**.

Schluss

Ob sich das Leben des lyrischen Sprechers bei Brecht in Zukunft ändern wird, bleibt offen. Zwar sieht er sich **für einen Moment mit existenziellen Fragen konfrontiert**, die ihm vorher wohl nicht in den Sinn gekommen sind. Der nüchtern-pragmatische Duktus seiner Aussagen, der ausbleibende Blick über die Straße hinaus und **seine Passivität während des Radwechsels** lassen aber vermuten, dass er schnell wieder in seinen Alltag zurückfinden wird. Seine **Sinnkrise wird** wohl **folgenlos bleiben**. Domins lyrisches Ich hingegen erlebt keine Sinnkrise, sondern empfindet eine **tiefe Sehnsucht nach dauerhafter Zugehörigkeit** – zur Natur, zu einem Land, zu einer Gesellschaft, in der es bedingungslos aufgenommen wird. Weltweit zeigt das **Schicksal vieler Flüchtlinge** die Aktualität dieses Gedichts.

Ausblick

Leistungskurs Deutsch (Nordrhein-Westfalen) – Übungsaufgabe 4
I b: Vergleichende Analyse literarischer Texte

Arbeitsgrundlage:
Ferdinand von Saar: *Eisenbahnfahrt*
Tobias Pagel: *deadlines*

Aufgaben:

	Punkte
1. Interpretieren Sie Ferdinand von Saars Gedicht *Eisenbahnfahrt.*	42
2. Vergleichen Sie Ferdinand von Saars *Eisenbahnfahrt* mit Tobias Pagels Gedicht *deadlines* im Hinblick auf das Motiv des Unterwegsseins. Berücksichtigen Sie dabei neben inhaltlichen Aspekten auch die Form der Gedichte.	30

Ferdinand von Saar (1833–1906)
Eisenbahnfahrt (1855)

Eingeschlossen vom Waggon
Lehn' ich in der Ecke,
Und der Dampf trägt mich davon
Brausend auf der Strecke.

In die Gegend rings hinaus
Blick' ich so im Fahren
Weithin breitet sie sich aus,
Blühend wie vor Jahren.

Ob des Zuges Hast auch steigt,
Scheint er doch zu weilen[1],
Nur vor meinem Auge zeigt
Sich ein Flieh'n und Eilen.

Dörfer, Felder, Wald und Au'n
Ziehn vorbei im Fluge,
Still, mit unverwandtem Schau'n,
Sinn' ich nach[2] dem Truge[3].

Und in tiefster Seele klar
Wird mir dieses Leben
Wo, was immer ist und war,
Scheint vorbei zu schweben.

Liebe, Glück und Jugendzeit,
Ach, sie alle weilen –
Nur der Mensch in Ewigkeit
Muss vorüber eilen.

Aus: Ferdinand von Saar: Werke. Hrsg. v. J. Minor. Bd. 2, Leipzig 1908, S. 162. Nach der Erläuterung in Bd. 3 auf S. 164 stammt das handschriftlich überlieferte Gedicht aus Saars erster, unveröffentlicht gebliebener Gedichtsammlung von 1855.

Anmerkungen:
1 *weilen:* verweilen, verharren, still stehen
2 *Sinn' ich nach:* denke ich über etwas nach
3 *Truge:* Trugschluss, Täuschung

Tobias Pagel (*1981)
deadlines[1] (2017/2018)

wie wald sich an der trasse entlangschient
bricht welle um welle am damm
                    wild
wechsel vielleicht ein dschungel un
begehbar wie die kulisse eines stückes
wald das nachziehen des mobiliars
im unterholz ***deadlines*** oder doch
nur unbehauene bücher
das stroboskop[2] der lichtblitze
durchs dickicht hinter lidern
gibt es keine welt jenseits
dieser gleise sommerränder nur
die gerade spur metall der wir nach
eilen durch die entente[3]
der bäume die die schmale schneise zu
            wächst kein fort
kommen überland nur spiegel
bilder in verschlossenen landschaften

Aus: 25. Open mike. Wettbewerb für junge Literatur. Die 20 Finaltexte. München (Allitera Verlag) 2017, S. 108. Die vorliegende Fassung hat der Autor für die Internet-Plattform Fixpoetry im August 2018 leicht verändert (https://www.fixpoetry.com/texte/text-des-tages/tobias-pagel/deadlines).

Anmerkungen:
1 *deadlines:* (engl.) Fristen, äußerste Grenzen (wörtlich: „tote Linien“)
2 *stroboskop:* Gerät, das Lichtblitze in regelmäßigen zeitlichen Abständen abgibt, sodass Bewegungen abgehackt als eine Abfolge stehender Bilder erscheinen
3 *entente:* (franz.) Bündnis, Zusammenschluss (militärisch, politisch)

Teilaufgabe 1

Hinweise und Tipps

Welche Aufgabenart liegt vor und wie sind die Teilaufgaben gewichtet?
Die Aufgabenart ist die „Vergleichende Analyse literarischer Texte" (Aufgabentyp I b). ***Teilaufgabe 1*** *ist mit 42 Punkten gegenüber Teilaufgabe 2 mit 30 Punkten etwas* ***stärker gewichtet****.*

Was verlangt die Aufgabenstellung von mir?
In Teilaufgabe 1 wird eine ***umfassende Interpretation*** *des Gedichts „Eisenbahnfahrt" von Ferdinand von Saar gefordert, d. h. Sie sollen den* ***Inhalt*** *des Gedichtes erfassen, seine* ***Machart*** *(v. a. Form und Sprache) beschreiben und es auf dieser Grundlage* ***deuten****. Es werden von der Aufgabe keine Schwerpunkte gesetzt – daher müssen Sie selbst entscheiden, worauf Sie den* ***Fokus*** *legen wollen. Teilaufgabe 2 hilft Ihnen hier insofern weiter, als beim Vergleichsauftrag zwei wichtige Aspekte genannt werden, die Sie deshalb auch schon bei der Textanalyse beachten sollten: die* ***Wahrnehmung auf der Zugfahrt*** *und die mit der Fahrt verbundene* ***Erfahrung des Unterwegs-Seins****.*

Wie gehe ich bei der Bearbeitung der Aufgabe sinnvollerweise vor?
Gewinnen Sie zunächst durch ein- oder zweimaliges Lesen einen ersten Eindruck vom Inhalt des Gedichts. ***Arbeiten*** *Sie es dann* ***„mit dem Stift" durch****, u. a. indem Sie es in* ***Sinnabschnitte einteilen*** *und* ***Stilmittel markieren****. Auf dieser Grundlage machen Sie sich Gedanken dazu, wie das Gedicht zu deuten ist. Fragen Sie sich beispielsweise, …*
- *… was die Fahrt im lyrischen Ich auslöst,*
- *… wie das lyrische Ich die durchfahrene Umgebung wahrnimmt,*
- *… ob es nur um die Zugfahrt selbst oder noch um etwas anderes geht (vgl. Strophe 5 und 6),*
- *… ob darin ein bestimmtes Menschen-/Weltbild aufscheint.*

Wie kann ich meinen Aufsatz strukturieren?
In Ihrer ***Einleitung*** *nennen Sie auf jeden Fall die grundlegenden Informationen zum Gedicht (Autor, Titel etc.). Sie können darüber hinaus aber auch zum Gedicht und seinem Thema hinführen. Im* ***Hauptteil*** *können Sie strophen- bzw. abschnittsweise durch den Text gehen und jeweils Inhaltserfassung, Sprach- und Formbeschreibung und Deutung miteinander verbinden. Da es sich um ein eher langes Gedicht handelt, kann das allerdings sehr zeitraubend sein; außerdem sind die* ***beiden Schlussstrophen ausschlaggebend*** *für die Gedichtdeutung. Deshalb bietet es sich an, nach einem ersten knapp gehaltenen Durchgang durch das Gedicht, der sich der inhaltlichen und gegebenenfalls sprachlichen Ebene widmet, das Gedicht auch noch einmal von den letzten beiden Strophen her zu betrachten und zu deuten. In einer* ***reflektierten Schlussfolgerung*** *können Sie Ihr Gedichtverständnis prägnant zusammenfassen oder das Gedicht zum Beispiel auch in seinen historischen Kontext einordnen.*

Lösungsvorschlag

Wer kennt ihn nicht, den **Blick auf wechselnde Landschaften**, die an dem Betrachter vorbeiziehen? Es ist wie ein Film aufeinanderfolgender Bilder von Häusern, Wäldern und Wiesen, die wegen der hohen Geschwindigkeit ineinanderzufließen und zu verschwimmen scheinen. Solche **Eindrücke während der Fahrt** – z. B. von einem Zugabteil aus – sind ein typisches Reisemotiv, das auch das Gedicht „Eisenbahnfahrt" von Ferdinand von Saar aus dem Jahr 1855 aufgreift.

Einleitung
Hinführung zum Thema

Überleitung zum Gedicht

Seinem Titel entsprechend führt das Gedicht gleich zu Beginn ohne Umschweife in die Situation einer Bahnfahrt und in die Wahrnehmungen eines Reisenden ein. Das **lyrische Ich** lehnt **in der Ecke eines Waggons** (vgl. V. 1 f.) und blickt, während sich die Dampflokomotive in Bewegung setzt (vgl. V. 3 f.), nach draußen. Offenbar ist es Frühling, denn der Reisende fährt durch eine **blühende Landschaft** (vgl. V. 5–8).

Hauptteil
Von Saar: *Eisenbahnfahrt*

Beschreiben die zwei Anfangsstrophen die Ausgangssituation der Eisenbahnfahrt, so schließen sich im Mittelteil der folgenden beiden Strophen Überlegungen dazu an, **wie das lyrische Ich die Außenwelt wahrnimmt**, wenn es unterwegs ist. Ihm fällt auf, dass im Abteil alles still zu stehen scheint („weilen", V. 10), obwohl der Zug doch fährt und sogar noch Tempo aufnimmt („Ob des Zuges Hast auch steigt", V. 9). **Stillstand und Geschwindigkeit** kommen im Reimpaar „weilen" (V. 10) und „Eilen" (V. 12) prägnant zum Ausdruck. Es scheint, als bewege sich nicht die Eisenbahn, sondern die Landschaft, die am Reisenden vorüberzieht. Dieser **Trugschluss**, wie es im Gedicht heißt („Truge", V. 16), wird durch den Gebrauch substantivierter Verben der Bewegung („Flieh'n und Eilen", V. 12) und durch die gedrängte monosyndetische Reihung der wie „im Fluge" (V. 14) dahinsausenden Landschaftsbilder („Dörfer, Felder, Wald und Au'n", V. 13) noch unterstrichen. Wie ein Kontrapunkt dazu bleibt der Fahrgast geradezu statisch, wenn er sich „[s]till, mit unverwandtem Schau'n" (V. 15) **von dem vorüberziehenden Spektakel beeindrucken** lässt.

Strophe 3 und 4

Trügerische Wahrnehmung des lyrischen Ichs

In den beiden Schlussstrophen gewinnt das lyrische Ich der widersprüchlichen Illusion eine **einschneidende Erkenntnis für sein Leben** ab: Die Bahnreise gleicht einer **Lebensreise**. Eigentlich ist nur der Zug mit seinen Passagieren in Bewegung. Die Landschaftsausschnitte scheinen dagegen nur vorbeizuschweben (vgl. V. 20), in Wirklichkeit sind sie fest verankerte Schauplätze, die der Mensch hinter sich lässt, weil er seine Lebensreise weiter fortsetzen muss (vgl. V. 21–24).

Strophe 5 und 6

Erkenntnisgewinn

Die Zugreise wird somit zum **Sinnbild für das Leben**, das unaufhörlich voranschreitet. Rhythmisch kommt dies durch das durchgängige **trochäische Versmaß** zum Ausdruck, das dem unentwegten Stampfen und Rattern einer Dampflokomotive ähnelt. Und auch das Reimschema – der **Kreuzreim** – folgt dem Prinzip der fortschreitenden Alternation. Der **Prozess** des **allmählichen Vergehens**, ja des **Schwindens** wird auch dadurch hervorgehoben, dass der jeweils zweite Vers kürzer ist, auf den ersten vierhebigen Vers also stets ein dreihebiger folgt – was optisch durch die Einrückungen sichtbar wird. Zudem endet die kürzere Verszeile regelmäßig mit einer weiblichen Kadenz, klingt also ohne Betonung aus.

Symbolik der Zugreise

Bedeutung der metrischen Form

Eindrücklich zeigt sich diese Struktur in der Schlussstrophe, in der die **Erkenntnis über die Vergänglichkeit des Lebens** formuliert wird. Die Entwicklungsphasen in der Jugend erfahren im vierhebigen Trochäus eine kraftvoll akzentuierte Betonung („Liebe, Glück und Jugendzeit", V. 21). Die schmerzvoll (vgl. die Interjektion „Ach" in V. 22) ausgerufene Erkenntnis, dass es diese Phasen zwar immer geben wird, diese aber für den einzelnen Menschen vorbeigehen (vgl. V. 22 und 24), verkürzt sich dagegen auf drei Hebungen mit unbetonter Auslautung.

Einsicht in Endlichkeit des menschlichen Daseins

Am Gedichtende liegt das Gewicht auf dem **ewigen Gesetz der Sterblichkeit**. Wie zum Beleg dafür ist der Mensch im kurzen Schlussvers als vorübereilende Erscheinung schon im Schwinden begriffen („Nur der Mensch in Ewigkeit / Muss vorüber eilen", V. 23 f.). Dabei betont der Gedankenstrich am Ende der drittletzten Verszeile den Kontrast zum Bleibenden. Vorausgedeutet wird der Prozess des Verschwindens bereits in der Anfangsstrophe mit der für den Zug stehenden Metonymie „Dampf" (V. 3), die der Lebensreise **etwas Flüchtiges, fast Körperloses** verleiht: „Und der Dampf trägt mich davon / Brausend auf der Strecke." (V. 3 f.)

Der Mensch als vorübergehendes Phänomen

Hat der Leser erst einmal die gleichnishafte **Analogie zwischen Eisenbahnfahrt und Lebensfahrt** erkannt, die durch die gleichen Reime von Strophe 3 und 6 noch auf formaler Ebene unterstrichen wird, rückt die konkrete Schilderung des Reiseerlebnisses in ein neues Licht. Die Tatsache, dass sich das lyrische Ich als „[e]ingeschlossen vom Waggon" (V. 1) beschreibt, kann dann möglicherweise als Anzeichen dafür gedeutet werden, dass sein Leben durch vorherbestimmte Wege – nämlich durch die Gleise – eingeengt ist. Diesem Bild entspricht auch die Position des lyrischen Ichs, das **nicht aktiv handelnd** im Mittelpunkt steht, sondern **eher passiv in der Ecke lehnt** (vgl. V. 2). Die Zurückstellung des Ichs wird auch syntaktisch und metrisch deutlich: Durch Inversionen werden die Örtlichkeiten an den Satzanfang und damit in den Fokus gerückt (vgl. Strophe 1, 2, 4), das lyrische Subjekt hingegen folgt erst nach dem Zeilensprung im angehängten dreihebigen Vers nach dem Verb

Lyrisches Ich als Beobachter, nicht als Akteur

an unbetonter Stelle (vgl. V. 2, 6, 16). Die Lebensreise mit ihren Abschnitten ist es, die im Vordergrund steht, nicht der Reisende.

Dabei lässt sich die trügerische Wahrnehmung einer in Bewegung geratenen Landschaft als **Erinnerung an vergangene Lebensstationen** deuten, die wie ein Film am Abteilfenster vorbeizuziehen scheinen. Ein Beleg für diese These ist die auffällige **Parallele zwischen den gereihten Landschaftsbildern** in der vierten Strophe **und dem aufgezählten Glück früherer Lebensphasen** in der sechsten Strophe. Auslöser für die Beschäftigung mit der Vergangenheit mag die ausgedehnte Gegend sein, die frisch in Blüte steht „wie vor Jahren“ (V. 8). Dabei verstärkt jedoch der Blick zurück auf die Jugend die sentimentale Einsicht in die **Vergänglichkeit des menschlichen Lebens**.

Während der Zugreise: Wachwerden von Erinnerungen

Das Gedicht lässt den Leser in der Stimmung zurück, dass wir letztlich **nur Gast auf Erden** sind und für uns als Fahrgäste die Bahnreise zu einem unbestimmten Zeitpunkt enden wird.

Reflektierte Schlussfolgerung

Teilaufgabe 2

Hinweise und Tipps

Was verlangt die Aufgabenstellung von mir?
*Teilaufgabe 2 fordert den **Vergleich** des ebenfalls vorliegenden Gedichts „deadlines“ von Tobias Pagel mit Ferdinand von Saars Gedicht. Als Vergleichsaspekt ist das **Motiv des Unterwegsseins** vorgegeben. Eine eigenständige Interpretation des Pagel-Gedichts gehört nicht zu den in der Aufgabe formulierten Anforderungen. Allerdings ist es dennoch notwendig, den Text als Vorbereitung des Vergleichs gründlich zu erarbeiten. Das gilt umso mehr, als Pagels modernes Gedicht „deadlines“ weniger gut zugänglich ist als von Saars Text.*

Wie gehe ich bei der Bearbeitung der Aufgabe sinnvollerweise vor?
*Erarbeiten Sie zunächst das zweite Gedicht mithilfe von **Markierungen und Randnotizen**. Vermutlich wird es Ihnen schwerfallen, dieses Gedicht in Sinnabschnitte einzuteilen, da solche kaum zu identifizieren sind. Verzichten Sie deshalb in diesem Fall darauf und versuchen Sie, sich dem Inhalt von **Begriffen** her zu nähern, die Ihnen **zugänglich** erscheinen, z. B. weil sie eine konkrete Umwelt bezeichnen (u. a. „trasse“, V. 1; „wald“, V. 6; „bäume“, V. 15; „schneise“, V. 15). Von hier aus fällt es Ihnen leichter, die teilweise etwas kryptische Bildlichkeit und ungewöhnliche Wortwahl zu erschließen. Legen Sie den Fokus bei der Texterarbeitung auf die in der Vergleichsaufgabe genannten Aspekte.*
*Ganz zentral ist es bei diesem Gedicht, dass Sie seine **formale Anlage** untersuchen – sie ist schließlich einer der Gründe dafür, dass es so schwer zu verstehen ist. Machen Sie sich dafür u. a. auch bewusst, an welchen Stellen der Text gewollt **Mehrdeutigkeiten** produziert (z. B. „damm / wild / wechsel“, V. 2 ff.).*

Auch wenn ein Vergleich der Sprache nicht von der Aufgabenstellung gefordert wird, sollten Sie die Bildlichkeit (z. B. „wie die kulisse eines stückes", V. 5; „stroboskop", V. 9) berücksichtigen – denn diese kann Ihnen wichtige Hinweise darauf geben, wie das Gedicht zu verstehen ist.
*Auf der Grundlage der Texterarbeitung bereiten Sie dann den geforderten **Vergleich** der beiden Gedichte am besten mit stichpunktartigen **Notizen** vor, beispielsweise in einer **Tabelle**, in der Sie **Unterschiede und Gemeinsamkeiten** verzeichnen. Vergessen Sie dabei nicht die formalen Aspekte – denn sie werden von der Aufgabe ausdrücklich gefordert.*

Wie kann ich meinen Aufsatz strukturieren?
*Verfassen Sie zunächst eine **aufgabenbezogene Überleitung**, in der Sie das zweite Gedicht mit seinen grundlegenden Daten (vgl. Teilaufgabe 1) vorstellen und am besten auch schon einen Bezug zum ersten Gedicht herstellen (z. B. über das Motiv der Bahnfahrt).*
*Im **Hauptteil** bietet sich ein verzahnter Vergleich an, bei dem Sie immer wieder zwischen den beiden Gedichten wechseln und dabei verschiedene Vergleichsaspekte abhandeln. Es ist allerdings auch möglich, zunächst die Gemeinsamkeiten und dann die Unterschiede herauszuarbeiten.*
*Weil Sie ja keine eigenständige Interpretation von Pagels Gedicht verfasst haben, ist es im Rahmen des Vergleichs nötig, Ihre Sicht auf Pagels Gedicht **textanalytisch** zu untermauern, d. h. mit interpretatorischen Hinweisen zu versehen und diese mit Textverweisen und -zitaten zu belegen.*
*Runden Sie Ihren Aufsatz mit einem **Fazit** ab.*

Was gibt es bei dieser Aufgabe sonst noch zu beachten?
*Auf keinen Fall sollten Sie sich durch die **Offenheit des zweiten Textes**, seinen fehlenden eindeutigen Wirklichkeitsbezug, entmutigen lassen. Stattdessen gilt es vielmehr, sich der **Unbestimmtheit der Bilder** zu stellen und sie als **wesentliches Merkmal des modernen Gedichts** herauszuarbeiten.*

Lösungsvorschlag

Wie anders erscheint uns dagegen Tobias Pagels Gegenwartsgedicht „deadlines" von 2017/18 – auch wenn es das **Motiv der Zugfahrt** mit von Saars Gedicht teilen mag. Sowohl inhaltlich als auch formal zeigen sich große Unterschiede zwischen den beiden Texten.

Aufgabenbezogene Überleitung mit Daten zum zweiten Gedicht

Während Ferdinand von Saar eine sehr **regelmäßige Form** gewählt hat, weist Tobias Pagels **Gegenwartsgedicht keine formal gegliederte Ordnung** auf. Es ist von zum Teil harten Zeilensprüngen (sogar innerhalb von Wörtern, vgl. V. 4 f.), durchgängiger Kleinschreibung, dem Verzicht auf Interpunktion, von freien Rhythmen und von fragmentarischen, teilweise unklaren Satzstrukturen geprägt. Die formale Anlage des älteren Gedichts hilft dem Leser dabei, die wirklichkeitsnahe Darstellung der Reiseerfahrung und die

Hauptteil: Vergleich der beiden Gedichte

Form: regelmäßige Form bei von Saar vs. Pagels Verzicht auf formale Ordnung ausdrückliche **Allegorisierung** nachzuvollziehen. In Pagels Text dagegen erzeugt die zerstückelte, unüberschaubare Form **Desorientierung** und erschwert dem Leser so den Zugang zum Text.

Pagel: fragmentierte Wahrnehmung

Darin spiegelt sich die **Fragmentierung** der Sinneseindrücke des lyrischen Ichs. Seine Wahrnehmung scheint von der Schnelligkeit des Zuges, die in Fügungen wie „stroboskop der lichtblitze" (V. 9) und „nach / eilen" (V. 13 f.) spürbar wird, so weit beeinträchtigt, dass sie **nicht mehr** in **geordneter Form** vermittelt werden kann. Man hat den Eindruck, dass sich die Konturen der gegenständlichen **Realität auflösen**. Es zucken nur noch Einzelbilder ins Auge, die aber selbst schon **nicht mehr eindeutig zu bestimmen** sind (vgl. „vielleicht", V. 4) bzw. ineinanderfließen. Das gilt insbesondere für die Verse 2–4, in denen der Begriff „damm" (V. 2) zunächst den Bahndamm zu meinen scheint, dann aber auch zusammen mit den Begriffen „wild" (V. 3) und „wechsel" (V. 4) auf das Damwild, also auf Tiere, bezogen werden kann.

Von Saar: zusammenhängende Wahrnehmung der Außenwelt

In Ferdinand von Saars Text erkennt der Zugreisende dagegen, wie sich Bild an Bild reiht, wie sich Dörfer mit Feldern abwechseln und Wiesen in Wälder übergehen – gewiss auch weil sich eine **ruckelnde Dampflokomotive im 19. Jahrhundert** sehr viel langsamer fortbewegt als die heute dahinbrausenden Schnellzüge und Intercitys. Die **wahrgenommene Welt erschließt sich** in den Pioniertagen der Eisenbahn noch **im Zusammenhang**.

Von Saar: lyrisches Ich als Vermittlungsinstanz
vs.
Pagel: Subjektivität der unmittelbar wirkenden Eindrücke

Dabei ist das **lyrische Ich** sehr präsent: Es teilt nicht nur seine Beobachtungen während der Fahrt mit, sondern thematisiert sich selbst als wahrnehmendes und denkendes Ich („Blick' ich", V. 6; „Sinn' ich", V. 16). Eine solche Vermittlungsinstanz scheint bei Pagel allenfalls im verallgemeinernden „wir" (V. 13) auf, ansonsten tritt der Sprecher **hinter die unmittelbaren Eindrücke von der Außenwelt zurück**. Diese sind allerdings umso mehr von der **Subjektivität des Sprechers** geprägt: Die gegenständliche Welt scheint von Assoziationen überformt zu sein („nachziehen des mobiliars / im unterholz", V. 6 f.; „sommerränder nur", V. 12).

Irritation der Wahrnehmung bei von Saar und Pagel mit unterschiedlichen Folgen

Allerdings löst das Unterwegs-Sein im Zug auch beim Ich in von Saars Gedicht durchaus eine **Irritation der Wahrnehmung** aus (vgl. „Truge", V. 16) – diese Irritation bleibt aber beherrschbar, wie die Reflexion darüber verrät. Im Unterschied dazu ist die **Verwirrung der Sinne** in Pagels Gedicht so weit fortgeschritten, dass das überforderte Ich ihrer **nicht mehr Herr zu werden vermag**. Das geht so weit, dass die Außenwelt geradezu **entwirklicht** erscheint. Das deutet sich auch in dem Vergleich mit einer „kulisse eines stückes" (V. 5) an und zeigt sich insbesondere in der Formulierung, es gebe „keine welt jenseits / dieser gleise" (V. 11 f.).

Bei von Saar dagegen eröffnet sich dem hinausblickenden Reisenden die Welt jenseits der Gleise: Er nimmt die **Weite der Landschaft und Natur** wahr, die in immer neuen Ausschnitten am Abteilfenster vorübergleitet, und verbindet damit offenbar positive Gefühle (vgl. „[b]lühend“, V. 8).

Von Saar: positives Bild der Natur

Pagels Gedicht gestaltet die Natur im Kontrast dazu als **feindliche Kraft**, wie es u. a. Formulierungen wie „dschungel un / begehbar“ (V. 4 f.) und „stroboskop der lichtblitze“ (V. 9) sowie die **militärisch-kriegerische Metapher** „entente / der bäume“ (V. 14 f.) zeigen. Schließlich gewinnt der Sprecher gar den Eindruck, der Wald hindere den Zug am Fortkommen (vgl. V. 15 ff.).

Pagel: Außenwelt/Natur als Gegenkraft

Ganz anders verhält es sich bei Ferdinand von Saars Gedicht – die Reiseerfahrung verhilft hier dem lyrischen Ich zu einer **tiefgreifenden Erkenntnis:** Das vorbeiziehende Landschaftspanorama wird für es zum **Sinnbild für das eigene Leben**. Es fasst die **Reise allegorisch als Lebensreise** auf und denkt davon ausgehend über die Flüchtigkeit des Lebens nach. Die Fahrt macht dem lyrischen Subjekt die **Vergänglichkeit des eigenen Seins** bewusst.

Von Saar: im Gedicht selbst formulierte Deutung der Reiseerfahrung – Erkenntnis

Dem modernen Menschen in Pagels lyrischem Text wird dagegen in unserer auf **Schnelligkeit ausgerichteten Welt** eine solche **beschauliche Erkenntnis nicht zuteil**. Durch die **Verschlossenheit der Natur** („verschlossene[] landschaften“, V. 18) scheint das Ich **auf sich selbst zurückgeworfen** zu werden: Es ist offenbar nur fähig, „spiegel / bilder“ (V. 17 f.) wahrzunehmen. Entsprechend **pessimistisch** wirkt auch der Gedichttitel „deadlines“ (vgl. auch V. 7), dessen genauerer Bezug im Übrigen unklar bleibt.

Pagel: Unmöglichkeit innehaltender Reflexion und auf sich selbst zurückgeworfenes Ich

Auch wenn also die beiden Gedichte eine **ähnliche Situation** gestalten – ein Mensch blickt während einer als schnell empfundenen Zugfahrt durch das Fenster nach draußen –, so sind die **Unterschiede** doch **gravierend:** Bei Ferdinand von Saars Gedicht fügen sich die Eindrücke einer Zugfahrt noch zu einem **geschlossenen Bild** zusammen, ja sie ermöglichen es sogar, dass das lyrische Ich sie als **Sinnbild einer abstrakten Erkenntnis** begreift. In Pagels Gedicht dagegen scheint das nicht mehr möglich – darin taugen sie nur noch als Ausdruck eines **Lebensgefühls der Entfremdung und der Ortlosigkeit**, vielleicht sogar der **Gefährdung**.

Reflektierte Schlussfolgerung

Leistungskurs Deutsch (Nordrhein-Westfalen) – Übungsaufgabe 5
II a: Analyse eines Sachtextes (ggf. mit weiterführendem Schreibauftrag)

Arbeitsgrundlage:
Radisch, Iris: *Stimmen des Krieges* (Rezension)

Aufgaben:

	Punkte
1. Analysieren Sie die vorliegende Rezension von Iris Radisch unter besonderer Berücksichtigung ihrer Beurteilung des Romans.	42
2. Setzen Sie sich mit Radischs Ausführungen zu dem von ihr festgestellten Schwachpunkt des Romans (vgl. Z. 103–113) auseinander. Berücksichtigen Sie dabei alle Erzählerfiguren.	30

Iris Radisch
Stimmen des Krieges

Was weiß man schon über das Lebensgefühl vergangener Zeiten? Arno Geigers Roman „Unter der Drachenwand" rekonstruiert einfühlsam die Gemütslage am Ende des Zweiten Weltkrieges.

Beim Betrachten alter Fotografien überfällt einen manchmal die Frage: Was, zum Teufel, haben die Leute, die da gerade eine Straße überqueren oder eine Fahne hissen, in dieser längst vergangenen Weltsekunde wohl empfunden? Die Geschichte des Lebensgefühls vergangener Zeiten wäre für immer verloren, gäbe es nicht schriftliche Überbleibsel, die Einblicke in das Innenleben der längst Verstorbenen gewähren. Sie sind eine Fundgrube für Schriftsteller. Walter Kempowski (1929–2007) hat jahrzehntelang Briefe und Tagebücher aus den vierziger Jahren gesammelt und damit eine Art Museum des deutschen Innenlebens zu Zeiten des Krieges hinterlassen. Sein monumentales, zehnbändiges „kollektives Tagebuch" *Das Echolot* war so überwältigend wie erschütternd: Die darin versammelten Lebensdokumente halfen sich angesichts des Schreckens der letzten Kriegsjahre in der Regel mit verlogenen Floskeln und daueraufgekratzter Munterkeit über das Grauen der Zeiten hinweg. Die Wahrheit war das erste und das letzte Opfer des Krieges.
Der Wiener Schriftsteller Arno Geiger, der zuletzt mit einem Buch über die Demenzerkrankung seines Vaters *(Der alte König in seinem Exil)* große Resonanz fand, versucht in seinem neuen Roman etwas Ähnliches. Auch er trägt Briefe und Tagebücher aus dem Jahr 1944 zusammen, die eine seelische Innenaufnahme des Kriegsendes ergeben sollen. Doch anders als Walter Kempowski hat er die schriftlichen Nachlässe der Zeitzeugen stark nachbearbeitet, wenn nicht gänzlich erfunden: Sein Kriegsroman *Unter der Drachenwand* ist eine geniale Authentizitätsfiktion[1], aus der der Autor sich anschließend so spurlos wie möglich zurückgezogen hat.
Übrig bleiben: der Wehrmachtssoldat Veit Kolbe, im Jahr 1944 gerade 24 Jahre alt, wohnhaft in der Possingergasse in Wien, schwer verwundet durch Granatsplitter an

der Ostfront und auf Genesungsurlaub in Mondsee am Mondsee im Salzburgischen. Die „Reichsdeutsche“ Margot aus Darmstadt, frisch verheiratet mit einem Soldaten aus Linz, Mutter eines Säuglings und Nachbarin des Wehrmachtssoldaten in Mondsee, sowie deren Mutter aus dem total zerstörten Darmstadt. Außerdem die „Quartiersfrau“ in Mondsee und der „Brasilianer“, ihr von Brasilien und der Freiheit träumender Bruder. Ferner eine kinderlandverschickte Mädchenschulklasse im benachbarten Ort samt einer rätselhaft verschlossenen Wiener Lehrerin. Am Rande tritt auf: der jüdische Zahntechniker Oskar Meyer aus der Possingergasse, dem die Flucht aus Wien zu spät gelingt. Nachdem seine Frau und sein Kind deportiert werden, meldet er sich in Budapest freiwillig zur Zwangsarbeit.

Sie alle lernt man kennen, bevor sie den Kriegsausgang und die Zukunft auch nur ahnen. Im fingierten[2] Originalton der Zeit spricht in der Hauptsache der kriegsverletzte Tagebuchschreiber Veit Kolbe, gelegentlich unterbrochen von dem 16-jährigen Rekruten Kurt aus Wien, der rührende Liebesbriefe an seine 13-jährige Cousine ins Kinderheim am Mondsee sendet. Aus dem Bombenhorror von Darmstadt mischt sich hin und wieder die Mutter von Margot in den Stimmenchor. Die bestürzenden Briefe des jüdischen Zahntechnikers aus Wien sorgen dafür, dass die deutschsprachigen Opfergruppen des vorletzten Kriegsjahres in dem Roman nahezu vollständig vertreten sind – lauter von Krieg und Verfolgung schwer verwundete Seelen, die ihren Nöten in sorgfältig redigierten[3] Schriftstücken Luft machen.

Namentlich der Tagebuchautor Kolbe formuliert so gekonnt neusachlich und unprätentiös[4], als habe er in Wien ein Schreibseminar an der Schule für Dichtung besucht. In makellos entschlackter und nur hauchdünn mit einer Prise zeittypischer Umstandskrämerei überzuckerter Prosa berichtet er von seiner Verwundung an der Front: „Im Himmel, ganz oben, konnte ich einige ziehende Wolken erkennen, und da begriff ich, ich hatte überlebt.“ Und schreibt dann einen langen, mitreißenden Roman lang einfach so entspannt weiter – völlig frei von dem Schutt aus Witzelei und Schwulst, der in der naturtrüben Schriftform der Kempowskischen Originalzeugnisse aus dem Jahr 1945 den Blick auf die wahren Empfindungen verstellte. In der einfühlsamen Zeitzeugen-Simulation durch den 49-jährigen Schriftsteller, der man sich widerstandslos überläßt, verschwindet der historische Sicherheitsabstand, der uns von der ersten Hälfte des 20. Jahrhunderts inzwischen trennt, und unbeantwortbare Fragen aus der eigenen Familiengeschichte kommen beim Lesen zurück: Wie haben unsere Eltern und Großeltern das alles aushalten können, ohne seelisch zu zerbrechen?

Auch beim Tagebuchschreiber Kolbe scheint mehr als nur der Unterkiefer und der Oberschenkel zerfetzt zu sein. Er berichtet immer wieder von plötzlich auftretenden Panikattacken, die sich anfühlen, als müsse er unter dem Andrang des Erlebten ersticken. Er hat Furchtbares gesehen, Massenerschießungen von Partisanen, Dörfer in Russland, die man einfach „weggewischt“ habe mit „jung und Alt“, bis auf den Schutthaufen zwischen den Leichen nur noch „ein paar zerzauste Hühner“ herumgelaufen seien. Damals hat er das so hingenommen, denn er kannte seit Jahren nichts als den Krieg. Erst beim Anblick der nach Mondsee kriegsverschickten Wiener Schulmädchen empfindet er mit voller Wucht die „ganze Traurigkeit“ seines Lebens und seiner verpassten Jugend: „Wie weit die Verzerrung des eigenen Wesens schon vorangeschritten ist, merkt man, wenn man wieder unter normale Menschen kommt.“

Der Amtsarzt in Mondsee verschreibt dem Traumatisierten gegen die unerträgliche Vergangenheit das Aufputschmittel Pervitin. Heilen wird ihn jedoch nicht die Wunderpille der Wehrmacht, sondern die junge Frau aus dem Nachbarzimmer in Mondsee, die ihn zum Abendessen einlädt – der Roman läuft auf eine glückliche Liebesgeschichte hinaus (in einer Nachbemerkung heißt es, die beiden hätten nach dem Krieg geheiratet, die Darmstädterin sei bei Abschluss des Manuskriptes 95 Jahre alt gewesen). „Ich weiß", kokettiert der auf seinen neuerlichen Ostfronteinsatz wartende junge Mann, „es sind schon ereignisreichere Geschichten von der Liebe erzählt worden, und doch bestehe ich darauf, dass meine Geschichte eine der schönsten ist. Nimm es oder lass es." Mit solch sentimentalem Understatement[5] wird Arno Geiger zweifellos ein großes Publikum erfreuen.

Doch während an dem Tagebuch schreibenden Wehrmachtssoldaten Kolbe ein halbwegs ambitionierter[6] Wiener Nachwuchsschriftsteller verloren gegangen ist – er nennt sich selbst ein „abgenagtes Stück Herz", vergleicht die „Liebe ohne Sexualität" mit einer „Kerze ohne Docht" und sieht „überall durch die Hülle hindurch das Totengerippe" –, inszeniert Geiger seine Nebenfiguren im Ton glaubhafter Naivität. „Das Gruseln kommt nicht aus einem raus, wenn es Abend wird", schreibt die von allen verlassene Mutter aus dem zerbombten Darmstadt. „Tante Emma und Onkel Georg sind schon acht Tage begraben und sind zu siebzehnt in einem Sarg." Dass die Töchter angesichts der Darmstädter Umstände noch nach Paketen mit dem „Sonntagsmantel", nach „Schleifchen" und „Friseurartikeln" verlangen, empört die gute Frau dermaßen, dass sie sich fragt, „was in Papa und mich gefahren ist, dass wir Kinder bekommen haben". Ihre Briefe aus der total zerstörten Stadt beschließt sie mit dem gut gemeinten Überlebensratschlag, ordentlich viele Zwiebeln zu essen. Die seien gesund.

Im liebevollen Auspinseln solcher kriegsabgewandter Winzigkeiten wie den Zwiebeln, dem abendlichen Bier nach der anstrengenden Gartenarbeit, den Nächten am Plattenspieler im Gewächshaus am Mondsee und vielen anderen vermeintlichen Banalitäten liegt die Stärke des Romans. Und es sind solche *safe spaces* des Alltäglichen, die eine Teilantwort auf die Frage nach dem seelischen Überleben in Zeiten des Krieges enthalten.

Wollte man überhaupt noch einen Schwachpunkt in dieser eindrucksvoll historisierenden Stimmenimitation suchen, dann wäre es die allzu einhellige Treuherzigkeit seines kriegsbeschädigten Erzählpersonals, das gegen NS-Ideologie und Führerkult vollständig immun ist. Die ungleich schwierigere Innenansicht der Täter, an der sich der ehrgeizige französische Autor Jonathan Littell in seinem Roman *Die Wohlgesinnten* vor Jahren die Zähne ausgebissen hat, wird vollständig ausgespart. Die Bösen, die Mitläufer, die Nazis haben nur kurze Gastauftritte. Nie sieht man ihnen ins dunkle Herz. Arno Geigers supersympathische schreibende Antifa-Truppe[7] weiß hingegen immer schon vorbildlich darüber Bescheid, wie „wahnwitzig und menschenfeindlich die Firma Blut und Boden" in Wahrheit ist. Romanentscheidend ist dieser Einwand nicht: Arno Geiger ist ein zu erfahrener Autor, um es beim Wunschkonzert des literarisch Bekömmlichen und menschlich Erfreulichen zu belassen. Am Ende, schreibt er, bleibt immer etwas in einem zurück, mit dem man niemals fertig wird.

Quelle: Iris Radisch: Stimmen des Krieges. In: Die Zeit, Nr. 3/2018
(Die Rechtschreibung entspricht dem Original)

Anmerkungen:
1 *Authentizität:* Substantiv zu *authentisch* (= der Wirklichkeit entstammend, echt); *Fiktion:* Erdachtes, nur in der Vorstellung Vorhandenes
2 *fingieren:* vorspiegeln, vorgeben, nachempfinden
3 *redigieren:* redaktionell bearbeiten
4 *unprätentiös:* bescheiden
5 *sentimental:* sehr gefühlsbetont, empfindsam; *Understatement:* gewollte Untertreibung
6 *ambitioniert:* strebsam, eifrig, Ambitionen (Ansprüche) habend
7 *Antifa:* Abkürzung von *Antifaschismus* bzw. von *Antifaschistische Aktion*, ein Oberbegriff für nicht klar strukturierte politische Bewegungen, die sich gegen den Faschismus wenden

Teilaufgabe 1

Hinweise und Tipps

Welche Aufgabenart liegt vor und wie sind die Teilaufgaben gewichtet?
*Die vorliegende Aufgabe entspricht der Aufgabenart **II a: Analyse eines Sachtextes mit weiterführendem Schreibauftrag**. Die erste Teilaufgabe bildet mit 42 zu vergebenden Punkten den Schwerpunkt, für die zweite Teilaufgabe können Sie 30 Punkte erhalten.*

Was verlangt die Aufgabenstellung von mir?
*Die erste Teilaufgabe basiert auf dem übergeordneten **Operator „Analysieren"**. Dieser verlangt von Ihnen eine umfassende Untersuchung des vorliegenden Textes, bei dem es sich um eine Rezension von Iris Radisch handelt. Dazu gehören die Erfassung der **wesentlichen Aussagen** der Verfasserin, wobei die **gedankliche Entfaltung** der Überlegungen mit beachtet werden sollte, sowie die Herausarbeitung ihrer **Position**. Aber auch die Beschreibung der **sprachlich-stilistischen Gestaltung** unter Berücksichtigung ihrer Funktion ist für solch eine Textanalyse essenziell. Außerdem ist es wichtig, die **Leserlenkung** mit in den Blick zu nehmen, d. h. unter anderem zu untersuchen, wie der Leserschaft die getroffenen Aussagen plausibel gemacht werden und wie sie gesteuert wird.*

Wie gehe ich bei der Bearbeitung der Aufgabe sinnvollerweise vor?
*Nachdem Sie sich die Anforderungen der Aufgabe bewusst gemacht haben, erarbeiten Sie den Text in mehrfachen Lesedurchgängen mithilfe von **Markierungen und Randbemerkungen**. Verwenden Sie am besten für unterschiedliche Aspekte auch unterschiedliche Farben, z. B. für wesentliche Aussagen rot und für wichtige sprachlich-stilistische Merkmale grün. Diese Texterarbeitung ist dann die Grundlage für Ihren Aufsatz.*

Wie kann ich meinen Aufsatz strukturieren?
*Bei diesem langen Text ist es ratsam, **Sprache und Stil nicht zusammen mit dem Inhalt** zu untersuchen, weil das dazu verführt, sehr ausführlich zu werden. Am besten gehen Sie zunächst **abschnittsweise auf den Inhalt** ein, indem sie den **Gedankengang** nachzeichnen und die **wesentlichen Aussagen** erfassen. Stellen Sie dann die Sprachgestaltung in einem eigenen Teil des Aufsatzes und zwar **summarisch und exemplarisch** dar – z. B. so: „Radischs Text zeichnet großer Abwechslungsreichtum*

aus, wie sich beispielsweise an der Verwendung verschiedener Sprachebenen zeigt. So finden sich sowohl umgangssprachliche (‚zum Teufel', Z. 4) als auch eher akademische Formulierungen (‚neusachlich und unprätentiös', Z. 47 f.).“ Die Leserführung können Sie dann in einem weiteren Abschnitt Ihres Aufsatzes behandeln.

Was gibt es bei dieser Aufgabe sonst noch zu beachten?
*Der Umfang der Rezension ist eine echte Herausforderung. Damit Sie sich nicht verzetteln und nicht in Zeitnöte geraten, sollten Sie sich auf das Wesentliche des Textes konzentrieren und weniger wichtige Punkte weglassen. So ist es beispielsweise nicht sinnvoll, genauer wiederzugeben, wie Radisch in den Zeilen 25 bis 46 die Figuren im Einzelnen beschreibt. Es genügt hier bei der Erfassung des Inhalts eine **summarische** Formulierung wie die Folgende: „Radisch stellt in größter Knappheit die wichtigsten Figuren der Romanhandlung vor und verzichtet dabei auf ausführlichere Charakterisierungen.“*

Lösungsvorschlag

Einleitung
Grundlegende Informationen zum Text

Bei dem vorliegenden Textauszug handelt es sich um eine **Rezension** mit dem Titel „Stimmen des Krieges“, die von Iris Radisch verfasst und am Anfang des Jahres 2018 in der renommierten Wochenzeitung DIE ZEIT publiziert worden ist. Darin befasst sich die Rezensentin mit Arno Geigers Roman „Unter der Drachenwand“, der kurz zuvor erschienen war, und bewertet ihn als **äußerst lohnenswerte Lektüre**.

Urteil der Verfasserin

Hauptteil
Aufbau, Inhalt, gedankliche Entfaltung

Kursiver Vortext

Der Text beginnt mit einem knappen, durch Kursivschrift abgehobenen **Vortext:** Mit der Eröffnungsfrage, was wir über das „Lebensgefühl vergangener Zeiten“ (Z. 1) wissen, steckt sie gleich zu Beginn den **Rahmen** ab, in dem sie den Roman betrachten möchte. Der anschließende Satz, dass dieser „einfühlsam die Gemütslage am Ende des Zweiten Weltkrieges“ (Z. 2 f.) rekonstruiere, lässt bereits Radischs **positive Sicht** auf den Roman anklingen, die dann im Folgenden ausführlich dargelegt wird. Die eigentliche Rezension lässt sich in **fünf Sinnabschnitte** einteilen:

Sinnabschnitt 1: *Das Echolot* und *Unter der Drachenwand*

Im ersten Abschnitt (Z. 4–24) stellt die Rezensentin Walter Kempowskis dokumentarische Sammlung von Lebensdokumenten, veröffentlicht unter dem Titel „Das Echolot“, Geigers Roman gegenüber. Sie sieht in den beiden Projekten einen ähnlichen Ansatz, nämlich den Versuch, einen **direkten Einblick in das Innenleben** der in den letzten Kriegsjahren **lebenden Menschen** zu gewähren. Als Unterschied nennt sie jedoch, dass Kempowski Originaldokumente versammelte, während Geiger Zeitzeugen-Dokumente nachbearbeitet oder gar erfunden habe (vgl. Z. 21 f.). Das führt Radisch zu dem **Werturteil**, dass der Roman eine „geniale Authentizitätsfiktion [sei], aus der der Autor sich anschließend so spurlos wie möglich zurückgezogen hat“ (Z. 23 f.).

Nach dieser **Würdigung der grundsätzlichen Anlage** des Romans wendet sich Radisch im zweiten Sinnabschnitt (Z. 25–46) dem Inhalt zu, indem sie die **wichtigsten Figuren des Romans** vorstellt und einen Eindruck vom Handlungsraum und -setting vermittelt. Es scheint hier der Verfasserin zunächst einmal darauf anzukommen, die **Breite und Vielfalt des Figurentableaus** zu verdeutlichen, denn auf genauere Charakterisierungen und die Darstellung von Zusammenhängen verzichtet sie. Radisch betont dafür aber die **auf den historischen Zeithorizont begrenzte Perspektive** der Figuren und insbesondere der vier Ich-Erzähler – Veit, Kurt, Margots Mutter und Oskar Meyer. Besondere Aufmerksamkeit schenkt sie dem Juden Oskar Meyer, dessen Weg sie schon zuvor etwas ausführlicher skizzierte (vgl. Z. 34 ff.). Durch diesen seien die „deutschsprachigen Opfergruppen des vorletzten Kriegsjahres“ (Z. 44) fast vollständig vertreten. Als Gemeinsamkeit zwischen den vier Erzählerfiguren sieht Radisch, dass es sich um „von Krieg und Verfolgung schwer verwundete Seelen“ (Z. 45) handele, denen das Schreiben helfe (vgl. Z. 46).

Sinnabschnitt 2: Die Figuren des Romans und die Erzählperspektive

Nach dieser eher beschreibenden Passage blickt die Rezensentin im dritten Sinnabschnitt (Z. 47–82) nun genauer auf die **Hauptfigur Veit Kolbe**, wobei sie zunächst seine **Sprache** in den Mittelpunkt stellt und hier auch eine wertende Perspektive einnimmt. Radisch würdigt seinen **Schreibstil** als „gekonnt neusachlich und unprätentiös“ (Z. 47 f.), als „makellos entschlackt[]“ (Z. 49), „enstpannt“ (Z. 53) und „einfühlsam[]“ (Z. 55). Einen erneuten **Vergleich** mit **Kempowskis Projekt** nutzt sie nun, um ihre **positive Wertung der Sprache** zu unterstreichen: Im Unterschied zu jenen Zeugnissen sei das fiktive Tagebuch Veits „völlig frei von [...] Schutt aus Witzelei und Schwulst“ (Z. 53). Die Beschreibung der sprachlichen Gestaltung bildet für Radisch dann die Basis für ihre Einschätzung, wie der Roman auf den **Leser wirke:** Man überlasse sich dem Roman „widerstandslos“ (Z. 56) und es „verschwindet der historische Sicherheitsabstand, der uns von der ersten Hälfte des 20. Jahrhunderts inzwischen trennt“ (Z. 57 f.). Radisch belegt hier also die zuvor dem Roman bescheinigte Fähigkeit, **dem Leser die Vergangenheit zugänglich zu machen**.

Sinnabschnitt 3: Der Protagonist Veit Kolbe

Stil und Sprache

Nach Veits Schreibstil wendet sich Radisch der **Figurenanlage** zu: In den Mittelpunkt stellt sie seine aus den Kriegserfahrungen resultierende **psychische Versehrtheit**. Die Verfasserin skizziert hier einen wichtigen Erzählstrang der Handlung, und zwar die „glückliche Liebesgeschichte“ (Z. 75 f.) zwischen Veit und Margot. Diese Liebe – und nicht das verschriebene Pervitin – begreift sie als das eigentliche Mittel gegen Veits Kriegstrauma. Erneut nimmt sie die **Wirkung des Romans auf die Leserschaft** in den Blick: Sie attestiert Veits Einordnung, dass seine Liebesgeschichte zwar ereignisarm, aber „eine der schönsten“ (Z. 80) sei, ein „sentimentale[s] Understatement“ (Z. 81), das „zweifellos ein großes Publikum erfreuen“ (Z. 82) wird.

Der Ausgangspunkt im vierten Sinnabschnitt (Z. 83–101) ist Radischs – schon zuvor angedeutete (vgl. Z. 48) – Einschätzung, dass **Veits Schreibstil etwas Literarisches** hat: An ihm sei ein „Nachwuchsschriftsteller“ (Z. 84) verloren gegangen. Die Sprache der weiteren Erzählerfiguren hebt er davon ab – sie äußerten sich „im Ton glaubhafter Naivität“ (Z. 87). Radisch untermauert diese Kontrastierung mithilfe von Textbelegen (vgl. „‚abgenagtes Stück Herz‘“, Z. 85, vs. „‚Das Gruseln kommt nicht aus einem raus, wenn es Abend wird‘“, Z. 87 f.). An diese Beispiele knüpft Radisch an, um eine weitere **Stärke des Romans** zu beschreiben: Geiger widmet sich nach ihrer Aussage „liebevoll[]“ (Z. 96) „kriegsabgewandte[n] Winzigkeiten“ (Z. 96) und „vermeintlichen Banalitäten“ (Z. 98 f.). Diese begreift sie als „*safe spaces* des Alltäglichen“ (Z. 99 f.), die wiederum eine „Teilantwort“ (Z. 100) auf die zuvor aufgeworfene Frage (vgl. Z. 59 f.) gäben, wie das „seelische[] Überleben in Zeiten des Krieges“ (Z. 100 f.) gesichert werden könnte.

Sinnabschnitt 4: Die weiteren Erzählerfiguren

Als einzigen **Schwachpunkt** des Romans benennt Radisch im letzten Sinnabschnitt (Z. 102–114) das **Fehlen einer Erzählfigur**, die gegen **NS-Ideologie und Führerkult** nicht „vollständig immun“ (Z. 105) ist, wodurch die „Innenansicht der Täter“ (Z. 105) ausgespart bliebe. Radisch erscheinen die Figuren offenbar **zu positiv**. Sie räumt allerdings ein, dass dieser **Einwand** nicht „[r]omanentscheidend“ (Z. 111), also eher **unwesentlich** sei. Das begründet sie damit, dass Geiger es nicht bei einer allzu positiven Sicht belasse (vgl. Z. 112 f.). Als **Beleg** dafür schließt sie mit der Paraphrasierung eines zentralen Satzes des Romans, nach dem „immer etwas in einem zurück[bleibt], mit dem man niemals fertig wird“ (Z. 114).

Sinnabschnitt 5: Ein Schwachpunkt des Romans

Ihr insgesamt **sehr lobendes Urteil** über Geigers Roman präsentiert Radisch in äußerst abwechslungsreicher, **rhetorisch geschulter Sprache**. Die Aufführung des Romanpersonals gestaltet sie in **Ellipsen**, wodurch der Aufzählungscharakter dieser Passage unterstrichen wird (Z. 25–33). Besonders ausgeprägt ist die **Bildhaftigkeit**, mit der Radisch bestimmte Aspekte **plastisch veranschaulicht** (vgl. z. B. „Fundgrube“, Z. 9; „Museum des deutschen Innenlebens“, Z. 11; „Auspinseln“, Z. 96; „Wahrheit“ als „das erste und das letzte Opfer des Krieges“, Z. 15 f.). Auch mithilfe von Vergleichen (vgl. Z. 48, 63 f.) schafft sie **Anschaulichkeit**.

Sprache und Stil

Flexibel zieht Radisch je nach Ausdrucksziel **verschiedene Sprachregister:** Zwar wird der Text von einer **gehobenen Wortwahl** dominiert (vgl. „neusachlich und unprätentiös“, Z. 47 f.; „sentimentale[s] Understatement“, Z. 81; „kriegsbeschädigt[]“, Z. 104), die ebenso wie die dichte Sprache (vgl. „nur hauchdünn von mit einer

Prise zeittypischer Umstandskrämerei überzuckerter Prosa", Z. 49 f.) zum eher akademisch geprägten Lesepublikum der ZEIT passt. Aber zuweilen greift Radisch auch auf **salopp-umgangssprachliche, manchmal humorvoll übertreibende Elemente** zurück („zum Teufel", Z. 4 f.; „supersympathische schreibende Antifa-Truppe", Z. 109; „Wunschkonzert", Z. 112), die dem Text wiederum eine **leichtgängige Lockerheit** verleihen. Adressatenbezug

Die in der Sprache zum Ausdruck kommende **Leserorientierung** zeigt sich auch im gelegentlichen – wenn auch nicht ausdrücklichen – **Einbezug des Lesers**, u. a. durch die persönlich wirkende Ausgangsfrage (vgl. Z. 4 ff.), die Verwendung des Pronomens „uns" / „unsere" (Z. 57 ff.) oder auch, indem sie das Lese-„Publikum" (Z. 82) als solches benennt. *Leserlenkung*

Ihre Beschreibungen und Wertungen unterfüttert Radisch dabei immer wieder mit **Zitaten**, wodurch sie ihrer Leserschaft einen **unmittelbaren Eindruck** von Geigers Sprache vermittelt und ihre Einschätzungen am Text belegt.

Auch wenn es sich um eine eher lange Rezension handelt, so hat man doch **kaum Mühe, den Ausführungen zu folgen**. Das liegt unter anderem daran, dass Radischs Text fast **leitmotivisch** (vgl. Z. 4–9, 20 f., 45 f., 59 f., 100 f.) die **Frage** durchzieht, was wir über das **Lebensgefühl bzw. das Seelenleben in vergangenen Zeiten** wissen (können) und wie wir Zugang dazu erlangen können. Als eine Art **roter Faden** dient auch der Aspekt der „Authentizitätsfiktion" (Z. 23), der in Formulierungen wie „fingierte[r] Originalton der Zeit" (Z. 38), „sorgfältig redigierte[] Schriftstücke[]" (Z. 46), „Zeitzeugen-Simulation" (Z. 55 f.) und „eindrucksvoll historisierende[] Stimmenimitation" (Z. 102 f.) wiederkehrt und **Kohärenz schafft**.

Dieser Aspekt ist für Radisch offenbar einer der ausschlaggebenden Gründe für ihr **äußerst positives Urteil** über Geigers „Unter der Drachenwand". Dabei gelingt es der Autorin, dieses Urteil in einer **höchst lesenswerten Form** zu vermitteln und auf den Roman Lust zu machen. **Schluss**

Teilaufgabe 2

Hinweise und Tipps

Was verlangt die Aufgabenstellung von mir?
Die zweite Teilaufgabe enthält nur einen einzigen Operator: ***„Sich auseinandersetzen mit"****. Es geht hier also darum, eine* ***Argumentation*** *zu entwickeln, die zu einem* ***begründeten und nachvollziehbaren Urteil*** *führt. Diese Argumentation soll sich auf den letzten Teil von Radischs Rezension beziehen, in dem sie einen* ***Schwachpunkt des Romans*** *beschreibt. Dabei wird in der Aufgabenstellung der Schwachpunkt nicht*

benannt. Womit genauer Sie sich also auseinandersetzen, müssen Sie aus der Rezension ableiten. Die Aufgabe gibt allerdings noch den Hinweis, dass Sie ***alle Erzählerfiguren berücksichtigen*** *sollen.*

Wie gehe ich bei der Bearbeitung der Aufgabe sinnvollerweise vor?
Machen Sie sich zunächst bewusst, zu ***welchen Aspekten*** *Sie die Argumentation entwickeln sollen. Lesen Sie dazu noch einmal aufmerksam die Zeilen 102 bis 114 und überlegen Sie, welche* ***Aussagen über die Figuren*** *sich für die genauere Betrachtung* ***eignen****. So ist es beispielsweise sinnvoll, zu fragen, ob denn die Erzählerfiguren tatsächlich alle „gegen NS-Ideologie und Führerkult vollständig immun" (Z. 104 f.) sind und ob die Einordnung des Erzählpersonals als „supersympathische schreibende Antifa-Truppe" (Z. 109) nicht zu weit führt. Als Vorbereitung der Argumentation können Sie sich solche „Textschnipsel" notieren und dann vermerken, inwieweit sie* ***auf die Figuren zutreffen****. In manchen Fällen werden Sie vielleicht auch feststellen, dass keine genaue bzw. keine eindeutige Aussage darüber möglich ist. Halten Sie auch das fest. Übrigens können Sie sich in Ihrem Aufsatz auch der Frage stellen, ob man – wenn man Radischs Einschätzung zum Erzählpersonal zu folgen gewillt ist – tatsächlich davon sprechen kann, dass es sich um einen Schwachpunkt handelt.*
Auf der Grundlage Ihrer Notizen verfassen Sie dann Ihre Argumentation.

Wie kann ich meinen Aufsatz strukturieren?
Beginnen Sie mit einer ***Überleitung*** *zur Argumentation. Es bietet sich an, darin die Punkte von Radischs Text, die Sie in den Blick nehmen wollen, kurz anzureißen – zum Beispiel in Frageform. Beim* ***Hauptteil*** *sollten Sie sich frühzeitig entscheiden, ob Sie Ihre Ausführungen eher* ***nach den einzelnen Figuren strukturieren*** *oder* ***nach den Punkten****, die Radisch anführt. Im unten stehenden Lösungsvorschlag wurde das erste Vorgehen gewählt. Dabei dürfen Ihre Überlegungen zu Veit Kolbe durchaus umfänglicher ausfallen als bei den anderen Figuren. Zum einen ist er die dominante Erzählfigur des Romans, zum anderen erfordern bei ihm einzelne Fragen (wie z. B. die Frage, inwieweit er als Täter gelten kann) eine ausführlichere, sehr differenzierte Auseinandersetzung.*
Ihre Ergebnisse sollten Sie am Ende möglichst noch einmal ***zusammenfassen****. Dafür können Sie den* ***Schlussteil*** *Ihres Aufsatzes nutzen.*

Lösungsvorschlag

Überleitung
Fragestellung

Auch wenn Iris Radisch nur einen Schwachpunkt im Roman ausmacht, so lässt sich doch fragen, inwieweit ihre diesbezügliche **Kritik tatsächlich trägt**. Sind die Erzählerfiguren tatsächlich allzu einhellig in ihrer Treuherzigkeit und gegen NS-Ideologie und Führerkult vollständig immun (vgl. Z. 103 ff.)? Bleibt die Innenansicht der Täter wirklich ausgespart (vgl. Z. 105)? Und trifft die – selbstverständlich bewusst übertreibende – Einordnung des Erzählpersonals als „supersympathische schreibende Antifa-Truppe" (Z. 109) zu? Diese Fragen sollen anhand der einzelnen Erzählerfiguren diskutiert werden.

Hauptteil

Oskar Meyer

Der einfachste Fall im Kontext dieser Thematik ist sicherlich **Oskar Meyer**, der der **faschistischen Ideologie kaum ferner stehen könnte**. Nicht die Innensicht eines Täters wird hier gezeigt, sondern die eines **direkten Opfers der nationalsozialistischen Untaten**. Sicherlich darf man ihn dabei zu den sympathischen Figuren zählen, aber an der in dem Begriff „Antifa-Truppe" (Z. 109) anklingenden **Einordnung Oskars** als eine Figur, die **Widerstand** leistet, darf man **zweifeln**. Der Wiener Jude und seine Familie werden eher als Getriebene gezeichnet. Zudem ist es gerade ein besonderes Merkmal Oskars, dass er die **eigene Gefährdung** durch das nationalsozialistische Regime wiederholt **unterschätzt**. Er scheint gerade – in ganz anderem Sinn, als Radisch es wohl meint – nicht „darüber Bescheid [zu wissen], wie ‚wahnwitzig und menschenfeindlich'" (Z. 110) es ist. So agiert er beispielsweise bei den Überlegungen zur Ausreise teilweise zu zögerlich, weswegen er später auch **starke Schuldgefühle** entwickelt (vgl. S. 401).

Margots Mutter

Bei Margots Mutter sind die **Kategorien Täter und Opfer schwer anwendbar**. Als Deutsche steht sie eher auf der Seite der Täter, zugleich ist sie ein Opfer des Bombenkrieges und insofern auch ein indirektes Opfer der nationalsozialistischen Aggression, deren Folge der Bombenkrieg ist. In den eher private Belange behandelnden Briefen von Margots Mutter finden sich **kaum Hinweise auf ihre politische Einstellung**. Deshalb lässt sich bei ihr schwer entscheiden, ob sie der NS-Ideologie anhängt. Aber wie bei Oskar fällt es schwer, in ihr eine antifaschistische, widerständige Figur zu sehen. Und besonders **sympathisch** wirkt Lore Neff auch **nicht** – so hat sie mit dem Ablösungsprozess ihrer Töchter erhebliche Probleme und versucht diese teilweise zu manipulieren.

Kurt Ritler

Kurt Ritler dagegen vermag – auch wenn er seine Freundin Nanni an manchen Stellen etwas von oben herab behandelt – zum Teil durchaus Sympathie zu erwecken, unter anderem durch sein **aufbegehrendes Verhalten**. Dieses richtet sich jedoch kaum gegen das faschistische System oder gegen seine Ideologie, sondern vor allem gegen seine Eltern, die auch seinen Kontakt zu Nanni unterbinden wollen. Kurt scheint **weder eine ausgeprägt kritische Haltung** zur NS-Ideologie zu haben, wie Radischs Formulierungen sie nahelegen, **noch dieser verfallen** zu sein. Beispielsweise erzählt er ganz neutral davon, wie ein entlaufener KZ-Häftling zu Tode geprügelt worden ist (vgl. S. 242), und geht ohne wertenden Kommentar dazu über, von einem Fußballspiel zu berichten. An anderen Stellen äußert er sich dann in seinen Briefen punktuell **leicht kritisch zum Regime** – beispielsweise wenn er vom militärischen Drill genervt ist (vgl. S. 98) oder einen Erlass der Reichsjugendführung ironisiert (vgl. S. 102). Davon, dass Kurt **nicht vollständig gegen die NS-Ideologie immun** ist, zeugt Veits Besuch bei ihm. So sagt er, dass er sich auch im Notfall nicht als Zivilist ausgeben will, um sein Leben zu retten, und dass er auch niemals unter einem fremden Regime leben wolle (vgl. S. 448 f.). In etwa zur gleichen Zeit ordnet er aber bestimmte Strafen in Hainburg als „krank" (S. 387) ein. Insofern ergibt sich bei Kurt **kein eindeutiges Bild**.

Am komplexesten ist sicher die Figur Veit Kolbe, in deren Gedankenwelt die Leserinnen und Leser einen besonders tiefen Einblick erhalten. Die **pauschale Aussage**, er sei „gegen NS-Ideologie und Führerkult vollständig immun" (Z. 104 f.), ist **nicht zu unterschreiben**, denn für Veit ist die „Partei [...] die Sinngebung [s]einer Jugend gewesen" (S. 135) und auch in der Erzählgegenwart kann er sich von dem „Gedanken, dass der F. ein großer Mann war, nicht gänzlich frei machen" (S. 135). Als Wehrmachtssoldat, der schon im Einsatz war, **gehört Veit sicherlich auch mehr als die anderen Erzählerfiguren zu den Tätern**. Aber es handelt sich um einen „Täter", der den Krieg, an dem er beteiligt (gewesen) ist, aufgrund seiner schrecklichen Fronterfahrungen schon **sehr kritisch** sieht. Im Verlauf des Romans wird er auch unter dem Einfluss des Brasilianers und angesichts des Umgangs des Regimes mit diesem eine zunehmend **regime- und ideologiekritische Haltung** einnehmen. Die von Radisch zitierte Textstelle („,wie wahnwitzig und menschenfeindlich die Firma Blut und Boden'", Z. 110 f.) ist für diesen Einfluss ein Indiz: Die Bezeichnung „Firma Blut und Boden" für das nationalsozialistische Regime hat Veit vom Brasilianer übernommen (vgl. S. 136). Dass **Veit sich** in dieser Art und Weise während der Romanhandlung **entwickelt**, **unterschlägt Radisch**, wenn sie schreibt, dass die Schreibenden „immer schon vorbildlich" (Z. 110) über Wahnwitz und Menschenfeindlichkeit des NS-Systems Bescheid wüssten. Dass Veit schließlich zum Mörder wird, um den Brasilianer **vor dem Zugriff der Herrschenden zu retten**, hat dann durchaus etwas von einer **antifaschistischen Aktion**. Veit Kolbe

Veits **Auseinandersetzung mit seiner Rolle im Krieg** und mit der **Frage der eigenen Schuld** (vgl. z. B. S. 451–454) darf man im Übrigen auch als Hinweis lesen, dass er nicht einfach nur der Opferseite zuzuordnen ist, sondern dass er **auch Täter** ist: Veit war zwar selbst nie an Erschießungen beteiligt, aber er **bereut**, das Zurückliegende nicht ändern zu können. Und er reflektiert über die **eigene Schuld**, das **Schicksal der Juden**, die hinter der Front ermordet worden sind, **ignoriert zu haben**. Insofern bekommt man durchaus einen gewissen Einblick in einen Täter, allerdings – und das scheint Radisch zu bemängeln – nicht in das Denken und Fühlen von Tätern, die sich in der Erzählgegenwart schuldig machen: „Nie sieht man ihnen ins dunkle Herz." (Z. 108 f.) Dies lässt sich zwar bestätigen, aber man darf durchaus fragen, ob dies eine Schwachstelle des Romans ist. Geigers Ziel ist es schließlich, die Menschen nicht schwarz oder weiß zu zeichnen, sondern in ihrer **Vielschichtigkeit** zu zeigen. Nicht ohne Grund wählt er für Veit den Begriff „Grauer" (S. 35), der auf dessen **gemischten Charakter** anspielt.

Weitere Figuren

Zudem ist es ein wenig **untertrieben**, den „Bösen", den „Mitläufer[n]", den „Nazis" (Z. 107 f.) **nur kurze Gastauftritte** zu bescheinigen. So prägen den Roman durchaus auch Figuren wie der opportunistische Onkel, wie die Quartierfrau und Veits Vater, die man als Nationalsozialisten einordnen darf, und wie Dohm, der sich als Überzeugungstäter am ehesten den „Bösen" zurechnen lässt.

Schluss

... mit abschließender Einschätzung

Vor dem Hintergrund all dieser Überlegungen wirkt der Kritikpunkt, den Radisch in ihrer ansonsten ausnehmend positiven Bewertung des Romans äußert, **nicht treffend**. Ihre Formulierungen sind **zu übertrieben** („supersympathische [...] Anitfa-Truppe", Z. 109) oder **zu wenig differenziert** („vollständig immun", Z. 105; „immer schon vorbildlich", Z. 110). Insbesondere der von ihr erweckte Eindruck, dass die Figuren zu positiv („einhellige Treuherzigkeit", Z. 103; „supersympathische", Z. 109) gezeichnet seien, wird der **komplexen Anlage der Figuren**, allen voran Veit, **nicht gerecht** – auch wenn es stimmen mag, dass man die Innenwelt einer „bösen" Figur nicht vermittelt bekommt. Ein „Wunschkonzert des literarisch Bekömmlichen und menschlich Erfreulichen" (Z. 112 f.) bietet der Roman daher auch dann nicht, wenn man Geigers Satz unberücksichtigt lässt, dass am Ende „immer etwas in einem zurück[bleibe], mit dem man niemals fertig wird" (Z. 114).

Leistungskurs Deutsch (Nordrhein-Westfalen) – Übungsaufgabe 6
II a: Analyse eines Sachtextes mit weiterführendem Schreibauftrag

Arbeitsgrundlage:
Rafaela von Bredow: *Leben ohne Zahl und Zeit* (Auszug).
In: DER SPIEGEL 17/2006

Aufgaben:

		Punkte
1.	Analysieren Sie den vorliegenden Textauszug aus dem Artikel „Leben ohne Zahl und Zeit" von Rafaela von Bredow im Hinblick auf die zentralen Aussagen und erschließen Sie die Gedankenführung. Untersuchen Sie dabei auch die sprachliche Gestaltung.	40
2.	Stellen Sie knapp die Sapir-Whorf-Hypothese dar. Prüfen Sie vor diesem Hintergrund, ob bzw. inwiefern die in dem Artikel geschilderten Forschungsergebnisse und deren Interpretation zu einer Rehabilitation der Sapir-Whorf-Hypothese führen könnten.	32

Rafaela von Bredow
Leben ohne Zahl und Zeit (Auszug, 2006)

[…]
Es geht beim Streit um das Volk[1] vom Maici-Fluss um nichts weniger als das große Rätsel, wie der Homo sapiens überhaupt zu seiner brillanten Begabung kam. Denn obschon Bienen tanzen, Vögel singen und Buckelwale sogar mit Syntax singen – des Menschen Sprache ist einzigartig. Allein schon deswegen, weil sie ihm erlaubt, aus endlich vielen Elementen mit unendlicher Kreativität nie zuvor Gedachtes zusammenzupuzzeln, so wie Shakespeare seine Dramen oder Einstein die Relativitätstheorie.
Basis der linguistischen Theorie sind in der Regel jene Eigenschaften, die alle Idiome dieser Welt teilen. Der Sprache der Pirahã aber – das macht sie jetzt so bedeutsam – fehlen wichtige Teile selbst dieses kleinsten gemeinsamen Nenners.
Überhaupt zeichnet sich ihre Sprache durch Sparsamkeit aus. So benutzen die Pirahã nur drei Pronomen. Sie kennen kaum Zeitwörter, ihre Verben keine Vergangenheit. Farben konkret zu benennen ist den Waldbewohnern anscheinend auch nicht wichtig. Unter all den Kuriositäten aber irritiert die Linguisten am meisten, dass Pirahã als vielleicht einzige Sprache der Welt komplett ohne Nebensätze auskommt. Statt „Wenn ich fertig gegessen habe, möchte ich mit dir reden" heißt es: „Ich esse zu Ende, ich rede mit dir."
Ebenso verblüffend: Der Alltag der Pirahã scheint keiner Zahlen zu bedürfen. Wörter wie „jedes", „alle" oder „mehr" hat Everett[2] nie von den Dorfbewohnern gehört. Zwar existiert die Vokabel „hói", die der Zahl 1 nahekommt. Aber sie bedeutet zu-

gleich auch „klein“ oder bezeichnet eine vergleichsweise geringere Menge, etwa zwei kleine Fische im Gegensatz zu einem großen. […]

Der Streit der Linguisten über das Fehlen allen Zählens hat sich entzündet, nachdem Peter Gordon, ein Psycholinguist von der Columbia University in New York, die Pirahã besucht und ihre mathematischen Talente getestet hat. So sollten sie etwa vorgegebene Reihen von einer bis zehn kleinen Batterien nachlegen oder sich merken, ob Gordon drei oder acht Nüsse in eine Dose gesteckt hatte.

Das Ergebnis, veröffentlicht im Wissenschaftsblatt „Science“, war niederschmetternd: Die Pirahã können mit Zahlen ungefähr so viel anfangen wie Tauben oder Schimpansen. Seine Studie lege nahe, meint Gordon, dass „ein Volk ohne Begriffe für Zahlen nicht die Fähigkeit entwickelt, exakte Anzahlen zu erkennen“.

Mit dieser Schlussfolgerung ließ Gordon eine umstrittene Theorie des 1941 gestorbenen Linguisten Benjamin Whorf wieder aufleben, derzufolge der Mensch nur denken kann, wofür er auch Worte besitzt. Will heißen: So lange die Pirahã keine Zahlwörter kennen, können sie nicht einmal im Ansatz begreifen, was Zählen und Rechnen bedeuten.

Allerdings müssten die Waldbewohner dann die Grundzüge der Arithmetik verstehen lernen, sobald man ihnen zum Beispiel das portugiesische Einmaleins nahebringt. So haben die Warlpiri, australische Aborigines, deren Sprache auch nur das simple Zählsystem 1-2-viele hergibt, schnell und leicht auf Englisch zählen gelernt.

Ganz anders hingegen die Pirahã. Vor Jahren schon hat Everett versucht, ihnen das Rechnen beizubringen. Acht Monate lang lehrte er sie das um, dois, três[3] der Brasilianer – vergebens. „Am Ende konnte nicht einer bis zehn zählen“, berichtet der Forscher.

Dass das Dschungelvölkchen schlicht zu dumm ist, lässt sich ausschließen. „Die sind auch nicht langsamer im Kopf als der durchschnittliche Vordiplomstudent“, sagt Everett. Außerdem leben die Pirahã nicht in genetischer Isolation; sie durchmischen sich mit den umliegenden Völkern. Insofern müsste ihr Intellekt dem der Nachbarn gleichen.

Am Ende fand Everett eine aufsehenerregende Erklärung für die Eigenheiten des Pirahã-Idioms: „Die Sprache kommt in die Welt durch die Kultur“, sagt der Linguist. Und die Kultur der Pirahã lässt sich Everett zufolge mit einer schlichten Formel zusammenfassen: „Leben im Hier und Jetzt“. Wichtig und damit mitteilenswert sei nur das unmittelbar Erlebte. „Alle Ereignisse sind verankert im Moment des Sprechens.“ Diese Carpe-diem-Kultur, glaubt der Forscher, lasse Abstraktion nicht zu, verbiete komplizierte Bezüge zur Vergangenheit und schränke entsprechend die Sprache ein.

Zum Leben im Moment passt, dass die Pirahã an keinen Schöpfungsmythos zu glauben scheinen. Wenn befragt, antworten sie etwa: „Alles ist das Gleiche, die Dinge sind schon immer.“ Auch erzählen die Mamas den Kleinen keine Märchen, überhaupt erfindet niemand Geschichten, niemand malt – Kunst gibt es nicht. […]

Der Forscher ist überzeugt, dass Linguisten, wenn sie denn danach suchten, allerorten einen ähnlichen Einfluss der jeweiligen Kultur auf die Sprache finden würden. Bisher allerdings verteidigen viele Wissenschaftler die gegenläufige These Chomskys, derzufolge jeder menschlichen Sprache eine universale Grammatik zugrunde liegt, eine Art Ur-Regelsystem im Kopf, das jedes Kind der Welt dazu befähigt, sich un-

ausweichlich und ziemlich flott vom ersten Krähen und Kreischen aufzuschwingen zu Wortfolgen mit Syntax und Sinn.
Ob Phonetik, Signifikanz, Morphologie – was genau in dieser Universalgrammatik angelegt sein soll, ist umstritten. Auf einem „Herzstück" der menschlichen Sprachfähigkeit aber beharrt Chomsky, der inzwischen 77 Jahre alte Doyen[4] der Disziplin: der Rekursion.
Dieses Phänomen, definiert als die Wiederholung einer Struktur als Teil von sich selbst, liegt dem menschlichen Denken zugrunde. Ohne Rekursion ließe sich Mathematik nicht denken, es gäbe weder Computer noch Philosophie, auch keine Symphonien. Der Mensch wäre prinzipiell nicht dazu fähig, einzelne Gedanken als untergeordnete Teile zu betrachten, aus denen er komplexe Ideen zusammenbastelt.
Und: Es gäbe keine Nebensätze. Denn auch die kann der Homo sapiens nur bilden, weil er rekursiv denkt. Beispiel: Das ist der Hund, der die Katze jagte, die die Ratte tötete, die in dem Haus lebte, das Andrea gebaut hat. Und immer so weiter: Durch Nebensätze übersetzt eine Sprache rekursive Gedanken in Grammatik. Wenn aber die Pirahã keine Nebensätze bilden, meint auch der berühmte US-Psychologe Pinker, dann kann Rekursion nicht Quell der Einzigartigkeit menschlicher Sprache sein. Sie wäre nicht Teil einer universalen Grammatik. Was dann? Chomsky wäre widerlegt.
Jetzt käme es darauf an zu beweisen, dass die Pirahã sehr wohl, wie alle Artgenossen, rekursiv denken können. Laut Everett schlägt sich diese Eigenschaft des Geistes nur deshalb nicht in ihrer Sprache nieder, weil die Kultur ihnen dies verbiete. Das Problem ist nur: Derzeit kann niemand Everetts Beobachtungen widerlegen oder bestätigen. Denn niemand spricht Pirahã so gut wie er. Trotzdem werden sich in diesem Jahr gleich mehrere Forscher auf die Reise zum Maici begeben, um Teile seiner Behauptungen zu überprüfen, darunter gleich zwei Linguisten aus Chomskys Umfeld.
Einem allerdings wird es jetzt „ein bisschen zu voll da unten": Peter Gordon. „Ich befürchte, dass die Pirahã nur eine weitere wissenschaftliche Kuriosität werden, die man ausbeutet und am Ende noch ihre Fäzes[5] analysiert."

Aus: DER SPIEGEL 17/2006, Rafaela von Bredow.

Anmerkungen:
1 Gemeint ist das Volk der Pirahã (brasilianisches Amazonasgebiet), von dem im Artikel schon zuvor die Rede gewesen ist.
2 *Daniel Everett:* amerikanischer Linguist, der viele Jahre die Sprache der Pirahã erforscht und untersucht hat
3 *um, dois, três:* die Zahlen *eins, zwei, drei* im brasilianischen Portugiesisch
4 *Doyen:* hier im Sinne von dienstältester Vertreter oder Sprecher
5 *Fäzes*: medizinischer Ausdruck für Kot

Teilaufgabe 1

Hinweise und Tipps

Welche Aufgabenart liegt vor und wie sind die Teilaufgaben gewichtet?
Es handelt sich um die Aufgabenart „Analyse eines Sachtextes mit weiterführendem Schreibauftrag". Die Gewichtung der beiden Teilaufgaben (40 und 32 Punkte) gibt Ihnen bereits Auskunft darüber, dass die Analyse des Textauszuges von Rafaela von Bredow den Schwerpunkt der Aufgabenstellung bildet.

Was verlangt die Aufgabenstellung von mir?
In Teilaufgabe 1 wird von Ihnen die Analyse eines längeren und komplexen Sachtextes verlangt, dafür sind bereits drei Schwerpunkte vorgegeben, die eng miteinander verzahnt sind: die zentralen Aussagen, die Gedankenführung und die sprachliche Gestaltung.

Wie gehe ich bei der Bearbeitung der Aufgabe sinnvollerweise vor?
Erarbeiten Sie sich den Text am besten zunächst inhaltlich, indem Sie wichtige Stellen markieren. Um die ***Gedankenführung*** *erschließen zu können, machen Sie sich erst einmal klar, was darunter eigentlich zu verstehen ist: Gemeint ist damit die Art und Weise, wie die Verfasserin ihre* ***Darstellung gedanklich entwickelt****. Dafür genügt es nicht, einfach nur den Inhalt zusammenfassend wiederzugeben – es gilt vielmehr, abstrakter zu beschreiben, wie die einzelnen Teile des Textes* ***aufeinander aufbauen****,* ***auseinander hervorgehen*** *oder auch* ***miteinander verzahnt sind****. Dabei hilft es, den Text in Sinnabschnitte einzuteilen. Machen Sie sich bewusst, wie diese zusammenhängen – z. B. indem Sie Begriffe wie „Beleg", „Beispiel", „Gegenposition", „theoretischer Hintergrund", „Rückbezug" bei den Sinnabschnitten notieren.*
Für die Untersuchung der sprachlichen Gestaltung lesen Sie den Text gegebenenfalls noch einmal und notieren sich Auffälligkeiten, z. B. zu folgenden Fragen:
- *Verwendet die Autorin auffällige rhetorische Mittel?*
- *Wie lässt sich der Stil kennzeichnen (polemisch, sachlich, informationsbezogen ...)?*
- *Welches sprachliche Niveau hat der Text (einfach, schwierig, wissenschaftlich)?*

Machen Sie sich am besten jetzt schon bewusst, mit welchen Mitteln die Autorin zentrale Aussagen auf sprachlicher Ebene unterfüttert. Dann fällt es Ihnen beim Schreiben später leichter, Ihre Beobachtungen so mit den inhaltlichen Ergebnissen zu verbinden, dass ein vertiefendes Textverständnis erreicht wird.

Wie kann ich meinen Aufsatz strukturieren?
Unterteilen Sie Ihre Textuntersuchung in Einleitung, Hauptteil und Schluss. Die ***Einleitung*** *sollte in jedem Fall die* ***grundsätzlichen Informationen*** *zur Textgrundlage aufweisen. Im* ***Hauptteil*** *ist es ratsam,* ***dem Textverlauf zu folgen****, da es Ihnen dann am leichtesten fallen dürfte, die Gedankenführung zu erschließen. Achten Sie darauf, sorgfältig zwischen Aussagen der Autorin selbst und ihrer Bezugnahme auf linguistische Theorien und Positionen zu unterscheiden. Im* ***Schlussteil*** *von Teilaufgabe 1 können Sie Ihre* ***Ergebnisse zusammenfassen****.*

Was gibt es bei dieser Aufgabe sonst noch zu beachten?

Bei der Erarbeitung der zentralen Aussagen ist es sinnvoll, sich grundlegend klarzumachen, dass es der Autorin in diesem konkreten Fall nicht darum zu tun ist, sich in Bezug auf ein sprachreflektorisches Problem zu positionieren, sondern dass ihr Beitrag eher als ein ***Bericht zur aktuellen Forschungslage*** *und deren* ***möglicher Interpretation*** *zu verstehen ist. Der Text hat also vor allem* ***informierenden Charakter****.*
Diese Erkenntnis hat auch Einfluss auf den Aspekt der ***Gedankenführung:*** *Achten Sie in diesem Kontext besonders darauf, wie die Autorin bei der* ***Vernetzung von empirischen Befunden*** *und deren* ***theoretischer Einbettung*** *vorgeht.*
Wählen Sie eine solche Aufgabe im Abitur nur dann, wenn Sie sich ***im Thema sicher bewegen*** *können. Machen Sie sich deshalb klar, auf welche Kompetenzen und inhaltlichen Schwerpunkte aus der Qualifikationsphase Sie bei der Bearbeitung zurückgreifen müssen: Die Aufgabe nimmt v. a. Bezug auf die Abiturvorgabe aus dem* ***Inhaltsfeld Sprache „Verhältnis von Sprache, Denken und Wirklichkeit“*** *mit dem Schwerpunkt* ***„Aktualität der Sapir-Whorf-Hypothese“****. Außerdem sind grundlegende Kenntnisse aus dem Bereich der Spracherwerbsmodelle hilfreich, da in diesem Kontext zumeist Chomskys Theorie des* ***Nativismus*** *besprochen wird. Ihre Kenntnisse zu seinem universalistischen Konzept helfen Ihnen sehr beim Verständnis des Textauszugs.*

Lösungsvorschlag

Einleitung

Informationen zur Textgrundlage

Rafaela von Bredow bezieht sich in dem 2006 im „Spiegel“ erschienenen Artikel „Leben ohne Zahl und Zeit“ insbesondere auf das im Amazonasgebiet lebende Volk der Pirahã, deren Sprache das Interesse verschiedener Experten erregt hat und in der Fachwelt erneut Kontroversen um die Frage entfacht hat, wie Sprechen und Denken miteinander zusammenhängen.

Grundansatz des Textes

Das primäre Anliegen des Artikels besteht darin, den Leser über **neue Entwicklungen und Erkenntnisse im linguistischen Diskurs** zu **informieren:** Von Bredow greift aktuelle Berichte und Untersuchungen von Forschern auf und zeigt, welche Auswirkungen diese Befunde auf die linguistische Theorienlandschaft haben könnten.

Erster Hinweis auf Art der Gedankenführung

Empirie und Theorie werden in dem Artikel immer wieder aufeinander bezogen und miteinander **vernetzt**.

Adressatenorientierung

Die Adressaten des Artikels sind offenbar Leser, die sich für aktuelle **linguistische Problemstellungen** interessieren. Der Text ist aber auch **Laien** auf diesem Gebiet zugänglich, da die Autorin zentrale Fachtermini nicht einfach voraussetzt, sondern in der Regel kurz erläutert und auch mit Beispielen illustriert – wie etwa das Phänomen der „Rekursion“ (Z. 70).

Sprachgestaltung

Bedeutung der Debatte um die Pirahã und der menschlichen Sprache an sich

Direkt zu Beginn des Auszuges (Z. 1–9) verdeutlicht die Autorin, dass die Debatte, die um die Sprache der Pirahã entbrannt sei, unmittelbar ins Zentrum aller Sprachwissenschaft ziele: Es gehe um nichts Geringeres als um den **Ursprung der menschlichen Sprache** selbst. Dass es sich bei der menschlichen Sprache um etwas ganz und gar **Einmaliges** handele, hebt von Bredow durch wertende Beschreibungen wie „das große Rätsel“ (Z. 1 f.) und Begriffe wie „brillant[]“ (Z. 2) und „einzigartig“ (Z. 4) hervor. Zusätzlich wird deren exklusiver Charakter durch die Kontrastierung mit der Tierwelt noch verstärkt, die sich zwar auch durch „sprachliche“ Vielfalt auszeichne (vgl. Z. 2 f.), gegenüber der die menschliche Sprache aber dennoch eine Sonderstellung einnehme: Sie ermögliche es uns, mit einer begrenzten Anzahl von Elementen unbegrenzt innovativ zu sein, wie die sehr unterschiedlichen Beispiele aus der Literatur (Shakespeare) und aus der Naturwissenschaft (Einstein) zeigen (vgl. Z. 6).

Sprachgestaltung

Nachdem von Bredow so die Einzigartigkeit des Untersuchungsgegenstandes „Sprache“ unterstrichen hat, hebt sie nun die Bedeutung der Pirahã-Sprache für die sprachwissenschaftliche **Theorienbildung** hervor: Dem Pirahã mangele es an **bestimmten Eigenschaften**, die bisher als grundlegend für die menschliche Sprache angesehen wurden. Mit dieser Aussage macht sie den Leser neugierig auf die **Spezifika des Pirahã**. Diese **erläutert** sie im Anschluss (vgl. Z. 10–21):

Kennzeichen der Pirahã-Sprache

Neben dem nur rudimentären Gebrauch von Pronomen und Zeitwörtern sowie dem Fehlen von Vergangenheitsformen und genaueren Farbbezeichnungen sorgt unter Linguisten nach von Bredow besonders ein Phänomen für Konfusion, und zwar das **Fehlen von Nebensätzen**. Neben dieser verblüffenden Tatsache fänden sich weitere Kuriositäten, wie z. B. die Feststellung des Forschers Everett, dass die Mitglieder dieser Sprachgemeinschaft so gut wie **keine Zahlen** zur Verständigung verwenden würden.

Forschungsprojekt zu mathematischem Verständnis

Um die **Bedeutung** dieses linguistischen Befunds zu verdeutlichen, erläutert sie nun (vgl. Z. 22–43) ein **Forschungsprojekt** des Psycholinguisten **Peter Gordon**, das die **mathematischen Fähigkeiten** der Pirahã prüfen sollte: Es zeigte sich, dass sie nicht in der Lage waren, die exakte Anzahl von präsentierten Objekten (z. B. von Nüssen) zu erkennen. Die Autorin hebt das „Desaströse“ dieser Befunde durch das Partizip „niederschmetternd“ (Z. 27) und durch einen ungewöhnlichen Vergleich hervor: Das mathematische Verständnis der Pirahã entspreche dem von „Tauben oder Schimpansen“ (Z. 28 f.), mit anderen Worten: Es ist nicht vorhanden. Zudem unterstreicht sie die **Seriosität der Ergebnisse**, indem sie auf deren Publikation im Wissenschaftsblatt „Science“ verweist und den Forscher Gordon zitiert. Er interpretiert seine Beobachtungen dahingehend, dass ein Volk ohne Wörter für Zahlen auch nicht die Fähigkeit entwickeln könne, die exakte Anzahl von Objekten zu erfassen.

Sprachgestaltung

Mit der Erläuterung des Forschungsprojekts schlägt von Bredow die Brücke zur **Theorienbildung**. Gordon verortet sich mit seiner Aussage nämlich im Umfeld der äußerst kontrovers diskutierten **Sapir-Whorf-Hypothese**. Dass seine Ergebnisse deren Rehabilitation nahelegen könnten, veranschaulicht von Bredow eingängig durch die geschickte Montage von Begriffen aus den Wortfeldern „leben“ / „sterben“: „Mit dieser Schlussfolgerung ließ Gordon eine umstrittene Theorie des 1941 verstorbenen Linguisten Benjamin Whorf wieder aufleben […].“ (Z. 31 ff.) Ihre Formulierung dieser These in abstrakter Form („derzufolge der Mensch nur denken kann, wofür er auch Worte besitzt“, Z. 32 f.) überträgt sie („Will heißen“, Z. 33) auf das konkrete Beispiel der Pirahã: „So lange die Pirahã keine Zahlwörter kennen, können sie nicht einmal im Ansatz begreifen, was Zählen und Rechnen bedeuten.“ (Z. 33 ff.) Auf diese Weise **erleichtert** sie nicht nur das **Verständnis der Hypothese**, sondern sie verweist so auch erneut auf die **Bedeutung dieser Sprache für die Theorie**.

Bedeutung des Forschungsprojekts für die linguistische Theorie – Bezug zur Sapir-Whorf-Hypothese

Sprachgestaltung

Mit dem Konjunktionaladverb „[a]llerdings“ (Z. 36) leitet die Verfasserin jetzt eine **andere Erklärung** der Untersuchungsergebnisse ein, die auf Everett zurückgeht (vgl. Z. 36–59): Dafür stellt sie den Pirahã die Warlpiri gegenüber, deren Sprache ebenfalls kaum Zahlen kennt, die aber mithilfe von Unterricht zählen lernten. Implizit stellt von Bredow so die Frage, warum in dem einen Fall das Erlernen des Zählens möglich war und im anderen Fall nicht.

Pirahã vs. Warlpiri

Auszuschließen sei sowohl mangelhafte Intelligenz als auch genetische Isolation, so der Forscher Everett. Des Rätsels Lösung präsentiert von Bredow, nachdem sie die **Spannung** für den Leser gesteigert hat – sie spricht von einer „aufsehenerregende[n] Erklärung“ (Z. 49). Zudem nutzt sie wieder ein Zitat des Forschers und erzeugt damit eine größere Unmittelbarkeit für die Leser: „‚Die Sprache kommt in die Welt durch die Kultur‘“ (Z. 50). Die Verfasserin erläutert die zentrale These Everetts in einer **Mischung aus wörtlicher Rede und Konjunktiv I**, sodass für den Leser direkt deutlich wird, dass sie hier die Position des Forschers näher in den Blick nimmt. Everett sei davon überzeugt, dass die Kultur der Pirahã durch das „‚Leben im Hier und Jetzt‘“ (Z. 52) gekennzeichnet sei, das er mit dem aus der Barocklyrik bekannten Begriff des „Carpe diem“ (vgl. Z. 54) – nutze den Tag – illustriert. Das erklärt aus seiner Sicht, weshalb in dieser besonderen Sprache **kein Platz für Abstraktionen** oder **komplexe Bezüge zur Vergangenheit** sei.

Everetts Alternativerklärung

Sprachgestaltung

Sprachgestaltung

Vom konkreten Beispiel der Pirahã wechselt die Autorin nun wieder zur **allgemeineren Ebene**, zu den sprachwissenschaftlichen Großtheorien (Z. 62–92): Everetts These stehe das große Lager der Wissenschaftler gegenüber, die als Anhänger **Chomskys** von einer angeborenen „universale[n] Grammatik“ (Z. 63) ausgehen, die je-

Sprachwissenschaftliche Gegenpositionen

des Kind befähige, seine Muttersprache zu erlernen. Auch wenn einzelne Inhalte dieser Universalie umstritten seien, für unverzichtbar hält ihr „Erfinder" Chomsky – so von Bredow – die sogenannte Rekursion. Dass es sich hierbei um einen absolut zentralen Aspekt der Theorie Chomskys handelt, verdeutlicht sie, indem sie die Rekursion metaphorisch als „‚Herzstück' der menschlichen Sprachfähigkeit" (Z. 68 f.) bezeichnet. Sprachgestaltung

Nach einer knappen **Definition** dieses Phänomens, die dem weniger mit der Thematik vertrauten Leser hilft, dieses Element der Theorie besser zu erfassen, verdeutlicht von Bredow die **fundamentale Rolle der rekursiven Fähigkeiten** – und zwar durch eine Aufzählung menschlicher (Denk-)Leistungen, die ohne Rekursion nicht möglich wären (vgl. Z. 72 ff.). Die Verwendung des Konjunktiv II betont, wie „arm" unser Leben dann aussehen würde. Neben all diesen Bereichen kommt ein weiterer hinzu, dessen Bedeutung von Bredow durch ein vorangestelltes elliptisches „Und" hervorhebt: „Und: Es gäbe keine Nebensätze." (Z. 76) Hiermit **knüpft** die Verfasserin an den **ersten Teil** des Auszuges **an:** Spätestens jetzt wird für den Leser transparent, weshalb der Umstand, dass die Pirahã keine Nebensätze bilden, unter Linguisten derartige Irritationen auslösen konnte. Die Autorin veranschaulicht das **Prinzip der Rekursion** in Bezug auf Nebensätze und auf die oben eingeführte Definition „Wiederholung einer Struktur als Teil von sich selbst" (Z. 71 f.) mithilfe eines mehrfach geschachtelten Relativsatzes.

Bedeutung der Rekursion für menschliche Leistungen

Sprachgestaltung

Damit kommt von Bredow zum **Kern ihrer Ausführungen**, deren Brisanz sie unterstreicht, indem sie Chomskys Schüler **Pinker** als Autorität auf diesem Gebiet mit ins Spiel bringt. Der folgende Konditionalsatz bringt es auf den Punkt: „Wenn aber die Pirahã keine Nebensätze bilden, […] dann kann Rekursion nicht Quell der Einzigartigkeit menschlicher Sprache sein." (Z. 79 ff.) Das elliptische „Was dann?" (Z. 82) erzeugt Spannung im Hinblick auf die wissenschaftlichen Folgen und leitet zu der daraus resultierenden, **fundamentalen Konsequenz** über: „Chomsky wäre widerlegt." (Z. 82) Der Konjunktiv II steht hier jedoch als Indikator dafür, dass es noch nicht so weit ist – dafür bedürfte es weiterer Untersuchungen und Beweise. Allerdings sähen sich Forscher derzeit mit dem erheblichen Problem konfrontiert, dass niemand das Pirahã so kompetent beherrsche wie Everett und deshalb dessen Beobachtungen und Deutungen zurzeit schwer zu überprüfen seien. Von Bredow verweist aber darauf, dass die Pirahã weiter im Fokus der Forschung stehen würden.

Bedeutung des Fehlens von Nebensätzen für universalistische Theorien

Sprachgestaltung

Mit einem Satz des Psycholinguisten Gordon, der „befürchte, dass die Pirahã nur eine weitere wissenschaftliche Kuriosität werden, die man ausbeutet und am Ende noch ihre Fäzes analysiert" (Z. 91 f.), deutet die Verfasserin abschließend eine **kritische Sicht**

auf die Feldforschung bei den Pirahã an. Dieses Ende des Artikels regt den Leser zum Nachdenken im Hinblick darauf an, dass Forscher manchmal den Blick dafür verlieren, dass es sich bei dem „Forschungsobjekt“ um Menschen aus Fleisch und Blut handelt.

Zusammenfassend kann gesagt werden, dass von Bredows Artikel durch eine geschickte **Vernetzung von Empirie und Theorie** besticht. Ihr Beitrag stellt eine **informative** und **gut verständliche Erläuterung der Forschungslage** zu einem komplexen Themengebiet dar. Deshalb ist es auch dem fachfremden Leser möglich, einen Zugang dazu zu finden und seiner Vorstellung von Sprache und ihrer Funktionsweise weitere spannende Facetten hinzuzufügen.

Schluss
Wertung des Artikels

Teilaufgabe 2

Hinweise und Tipps

Was verlangt die Aufgabenstellung von mir?
*Der weiterführende Schreibauftrag fordert von Ihnen, dass Sie die von der Autorin skizzierten Forschungsergebnisse und deren Interpretation in einen **vertiefenden Zusammenhang** stellen: Der Operator „prüfen“ besagt, dass Sie eine Textaussage, eine These, eine Argumentation oder auch ein Analyseergebnis auf der Grundlage eigener Kenntnisse, Einsichten oder Textkenntnisse auf ihre/seine Angemessenheit hin untersuchen und zu einem Ergebnis kommen sollen. In diesem Fall geht es konkret um die Frage, ob die präsentierten Studien zu einer Neubewertung der **Sapir-Whorf-Hypothese** führen könnten. Um diesbezüglich zu einer adäquaten Einschätzung zu gelangen, müssen Sie neben Ihren Analyseergebnissen Vorkenntnisse aus dem Unterricht reaktivieren. Der geforderten Überprüfung ist hier zunächst eine **knappe Explikation der Hypothese** voranzustellen. Dies ist schon allein deshalb sinnvoll, weil Sie sich auf diese Weise die These noch einmal vergegenwärtigen können.*

Wie gehe ich bei der Bearbeitung der Aufgabe sinnvollerweise vor?
*Vergegenwärtigen Sie sich zunächst die **Kernaussagen der Sapir-Whorf-Hypothese**, beispielsweise, indem Sie diese stichpunktartig notieren.*
*Es bietet sich an, dann zunächst jene Forschungsergebnisse in den Blick zu nehmen, bei denen die Hypothese von Sapir und Whorf ganz konkret als Deutungsfolie dient, in diesem Fall also die **Studie von Peter Gordon**. Folgende Fragen können in diesem Kontext hilfreich sein:*
- *Welche Forschungsergebnisse veranlassen den Psycholinguisten, auf die Sapir-Whorf-Hypothese Bezug zu nehmen?*
- *Ist seine Interpretation nachvollziehbar und plausibel?*
- *Gibt es Alternativen zu dieser Sichtweise?*
- *Welche Schlüsse ergeben sich, wenn man Gordons Sichtweise zustimmt?*
- *Welche weiteren Interpretationsangebote zu diesem Sachverhalt gibt es im Text?*
- *Gibt es Anhaltspunkte dafür, eine Deutung einer anderen vorzuziehen?*

Da von Bredow in ihrem Text insbesondere auch den ***fehlenden Nebensatzkonstruktionen*** *in der Sprache der Pirahã größere Beachtung schenkt, sollte auch dieses Phänomen im Hinblick auf die Hypothese noch einmal in den Blick genommen werden. Bedenken Sie dabei, dass im Verlauf des Textes* ***drei verschiedene Theorien*** *zum Zusammenhang von Sprache, Denken und Wirklichkeit ins Spiel gebracht werden. Neben der Sapir-Whorf-Hypothese geht von Bredow auf* ***Chomskys Konzept der Universalgrammatik*** *und das für seine Theorie wesentliche Element der* ***Rekursion*** *ein. Ferner präsentiert sie den Ansatz von* ***Everett****, der davon überzeugt ist, dass Sprache maßgeblich durch die jeweils zugrunde liegende* ***Kultur*** *geformt wird. Überlegen Sie vor diesem Hintergrund noch einmal genau, welche* ***Auswirkungen*** *die anderen beiden Ansätze auf die* ***Plausibilität der Sapir-Whorf-Hypothese*** *haben.*

Wie kann ich meinen Aufsatz strukturieren?
Beginnen Sie den zweiten Teil Ihres Aufsatzes mit einer ***aufgabenbezogenen Überleitung****, in der Sie den Leser z. B. auf Ihre Auseinandersetzung mit den Studien vor dem Hintergrund der Sapir-Whorf-Hypothese einstellen.*
Im ***Hauptteil*** *folgen Sie der* ***Zweiteiligkeit der Aufgabenstellung*** *– erst erläutern Sie als Grundlage die Hypothese, dann prüfen Sie, ob bzw. inwieweit die präsentierten Forschungsergebnisse für die Sapir-Whorf-Hypothese sprechen.*
Formulieren Sie abschließend ein ***Fazit:*** *Zu welchem Ergebnis sind Sie im Laufe Ihrer Prüfung der Themenfrage gelangt? Finden sich eindeutige Anhaltspunkte für eine Rehabilitation dieses Ansatzes oder weist Ihre Untersuchung eher in eine andere Richtung? Welche zusätzlichen Bedingungen müssten möglicherweise erfüllt sein, um eine eindeutige Antwort auf diese Fragen geben zu können?*

Lösungsvorschlag

Aufgabenbezogene Überleitung
Aufwerfen der Fragestellung

Der **Psycholinguist Peter Gordon** bezieht sich in der Interpretation seiner Forschungsergebnisse direkt auf die umstrittene **Sapir-Whorf-Hypothese**. Im Folgenden wird daher zu prüfen sein, ob sowohl Gordons Erkenntnisse als auch weitere in von Bredows Artikel geschilderte Besonderheiten der Sprache der Pirahã zu deren **Rehabilitation** führen könnten. Zu diesem Zweck ist es sinnvoll, sich zunächst die Grundzüge dieser Theorie noch einmal zu vergegenwärtigen.

Hauptteil
Darstellung der Sapir-Whorf-Hypothese

Die auf Benjamin Whorf und Edward Sapir zurückgehende Hypothese aus den 1950er-Jahren besagt, dass die Art und Weise, wie wir **denken**, maßgeblich von unserer **Muttersprache beeinflusst** wird. Sowohl lexikalische Strukturen als auch spezifische grammatikalische Muster begrenzen und **formen unser Denken:** Kategorien, vermittels derer wir wahrnehmen, finden wir nicht einfach in der Welt vor, unsere Wahrnehmung ist stattdessen **geprägt** durch das jeweilige **linguistische System**, mit dem wir aufgewachsen sind. Wir können gewissermaßen gar nicht anders, als uns dessen

Ordnungen und Klassifikationen zu unterwerfen – noch radikaler formuliert: Sprachliche Strukturen determinieren unser Denken und zwar dergestalt, dass sie den Sprecher einer Sprache in spezifische Denkkategorien einschließen, die seine **Weltsicht** und die **Wahrnehmung der Realität bestimmen**. Aus diesem Ansatz ergibt sich die Konsequenz, dass die spezifische linguistische Struktur einer Sprache das Verständnis von Konzepten einer anderen Sprache unmöglich machen könnte.

Hinweis auf abgeschwächte Version der Hypothese

Es ist hier weder der Ort noch die Zeit, um die mittlerweile zahlreichen **Kritikpunkte** an der Sapir-Whorf-Hypothese aufzuführen, nur so viel: Eine Reihe von Linguisten und Experten vertreten derzeit eine deutlich **gemäßigtere Fassung der ursprünglichen Hypothese**. Sie gehen davon aus, dass Teile einer einzelnen Sprache, wie etwa die Struktur des Wortschatzes oder grammatikalische Kategorien, das Denken ihrer Sprecher beeinflussen können. In dieser Modifizierung wird der **deterministische Aspekt** der Hypothese deutlich **relativiert**.

Überprüfung, ob die Forschungsergebnisse die Sapir-Whorf-Hypothese rehabilitieren

Entscheidend in unserem Zusammenhang ist, dass sich die **Ergebnisse** von Gordon problemlos mit dieser Fassung der **Sapir-Whorf-Hypothese** vereinbaren lassen. Dass das äußerst reduzierte und vage Zahlensystem der Pirahã sie daran hindert, größere Mengen exakt wahrzunehmen bzw. eine unterschiedliche Anzahl von Objekten eindeutig zu identifizieren, ist plausibel.

Allerdings müssten die Pirahã, wenn man von einer **nicht-deterministischen Variante** der Hypothese ausgeht, in der Lage sein, ihre **mathematischen Fähigkeiten zu verbessern**, wenn ihr Wortschatz durch ein differenzierteres Zahlensystem erweitert würde, wie von Bredow es ja für die Warlpiri beschreibt: Das linguistische System ihrer Sprache hat ihnen das Verständnis von Konzepten anderer Sprachen eben nicht verunmöglicht. Genau in diesem zentralen Aspekt unterscheiden sich aber die Pirahã von den Warlpiri – jene konnten das brasilianische Zahlensystem in seiner einfachsten Form nicht erlernen.

Vereinbarkeit mit linguistischem Determinismus

Vor diesem Hintergrund vertragen sich Gordons Ergebnisse auch sehr gut mit der **starken These des linguistischen Determinismus:** Das äußerst begrenzte Zählsystem der Pirahã scheint ihre Fähigkeiten im Umgang mit genauen Zahlen massiv zu beschränken – die spezifische Struktur der Sprache determiniert in diesem Punkt ihr Denken so sehr, dass sie das Zählen selbst durch intensiven Unterricht nicht lernen konnten. Insofern könnte man tatsächlich davon sprechen, dass die Pirahã einen Beleg für die Sapir-Whorf-Hypothese darstellen. Deshalb allerdings von einer **grundlegenden Rehabilitation** der Hypothese zu reden, scheint aus verschiedenen Gründen **unangemessen**.

Erstens handelt es sich nach bisherigem Kenntnisstand um einen **singulären Fall**. Wie das **Gegenbeispiel der Warlpiri** zeigt, sind andere Sprachgemeinschaften in dieser Hinsicht offensichtlich nicht durch das linguistische System in ihrem Geist determiniert.

Argumente gegen Rehabilitation der Sapir-Whorf-Hypothese

Zweitens präsentiert von Bredow in ihrem Text bereits eine weitere mögliche Interpretation dieser Ergebnisse: Für **Everett**, der die Sprache der Pirahã am besten kennt, sind die Gründe für deren eingeschränkten Umgang mit Quantitäten in ihrer **spezifischen Kultur** zu finden. Er ist davon überzeugt, dass nicht die Sprache unser Denken und damit unsere Kultur, sondern umgekehrt unsere Kultur unsere Sprache präge. Der bisherige Forschungsstand bietet keinerlei Anlass, einer der beiden Interpretationen den Vorzug zu geben.

Bezieht man weitere Spezifika des Pirahã mit ein, die von Bredow zur Sprache bringt, finden sich auch hier keine eindeutigen Anhaltspunkte für eine Wiederbelebung der Sapir-Whorf-Hypothese in ihrer ursprünglichen Form: Insbesondere der Umstand, dass diese Sprache scheinbar **ohne Nebensätze** auskommt, weist nicht einer Rückkehr zu Whorf den Weg, zumal es von Bredow durchaus gelingt, Nebensatzkonstruktionen unserer Sprache in eine Hauptsatzvariante der Pirahã umzuwandeln, die für uns völlig verständlich ist (vgl. Z. 14 ff.). Im Zusammenhang mit diesem Phänomen steht wohl sehr viel mehr die Frage im Raum, ob das Fehlen von Nebensätzen ein **Indiz für nicht vorhandene Rekursion** im Sinne Chomskys sein könnte, und damit deutlich ein „Angriff" auf die radikale Gegenposition zu Whorf. Aber auch in diesem Zusammenhang gibt es bisher **keine eindeutigen Antworten**, die besagen, ob den Pirahã tatsächlich die Fähigkeit der Rekursivität fehlt oder ob auch hier im Sinne Everetts die Kultur dieser Sprachgemeinschaft „verhindert", dass sie sich rekursiver Elemente bedienen.

Schluss

Urteil

Es ist daher zwar durchaus **plausibel**, die eingeschränkte Mengenerfassung der Pirahã im Sinne eines **linguistischen Determinismus** zu deuten, daraus ergibt sich aber **nicht zwingend** und logisch der Schluss einer **Rehabilitation der Sapir-Whorf-Hypothese**. Zum einen handelt es sich um einen bislang einmaligen Befund, zum anderen sind konkurrierende Theorien im Umlauf, von denen keine bisher eindeutig verifiziert oder falsifiziert werden konnte.

Die Besonderheiten der Pirahã-Sprache sind also nicht primär dazu angetan, eine vielfach kritisch beleuchtete Theorie wiederzubeleben, sondern vielmehr dazu, den derzeitigen **Theorienbestand** weiterhin **prüfend zu hinterfragen**. Dies gilt insbesondere auch für den linguistischen Nativismus, wie ihn unter anderen Chomsky vertritt. Wie von Bredow so treffend zu Beginn des Auszuges vermerkt, haben wir es in Bezug auf die Sprache und ihre möglichen Ursprünge in vielerlei Hinsicht mit einem großen Rätsel zu tun, dessen Lösung wir uns nach wie vor nur in kleinen Schritten annähern können.

Leistungskurs Deutsch (Nordrhein-Westfalen) – Übungsaufgabe 7
IV: Materialgestütztes Verfassen eines Textes mit fachspezifischem Bezug

Arbeitsgrundlage:

M 1: Thomas Assheuer: *Wege der Freiheit: Gotthold Ephraim Lessing*
M 2: Arno Schilson: *„– auf meiner alten Kanzel, dem Theater"*
M 3: Andrea Bartl: *„Nur der Irrthum ist das Leben, / Und das Wissen ist der Tod." Schillers Kassandra und die Krisensignatur einer Epochenschwelle*
M 4: Barbara Fischer: *Nathans Ende? Von Lessing bis Tabori: zur deutsch-jüdischen Rezeption von „Nathan der Weise"*
M 5: Navid Kermani: *Toleranz*
M 6: Klaus Büstrin: *Lessings Hoffnung bleibt*
M 7: Wolfgang Behrens: *Wer kichert da im Lehm?*
M 8: Deutscher Bühnenverein: Die Stücke mit den höchsten Inszenierungszahlen 2019/20

Aufgabe:

Situation:

An Ihrer Schule bereitet die Theater AG eine Aufführung von Gotthold Ephraim Lessings Drama *Nathan der Weise* vor. Zu dieser Aufführung werden neben Ihren Mitschülerinnen und Mitschülern auch Lehrerinnen und Lehrer sowie Eltern kommen. Sie haben sich im Deutschunterricht intensiv mit dem Werk auseinandergesetzt und sich bereit erklärt, für das Programmheft einen Aufsatz beizusteuern, in dem Sie sich mit der Frage auseinandersetzen, inwiefern Lessings Drama „Nathan der Weise" heute noch aktuell ist.

Schreibauftrag:

Verfassen Sie auf der Grundlage einer Sichtung der Materialien M 1 bis 8 und Ihrer Kenntnisse aus dem Unterricht diesen Aufsatz.

Formulieren Sie eine geeignete Überschrift.

Ihr Aufsatz sollte etwa 1200 Wörter umfassen.

Material 1:
Thomas Assheuer:
Wege der Freiheit: Gotthold Ephraim Lessing (2009, Auszug)

Wenn wir Lessing lesen, dann wird uns schlagartig bewusst, wie viel Unerschrockenheit, Wagemut und Tapferkeit es die Menschen gekostet hat, um dem demokratischen Geist zum Durchbruch zu verhelfen – und wie viel Opfer gebracht werden mussten, damit jeder Mensch ein Recht hat, Rechte zu haben. Pathetisch gesagt: Die Schriften des glühenden Republikaners und Staatsträumers Gotthold Ephraim Lessing öffnen uns die Augen für die Tragik der Demokratie, für ihre Vergesslichkeit.
Tragisch an der Demokratie ist, dass ihr die Freiheit durch den täglichen Gebrauch selbstverständlich wird und dass sie dabei all die Opfer vergisst, die es zu ihrer Durchsetzung bedurft hat. Lessings Schriften kurieren uns von unserer Vergesslichkeit. Er war es, der ein Staatsverständnis zu Fall brachte, in dem der Staat als weltlicher Arm der Religion fungiert – und nicht als ein Institut zur Ermöglichung von Freiheit und „Glückseligkeit". Lessing war es, der den religiösen Fanatismus so weit abkühlen wollte, dass sich der Gottesglaube endlich mit den Gottesrechten des Menschen verträgt. Lessing träumte von einem christlichen Christentum, er wollte die monotheistischen Religionen humanisieren und ihnen in seinem *Nathan der Weise* (1779) Toleranz lehren. Wohlgemerkt – Toleranz, und nicht Gleichgültigkeit. Den fundamentalistischen Eiferern rief er zu: Seht, auch andere Religionen kennen einen Weg zu Gott. So relativierte Lessing den religiösen Absolutismus, ohne deshalb ein Kulturrelativist zu werden. Goethe schrieb über den Nathan: „Möge das darin angesprochene göttliche Duldungs- und Schonungsgefühl der Nation heilig und wert bleiben."
Und doch war Lessing kein Götzendiener der Vernunft, kein Absolutist der Aufklärung. Die Vernunft, so musste man Lessing verstehen, ist ein Gottesgeschenk. Sie lässt uns erkennen, wie unvernünftig die Welt ist, damit wir sie verbessern können. Zugleich macht sie demütig. In hellem Licht der Vernunft sehen wir, wie wenig wir selbst in der Hand haben, wie kurz und wie zerbrechlich das Leben ist. Diese Demut, das war Lessings Credo, ist aber nichts ohne die Freiheit. Erst in Freiheit, ohne Sklavenmoral und ohne die Herrschaft der alten Mächte können wir uns demütig verneigen – und vernünftig Einsicht nehmen in die Grenzen unserer Vernunft.

Aus: Thomas Assheuer, Wege der Freiheit – Gotthold Ephraim Lessing, Die ZEIT Nr. 47, 12. 11. 2009, http://www.zeit.de/2009/47/Vorbilder-Lessing.

Material 2:
Arno Schilson
„– auf meiner alten Kanzel, dem Theater" (1997, Auszug)

Die Kontroverse zwischen dem Dichter und Denker Gotthold Ephraim Lessing und dem lutherischen Hauptpastor Johan Melchior Goeze aus Hamburg hat weit über das Jahr 1778 hinaus große Beachtung gefunden. […]
Es war ein theologischer Streit, den der Gottesmann und der Dichter mit großer Heftigkeit ausfochten. Interessiert nahm eine breite Öffentlichkeit daran Anteil. Vor dem Publikum, vor Menschen also, die zwar nicht theologisch gebildet, an Glaubensfra-

gen aber äußerst interessiert waren, wollte Lessing diese Auseinandersetzung führen. Jeder sollte sich frei und ohne Bevormundung seine Meinung bilden können. Lessing appellierte an das „Selbstdenken" – eine programmatische Forderung der Aufklärung. Dieser grundlegenden Maxime folgte seine publizistische Offensive. Doch Goeze war daran gelegen, den Streit wieder zurückzuholen in die Abgeschiedenheit der theologischen Fachwelt. Er wollte ihn in der Sprache der Gelehrten, also in Latein führen und damit das Publikum ausschalten. Deshalb wurde er nicht müde, auf die Gefährdung der öffentlichen Ordnung zu verweisen und die Erschütterung der Grundfesten des Staates durch die von Lessing angeblich geschürten Zweifel an der christlichen Religion zu beklagen. Immerhin hatte Lessing mit seinen begründeten Zweifeln an der absoluten Irrtumslosigkeit der Bibel und deren alleiniger Gültigkeit das Grundgefüge des lutherischen Bekenntnisses erschüttert [...]
Am 6. Juli 1778 machte Lessings Dienstherr, Herzog Carl von Braunschweig, dem Streit ein plötzliches Ende. [...] Diesen Entzug der Zensurfreiheit bestätigte der Herzog letztmalig am 17. August. Dabei untersagte er Lessing ausdrücklich, „dass er in Religions-Sachen, so wenig hier als auswärts, auch weder unter seinem noch anderen angenommenen Namen, ohne vorherige Genehmigung des Fürstl. Geheimen Ministerii ferner etwas drucken lassen möge". [...]
Endgültig mundtot will sich Lessing jedenfalls nicht machen lassen. Mitten in dieser verzweifelten Situation reift in ihm ein Plan, den er in den nächsten Monaten zielstrebig verfolgt. Das Ergebnis seiner Arbeit legt er Ende April 1779 zur Ostermesse vor. Auf den 8. August 1778, genau einen Monat, nachdem er den Entzug der Zensurfreiheit und das Publikationsverbot für theologische Schriften erhalten hat, datiert Lessing seine *Ankündigung des Nathan* [...] seiner engsten Vertrauten, Elise Reimarus [...] teilt er, verschlüsselt und doch sprechend genug, mit, welche Absicht er mit dieser Dichtung verfolgt:

> Ich muß versuchen, ob man mich auf meiner alten Kanzel, auf dem Theater wenigstens, noch ungestört will predigen lassen.

Die Bühne als Kanzel, das Dichterwort als Predigt, das Theater als Ort der Verkündung – ein solch hoher Anspruch überrascht. Am tiefen Ernst und an der enormen Tragweite dieser Aussage läßt sich jedoch kaum zweifeln. [...]

Aus: Arno Schilson: „– auf meiner alten Kanzel, dem Theater": über Religion und Theater bei Gotthold Ephraim Lessing. Göttingen: Wallstein Verlag 1997.

Material 3:
Andrea Bartl
[„Nathan der Weise" und die Aufklärung] (2009, Auszug)

Um hier die unumstößliche Haltung aufklärerischer Texte plastisch vor Augen zu führen, sei ein kurzer Rückgriff auf Lessings *Nathan der Weise* erlaubt, der in dieser Hinsicht wirklich als eine Zusammenfassung seiner Zeit, als ein Konzentrat der Aufklärung anzusehen ist. Am Ende des 1779 erschienenen „dramatischen Gedichts" steht der utopische Moment einer Menschheitsfamilie, die (beinahe) alle Figuren über Religionen, Nationen, Kulturen und Stände hinweg natürlich umschließt, ungeachtet dessen, ob Blutsverwandtschaft vorliegt oder nicht. Der Mensch kann, wenn er sich soziabel verhält, in die organische Ordnung nach Vorbild der (bürgerlichen) Familie einbezogen werden, ja hat sogar ein Anrecht darauf. Die Integration funktioniert durch Nathans Hilfe selbst bei Figuren, die sich eigentlich ausgrenzen wollen – wie der Tempelherr. Lessings Toleranzappell geht bewusst über ein Geltenlassen oder Ertragen des Andersartigen hinaus und strebt das Ideal der totalen Integration an.

Aus: Andrea Bartl: „Nur der Irrthum ist das Leben, / Und das Wissen ist der Tod." Schillers Kassandra und die Krisensignatur einer Epochenschwelle; 03.12.2009; http://www.goethezeitportal.de/db/wiss/schiller/kassandra_bartl.pdf

Material 4:
Barbara Fischer
[Zum Parabelcharakter des Stücks] (2000, Auszug)

Lessing wählt seiner Intention gemäß eine Parabelform, die ebenso Märchencharakter besitzt wie das von Nathan offen als Märchen bezeichnete, das Geschehen verdichtend auf sich hinordnende Kernstück von den drei Ringen. In Nathans Ausruf „Nicht die Kinder blos, speist man mit Mährchen ab" (III.6.) erklingt übergreifend die dem Gesamtwerk voranzustellende Botschaft an Lessings Zeitgenossen. Der Märchencharakter des Werkes wird deutlich an Zahlensymbolik, zeitlich-räumlichem Abstand zum Handlungsort und dem Schlußtableau. Der Dichter versucht keine Darstellung von „Realsphäre" und setzt sich nicht mit den Gettobewohnern seiner Zeit auseinander, sondern taucht in die mythische Vergangenheit ein. Er verlegt das Geschehen nach Jerusalem, in den exotischen Osten, zu Sultan Saladin, Palmen und Kamelen. Der orientalische Rahmen als Topos der europäischen Literatur ist für die Handlung ausgesprochen wichtig, denn der exotische, ferne Ort wird weder zur konkreten Wiedergabe eigener, noch orientalischer politischer Wirklichkeit gewählt, er erlaubt die ideelle Reflexion eigener theoretischer Anliegen durch das Bild der Fremde. Der Rezipient ist zeitlich und räumlich vom Helden entfernt. Dieser ist hervorgegangen aus einer Idee, einem Entwurf aus der Hand des Europäers. Vom Deutschland des 18. Jahrhunderts aus betrachtet verkörpert Nathan den weisen Fremden, nicht den „widerlichen" Juden aus dem Getto der Großstädte. Es ist auch nicht die brutale Realität der Kreuzzüge, sondern der exotische Orient aus *Tausend und einer Nacht*, dem sich der Zuschauer gegenübergestellt findet.

Aus: Barbara Fischer: Nathans Ende? Von Lessing bis Tabori: zur deutsch-jüdischen Rezeption von „Nathan der Weise". Göttingen: Wallstein Verlag 2000.

Material 5:
Navid Kermani
Toleranz (2003, Auszug)

[…] Auch Lessing hat zu seiner Zeit, nicht anders als später Brecht und Müller[1], Gift in die Blutbahnen der herrschenden Meinungen gespritzt. Daß er im Europa des 18. Jahrhunderts die Existenz einer absoluten religiösen Wahrheit bestritten hat, daß er Juden und Muslime als Menschen auf die Bühne bringen wollte, die den christlichen Protagonisten an Weisheit und Güte ebenbürtig, ja überlegen waren, zeugt von einem provokanten Humanismus, wie er im aufklärerischen Denken kaum je eingeholt wurde. Lessing ging es um Kritik, nicht um Affirmationen: Indem er den möglichen Frieden der Religionen beschwor, kritisierte er die reale Gewalt des Christentums. […]

Lessings Toleranzbegriff ist zunächst vom bürgerlichen Normalbewußtsein, später auch von den Kirchen so restlos aufgesogen worden, daß er jeden herrschaftskritischen Impuls verloren hat. Vor zweihundert Jahren galt Lessing der protestantischen Orthodoxie als ein Extremist; heute gälte jede politische, religiöse oder gesellschaftliche Kraft als extremistisch, die sich dazu bekennt, Anders-Gläubige, Anders-Rassige, Anders-Denkende für minderwertig zu halten. Intoleranz als politisches Denken und Handeln setzt im 21. Jahrhundert voraus, daß sie als Toleranz verkauft wird, am einfachsten durch die Behauptung, die eigene Toleranz wehrhaft gegen die Intoleranz verteidigen zu müssen. […]

[W]er heute Lessings Botschaft, wie sie sich in der Ringparabel verdichtet, auf die Bühne bringen möchte, muß einbeziehen, daß sie gerade deshalb so wenig Gehör findet, weil sie zum Allgemeingut geworden ist, mit dem selbst diejenigen noch sich brüsten, die nicht mehr nur gegen politische Gegner, sondern gegen ganze Kulturen kämpfen. Ein Theater, das Lessings Botschaft ernst nimmt, müßte sich fragen, warum diese Botschaft so leer geworden ist, daß die Orthodoxen aller Religionen, die Staatenlenker und die Teilnehmer der Wirtschaftstreffen sie wie ein Mantra aufsagen, die Kulturen, Religionen und übrigen Identitätsmaschinen sich aber dennoch von Tag zu Tag aggressiver gebärden. Um an Lessings Utopie zu glauben, müßte man sie heute negieren, sonst wird sie affirmativ und damit zum Gegenteil dessen, was sie 1778 gewesen ist. […]

Aus: Angelika Overath, Navid Kermani, Robert Schindel: Toleranz. Drei Lesarten zu Lessings „Märchen vom Ring“ im Jahre 2003. Göttingen: Wallstein Verlag 2003.

Anmerkung:

1 Heiner Müller (1929–1995): bedeutender Dramatiker, der aufgrund seiner kritischen politischen Stücke immer wieder bei der DDR-Regierung aneckte

Material 6:
Klaus Büstrin
Lessings Hoffnung bleibt (2017, Auszug)

Religiöser Fundamentalismus, Terrorgefahr und eifernder Rechtspopulismus: Diesen Themen kann man kaum entgehen. Aktuelle Anlässe gibt es genug. Gotthold Ephraim Lessings Appell für religiöse Toleranz und Menschlichkeit hat er in seinem Dramatischen Gedicht „Nathan der Weise“ 1779 aufgeschrieben. Es ist auch heute noch ein modernes Stück. Als Schlüsseltext der Aufklärung spitzt darin die Ringparabel den Toleranzgedanken zu und gibt den Religionen tausend Jahre Zeit, sich zu beweisen. Dass diese Zeit auch heute noch längst nicht abgelaufen ist, zeigen die gegenwärtigen Auseinandersetzungen zwischen Israel und Palästina, zwischen Christen und Muslimen, Schiiten und Sunniten, Buddhisten und Muslimen und vielen weiteren. […] Am

Freitag wurde eine Neuinszenierung in der Regie von Hans-Otto-Theater-Intendant Tobias Wellemeyer mit dem Bühnenbild von Harald Thor sowie den zeitlosen Kostümen von Tanja Hofmann erstmals gezeigt und vom Publikum zustimmend gefeiert. [...]

Tobias Wellemeyer und sein hochmotiviertes Ensemble stellen sich mit Hirn und Herz in den Dienst des Stücks. Ohne theatralen Firlefanz und Zwangsaktualisierungen wird es intensiv durchdacht und gespielt. In der Diktion Lessings und deren teilweise heiterem Grundton bleibt die Botschaft Lessings auch am Hans Otto Theater überzeugend. [...]

„Nathan der Weise" ist ein Schauspiel, das auch heute „das Konfliktpotential zwischen Judentum, Christentum und Islam spiegelt und gleichzeitig das Modell einer Versöhnbarkeit von Juden, Christen und Muslimen anbietet", formuliert der Tübinger Theologieprofessor Karl-Josef Kuschel. Tobias Wellemeyer ist mit ihm und mit Lessing einer Meinung, dass eine Versöhnung zwischen den Religionen und Kulturen möglich ist. Im Finale wird, wie in Mozarts Opern, nach Rausch von Vorurteilen, Streit und unzähligen Missverständnissen zu einem großen Fest mit Muslimen, Juden und Christen eingeladen, in dem „Sanftmut, herzliche Verträglichkeit und Wohltun" das Sagen haben. Doch ganz wird es ihnen noch nicht gegönnt. Das Einbrechen des Krieges macht die Feier zunichte. Aber nicht Lessings Hoffnung.

Aus: Klaus Büstrin: Lessings Hoffnung bleibt. In: Potsdamer Neueste Nachrichten, 20. 02. 2017, https://www.pnn.de/kultur/nathan-der-weise-in-potsdam-lessings-hoffnung-bleibt/21366076.html.

Material 7:
Wolfgang Behrens
Wer kichert da im Lehm? (2015, Auszug)

Ach, Nathan! Leicht hast Du's ja eben nicht. Immer wenn das Theatervolk das Weltgewissen drückt, dann holt es Dich aus der Mottenkiste. Nach den New Yorker Anschlägen von 2001 etwa hatte Claus Peymann – ein Beispiel nur – nichts Eiligeres zu tun, als Dich schnellstmöglich in den Spielplan des Berliner Ensembles zu heben. Das aufgeklärte Publikum indes zuckt meist müde mit den Schultern und nickt Dich bildungsbeflissen ab. Und das alles, obwohl schon früh ein furchtbarer Verdacht im Raum stand. Denn schon Dein Schöpfer schrieb: „Es kann wohl sein, dass mein *Nathan* im Ganzen wenig Wirkung tun würde, wenn er auf das Theater käme." [...]
Ja, auch jetzt wirkt die Zeit wieder reif für den *Nathan*: Im Irak und Syrien mordet eine Terrormiliz[1] alles, was anderen Glaubens ist als sie, und vor unserer eigenen Haustüre brennen die Flüchtlingsheime[2]. Fast logisch also, dass das Deutsche Theater zur Saisoneröffnung den *Nathan* ansetzt. Regisseur Andreas Kriegenburg aber scheint sich um einen Zeitkommentar nicht groß zu scheren, lieber tritt er den Beweis an, dass Lessing mit seiner Befürchtung mangelnder Bühnenwirksamkeit Recht hatte. [...]

Aus: Wolfgang Behrens: Wer kichert da im Lehm?, 30.08.2015; https://www.nachtkritik.de/index.php?option=com_content&view=article&id=11422:nathan-der-weise-andreas-kriegenburg-mag-sich-zu-saisonbeginn-im-deutschen-theater-auf-lessing-nicht-einlassen&catid=38:die-nachtkritik-k&Itemid=40

Anmerkung:
1 Gemeint ist die äußerst brutal vorgehende Terrormiliz „Islamischer Staat", die in der Mitte des letzten Jahrzehnts vor allem im Irak und in Syrien erstarkte, inzwischen aber wieder zurückgedrängt worden ist
2 Im Zuge der Flüchtlingskrise kam es in der Mitte des letzten Jahrzehnts zu rechtsextremistisch motivierten Brandanschlägen auf Flüchtlingsheime.

Material 8:
Die Stücke mit den höchsten Inszenierungszahlen 2019/20 (Deutschland)

		Insz.
1	**Faust** I Johann Wolfgang von Goethe	17
1	**Nathan der Weise** I Gotthold Ephraim Lessing	17
2	**Hamlet** I William Shakespeare	13
2	**Die Dreigroschenoper** I Bertolt Brecht und Kurt Weill	13
2	**Judas** I Lot Vekemans	13
3	**Romeo und Julia** I William Shakespeare	12
3	**Der zerbrochne Krug** I Heinrich von Kleist	12
4	**Tschick** I Robert Koall (Vorlage: Wolfgang Herrndorf)	11
4	**Die Räuber** I Friedrich Schiller	11
4	**Kabale und Liebe** I Friedrich Schiller	11
4	**Warten auf Godot** I Samuel Beckett	11
5	**All das Schöne** I Duncan Macmillan	10
6	**Leonce und Lena** I Georg Büchner	8
6	**Ein Sommernachtstraum** I William Shakespeare	8
6	**Sonny Boys** I Neil Simon	8
6	**Der Gott des Gemetzels** I Yasmina Reza	8
6	**Die Physiker** I Friedrich Dürrenmatt	8
6	**Biedermann und Brandstifter** I Max Frisch	8
6	**Peer Gynt** I Henrik Ibsen	8
6	**Heilig Abend** I Daniel Kehlmann	8
6	**Vor Sonnenaufgang** I Ewald Palmetshofer (Vorlage: Gerhart Hauptmann)	8
6	**Furor** I Lutz Hübner und Sarah Nemitz	8
6	**Vögel** I Wajdi Mouawad	8

Aus: Deutscher Bühnenverein – Bundesverband der Theater und Orchester: Werkstatistik 2019/20, S. 168.

Hinweise und Tipps

Welche Aufgabenart liegt vor und wie sind die Teilaufgaben gewichtet?
Die Aufgabe entspricht der ***Aufgabenart IV: Materialgestütztes Verfassen eines Textes mit fachspezifischem Bezug****. Sie enthält keine Teilaufgaben, die gesondert bewertet würden. Da Sie sich mit einer Frage auseinandersetzen sollen, handelt es sich um eine Aufgabe mit einem überwiegend* ***argumentierenden Schwerpunkt****.*

Was verlangt die Aufgabenstellung von mir?
Die Aufgabe fordert von Ihnen das Verfassen eines ***Aufsatzes****, der im* ***Programmheft*** *zu einer* ***Schultheater-Aufführung*** *von Lessings „Nathan der Weise" abgedruckt werden soll. Darin gilt es die Frage der Aktualität des Dramas zu verhandeln. Dabei sollen Sie sowohl auf die Materialien als auch auf Ihre Unterrichtskenntnisse zurückgreifen. Damit sind nicht unbedingt nur Ihre* ***Kenntnisse zu Lessings Drama*** *gemeint, sondern auch* ***weitergehendes Wissen****, z. B. zum Aktualisierungspotenzial von Inszenierungen.*
Zu den ganz grundsätzlichen Anforderungen dieser Aufgabenart gehört es, dass Sie in Ihrem Text die gegebenen ***Materialien*** *in angemessener Weise berücksichtigen.*

Wie gehe ich bei der Bearbeitung der Aufgabe sinnvollerweise vor?
Zu Beginn lesen Sie ***aufmerksam*** *die* ***Materialien****, und zwar im Hinblick auf Stellen, die für die Themenfrage relevant sind. Sie müssen die Materialien also* ***nicht bis ins letzte Detail durchdringen*** *oder gar analysieren. Betrachten Sie diese eher als* ***Ideengeber*** *für Ihren Aufsatz: Fragen Sie sich z. B., …*
- *… welche Textstellen möglicherweise Inhalte für einen guten Einstieg bzw. für die Einführung ins Thema enthalten,*
- *… welche Sätze bzw. Teilsätze sich als prägnante Zitate für Ihren Aufsatz anbieten,*
- *… welche Argumente sich finden lassen.*

Notieren Sie sich die entsprechenden Stellen z. B. in einer Mindmap. Diese ergänzen Sie dann am besten noch mit ***eigenen Argumenten und Ideen****. Auf dieser Grundlage planen Sie die Struktur Ihres Aufsatzes.*

Wie kann ich meinen Aufsatz strukturieren?
Als Erstes formulieren Sie eine geeignete ***Überschrift****, wie es in der Aufgabenstellung ausdrücklich gefordert wird. Wie bei den meisten Textsorten, die beim materialgestützten Schreiben verlangt werden können, ist auch bei einem Aufsatz für ein Programmheft ein* ***Einstieg*** *wichtig, der das* ***Interesse der Leser*innen*** *weckt. Im Anschluss* ***setzen*** *Sie sich* ***mit der Themenfrage auseinander****. Da es sich bei dem zu verfassenden Text um einen Aufsatz handelt, sind Sie im Hinblick auf die Struktur Ihres Hauptteils verhältnismäßig frei. So ist es nicht notwendig, dass Sie einer eindeutigen Pro-Kontra-Struktur folgen, wie es bei einer klassischen Erörterung der Fall wäre. Allerdings sollte trotzdem ein* ***durchdachter Aufbau*** *erkennbar sein. So beginnt der untenstehende Musteraufsatz mit historischen Bezügen des Dramas, um dann zunehmend seine Aktualität in den Blick zu nehmen.*
Ihre Überlegungen sollten Sie mit einem ***Schlussteil*** *abrunden, in dem Ihre* ***Haltung zur Themenfrage*** *noch einmal deutlich wird.*

Was gibt es bei dieser Aufgabe sonst noch zu beachten?
Zu den Anforderungen dieser Aufgabenart gehört es, dass Sie Ihren Text auf seinen ***kommunikativen Kontext*** *abstimmen. Lesen Sie deshalb die in der Aufgabenstellung formulierte Situation aufmerksam durch und machen Sie sich bewusst, was sie für Ihren Aufsatz bedeutet. Das sogenannte* ***Zieltextformat*** *ist hier ein* ***„Aufsatz für ein Programmheft"****. Der Stil Ihrer Ausführung darf daher durchaus* ***rhetorisch ausgefeilt*** *sein, aber auf Stilmittel wie Ironie oder auf polemische Einlassungen sollten Sie zugunsten einer* ***sachlicheren Auseinandersetzung*** *mit dem Thema eher verzichten. Mit direkten Verweisen auf die Schulinszenierung des Dramas können Sie den kommunikativen Kontext Ihres Textes herausstellen. Beachten Sie, dass die* ***Adressaten*** *Ihres Textes Mitschüler*innen, Lehrer*innen und Eltern sind. Sie können daher nur bei einem Teil der Leser*innen von Vorwissen zu Lessings Drama ausgehen.*

Lösungsvorschlag

Weisheit kennt kein Verfallsdatum
Lessings „Nathan" – ein Drama von gestern oder für heute?

Überschrift

Das Thema: Anleitung zu moralischem Handeln. Die Handlung: nur Gespräche. Action: keine. Liebesgeschichte: keine richtige. Form: 5-hebige Jamben.

Einführung in das Thema

Ist Gotthold Ephraim Lessings dramatisches Gedicht „Nathan der Weise" von 1779 nicht Dokument einer vergangenen Zeit – für uns Nachgeborene allenfalls von kulturgeschichtlichem Interesse? Oder lohnt es sich auch noch heute, im 21. Jahrhundert, sich damit als Leser oder Theaterbesucher auseinanderzusetzen?

Lessings Stück lässt sich auf einen ganz konkreten Anlass zurückführen, stellte es doch im Jahr seiner Veröffentlichung die Reaktion auf einen aktuellen philosophisch-theologischen Konflikt dar. Mit schweren rhetorischen Geschützen führten Lessing und der Hamburger Hauptpastor Johan Melchior Goeze einen theologischen Disput, wobei Lessing – Aufklärer, der er war – die Streitpunkte auch für die interessierte Öffentlichkeit transparent machen wollte. Goeze witterte dagegen einen Angriff auf den lutherischen Glauben und damit auf die öffentliche Ordnung. Schließlich belegte Lessings Dienstherr, der Herzog von Braunschweig, seinen Bibliothekar mit einem Publikationsverbot. Doch Lessing – wieder einmal ganz Vertreter der Aufklärung – suchte nach Wegen, trotz dieses Maulkorbes seine Meinung zu verkünden und fand sie: „Ich muß versuchen, ob man mich auf meiner alten Kanzel, auf dem Theater wenigstens, noch ungestört will predigen lassen." Sein „Nathan" war die Fortführung der Debatte mit anderen Mitteln und 1779 brisant. Also ein Drama von gestern.

Das Drama als Beitrag zur Debatte (Goeze-Streit)

(Bezug zu M 2)

Doch hatte das Stück mehr zu bieten als eine poetisch verpackte tagespolitische Wortmeldung. Es gilt als „Konzentrat der Aufklärung“ (Andrea Bartl: „,Nur der Irrthum ist das Leben, / Und das Wissen ist der Tod.‘“), jener Epoche, die den Menschen zum Gebrauch seiner Vernunft, zu Toleranz, Verständigung und einem humanen Miteinander erziehen wollte. Auch wenn auf offener Bühne keine Gewalt vorgeführt wird, ist sie doch stets im Hintergrund präsent: Nathans Familie wurde bei einem christlichen Pogrom ausgelöscht, der Sultan hat mehrere Tempelritter hinrichten lassen, der Patriarch fordert in blindem Fanatismus, Nathan zu verbrennen. Die Konflikte sind da – und doch gelingt eine Verständigung. Möglich macht das Nathan durch sein eigenes Beispiel in Freigebigkeit und Nächstenliebe sowie durch seine Bemühungen, den Tempelherrn, Saladin und seine Ziehtochter zum Gebrauch ihrer Vernunft anzuhalten. Mit der berühmten Ringparabel umgeht Nathan die Frage Saladins nach dem einzig wahren Glauben, wobei er den Absolutheitsanspruch der Religionen hinterfragt: Islam, Judentum und Christentum gleichen sich wie die drei Ringe, die der Vater seinen Söhnen hinterließ. Wer von ihnen jenen besonderen Ring besitzt, der seinen Träger vor Gott und den Menschen angenehm macht, muss die Nachwelt entscheiden, indem sie die Taten der Söhne beurteilt.

Das Drama als Zentralwerk der Epoche

(Bezug zu M 3)

Ganz im Geist der Aufklärung stellt die Versöhnung der Protagonisten in der letzten Szene das „utopische Moment einer Menschheitsfamilie [dar], die (beinahe) alle Figuren über Religionen, Nationen, Kulturen und Stände hinweg natürlich umschließt“ (Andrea Bartl, ebd.). Ein Drama, das den Fortschrittsoptimismus des 18. Jahrhunderts atmet – also ein Drama von gestern?

(Bezug zu M 3)

„Nathan der Weise“ ist mehr als eine literarische „Predigt“ aufklärerischer Werte. Denn Lessing war „kein Götzendiener der Vernunft, kein Absolutist der Aufklärung“ (Thomas Assheuer: „Wege der Freiheit – Gotthold Ephraim Lessing“). Aus seiner Perspektive argumentiert auch der Patriarch logisch, wenn er die Einhaltung des päpstlichen und kaiserlichen Gesetzes fordert, nach dem ein Jude, der ein christliches Kind in seinem Glauben erzieht, mit dem Tode bestraft werden müsse, da er das Seelenheil des Kindes verwirkt habe. Bei Nathan paart sich dagegen Vernunft mit Menschlichkeit, wenn er behutsam und empathisch Recha oder den Tempelherrn von Irrmeinungen abbringt. Wie sein Dichter weiß er um die Zerbrechlichkeit des Lebens. Und so lässt sich das Drama auch als Teil von Lessings Bemühen, „dem demokratischen Geist zum Durchbruch zu verhelfen“ (Thomas Assheuer, ebd.), lesen. Dass er die Aussagen der Religionen relativierte, sollte nicht deren Existenz infrage stellen. Vielmehr ging es ihm darum, dem Menschen Demut vor dem Leben und dem Gegenüber zu lehren und ein Leben in

Ein Drama, das über die Epoche hinausweist

(Bezug zu M 1)

Freiheit zu propagieren. Folglich ist Lessings Stück auch Ausdruck eines absolut modernen Denkens.

Diese Modernität sticht nicht sofort ins Auge, schließlich ist Handlungsort bzw. -zeit das Jerusalem der Kreuzzüge, in dem Vertreter aller drei monotheistischen Religionen leben. Lessing problematisiert also das Thema der Toleranz nicht anhand einer Handlung, die in seiner eigenen Gegenwart angesiedelt ist. Ebenso wenig geht es ihm aber darum, ein historisch zutreffendes Bild des mittelalterlichen Jerusalem zu zeichnen. „[D]er exotische, ferne Ort […] erlaubt die ideelle Reflexion eigener, theoretischer Anliegen durch das Bild der Fremde." (Barbara Fischer: „Nathans Ende?") So erscheint das Drama als Parabel mit märchenhaften Zügen. Dass die Muslime Saladin und Sittah, der christliche Tempelherr und die im jüdischen Glauben erzogene Recha zuletzt erkennen, dass sie alle blutsverwandt sind, ist eine unrealistische Wendung und verweist auf symbolischer Ebene darauf, dass alle drei Religionen eigentlich viel Verbindendes haben. Auch die Tatsache, dass sich ein autoritärer Herrscher wie Saladin durch Nathans Erzählung zur Einsicht führen lässt und den jüdischen Kaufmann nicht länger durch Hinterlist um sein Geld bringen will, erinnert an ein Märchen aus „Tausend und einer Nacht". In der Rahmenhandlung der orientalischen Märchensammlung gelingt es Scheherazade, durch immer neue Geschichten ihren Mann, den König, davon abzuhalten, sie hinzurichten. „Nathan der Weise" – ein zeitloses Gleichnis?

Ein Drama wie aus *Tausend und einer Nacht*

(Bezug zu M 4)

Gerade der Parabelcharakter und die Entrückung der Handlung in eine zeitliche und räumliche Ferne sichern die überzeitliche Aussagekraft. Auch die Schauspielhäuser haben die Aktualität der Botschaft Lessings erkannt. Eine Theaterkritik aus den Potsdamer Neuesten Nachrichten sieht deutliche Bezüge des Stücks zu „[r]eligiöse[m] Fundamentalismus, Terrorgefahr und eifernde[m] Rechtspopulismus" und zu den „gegenwärtigen Auseinandersetzungen zwischen Israel und Palästina, zwischen Christen und Muslimen, Schiiten und Sunniten, Buddhisten und Muslimen und vielen weiteren" (Klaus Büstrin: „Lessings Hoffnung bleibt"). Und solche aktuellen Bezüge lassen sich auch auf die Bühne bringen – sei es bühnenbildnerisch, sei es mithilfe von Textanpassungen. Ein Drama wird ja erst durch die Inszenierung zu wirklichem Leben erweckt und gute Inszenierungen vermögen es, das Drama in unserer heutigen Zeit leben zu lassen. Nicht ohne Grund ist „Nathan der Weise" laut der Werkstatistik des Deutschen Bühnenvereins zusammen mit Goethes „Faust" das am meisten inszenierte Theaterstück im Jahr 2019/20 gewesen.

Das Drama der Stunde

(Bezug zu M 6)

(Bezug zu M 8)

Der aufklärerische Appell der Ringparabel, zunächst durch gute Taten zum Wohle der Menschheit die Wahrheit des eigenen Glaubens zu beweisen, hat nichts von seiner Wucht verloren. Und auch der

Zweifel an der Unfehlbarkeit von Religionen muss weiterhin erlaubt sein.

Und doch finden sich Stimmen, die die aktuelle Rezeption des „Nathan" kritisieren – als leere Bildungsübung, als Reaktion auf das drückende „Weltgewissen" (Wolfgang Behrens: „Wer kichert da im Lehm?"), als Vehikel zur Betonung der eigenen Toleranz. So polemisiert Navid Kermani, dass das Stück sein ursprünglich provokantes Potenzial völlig eingebüßt habe, da mittlerweile jede „politische, religiöse oder gesellschaftliche Kraft" für sich in Anspruch nehme, tolerant zu sein – auch wenn sie in Wirklichkeit „gegen ganze Kulturen kämpf[t]" (Navid Kermani: „Toleranz"). Seine Schlussfolgerung ist es, das Drama gegen den Strich zu bürsten, um seine Botschaft lebendig zu erhalten.

Ein abgenutztes Drama?

(Bezug zu M 7 und M 5)

Und so wird auch unsere Inszenierung mit Verfremdungseffekten arbeiten, um das Parabelhafte, das Utopische und das Wunsch-Denken des Stücks bewusst zu machen. Selbst wenn das Happyend wie ein realitätsfremder Traum wirkt, ist es doch wichtig, dass wir ihn weiterträumen und nach Toleranz streben. Insofern bleibt „Nathan der Weise" brennend aktuell – nicht nur heute, sondern auch morgen.

Bezug zur kommunikativen Situation (Schultheateraufführung)

Leistungskurs Deutsch (Nordrhein-Westfalen): Abiturprüfung 2019
Analyse eines Sachtextes mit weiterführendem Schreibauftrag

Aufgaben

Punkte

1. Analysieren Sie den folgenden Auszug aus Eugen Ruges Rede „Versuch über eine aussterbende Sprache". Erläutern Sie dabei die wesentlichen Aussagen und untersuchen Sie, wie Ruge das Thema als Schriftsteller entfaltet und welche Wirkungsmöglichkeiten der Rede sich daraus ergeben. 45

2. Erläutern Sie Ruges Bemerkung, Englisch sei „eine Eintrittskarte in die Gesellschaft" (Z. 120 f.). Nehmen Sie unter Bezug auf den Redeauszug und auf eigene Kenntnisse und Erfahrungen abwägend Stellung zu der Frage, inwiefern in Deutschland lebende Migrantinnen und Migranten Deutsch lernen sollten oder ob Englisch den Vorrang haben sollte. Berücksichtigen Sie dabei auch die ästhetisch-literarische Dimension von Sprache. 27

Anmerkung:
Der Schriftsteller, Drehbuchautor und Dokumentarfilmer Eugen Ruge hielt die folgende Rede am 25. 02. 2018 im Rahmen einer traditionsreichen Veranstaltungsreihe in Dresden. Seit 1992 haben im Schauspielhaus Dresden bekannte Persönlichkeiten aus Kunst, Literatur, Politik und Wissenschaft über vielfältige Themen gesprochen und mit dem Publikum diskutiert.

Eugen Ruge (* 1954)
Versuch über eine aussterbende Sprache (Dresdner Reden 2018, Textauszug)

Yimas ist eine Sprache in Papua-Neuguinea. Sie wird noch von etwa 300 Personen in einem Seitental des Karawari gesprochen. Die Gemeinschaft der Yimas-Sprechenden hat irgendwann beschlossen, ihren Kindern nicht mehr ihre Sprache weiterzugeben; sondern sie von Anfang an das melanesische Pidgin zu lehren, eine reduzierte Behelfssprache, in der die Handels- und Wirtschaftsbeziehungen mit den umgebenden Völkern abgewickelt werden. Ihre Sprecher lassen die Sprache bewusst sterben, weil sie – vermutlich zu Recht – davon ausgehen, dass sie dadurch die Chancen der nachfolgenden Generation im ökonomischen Wettbewerb erhöhen. […]

Sehr geehrte Damen und Herren, als das Staatsschauspiel Dresden und die Sächsische Zeitung, denen ich hiermit für die Einladung danke, anfragten, ob ich bereit sei, an dieser Stelle zu sprechen, verspürte ich zunächst wenig Neigung dazu. […]

Dass ich mich dennoch auf diese Rede eingelassen habe, hat mit Zufall zu tun und, ja, mit Aberglauben. Buchstäblich am Morgen, nachdem ich die E-Mail mit der Einladung zu dieser Rede bekommen hatte, hörte ich nämlich im Radio die erstaunliche Meldung, dass die deutsche Sprache in zweihundert bis dreihundert Jahren aussterben wird.

Genauer gesagt, ich schnappte diese Nachricht im Vorübergehen auf, ganz unfreiwillig. Sie müssen wissen, dass ich morgens versuche, mich so wenig wie möglich ablenken zu lassen. […]

An diesem Morgen fiel es mir schwer. Hatte ich etwas missverstanden? Oder war ich wirklich dabei, einen Text zu verfassen in einer Sprache, die es in zweihundert oder dreihundert Jahren nicht mehr geben wird? Die Frage kann man mir als Eitelkeit auslegen. Erwarte ich etwa, dass ich in zweihundert oder dreihundert Jahren noch gelesen werde? Falls man in zweihundert oder dreihundert Jahren noch liest.

Ich habe, schrecklicher Verstoß gegen die mir selbst auferlegte Arbeitsdisziplin, rasch im Netz geblättert: Büchner wurde vor zweihundertvier Jahren geboren. Schiller schrieb seine *Räuber* vor zweihundertsiebenunddreißig Jahren, Goethe seinen *Werther* vor zweihundertvierundvierzig. Wir lesen sie noch alle, und ich kann nicht sagen, dass sie auf mich besonders fern wirken. Sollte es möglich sein, fragte ich mich an diesem Morgen, dass die deutsche Literatur, einschließlich meines bescheidenen Werks, in zweihundert bis dreihundert Jahren als tote Bibliothek in den lichtgeschützten Kellern irgendeines Instituts herumstehen und, wie die Sprache der Yimas, nur noch für einzelne Experten entzifferbar sein würde? […]

Irgendwann war meine Konzentration dann vollständig dahin, und ich habe die Homepage vom Deutschlandfunk aufgerufen. Tatsächlich stieß ich rasch auf das gesuchte Thema, das hier ausführlicher dargestellt war als in den Acht-Uhr-Nachrichten. Konkret handelte es sich um die Wiedergabe eines Gesprächs mit dem Linguisten Wolfgang Klein, immerhin Vizepräsident der Deutschen Akademie für Sprache und Dichtung, ehemals Direktor des Max-Planck-Instituts für Psycholinguistik im niederländischen Nijmegen, also nicht gerade jemand, den man der Hysterie oder der politisch manipulativen Spekulationen verdächtigt. Tatsächlich endete das Gespräch mit folgenden Worten:

… von den 7 000 Sprachen (die es auf der Welt gibt – E. R.[1]*) verschwinden immer mehr, weil die Sprecher entweder aussterben oder sich anderen Sprachen zuwenden. Das Deutsche hat schätzungsweise 100 Millionen Sprecher, da ist das nicht unmittelbar bedroht, aber es geht als internationale Sprache schon ganz, ganz deutlich zurück, und es würde mich nicht wundern, wenn das Deutsche in, sagen wir mal, zwei-, dreihundert Jahren eine ausgestorbene Sprache wäre.*

Das also war der Augenblick, da ich mich entschied, diese Rede zu halten. Wenn ich auch nach wie vor glaube, dass Schriftsteller nicht über alles und jedes sprechen müssen, war ich doch zumindest in diesem Augenblick überzeugt, dass ich als jemand, dessen Medium die deutsche Sprache ist, der damit arbeitet und davon lebt, berechtigt sei, darüber zu sprechen; dass man mir meine Sorge um diese Sprache vielleicht verzeihen würde, ohne mich zu verdächtigen, dass ich die „verlorenen Ostgebiete“[2] zurückhaben will. […]

Die Nachricht vom bevorstehenden Untergang der deutschen Sprache hatte sich, ohne dass ich darüber nachgedacht hätte, verbunden mit dem Unbehagen am Überhandnehmen des Englischen in unserem Sprachraum.

Natürlich kenne ich dieses Unbehagen seit langem. Oft habe ich mich schon über Anglizismen mokiert. Allerdings kamen mir meine Beschwerden auch manchmal ein wenig altbacken vor. Ich verdächtigte mich insgeheim der Befangenheit, denn natürlich habe ich immer das Gefühl, nicht gut genug Englisch zu sprechen. Natürlich bin ich ein bisschen neidisch auf die jungen Leute, die ihr Englisch irgendwie im Schlaf zu lernen scheinen. […]

Auch in den Theatern der Hauptstadt spricht man ja inzwischen viel Englisch. Kürzlich, nachdem ich schon angefangen hatte, an dieser Rede zu schreiben, ist es mir allerdings passiert, dass ich in einem großen Berliner Theater eine Eintrittskarte kaufte, um hinterher festzustellen, dass das Stück (ein Repertoirestück[3], kein Gastspiel) komplett auf Englisch gespielt wird – mit Simultanübersetzung per Kopfhörer. Zum Glück reichte mein Englisch aus, um das – übrigens ausgezeichnete – Stück bis in seine Einzelheiten auch ohne Kopfhörer zu verfolgen, was ich hier zugegebenermaßen mit Stolz anmerke. Sprachen zu können ist eine wunderbare Sache. Englisch zu sprechen ist ein Zeichen von Zugehörigkeit. […]

Deutsche Großunternehmen führen Englisch längst als Verkehrssprache ein; selbst der Geschäftsführer einer Kuchen- und Keksfabrik berichtete mir kürzlich, dass man anfängt, interne Veranstaltungen auf Englisch durchzuführen. Die Belegschaften kleiner, neugegründeter Unternehmen, die um die Mittagszeit in kleinen Grüppchen durch Prenzlauer Berg[4] ziehen, sprechen untereinander fast immer Englisch. Selbst deutsche Germanisten beginnen inzwischen, Texte über die deutsche Sprache auf Englisch zu verfassen: *for the sake of competitiveness*[5]. […]

Sprachen ändern sich. Sprachen bereichern einander. Schon immer, seit ihrem Bestehen, war die deutsche Sprache dem Einfluss anderer Sprachen ausgesetzt. Ich würde noch weiter gehen: Sie ist im Grunde entstanden aus dem Zusammenfließen, ja aus dem Zusammenprall des Lateinischen mit den großen germanischen Dialekten. […]

Nur spreche ich hier nicht vom Wandel, sondern vom Aussterben – ein Phänomen, das allerdings ebenso real ist wie der Wandel. Achtzig Prozent aller – noch – existierenden Sprachen sind bedroht, sagen die Linguisten. Und etwa jede Woche stirbt eine. […]

Übrigens geht es auch nicht eigentlich um das Aussterben. Die deutsche Sprache ist, etwa im Hinblick auf den Wortschatz, reicher als je zuvor, wie der letzte Bericht über den Zustand der deutschen Sprache beweist. *Wenn eine Sprache tatsächlich außer Gebrauch gerät,* sagt der Sprachwissenschaftler Wolfgang Klein, *dann liegt das so gut wie nie daran, dass die Bevölkerung ausstirbt, sondern daran, dass sie von den Sprechern als weniger nützlich und daher als entbehrlich angesehen wird; deshalb wird sie aufgegeben.*

Fragen wir also: Gibt es eine Tendenz bei den Deutschen, ihre Sprache als weniger nützlich anzusehen? Als ökonomisch weniger brauchbar? Als weniger geeignet für den globalen Wettbewerb?

Alexander Graf Lambsdorff erklärte 2014 in einem Beitrag für die WELT den Zusammenhang zwischen Sprache und Ökonomie. […] *Die Mehrzahl hochqualifizierter Fachkräfte,* und das alles zitiere ich wörtlich, *spricht Englisch, nicht Deutsch. Deshalb muss Englisch in Deutschland Verwaltungssprache werden, mittelfristig vielleicht sogar Amtssprache. Englisch ist heute lingua franca, die globale Verkehrssprache. Sie wird in Europa, Asien und Lateinamerika flächendeckend unterrichtet. Schon deshalb ist sie die praktikabelste Lösung.*

Alles folgerichtig. Was kann man dagegen einwenden?

Fast noch weiter geht Günther Oettinger, eine Zeit lang EU-Kommissar für Digitalisierung und Wirtschaft, heute EU-Kommissar für Haushalt und Personal. Er formulierte schon 2005 in einem Fernsehfilm von Harald Wötzel, was er von der ökonomischen Brauchbarkeit der deutschen Sprache hält, nämlich nichts. Die zukünftige Arbeitssprache in Deutschland – ein Begriff von Oettinger – werde Englisch sein. Er gewährt der deutschen Sprache immerhin eine Art Gnadenbrot. Originalton Oettinger: *Deutsch bleibt die Sprache der Familie, der Freizeit, die Sprache, in der man Privates liest, aber – Englisch wird die Arbeitssprache.*

Mit großem Recht fragt der Sprachwissenschaftler Jürgen Trabant: Wenn Englisch die Arbeitssprache ist – warum sollen Migranten dann Deutsch lernen? Eine Familiensprache haben sie schon, sie brauchen keine zweite.

Schon heute sind Englischkenntnisse ein Distinktionsmerkmal[6]. Schon heute kann kein Akademiker ohne Englisch auskommen – und Akademiker gibt es, wie wir wissen, immer mehr. Schon heute ist Englisch eine Tür zum Arbeitsmarkt, eine Eintrittskarte in die Gesellschaft. Wer kein Englisch kann, ist mit einem Makel behaftet; er ist, wenn nicht heute, dann morgen, ein Sonderling mit Tendenz zum geistigen Prekariat[7] – was übrigens einer von vielen Gründen dafür sein mag, dass viele Ostdeutsche sich abgehängt oder ausgeschlossen fühlen, auch wenn sie materiell nicht prekär gestellt sind: Sie sprechen nicht – oder nicht ausreichend – Englisch.

Und je wichtiger das Englische wird, desto mehr gerät das Deutsche unter Druck und desto mächtiger wird wiederum das Englische. Es ist ein Prozess, der sich selbst beschleunigt, eine Kettenreaktion. Wenn Sie in einer staatlichen Institution anweisen, dass alle E-Mails in zwei Sprachen geschrieben werden, werden sie selbstverständlich bald nur noch in Englisch geschrieben. Wenn wir heute Englischunterricht ab der ersten Klasse einführen, dann werden ehrgeizige Eltern ihre Kinder schon im Kindergarten Englisch lernen lassen. Und Kinder von Eltern, die selbst schon im Kindergarten Englisch gelernt haben, werden anfangen, mit ihren Kindern zu Hause Englisch zu sprechen, um die Chancen der nachfolgenden Generation im ökonomischen Wettbewerb zu erhöhen.

Glauben Sie wirklich, dass es noch dreihundert Jahre dauern wird, bis das Deutsche ausstirbt?

Meine Damen und Herren, wer noch immer über den Titel dieser Rede lächelt, dem ist – was erlaubt wäre – die deutsche Sprache gleichgültig.

[…] Je länger ich über die Chancen der deutschen Sprache in Zeiten der Globalisierung und Digitalisierung nachdenke, desto mehr komme ich zu der Überzeugung, dass sie untergehen wird. Alles spricht gegen sie: das unerbittliche Gesetz des Nutzens, man kann es Kapitalismus nennen; unsere blinde Verehrung für die US-amerikanische Kultur; die Katastrophe des Nazismus, der diese Sprache entstellt und verwundet hat und nicht aufhört, sie zu entstellen und sie zu verwunden; das Internet mit seinen Reinigungsphantasien und Schmutzkampagnen; aber vor allem die mangelnde Zuneigung ihrer Sprecher, der jungen noch weniger als der alten.

Was war das jetzt also? Ein Abgesang? Eine vorgezogene Trauerrede?

[…] Vielleicht nehmen Sie diese Rede als das: als eine Einladung, diese Sprache im Bewusstsein ihrer Vergänglichkeit zu betrachten; sich auf diese Weise an ihr zu erfreuen. Vielleicht lesen Sie dieses oder jenes Buch mit noch größerem Genuss. Vielleicht hängen Sie in einer Mußestunde, falls es das in Ihrem Leben noch gibt, einer Wendung nach, schlagen ein Herkunftswörterbuch auf (gibt's auch im Internet) oder blättern mal wieder in einem Ihrer schon gelesenen Lieblingsbücher.

Lassen Sie sich Zeit, alles verschwindet.

Quelle: Eugen Ruge: Versuch über eine aussterbende Sprache. Dresdner Reden 2018, 25. Februar 2018. Zitiert nach: http://www.staatsschauspiel-dresden.de/download/9261/dresdner_rede_eugen_ruge_25022018.pdf (Zugriff 01. 02. 2019)

Anmerkungen:
1 *E. R.:* Abkürzung für Eugen Ruge
2 *„verlorenen Ostgebiete":* Gebiete östlich der Oder-Neiße-Linie, die in den Grenzen von 1937 zum Deutschen Reich gehörten und seit 1945 zu Polen oder Russland gehören. Anspielung Ruges darauf, dass es als Ausweis einer reaktionären Haltung gilt, die Ostgebiete „zurückzufordern"
3 *Repertoirestück:* Schauspiel, das im Gegensatz zum Gastspiel einer auswärtigen Theatergruppe Bestandteil des regulären Spielplans eines bestimmten Theaters ist
4 *Prenzlauer Berg:* bekannter und beliebter Stadtteil von Berlin
5 *for … competitiveness:* hier etwa „der Wettbewerbsfähigkeit zuliebe"
6 *Distinktionsmerkmal:* ein Merkmal, das einen wesentlichen Unterschied ausmacht
7 *Prekariat:* (soziologischer) Begriff für soziale Gruppierungen, die aufgrund ihrer Lebensumstände sozial abgestiegen sind bzw. von einem sozialen Abstieg bedroht sind

Teilaufgabe 1

Hinweise und Tipps

Welche Aufgabenart liegt vor und wie sind die Teilaufgaben gewichtet?
*Die vorgelegte Aufgabe entspricht dem Typ **II a: Analyse eines Sachtextes mit weiterführendem Schreibauftrag**. Die generelle Arbeitsanweisung, den Redeauszug zu analysieren, wird in zweifacher Hinsicht spezifiziert: Zum einen sollen Sie bei der Textuntersuchung „**wesentliche Aussagen**" **erläutern**, zum anderen gilt es zu berücksichtigen, wie der Redner in seiner **Eigenart als Schriftsteller** das Thema entfaltet und welche Wirkungsmöglichkeiten damit verbunden sind. Die Arbeit am Text steht also deutlich im Vordergrund, sodass die erste Teilaufgabe mit **45** gegenüber **27 Punkten** auch hinsichtlich der Leistungsbeurteilung stärker gewichtet wird.*

Was verlangt die Aufgabenstellung von mir?
*Die Aufgabe verlangt eine **selbstständige, möglichst umfassende** Untersuchung des Textes. Sie sollen Ihr **Verständnis des Redeauszugs** nachweisen, indem Sie Thematik und Gedankengang bestimmen, den Inhalt in seinen wesentlichen Aussagen selbstständig (zusammenfassend) wiedergeben und, wo es sinnvoll erscheint, näher beleuchten. Der **Operator „erläutern"** bedeutet, Textinhalte oder Sachverhalte aufgrund eigener Kenntnisse differenziert darzustellen und gegebenenfalls durch Beispiele oder verwandte Informationen zu veranschaulichen. Insbesondere bei der **Untersuchung der sprachlich-rhetorischen Gestaltung** müssen Sie beachten, dass es sich bei dem Redner um einen **Schriftsteller** handelt, der sich also mit Sprache und ihren Wirkungen ganz besonders auskennen dürfte. Die Frage, wie Ruge das Thema **als Schriftsteller** entfaltet, beschränkt sich allerdings nicht auf das Sprachliche, sondern betrifft die gesamte Vorgehensweise. Hier sind auch Aspekte wie beispielsweise Ruges Erzählgestus oder die vorherrschende Ich-Perspektive zu berücksichtigen. Mit dem ausdrücklichen Hinweis auf die sich daraus ergebenden **Wirkungsmöglichkeiten** verlangt die Aufgabe, dass Sie die Art der Themenentfaltung daraufhin untersuchen, was sie beim Publikum bewirkt, d. h. unter anderem, wie das Publikum in seiner Meinungsbildung gelenkt wird.*

Wie gehe ich bei der Bearbeitung der Aufgabe sinnvollerweise vor?
*Eine hinreichende **Vorbereitung** ist in jedem Fall Voraussetzung für eine qualifizierte Arbeit. Dies gilt umso mehr in Anbetracht der ungewöhnlichen Länge dieses Redeauszugs: **Lesen Sie** den Text (wenigstens) zweimal **konzentriert** – das erste Mal, um zu einem Globalverständnis zu gelangen, das zweite Mal, um den Text mit **Unterstreichungen** (z. B. zu inhaltlichen Schwerpunkten oder zur Sprachgestaltung) und **Randkommentaren** (etwa zu wichtigen Teilergebnissen) zu erarbeiten. Legen Sie zusätzlich einen **Stichwortzettel** oder – besser noch – ein **Konzeptblatt** an, auf dem Sie sich das Wichtigste zu den einzelnen verlangten Punkten notieren. Das erleichtert es Ihnen, Ihren Aufsatz zeitökonomisch zu bewältigen und gut zu formulieren.*

Wie kann ich meinen Aufsatz strukturieren?
*Entscheiden Sie sich frühzeitig, wie Sie bei Ihrem **Analyseaufsatz** vorgehen wollen: Sie können entweder der von Ihnen verdeutlichten Textgliederung folgen und **inhaltliche und rhetorische Aspekte im Zusammenhang** abhandeln, oder Sie widmen sich*

__zuerst dem Inhalt__ und dann in einem __zweiten Abschnitt der Art der Gestaltung__ durch den Redner. Der vorgestellte Lösungsvorschlag folgt der zweiten Möglichkeit.
Nutzen Sie (auf der Basis Ihres Konzepts) überhaupt die verschiedenen Möglichkeiten, Ihre __Aussagen__ zu __gewichten:__ Fassen Sie Unwichtigeres oder wiederholt Auftretendes raffend zusammen, betonen und erläutern Sie zentrale Befunde.
__Beginnen Sie__ Ihre Analyse __mit einer Einleitung__, in der Sie Autor, Titel, Textsorte, Thema und Entstehungszeit nennen. Mit der __Umschreibung des Hauptgedankens__ haben Sie zudem eine Leitlinie, an der Sie sich später selbst immer wieder orientieren können. __Schließen Sie__ Ihre Analyse mit einer möglichst genauen __Zusammenfassung Ihres Textverständnisses__ ab.

Was gibt es bei dieser Aufgabe sonst noch zu beachten?
Wegen der ungewöhnlichen Länge des Textauszugs ist es wichtig, dass Sie den __Text gut überblicken__ und „im Griff" haben. Dazu bedarf es einer sorgfältigen Vorarbeit, die es Ihnen ermöglicht, sich auf wesentliche Inhalte und __treffende Formulierungen__ zu konzentrieren. Verlieren Sie sich nicht beschreibend oder wiedergebend in inhaltlichen bzw. formalen Einzelheiten.

Lösungsvorschlag

Einleitung
mit Hinweisen zu Textgrundlage, Kontext und Thematik

Der vorliegende Textauszug stammt aus einer **Rede** mit dem Titel „Versuch über eine aussterbende Sprache", die der Autor und Dokumentarfilmer **Eugen Ruge** am 25. Februar 2018 in Dresden auf Einladung des dortigen Staatsschauspiels gehalten hat. Im Rahmen einer renommierten Vortragsreihe setzt sich Ruge (geb. 1954) mit der These auseinander, dass aufgrund der Veränderungen durch **Globalisierung und Digitalisierung** die **deutsche Sprache zum Aussterben verurteilt** sei.

Hauptteil
Wiedergabe des Gedankengangs mit Erläuterung wesentlicher Aussagen
1. Abschnitt

Der Textauszug, vermutlich der **Anfang der Rede**, beginnt **unvermittelt und ohne Kommentar** mit der Information, eine kleine Sprachgemeinschaft in Papua-Neuguinea habe mit Blick auf wirtschaftliche Vorteile beschlossen, auf die Weitergabe ihrer Sprache zu verzichten, und bediene sich nur noch einer Behelfssprache, die auch von benachbarten Völkern gesprochen werde.

2. Abschnitt
Persönlicher Anlass für die Rede: Sprachensterben

Erst danach (vgl. Z. 9 ff.) gibt sich der Text mit der **Anrede des Publikums**, das mehrheitlich aus einer gebildeten und kulturinteressierten bürgerlichen Schicht stammen dürfte, und der Veranschaulichung seiner **besonderen Umstände** als Rede zu erkennen. Weist schon die einleitende Information auf die Richtung der Thematik hin, nämlich **Sprachwandel** bis hin zum **Verschwinden von Sprachen**, so entwickelt der zweite Abschnitt (Z. 9–48), in dem Ruge seine **persönliche Motivation** anschaulich macht, die zugespitzte Fragestellung, inwiefern auch die **deutsche Sprache vom Aussterben bedroht** sein könnte. Ruge veranschaulicht hier durchaus launig, wie er – aufgeschreckt durch die zufällig gehörte Radionachricht, das Deutsche werde in 200 bis 300 Jahren aussterben – herausgefunden habe, dass selbst ein international ausgewiesener Fachmann diese Möglichkeit nicht abstreite. **Sprachen würden zugrunde gehen**, wenn ihre Sprecher ausstürben oder – wie jener Papuastamm – die eigene Sprache zugunsten eines mehr Erfolg versprechenden Konkurrenzsystems aufgäben. Diese Fachmeinung nennt Ruge als entscheidenden Grund, die an ihn ergangene Einladung anzunehmen.

Nachdem er kurz seine (noch genauer zu betrachtende) **Rolle als Schriftsteller** und seine Redeberechtigung reflektiert hat (dritter Abschnitt, vgl. Z. 49–55), wendet er sich im vierten Abschnitt (vgl. Z. 56–80) dem **Vordringen des Englischen** in diversen Lebensbereichen zu. Dabei gesteht er ein, das „Unbehagen" in Bezug auf diese Entwicklung „seit langem" (Z. 59) zu kennen. Anhand von Beispielen, sowohl den kulturellen (vgl. die Schilderung einer englischsprachigen Theateraufführung, Z. 65–73) als auch den unternehmerischen Bereich (vgl. Z. 74–80) betreffend, veranschaulicht Ruge das Vordringen des Englischen, das sich übrigens nicht nur in Wirtschaft und Wissenschaft, Mode, Showbiz oder IT-Branche, sondern im gesamten Alltag in den Vordergrund gespielt hat: So heißt zum Beispiel der frühere Hausmeister jetzt oft „Facility Manager".

3. und 4. Abschnitt

Bedeutung für Ruge als Schriftsteller und Vordringen des Englischen

Erläuterung der Aussage, dass das Englische immer weiter vordringt

Im Anschluss **grenzt** Ruge den **Sprachwandel**, den es schon immer gebe, vom **Sprachensterben** ab (vgl. Z. 81–95). Davon seien 80 Prozent der noch existierenden Sprachen betroffen. In diesem Zusammenhang beruft er sich auf den Linguisten Wolfgang Klein mit der Information, für das Verschwinden von Sprachen sei nicht der Bevölkerungsschwund ausschlaggebend, sondern das willentliche **Aufgeben der eigenen Sprache** zugunsten einer nützlicher erscheinenden (vgl. Z. 91 ff.).

5. Abschnitt

Sprachensterben durch freiwilliges Aufgeben

Diesen Gedanken überträgt Ruge nun auf seine eigentliche Fragestellung, inwieweit die Deutschen ihre Sprache angesichts der **globalen ökonomischen Herausforderungen** als „weniger geeignet" (Z. 97) einschätzten. In diesem Abschnitt (vgl. Z. 96–137) veranschaulicht er zunächst die positive Antwort anhand von Aussagen zweier bekannter deutscher EU-Politiker, denen zufolge **Englisch zur Wirtschafts- und Verwaltungssprache** werden und das Deutsche auf den privaten Raum von **Familie und Freizeit** beschränkt bleiben sollte. In Ruges anschließender Erläuterung, dass Englischkenntnisse bereits heute zu einem sozialen „Distinktionsmerkmal" (Z. 118) geworden sind, schwingt eine negative Wertung der Entwicklung mit. Er meint damit, dass dadurch die **sozialen Unterschiede** in der Gesellschaft, etwa auch zwischen West- und Ostdeutschen, vergrößert würden. Etwaige Maßnahmen in Schule oder Verwaltung, z. B. Englisch bereits im Kindergarten oder zweisprachige Mails, würden zu einer „Kettenreaktion" (Z. 128) führen, in der das Deutsche immer mehr „unter Druck" (Z. 126) gerate.

6. Abschnitt

Vordringen des Englischen im deutschen Sprachraum – Deutsch als aussterbende Sprache?

Erläuterung der Aussage zum Englischen als Distinktionsmerkmal

Am Schluss (Z. 138–155) zieht Ruge ein ebenso **resigniertes wie aufrüttelndes Fazit:** Bei sachlicher Betrachtung der historischen wie kulturellen Gegebenheiten kommt er zu dem Schluss, die deutsche Sprache werde untergehen, da man sich zu sehr am **Gedanken der Nützlichkeit** orientiere. Als weitere Gründe nennt Ruge (neben der weiter wirkenden Hypothek durch die NS-Sprache) den **unkritischen Umgang** mit der dominierenden **US-Kulturindustrie und den neuen Medien**. Als maßgeblichen Grund hebt er jedoch „die mangelnde Zuneigung ihrer Sprecher" (Z. 146 f.) hervor, womit er provokativ auch die anwesenden Zuhörer einbezieht. Gleichwohl fordert er sie auf, die gemeinsame Sprache „im Bewusstsein ihrer Vergänglichkeit" (Z. 150) wertzuschätzen und – wenigstens „in einer Mußestunde" (Z. 152) – sich aktiv der deutschen Sprache und Literatur zu widmen.

7. Abschnitt

Fazit: Aussterben des Deutschen ist wahrscheinlich

Der Redner verfolgt also die Intention, über die Diskussion einer zugespitzten, zunächst unglaublich wirkenden These die **Bedeutung des gefährlich fortschreitenden Sprachwandels** für jeden Einzelnen wie für die Sprachkultur bewusst zu machen.

Bestimmung der Redeabsicht

Ruge setzt in seiner Rede gezielt **sprachlich-rhetorische Mittel** ein, um den Zuhörer zu lenken oder bestimmte Aspekte zu unterstreichen. Er benutzt recht häufig, z. T. sogar gehäuft (vgl. Z. 96 ff.), **Fragen** (auch solche rhetorischer Natur), um zu verdeutlichen, an welcher Stelle des Gedankengangs er sich genauer befindet, und teilweise auch, um den Zuhörer mit einzubeziehen. Er nutzt **Parallelismen** (z. B. Z. 118 ff.) und **Wenn-dann-Konstruktionen** (z. B. Z. 128 ff.), um die Gefährdung der deutschen Sprache zu betonen. Hinzu kommen an **Tautologien grenzende Wiederholungen** (z. B. Z. 81, Z. 96 ff.), die sowohl die **Dringlichkeit des Problems** als auch das **Bemühen um Genauigkeit** deutlich machen. Um komplexe Zusammenhänge zu entfalten, greift Ruge immer wieder auf **hypotaktische Satzgefüge** zurück (vgl. Z. 49–55), um dann aber auch wieder in **knappen sentenziösen Sätzen** Aspekte auf den Punkt zu bringen (vgl. Z. 72 f.). Zugleich kennzeichnet den Text teilweise ein **locker-mündlicher Ton** (Interjektion „ja", Z. 13; „schnappte […] auf", Z. 17; Ellipse „Alles folgerichtig.", Z. 106), der einer Rede angemessen ist und auch zu Ruges persönlichem Zugang zur Thematik passt. Am Schluss fällt besonders die **Häufung von Gründen** auf (vgl. Z. 142 ff.), mit denen der Redner seine **pessimistische Einstellung** erklärt. **Zitate** von Fachleuten wie Sprachwissenschaftlern oder auch von Politikern dienen ihm ebenso als Mittel, Sachverhalte zu erhellen und Aussagen zu stützen. Gelegentlich heben **Fachbegriffe** wie „Distinktionsmerkmal" (Z. 118) oder „Prekariat" (Z. 122) Gemeintes zuspitzend hervor.

Untersuchung der sprachlich-rhetorischen Gestaltung

All diese Mittel – und auch der **Einbezug des Publikums** durch direkte Anreden (vgl. Z. 9, 138) – gehören ins Repertoire eines jeden (guten) Redners, dazu braucht es nicht die Erfahrung eines Schriftstellers.

Vertrauliche Gesten wie „Sie müssen wissen" (Z. 18) oder der **Gebrauch der 1. Person Plural** erreichen allerdings eine besondere Qualität und Wirkung. So führt die streckenweise konsequent durchgehaltene **Ich-Perspektive** (Ausnahme: Z. 99–135) zu einer **Durchbrechung der Erwartung des Zuhörers**. Hier spricht ein **Privatmann und Betroffener** und nicht ein akademischer Fachgelehrter, der im Sprechen *über* ein Thema nicht selten auch *über* die Köpfe seiner Zuhörer *hinweg* redet. Ruge arbeitet sich in immer neuen Ansätzen, die **darstellende und erzählende, teilweise anekdotische** (vgl. Z. 65–72) **Elemente** verbinden, sozusagen an seinem Thema ab und lässt die Zuhörer an der **Entwicklung seiner Gedanken** teilhaben. Die Zuhörer können sich daher quasi als **Gesprächspartner** ernst genommen fühlen – mit der Wirkung, dass sie sich **ebenfalls als Betroffene** begreifen (können), die sich zu dem (nur scheinbar abgehobenen) Problem des Aussterbens der deutschen Sprache eine Meinung bilden sollten. Vor dem Hintergrund des täglichen Lebens, an dem er die Zuhörer teilhaben lässt, veranschaulicht Ruge die Relevanz des Themas für sich als Schriftsteller. Denn dass er sich als solcher ganz besonders betroffen fühlen muss, wird gerade an den Stellen klar, wo er seine Rolle als Literat reflektiert. Das Absterben der deutschen Sprache würde nicht nur den **Bedeutungsverlust historischer Autoren** wie Schiller oder Büchner mit sich bringen (vgl. Z. 26 ff.), sondern **existenziell auch seine Arbeit selbst** bedrohen. Wie soll ein Schriftsteller kreativ tätig bleiben, wenn auch die eigenen Sprachwerke irgendwann nicht mehr gelesen werden (können)? Wenn Ruge sich hier seine Werke bildhaft „als tote Bibliothek in den lichtgeschützten Kellern irgendeines Instituts" (Z. 31 f.) vorstellt, wird erkennbar, dass diese Reflexion nicht ohne **(Selbst-)Ironie** geschieht, wie sie sich z. B. auch im überraschenden Rückgriff auf die englische (!) Redewendung *„for the sake of competitiveness"* (Z. 80) spiegelt. Auch die Haltung der scheinbar Progressiven, die der deutschen Sprache nur noch „eine Art Gnadenbrot" (Z. 112) zuerkennen wollen, wird durch den Gebrauch der metaphorischen Redensart ironisiert. Trotz seiner persönlichen **Betroffenheit als Autor und Literaturliebhaber** bleibt seine Darstellung vom **Bemühen um Sachlichkeit** geprägt, das ihn – wie den Fachmann – vom Verdacht der „Hysterie oder der politisch manipulativen Spekulationen" (Z. 40 f.) lossprechen soll.

Gleichwohl bleibt seine Rede nicht ohne **Provokationen**, die eben auch zum Repertoire eines Schriftstellers gehören: Das beginnt damit, dass eine unbedeutende Papua-Sprache mit einer Sprache in eine Parallele gebracht wird, die zurzeit von mehr als 100 Millionen Menschen gesprochen wird. Es endet mit dem (fast schon zynisch

Untersuchung der Gedankenentfaltung durch Ruge als Schriftsteller unter Beachtung der Wirkungsmöglichkeiten

Ruge als Betroffener

Erzählerische Elemente

Zuhörer als ernst genommener Gesprächspartner

Persönliche Betroffenheit Ruges als Schriftsteller

Ironie

Sachliche Darstellung

Provokative Redeweise

klingenden) **Appell an die Zuhörer**, „in einer Mußestunde" (Z. 152) doch vielleicht einmal „dieses oder jenes Buch" (Z. 151) zu lesen. Ruge ist Realist genug, um an dieser Stelle auf wohlfeile Appelle, sich dem Zeitgeist entgegenzustellen, zu verzichten. Der ironische Unterton seiner Formulierung verweist dagegen auf seine Befürchtung, auch unter seinen Zuhörern gebe es Gruppen, die sich doch eher mit dem **Sprachwandel abfinden** oder ihn sogar begrüßen oder fördern würden. Wenn klar ist, dass Sprachwandel auch vom Verhalten einer Sprachgemeinschaft abhängig ist, dann könnte Ruge seinen Zuhörern möglicherweise doch vermitteln wollen, dass es an ihnen selbst liegt, ob das Deutsche als Kommunikationsmittel wie als Medium der Literatur auf Dauer erhalten bleibt.

Schluss: Vertiefende Deutung und Wertung

Obwohl Ruge selbst seinen Vortrag resignativ in die Nähe von „Abgesang" und „Trauerrede" (Z. 148) rückt, schwingt doch immer der **Wunsch nach Wertschätzung der deutschen Sprache** und nach **aktivem Festhalten an ihr**, insbesondere in Form der Literatur, mit. Sein in sich widersprüchlicher, vieldeutiger Schlussappell „Lassen Sie sich Zeit, alles verschwindet" (Z. 155), klingt aber **nicht unbedingt hoffnungsvoll**.

Teilaufgabe 2

Hinweise und Tipps

Was verlangt die Aufgabenstellung von mir?
Die Aufgabenstellung verlangt zunächst eine ***selbstständige Erläuterung*** *der im Redetext aufgestellten Behauptung, Englisch sei „eine Eintrittskarte in die Gesellschaft" (Z. 120 f.). Es gilt also, die Äußerung zu erklären bzw. zu veranschaulichen. Anschließend ist eine abwägende, also* ***Vor- und Nachteile berücksichtigende Stellungnahme*** *zu der Frage gefordert, ob* ***Migranten und Migrantinnen*** *in Deutschland wirklich* ***Deutsch*** *oder doch lieber* ***Englisch*** *lernen sollten. Hierfür sollen Sie sich in Ihrer Argumentation sowohl auf die Rede als auch auf eigene Kenntnisse und Erfahrungen beziehen. Die Aufgabe nennt darüber hinaus einen Gesichtspunkt, den Sie in jedem Falle berücksichtigen sollten: die ästhetisch-literarische Dimension von Sprache.*

Wie gehe ich bei der Bearbeitung der Aufgabe sinnvollerweise vor?
Zur Vorbereitung legen Sie am besten einen ***Stichwortzettel*** *an, auf dem Sie* ***Pro- und Kontra-Argumente*** *sowie* ***Belege bzw. Beispiele*** *sammeln. Heben Sie wichtige Aspekte, die Sie in Ihrem Aufsatz verwenden wollen, durch Markierungen oder Unterstreichungen hervor. Legen Sie möglichst früh eine* ***Reihenfolge Ihrer Argumente*** *fest. Auch eine vorläufige, aber gleichwohl genaue Formulierung Ihrer Auffassung kann für die Ausrichtung Ihrer Gedanken hilfreich sein.*

Wie kann ich meinen Aufsatz strukturieren?
Beginnen Sie Teilaufgabe 2 mit einer klar formulierten ***Überleitung****, die benennt, um welches Thema bzw. welchen Sachverhalt es geht. Machen Sie auch den* ***Übergang zur Stellungnahme*** *entsprechend deutlich.*
Für die ***Strukturierung Ihres Gedankengangs*** *ist es wichtig, dass Ihnen frühzeitig klar ist, welche Position Sie vertreten wollen. Danach sollte sich auch die* ***Abfolge Ihrer Argumente*** *richten. Machen Sie dem Leser durch passende* ***sprachliche Wendungen*** *(z. B. „Im Unterschied dazu", „Außerdem", „Man muss aber auch bedenken" usw.) klar, welchen Argumentationsschritt Sie gerade vornehmen.*
Schließen Sie Ihren Aufsatz mit einer möglichst genauen ***Formulierung Ihrer Position*** *ab.*

Was gibt es bei dieser Aufgabe sonst noch zu beachten?
Bleiben Sie strikt beim ***Thema der Aufgabenstellung****, schweifen Sie nicht in andere – vielleicht benachbarte – Fragestellungen ab. Prüfen Sie, ob Sie wirklich* ***Vor- und Nachteile*** *bedacht haben und ob Ihre eigene Position hinreichend begründet ist.*

Lösungsvorschlag

Aufgabenbezogene Überleitung

Heinrich Heine bezeichnete einmal den christlichen Taufschein als „Entreebillet", das Juden den Zugang „zur europäischen Kultur" gewähre. Man darf Ruges Bemerkung, Englisch sei mittlerweile „eine Eintrittskarte in die Gesellschaft" (Z. 120 f.), als Anspielung auf dieses Bonmot sehen. Was genau ist aber damit gemeint?

Hauptteil

Erläuterung der Textaussage

Berufserfolg

Ansehen

Aufstieg

Mit seiner Formulierung macht Ruge deutlich, dass das Englische zu einer Bedingung für **gesellschaftliche Teilhabe** geworden ist. Es ist für ihn **Inbegriff für eine höhere Bildung und Ausbildung**. Gute Beherrschung der englischen Sprache als Teil qualifizierter Schul- und Studienabschlüsse ist eine wichtige **Voraussetzung für das Erreichen von Führungspositionen**, z. B. in Wirtschaft, Forschung, Gesundheitswesen oder öffentlicher Verwaltung. Diese bieten neben entsprechendem **Ansehen auch finanzielle Sicherheit** und Spielräume für die Realisierung anspruchsvollerer Lebensmöglichkeiten (Wohnen, Freizeit, Reisen). Sprachkenntnisse ermöglichen so mittelbar den **Aufstieg in angesehene bürgerliche Schichten** unserer Gesellschaft und die Teilhabe an entsprechenden sozialen oder kulturellen Gruppen. Zu den Rotariern oder Lions kommt man „mit Englisch" eben eher als mit nicht abgeschlossener Schul- oder Berufsausbildung.

Abwägende Stellungnahme

Begriffsklärung

Was nun die Frage betrifft, ob **Migranten und Migrantinnen** in Deutschland nicht besser sofort **Englisch statt Deutsch** lernen sollten, muss man zunächst klären, was denn mit dem Ausdruck „in Deutschland lebende Migrantinnen und Migranten" gemeint ist.

Unter Migranten versteht man Menschen, die ihren Lebensmittelpunkt dauerhaft in neue Gebiete bzw. andere Länder verlegt haben. **Personen mit „Migrationshintergrund"**, die nicht selbst migriert sind, sondern die in zweiter oder dritter Generation in Deutschland leben, zähle ich hier nicht dazu – zumal sie ja in der Regel schon Deutsch können.

Englisch als erste zu lernende Sprache

Zudem muss man differenzieren, um was für Migranten oder Migrantinnen es sich handelt: Wenn z. B. **Spezialisten aus dem Ausland** für die IT-Branche oder spezielle Forschungsprojekte angeworben werden oder gut ausgebildete Flüchtlinge nach Deutschland kommen, bringen sie die erforderliche Sprachkompetenz im Englischen häufig schon mit. Nun könnte man mit den von Ruge zitierten Politikern sagen, das sollte doch ein Grund sein, andere Einwanderergruppen im Erwerb der englischen Sprache zu fördern. Schließlich sei sie aufgrund einfacherer Strukturen leichter zu lernen und erhöhe die **Chancen auf einen guten Arbeitsplatz** in unserer von **Automatisierung und Globalisierung** bestimmten Wirtschaft. In Einzelfällen mag das auch so sein. Meist jedoch dürfte es Migranten und Migrantinnen, die noch keine Ausbildung haben oder noch keine Spezialisten sind, wenig bringen, als Erstes Englisch zu lernen. Denn diese Sprache ist vor allem in **Berufen** mit **akademischem Hintergrund** oder mit einem **hohen Grad an Spezialisierung** wichtig, beispielsweise in einem international agierenden Unternehmen.

Deutsch als erste zu lernende Sprache

Soziale Berufe

Im **Krankenhaus oder Pflegeheim** dagegen, wo es auch um die Betreuung von Patienten geht, hat, wie mir scheint, das Sprechen oder Erlernen der englischen Sprache wenig Sinn – im Gegenteil: Migranten, die in diesem Bereich arbeiten sollen/wollen, müssen in der Lage sein, sprachlich angemessen auf die **Bedürfnisse der Patienten** einzugehen. Das nötige **Vertrauensverhältnis** ist ohne **gemeinsame Sprache** kaum denkbar. Und überhaupt: Was hilft Migranten und Migrantinnen Englisch beim Ankommen in einem fremden Land, beim Ausländeramt, bei Hilfsorganisationen, beim Vermieter, in Kindergarten oder Schule? Sie sollen doch **nicht nur Arbeitnehmer**, sondern auch **Mitbürger** werden. Für eine **gelingende Integration** braucht es in erster Linie Deutschkenntnisse, um sich im Wohnumfeld, in Stadt oder Gemeinde, Schule, Beruf oder Verein zurechtzufinden und heimisch zu fühlen. Und auch wenn es z. B. in Großstädten gelingen mag, sich auch nur auf Englisch zu verständigen, so ist doch davon auszugehen, dass die Landessprache ein **höheres Maß an Vertrautheit** zwischen den Menschen schafft. Dabei spielt übrigens auch die **ästhetische Ebene der Sprache** eine Rolle: Wenn Sprecher der Landessprache das, was sie sagen wollen, ins Englische übersetzen, kann zum einen wegen der Unübersetzbarkeit beispielsweise von **Bildern, Metaphern oder Wortspielen** immer etwas vom Gemeinten verloren gehen. Zum anderen wird

Notwendigkeit für Integration

dadurch der **spontane Austausch** gefährdet, der ja für eine unverkrampfte Kommunikation durchaus relevant ist.
Gelingt auf diesem Weg die Integration, so kann dies durchaus die Basis für eine persönliche Weiterentwicklung sein, zu der auch das Lernen der englischen Sprache als „Lingua franca" gehört, die dann wiederum die Möglichkeiten des **Fortkommens in der Gesellschaft** erweitert.
Man könnte jetzt einwenden, dass das Englische ja auch im alltäglichen Leben immer mehr Einzug erhält, zum Beispiel über Anglizismen oder bei Ansagen auf dem Bahnhof. Aber es hat hier gewiss noch nicht die Bedeutung für die **alltägliche Verständigung**, wie sie die deutsche Sprache hat. Und für die Integration hat meines Erachtens die alltägliche Verständigung einen sehr **viel größeren Stellenwert** als die nur selten nötige Verständigung auf Englisch im Berufskontext.

Notwendigkeit für kulturelle Teilhabe

Auch wenn Migranten und Migrantinnen an Traditionen ihres Herkunftslandes festhalten wollen, brauchen sie Deutsch, um die **politische Ordnung, die Geschichte und Kultur ihrer neuen Heimat** kennenzulernen. Deutsch zu sprechen oder sprechen zu können ist ein „Zeichen von Zugehörigkeit" (Z. 73) und **gesellschaftlicher wie kultureller Teilhabe**. Sprachkompetenz ist eine Grundvoraussetzung, z. B. für den Zugang zur Literatur, dem Medium, in dem sich **kulturelle Identität** in besonderer Weise artikuliert.

Schluss

Zusammenfassung und klare Positionierung

Vor dem Hintergrund all dieser Überlegungen betrachte ich die Forderung, dass Migrantinnen und Migranten besser Englisch statt Deutsch lernen sollten, als **problematisch**. Meiner Meinung nach kommt es darauf an, dass sie über die deutsche Sprache erst einmal **Zugang zu Land und Kultur** erhalten. Sollte im beruflichen Kontext nach gelungener Integration das Erlernen des Englischen noch nötig werden, um weiterzukommen, kann das schließlich nachgeholt werden.

Leistungskurs Deutsch (Nordrhein-Westfalen): Abiturprüfung 2019
Vergleichende Analyse literarischer Texte

Aufgaben Punkte

1. Analysieren Sie Alfred Lichtensteins Gedicht „Nebel“ und deuten Sie es vor dem Hintergrund Ihrer Kenntnisse des Expressionismus. 36

2. Analysieren Sie Johann Wolfgang von Goethes Gedicht „An den Mond“. Vergleichen Sie anschließend Lichtensteins und Goethes Gedicht im Hinblick auf die Gestaltung des Verhältnisses von Ich und Welt. 36

Alfred Lichtenstein (1889–1914)
Nebel (1913)

Ein Nebel hat die Welt so weich zerstört.
Blutlose Bäume lösen sich in Rauch.
Und Schatten schweben, wo man Schreie hört.
Brennende Biester schwinden hin wie Hauch.

Gefangne Fliegen sind die Gaslaternen.
Und jede flackert, daß sie noch entrinne.
Doch seitlich lauert glimmend hoch in Fernen
Der giftge Mond, die fette Nebelspinne.

Wir aber, die, verrucht, zum Tode taugen,
Zerschreiten knirschend diese wüste Pracht.
Und stechen stumm die weißen Elendsaugen
Wie Spieße in die aufgeschwollne Nacht.

Quelle: Alfred Lichtenstein: Nebel. In: Ders.: Dichtungen, hrsg. von Klaus Kanzog und Hartmut Vollmer. Zürich: Arche 1989, S. 64.

Johann Wolfgang von Goethe (1749–1832)
An den Mond (spätere Fassung; veröffentlicht 1789)

Füllest wieder Busch und Tal
Still mit Nebelglanz,
Lösest endlich auch einmal
Meine Seele ganz;

Breitest über mein Gefild[1]
Lindernd deinen Blick,
Wie des Freundes Auge mild
Über mein Geschick.

Jeden Nachklang fühlt mein Herz
Froh- und trüber Zeit,
Wandle zwischen Freud' und Schmerz
In der Einsamkeit.

Fließe, fließe, lieber Fluß!
Nimmer werd' ich froh,
So verrauschte Scherz und Kuß,
Und die Treue so.

Ich besaß es doch einmal,
Was so köstlich ist!
Daß man doch zu seiner Qual
Nimmer es vergißt!

Rausche, Fluß, das Tal entlang,
Ohne Rast und Ruh,
Rausche, flüstre meinem Sang
Melodien zu,

Wenn du in der Winternacht
Wütend überschwillst,
Oder um die Frühlingspracht
Junger Knospen quillst.

Selig, wer sich vor der Welt
Ohne Haß verschließt,
Einen Freund am Busen hält
Und mit dem genießt,

Was, von Menschen nicht gewußt
Oder nicht bedacht,
Durch das Labyrinth der Brust
Wandelt in der Nacht.

Quelle: Johann Wolfgang von Goethe: An den Mond (2. Fassung 1789).

Anmerkungen:
1 *Gefild:* Felder; Landschaft

Teilaufgabe 1

Hinweise und Tipps

Welche Aufgabenart liegt vor und wie sind die Teilaufgaben gewichtet?
Diese Aufgabe entspricht der ***Aufgabenart I b: Vergleichende Analyse literarischer Texte****. Für beide Teilaufgaben können Sie gleich viele Punkte erhalten: jeweils maximal 36.*

Was verlangt die Aufgabenstellung von mir?
Der Operator „analysieren" in Teilaufgabe 1 verlangt eine umfassende Untersuchung und Deutung des Gedichts. Dazu gehört neben der Erfassung des ***Inhalts*** *eine Analyse des* ***Aufbaus*** *sowie der* ***formalen und sprachlichen Gestaltung****. Die Aufgabenstellung ordnet das Gedicht der Epoche des Expressionismus zu. Von Ihnen wird erwartet, dass Sie das Gedicht vor dem Hintergrund der im Unterricht erworbenen* ***Kenntnisse über die Epoche*** *deuten. Diese Epoche war im Abitur 2019 eines der Schwerpunktthemen.*

Wie gehe ich bei der Bearbeitung der Aufgabe sinnvollerweise vor?
Beginnen Sie die Bearbeitung mit der ***mehrfachen Lektüre*** *des Gedichts, bei der Sie nach und nach den* ***Inhalt bzw. das Thema*** *der einzelnen Strophen erarbeiten. Dabei reicht es zunächst, zu erkennen, dass sich in der 1. Strophe die* ***Umwelt*** *im Nebel* ***aufzulösen*** *scheint, in der 2. Strophe* ***Laternen und der Mond*** *in den Blick rücken und in der 3. Strophe* ***Menschen*** *in die Szenerie treten. Versuchen Sie danach, aus den einzelnen metaphorischen Ausdrücken größere* ***Bilder/Themen*** *abzuleiten. So zeigt die 1. Strophe einzelne nicht klar zu definierende* ***Wahrnehmungsphänomene****, die aber allesamt auf den die Welt verschleiernden Nebel hindeuten; die 2. Strophe ist von einer Bildlichkeit gekennzeichnet, die eine Atmosphäre der Bedrohung aufbaut; in Strophe 3 deutet sich an, dass das „****Wir****" sich der* ***feindlichen Umgebung entgegenstellen*** *will. Notieren Sie außerdem wichtige Beobachtungen zu* ***Aufbau****,* ***Reim****,* ***Metrum*** *und* ***weiteren stilistischen Auffälligkeiten****.*

Wie kann ich meinen Aufsatz strukturieren?
Formulieren Sie eine ***Einleitung*** *mit den* ***zentralen Angaben*** *zum Text (Autor, Titel, Textsorte etc.). Möglich ist hier auch die Zuordnung des Gedichts zu einem* ***Thema****. Da das Gedicht eine komplexe Metaphernsprache aufweist, ist es sinnvoll, im* ***Hauptteil*** *zunächst eine kurze, aber möglichst unumstrittene Beschreibung des* ***Inhalts*** *zu erarbeiten. Die Formsprache kann vor oder nach der Inhaltserfassung thematisiert werden. Es folgt die* ***genaue Untersuchung*** *der einzelnen Verse – wobei Sie der metaphorischen Sprache besonders große Aufmerksamkeit zukommen lassen sollten.*
Zu guter Letzt sollten Sie Ihre ***Ergebnisse*** *vor dem Hintergrund Ihres* ***Wissens zum Expressionismus deuten****.*

Was gibt es bei dieser Aufgabe sonst noch zu beachten?
Lassen Sie sich bei der Untersuchung nicht dadurch irritieren, dass ***viele Bilder*** *des Gedichts* ***mehrdeutig*** *sind und an vielen Stellen die* ***Fantasie des Lesers*** *gefragt ist. Haben Sie keine Scheu, verschiedene Deutungsmöglichkeiten anzuführen. Achten Sie auch darauf, dass im Text* ***mehrere Sinnesbereiche*** *angesprochen werden.*

Lösungsvorschlag

Das von Alfred Lichtenstein 1913 verfasste expressionistische Gedicht „Nebel" drückt auf der Grundlage **bedrohlicher Wahrnehmungen** im Zusammenhang mit nächtlichen **Nebelerscheinungen zeittypische Vorstellungen** aus.

Einleitung
Rahmendaten
Thema

Es besteht aus drei Strophen mit je vier Versen. Die 1. Strophe stellt dar, wie ein aufkommender **Nebel** die Konturen, Kanten und Formen der Umgebung **auflöst** – und zwar so weit, dass eine verlässliche Wahrnehmung nicht mehr möglich ist. In Strophe 2 rücken **Lichtquellen** in den Fokus, zum einen flackernde Gaslaternen und zum anderen ein gefährlich wirkender Mond. Die 3. Strophe zeigt ein **lyrisches Wir**, das sich aggressiv durch eine feindliche und doch faszinierende Welt bewegt und etwas von der durch den Nebel eingehüllten Welt zu erkennen versucht.

Hauptteil
Aufbau und Inhalt
Strophe 1
Strophe 2
Strophe 3

Im Gegensatz zu der eher modern wirkenden Bildsprache hat Lichtenstein dem Gedicht eine **strenge konventionelle Form** gegeben: Durchgängig wird der Kreuzreim verwendet, dabei haben die Verse in der 1. Strophe männliche, in der 2. Strophe weibliche und in der 3. Strophe abwechselnd **weibliche und männliche Kadenzen**. Das dominierende Versmaß ist der **fünfhebige Jambus**. Allerdings beginnen die Verse 2, 4 und 9 mit einem **Daktylus**. Die Einhaltung des Metrums wird durch Elisionen (vgl. V. 5, 8, 12) unterstützt. Bis zur Mitte des Gedichts endet jeder Vers mit einem Punkt; es folgt also dem **Zeilenstil**, der die fragmentarische Reihung einzelner Sinneseindrücke unterstreicht. In der zweiten Gedichthälfte umfasst eine Aussage immer zwei Verse, sodass es zu **Enjambements** kommt.

Form

Der Beginn des Gedichts macht gleich deutlich, dass dem Leser keine harmonische Landschafts- und Stimmungsbeschreibung präsentiert werden wird, wie er sie aufgrund des Titels vielleicht erwartet hat. Vers 1 führt den Nebel als eine **destruktive Kraft** ein. Dabei sorgt das Adjektiv „weich" (V. 1) für einen dissonanten Eindruck, da es in deutlichem Gegensatz zum Prädikat „zerstört" (V. 1) steht. Angesprochen ist damit zunächst die gut nachvollziehbare Erfahrung eines die Wahrnehmung beeinträchtigenden Wetterphänomens. In der Verallgemeinerung „Welt" (V. 1) könnte sich ein **umfassenderer Wahrnehmungs- und Orientierungsverlust** andeuten.

Detailuntersuchung
1. Strophe: Nebel als zerstörerische Kraft

Die weiteren Verse der Strophe fächern die in Vers 1 beschriebene **allgemeine Wahrnehmung** in **Einzeleindrücke** auf, die allerdings selbst schon nicht mehr konkret fassbar sind. Im 2. Vers, mit einer metrischen Abweichung beginnend, wird der Prozess der „weichen Zerstörung" im Bild von Bäumen, die sich in „Rauch" (V. 2) auflösen, veranschaulicht. Das Wort „Rauch", mit dem der Leser ein Feuer assoziiert, unterstreicht zum einen das Zerstörerische des Nebels, bildet aber zugleich einen Kontrast zu der mit dem Nebel

Nicht konkret fassbare Einzeleindrücke

verbundenen Kälte. Wie genau das Adjektivattribut „Blutlose“ (V. 2) zu deuten ist, bleibt etwas rätselhaft – in jedem Fall unterstreicht es aber die **lebensfeindliche Atmosphäre** in diesem Gedicht.

Die schwebenden „Schatten“ (V. 3) knüpfen an die bisherige **Farbgebung** an: Das Schwarz des Schattens verdunkelt das Weiß-Grau des Rauchs und des Nebels der vorhergehenden Verse. Bezeichnend ist, dass weder der Gegenstand noch die Lichtquelle, die den Schatten erzeugen, fassbar sind. Allein der Ort, an dem sie auftauchen, wird näher spezifiziert, bleibt aber auch insofern **unkonkret**, als hier auf einen akustischen Eindruck zurückgegriffen wird: „wo man Schreie hört“ (V. 3). Schmerz, Gefahr, Angst, Gefangenschaft – das Gedicht ist hier offen für viele Assoziationen, die aber allesamt ins Bedrohliche und Grauenerregende tendieren.

Vers 4 beginnt mit dem gleichen metrischen Bruch wie Vers 2, wodurch die Eindrücke miteinander parallelisiert werden. Nicht weiter definierte „Biester“ brennen und lösen sich dann vollständig auf. Worum es sich genauer handelt, bleibt unklar – die Wortwahl trägt aber zu einer **bedrohlichen**, **verstörenden Stimmung** bei.

In Strophe 1 entsteht somit ein **Landschaftsbild**, das mit den optischen Zersetzungserscheinungen, den „Schreie[n]“ (Z. 3), den unklaren Bewegungen und den undefinierten „Biester[n]“ (V. 4) an die apokalyptische Bildwelt von Hieronymus Bosch erinnert.

2. Strophe: Bedrohliche Atmosphäre

Strophe 2 entwickelt die atmosphärische Anlage der Strophe 1 weiter, indem sie zum einen die **Lichtverhältnisse** in den Blick rückt und zum anderen wiederum eine **Szenerie der Bedrohung** entwirft. Dabei werden die „Gaslaternen“ (V. 5) **animalisiert:** Sie behalten zwar das ihnen eigene Flackern, aber sie kämpfen als „[g]efangne Fliegen“ (V. 5) den Kampf ums Entrinnen (vgl. V. 6). Die dadurch erzeugte bedrohliche Stimmung wird durch eine zweite Animalisierung noch unterstrichen: Der Mond – durch das Attribut „giftge“ (V. 8) ohnehin schon als **lebensfeindlich** charakterisiert – wird zur „fette[n] Nebelspinne“ (V. 8), wobei das Adjektiv „fette“ (V. 8) ihre Gefräßigkeit und der Umstand, dass der Mond „lauert“ (V. 7), also auf Angriff eingestellt ist, seine **Gefährlichkeit** betonen. Sollte der „Fliegenlaterne“ aus den ersten beiden Versen tatsächlich eine Befreiung gelingen, so wartet auf sie nur die **endgültige Vernichtung** durch die gefräßige „Nebelspinne“ (V. 8).

3. Strophe: „Wir“ vs. Auflösung

War die Sprechsituation bis hierher nicht genauer bestimmt, so taucht nun in Strophe 3 zum ersten Mal im „Wir“ (V. 9) ein **lyrischer Sprecher** auf. Dieses Wir wird mit den Eigenschaften „sterblich“ und „lasterhaft“ („verrucht“, V. 9) versehen, wobei die auffällige alliterative Formulierung „zum Tode taugend“ (V. 9) fast eine Lust aufs Sterben andeutet. Insbesondere das neologistische Bewegungsverb „Zerschreiten“ (V. 10) signalisiert dabei – gerade auch in Kombination mit dem Partizip „knirschend“ (V. 10) – ein **aggressives**

Aufbegehren gegen den Auflösungsprozess. Durch die Inversion der Konjunktion „aber" (V. 9) nach dem „Wir" in Satzanfangsstellung und durch das Einsetzen der Strophe mit einer metrischen Betonung wird noch hervorgehoben, dass das Wir nicht verzweifelt oder nach Hilfe sucht, sondern sich trotzig und **kämpferisch** der Auflösung entgegenstellt. Die antithetische Fügung „wüste Pracht" (V. 10) zeugt allerdings davon, dass die schwindende Welt auf das lyrische Ich auch Faszination ausübt. Eine Kommunikation innerhalb des „Wir" findet allerdings nicht statt – man ist „stumm" (V. 11).
Die kämpferische **Aggressivität** des Wir unterstreicht die Metapher „stechen" (V. 11) und der Vergleich der Augen mit „Spieße[n]" (V. 12). Der Leser bekommt den Eindruck, dass die Menschen sich nicht der **„Vernebelung" der Welt** fügen wollen, sondern sich ihr **entgegenstellen**. Wenig zuversichtlich wirkt dabei allerdings der Neologismus „Elendsaugen" (V. 11), mit dem einerseits die eingeschränkte optische Wahrnehmungsfähigkeit, aber andererseits auch das Elend der wahrgenommenen Welt angedeutet sein könnte.

Lautgestaltung im Gedicht

Der **intensive Sprechgestus**, der sich unter anderem in der dichten und drastischen (Bild-)Sprache zeigt, wird im Gedicht dabei immer wieder auf klanglicher Ebene durch Alliterationen und Lauthäufungen (z. B. b-Laut in V. 2, 4; f-Laut in Strophe 2; sch-Laut in V. 10 ff.) verstärkt.

Reflektierte Schlussfolgerung

Zusammenfassende Deutung im literaturgeschichtlichen Kontext

Ein autonomes lyrisches Ich tritt in der Welt dieses Gedichtes „Nebel" von Alfred Lichtenstein nicht auf: In einer vernebelten Welt (s. Titel) bzw. in einer „aufgeschwollne[n] Nacht" (V. 12) scheint mit der **Wahrnehmbarkeit eines klar abgrenzbaren Außen** auch das **wahrnehmende Subjekt** und **jede Kommunikation bedroht**. Doch das nicht näher definierte Wir, das stumm und aggressiv in der schaurigen Nacht fortschreitet, zeigt sich als eine Gegenkraft, die sich gegen die als feindlich erfahrene Natur stellt. Darin mag zwar leise das für den Expressionismus typische „O-Mensch-Pathos" anklingen, doch der Umstand, dass das Wir „zum Tode taug[t]" (V. 9), stimmt wenig optimistisch.
Lichtensteins Gedicht „Nebel" greift dabei, wie viele expressionistische Gedichte, auf eine relativ **starre Formgebung** zurück, um einerseits **überhaupt noch zu kommunizierbaren Äußerungen zu gelangen**; andererseits wird für den Leser im Kontrast zur Form das thematisierte **Chaotisch-Zerstörerische** der beschriebenen „Welt" umso deutlicher spürbar.
Blickt man noch stärker vom Epochenkontext aus auf das Gedicht, dann darf man in dem bedrohlichen Ineinander von zersplitterten und verschwimmenden Landschafts- und Stadtwahrnehmungen nicht nur die **Erfahrungen einer neuen, das Individuum verunsichernden Zeit**, sondern auch das **Fehlen einer metaphysischen Orientierung** widergespiegelt sehen.

Teilaufgabe 2

Hinweise und Tipps

Was verlangt die Aufgabenstellung von mir?
Die Aufgabenstellung verlangt zuerst wiederum eine ***umfassende Analyse****, diesmal eines Naturgedichts von Johann Wolfgang von Goethe – allerdings ohne explizite Berücksichtigung des literaturgeschichtlichen Kontextes. Dafür sind im Anschluss die beiden* ***Texte unter dem Aspekt zu vergleichen****, wie die Autoren das Verhältnis von „Ich und Welt" jeweils gestaltet haben. Beachten Sie, dass das Verb „gestalten" nicht nur die Thematik, sondern auch deren künstlerische Umsetzung (z. B. Symbolik) meint.*

Wie gehe ich bei der Bearbeitung der Aufgabe sinnvollerweise vor?
Erarbeiten Sie sich zunächst das ***Gedicht*** *mit Markierungen, Randkommentaren und gegebenenfalls einem Stichwortzettel. Versuchen Sie, die strophenübergreifende* ***gedankliche Entwicklung*** *im Goethe-Gedicht zu erfassen und mit Blick auf den Inhalt (z. B. harmonische Nachtlandschaft, gescheiterte Liebe) oder die Sprachfunktion (Beschreibung, Klage, Aufforderung) zu benennen. Denken Sie auch daran, zu klären, wie der* ***Vergleichsaspekt*** *„Ich und Welt" zu verstehen ist, und berücksichtigen Sie dies bereits bei der Erarbeitung des Gedichts. Den Vergleich bereiten Sie am besten mit einer* ***Tabelle*** *vor, in der Sie zu einzelnen Aspekten vermerken, wie diese jeweils in den Gedichten ausgestaltet sind, oder Sie notieren nacheinander Gemeinsamkeiten und Unterschiede.*

Wie kann ich meinen Aufsatz strukturieren?
Markieren Sie den Beginn von Teilaufgabe 2 mit einer klar formulierten ***Überleitung****. Dabei können Sie neben den formalen Angaben auch schon auffällige Bezüge (Ähnlichkeiten wie Unterschiede) zwischen den beiden Gedichten ansprechen. Nach der Analyse machen Sie auch den* ***Übergang zum Vergleich*** *entsprechend deutlich. Hier handeln Sie dann* ***Gemeinsamkeiten und Unterschiede*** *der beiden Gedichte so ab, dass Sie entweder jeden Text in Bezug auf den vorgegebenen Vergleichsaspekt zusammenfassend charakterisieren oder aber einzelne Aspekte jeweils einander gegenüberstellen. Schließen Sie den Vergleich möglichst mit einer* ***reflektierten Schlussfolgerung*** *(zur Aussage, zur ästhetischen Erscheinung und Wertung oder zum historischen Kontext o. Ä.) zu den beiden Gedichten ab.*
Die anschließende Beispiellösung folgt bei der Gedichtanalyse der Textgliederung und bezieht dabei beschreibende und deutende Aussagen stets aufeinander.

Was gibt es bei dieser Aufgabe sonst noch zu beachten?
Konzentrieren Sie sich beim Vergleich strikt auf den ***vorgegebenen Vergleichsaspekt****. Belegen Sie Ihre Aussagen zusammenfassend und im Rückgriff auf Ihre Analyseergebnisse. Vermeiden Sie unnötige Wiederholungen und Aussagen zu anderweitigen Unterschieden oder Ähnlichkeiten.*

Lösungsvorschlag

Das Gedicht „An den Mond“ von Johann Wolfgang von Goethe, das hier in der späteren, 1789 veröffentlichten Fassung vorliegt, steht in deutlichem Kontrast zur Lyrik Lichtensteins. Während bei dem expressionistischen Gedicht der Eindruck von **Bedrohung und Zerstörung** vorherrscht, entwirft Goethe das Bild einer vielfältigen, aber **harmonischen Natur**, die dem **Menschen als Freund** gegenübertritt. Das deutet sich schon in der **Sprachgeste des Titels** („An […]“) an, die das Gedicht wie eine vertrauliche Botschaft oder Widmung erscheinen lässt.

Aufgabenbezogene Überleitung mit Blick auf erste wesentliche Unterschiede und den Titel

Goethe exponiert die **Hauptaussage** bereits in den einleitenden beiden Strophen, in denen das lyrische Ich in einem fortlaufenden Satz den Mond vertrauensvoll wie einen Freund (vgl. V. 7) anspricht, auch wenn den Verbformen das Personalpronomen „du“ fehlt. Die **Naturszenerie**, der aufkommende Nebel bei Mondenschein, bewirkt beim lyrischen Ich eine gelöste „Seele“ (V. 4), führt also zu einer Entspannung und inneren Entlastung des Ichs. Auch in der 2. Strophe zeigt sich deutlich die **innige Verbundenheit** von Natur und Ich. Der aus der Naturbeschreibung entlehnte Begriff „Gefild“ (V. 5) gibt das seelische **Innenleben als Landschaft** zu erkennen, wobei die ruhige Atmosphäre beibehalten wird (vgl. „Still“, V. 2; „mild“, V. 7). Gleichzeitig wird die Natur in dem Vergleich „Wie des Freundes Auge“ (V. 7) vermenschlicht. Der Mond, der hier wohl stellvertretend für die gesamte Natur steht, hat einen heilsamen, **lindernden Einfluss auf das Gefühlsleben** des Sprechers.

Hauptteil

Gedichtanalyse

1. Abschnitt:

Beginn des Gedichts – Hauptaussage: Verbundenheit von Natur und Ich

Untersuchung der Sprachgestaltung: Wortwahl und …

… Bildsprache

Bei der weiteren Ausgestaltung der Thematik greift Goethe konsequent auf die bisher genutzten **Formelemente** zurück: Es bleibt beim **Kreuzreim** und der regelmäßigen **Abfolge vierhebiger und dreihebiger Trochäen**, die zusammen mit den durchgehend stumpfen Kadenzen für eine **nachdrückliche Sprechweise** sorgen.

Formale Gestaltung und Sprechweise

Die folgenden Abschnitte des Gedichts setzen jeweils Schwerpunkte im Hinblick auf die Natur- bzw. Selbstwahrnehmung: Der zweite Abschnitt (Strophe 3) konturiert die gegenwärtige Situation als Moment der **Erinnerung** an vergangene Zeiten. Der dritte Abschnitt (Strophe 4–5) beschreibt, wie **flüchtig** das erlebte Glück gewesen ist, während der vierte Abschnitt (Strophe 6–7) die **künstlerische Inspiration** durch die Natur fokussiert. Der Schlussabschnitt (Strophe 8–9) zeigt dann verallgemeinernd, wie der Mensch in bewusst gewählter Abgeschiedenheit **zu sich kommen** kann.

Aufbau

Die 3. Strophe erläutert den gegenwärtigen Moment in der Natur als eine **Situation**, in der tiefe, von früheren Erfahrungen herrührende Gefühle aufsteigen. Dabei stellen die beiden mit der Kopula „und“ versehenen Fügungen „Freud' und Schmerz“ (V. 11) sowie „Froh- und trüber Zeit“ (V. 10) prägnant heraus, dass es **nicht nur negative**,

2. Abschnitt: Erinnerungssituation

leidvolle Erfahrungen gewesen sind. Die „Einsamkeit“ (V. 12) erscheint dabei als eine Voraussetzung für die Innenschau. Dieser Begriff benennt sowohl eine örtliche Besonderheit als auch ein inneres Gefühl, wobei anstelle von „Seele“ (V. 4) jetzt das Schlüsselwort „Herz“ (V. 9) das Gefühlszentrum der Person bezeichnet.

3. Abschnitt: Klage über die Vergänglichkeit

Die beiden folgenden Strophen konkretisieren die Situation dann unter Gebrauch des Präteritums als **Gefühlsrückblick** auf eine **enttäuschte, gescheiterte Liebesbeziehung**. Das wird mit dem Verlust von „Scherz und Kuß“ (V. 15) und der „Treue“ (V. 16) umschrieben. Dabei gerät die Erinnerung an Vergangenes zur „Qual“ (V. 19) und die beiden Strophen werden damit zur Klage über das **andauernde Verlustgefühl**, das kaum Hoffnung auf Besserung lässt (vgl. V. 14). Das Fließen des Flusses darf man hier als Sinnbild der Vergänglichkeit deuten – und die Aufforderung an den angesprochenen Fluss als Zeichen dafür, dass das resignierende Ich sein **Leidgefühl** gar nicht aktiv überwinden will.

4. Abschnitt: Inspiration durch die Natur

Die **parallel gebaute Anrede** des Flusses zu Beginn des Abschnittes 4 wirkt dagegen optimistischer. In der **Aufforderung an den Fluss**, „[o]hne Rast und Ruh“ (V. 22) zu rauschen, verbinden sich – im Gegensatz zur „verrauschten“ Liebe – Bewegung und Dauerhaftigkeit. Zugleich wird dem **Rauschen**, der akustischen Dimension des Fließens, das **Potenzial zur künstlerischen Inspiration** zugesprochen, wie die Personifizierung des Flusses, der dem lyrischen Ich Melodien zuflüstert (vgl. V. 23 f.), veranschaulicht. Darin darf der Leser auch die Möglichkeit **zur künstlerischen, ästhetischen Aufarbeitung** außen- wie innerweltlicher Erlebnisse aufscheinen sehen. Wie vielgestaltig der Fluss und damit auch die „Melodien“ sein können, verdeutlicht Strophe 7: Hier werden anhand von **harmonisierten Gegensatzpaaren** unterschiedliche Jahreszeiten (Winter/Frühling) sowie Bewegungsformen (überschwellen/quellen) in ihrer bedrohlichen (vgl. „Wütend“, V. 26) oder belebenden Wirkung (vgl. „Junger Knospen“, V. 28) nicht nur syntaktisch zu einer Einheit verbunden. Die Alliterationen in diesem Abschnitt (Strophe 6: r-Laut, Strophe 7: w-Laut) unterstreichen dabei sprachlich den **semantischen Bereich der Musik**, der hier im Fokus steht.

5. Abschnitt: Ideale Lebensweise

In den Schlussstrophen hebt der Sprecher die bisher skizzierte Entwicklung auf eine **verallgemeinernde, wertende Ebene** (vgl. „wer“, V. 29). Inhaltlich zeigen sie den anfänglichen Zustand der „Einsamkeit“ als überwunden an. Denn in rhetorischer Betonung durch **Satzumstellung und -verkürzung** wird hier jeder als „[s]elig“ (V. 29) gepriesen, dem es gelingt, sich bewusst von der „Welt“, dem Treiben der Gesellschaft, zu entfernen und sich auf eine innige Beziehung zu einer anderen Person, wie es die **Freundschaft** ist, zu beschränken.

Verweis auf die Offenheit des lyrischen Textes

Nicht ganz klar ist hier, ob nur allein die Natur als Freund zu verstehen ist oder ob das Naturerlebnis auch die Fähigkeit zu sozialen

Bindungen fördert. Die Fügung „Einen Freund am Busen hält" (V. 31) spricht aber eher für die zweite Auslegung. Die Freunde vereint dabei eine Erfahrung, die sie den anderen Menschen voraushaben (vgl. V. 33 f.) und die möglicherweise nur seelisch erlebt, nicht aber „gewußt" (V. 33) oder „bedacht" (V. 34) werden kann. Das **abschließende Bild** vom „Labyrinth der Brust" (V. 35) deutet dabei auf das Geheimnisvolle und das rational nicht Durchdringbare des Gefühlslebens hin.

Zusammenfassende Deutung

Goethes Gedicht gestaltet also die innige, **harmonische Beziehung von Mensch und Natur**, die im **Bild der Freundschaft** ihren zentralen Ausdruck findet. Die Natur in ihrer Vielgestaltigkeit fungiert nicht nur als Spiegel der Seele, sie ist darüber hinaus das Medium, das dem Menschen hilft, sein soziales und kreatives Potenzial zu entfalten.

Vergleich

Begriffliche Klärung

Will man nun die Gedichte von Lichtenstein und Goethe hinsichtlich der Gestaltung des Verhältnisses von „Ich und Welt" vergleichen, muss man sich erst einmal klarmachen, was mit dem Begriff „Welt" gemeint ist. Zum einen meint er wohl die **Gesamtheit der umgebenden Natur**, zum anderen aber auch – wie in V. 29 des Goethe-Gedichts – die **gesellschaftliche, soziale Umwelt** des Menschen.

Gemeinsamkeit: Naturmotiv

Beide Gedichte gehen von einem **vergleichbaren lyrischen Motiv** aus, einer von Nebel und Mond dominierten nächtlichen Naturszenerie, die als eine Ausnahmesituation die Auseinandersetzung des jeweiligen Sprechers mit seiner Lage in der Welt provoziert.

Unterschied: Atmosphäre

Aber schon die jeweils heraufbeschworene **Atmosphäre** zeigt deutliche **Unterschiede**. Während sie bei Goethe **vertraulich und tröstend** wirkt, herrscht bei Lichtenstein der Eindruck von **Chaos und Bedrohung**, sodass sein Gedicht geradezu als **bewusste Zerstörung traditioneller Naturlyrik** verstanden werden kann.

Gemeinsamkeit: Natur als Spiegel der Seele

In beiden Gedichten kann man zwar die Naturbildlichkeit als **Spiegel für das Innenleben** deuten, doch darin, wie Natur und Innenleben ausgestaltet werden, unterscheiden sich die Gedichte beträchtlich – zumal es im expressionistischen Gedicht sowohl in Bezug auf den

Unterschiede: „Ich"-Verlust …

Inhalt als auch auf die Sprechweise **kaum noch ein eindeutig zu identifizierendes Ich** gibt. Nicht nur die **Konturen der Welt und der Wahrnehmung verschwimmen** im „Nebel", sondern es drohen sich generell die Grenzen zwischen Mensch, Naturelementen und Gegenständen der Außenwelt aufzulösen. So etwas wie Substanz oder Kohärenz hat der Mensch nur noch im **kollektiven „Wir"**. Das

… und Kampf des Wir mit der Natur bei Lichtenstein

allerdings will sich **kämpferisch und aggressiv** der Auflösung der Welt entgegenstellen, ohne dass wirklich Hoffnung besteht, dass man dem Untergang entgehen könnte.

Natur als Rückzugsort …

Von einer solchen Entgegenstellung von Mensch und Natur ist in Goethes Gedicht nichts zu spüren: Hier fungiert – ähnlich wie im

„Faust" – „Welt" im Sinne von **Natur als Rückzugsort** eines konkret auftretenden Sprechers vor den Ansprüchen und Konflikten der Gesellschaft. In der Beschränkung auf elementare Erlebnisqualitäten wie den vertrauten Austausch mit der Natur stabilisieren sich **Innenleben und Persönlichkeit**. Die Begegnung mit der Natur führt zu einer **Selbstvergewisserung des Menschen** unter Einschluss seiner sozialen Fähigkeiten – etwa zur Freundschaft – und seiner kreativästhetischen Möglichkeiten.

… und Stabilisierung des Ichs durch die Natur bei Goethe

Bei den **Gestaltungsprinzipien** zeigt sich zwar, dass beide Gedichte eine dichte Bildsprache besitzen. Doch wozu die rhetorischen Mittel genutzt werden, ist sehr unterschiedlich: Abgesehen von der traditionellen Form dienen bei Lichtenstein alle semantischen und rhetorischen Mittel, besonders die brüchige Metaphorik, der Verdeutlichung von **Entfremdung und Zerfall**. Bei Goethe veranschaulichen sie die Einheit in der Vielfalt, die **Durchdringung von Außen- und Innenwelt** und spiegeln damit den Glauben an eine **Ich und Welt umgreifende Harmonie**. Dagegen gestaltet Lichtenstein ein gutes Jahrhundert später den **Verlust von Einheit und Ordnung**, die nicht mehr zu behebenden **Risse im Verhältnis von Mensch und Welt**, die auf Ich- und Wirklichkeitsverlust verweisen. Das ist auch ein Reflex auf die mittlerweile eingetretenen historischen, gesellschaftlichen und mentalen Veränderungen.

Gemeinsamkeit der Gestaltung: dichte Bildsprache

Unterschiede: Ausdruck von Entfremdung bei Lichtenstein vs. Ausdruck von Vielfalt und Harmonie

Historischer Kontext

Mit Blick auf den Titel kann man Goethes Gedicht als dankbare **Antwort auf das Trostangebot der Natur**, als **ästhetische Widerspiegelung** einer in sich vollendeten Natur verstehen. Demgegenüber erscheint bei Lichtenstein die **ästhetische Gestalt als rein äußere Form**, die die Verwerfungen und Risse der Wirklichkeit kaum noch zu bändigen vermag.

Reflektierte Schlussfolgerung

Ästhetische Wirkung

Aufgaben Punkte

1. Analysieren Sie den Textauszug „Sprache. Macht. Denken" von Benjamin Mikfeld und Jan Turowski. 38

2. Stellen Sie die Grundannahmen der Theorie von Edward Sapir und Benjamin Lee Whorf zum Verhältnis von Sprache, Denken und Wirklichkeit dar. Setzen Sie den Ansatz von Sapir und Whorf in Beziehung zu Mikfelds und Turowskis Ausführungen zum Bereich der Politik. Beurteilen Sie vor diesem Hintergrund die Überzeugungskraft des Ansatzes von Mikfeld und Turowski zum politischen Sprachgebrauch. 34

Benjamin Mikfeld und Jan Turowski
Sprache. Macht. Denken (Textauszug)

Politische Macht artikuliert sich „sichtbar" in den politischen Funktionen der Exekutive und der Legislative, die (zumindest in Demokratien) auf Zeit vergeben werden. Regierungschefs, Minister oder Parteien „kommen an die Macht", wie der Volksmund sagt. Zu den Machtakteuren würden viele wohl zu Recht ebenso Großkonzerne, wichtige Verbände oder die Medien zählen, auch wenn ihre Insignien der Macht eher verschwommen sind. All diese Akteure der Macht agieren jedoch nicht im politischen Vakuum. Es gibt zu jeder Zeit politische Forderungen und Ideen, die mehrheitlich als „richtig" und „angemessen" beurteilt werden, und andere, für die dies nicht gilt. Solche Regelsysteme, die hinter den sichtbaren Machtstrukturen und -mechanismen liegen, bezeichnen wir als Diskurse. Sie regeln, was in bestimmten Gruppen oder der breiten Öffentlichkeit als „sagbar" gilt und was nicht. Gerade in Krisensituationen können diese vormals starren Diskurse in Bewegung geraten und sich verschieben. So war nach der Reaktorkatastrophe in Fukushima auch in konservativen Kreisen ein strammes Bekenntnis zur Atomenergie kaum noch „sagbar". Vor der globalen Finanzkrise 2007 wiederum waren bestimmte Forderungen zur Begrenzung der Macht der Finanzmärkte nur in bestimmten politischen Kreisen „sagbar". Doch es dauerte nach Ausbruch der Krise nur wenige Monate, bis der bürgerliche Mainstream diese Forderungen (wenn auch nur halbherzig) übernahm.

Es gibt also auch „unsichtbare" Kräfte der Macht, die Einfluss auf unser politisches Denken und Handeln nehmen. Politisches Denken vermittelt sich zu allererst über Sprache, die wiederum unser politisches Bewusstsein prägt. Eine unserer zentralen Thesen lautet, dass Diskurse nicht erst in Krisenzeiten in Bewegung geraten, sondern sich in einem Fluss ständigen politischen Ringens um „Meinungsführerschaft" befinden. Wer politisch gestalten und Dinge verändern will, sollte sich daher nicht nur um parlamentarische Mehrheiten bemühen, sondern auch darum, auf der Ebene der Sprache, der Deutungen und Diskurse Einfluss zu gewinnen. […]

Die Sprache ist ein wichtiges Instrument der Politik. Sprache dient der Argumentation, der Verhandlung, der Konsensfindung, aber auch der Agitation und Manipulation. Über Sprache stellen wir politische Zustimmung und Zugehörigkeit ebenso wie Abgrenzung her. (Auch) über Sprache werden politische Allianzen geknüpft und Mehrheiten gebildet. Über Sprache entwickeln wir eine Vorstellung davon, was für uns „wahr" ist. „Wer die Sprache kontrolliert, hat somit Kontrolle über das gemeinschaftliche Wir", schrieb Benjamin Barber.[1] Von anderen Denkern der politischen Theorie kann man ähnliche Sätze finden. Ebenso findet man in der jüngeren Vergangenheit viele Beispiele des Machtge- und -missbrauchs von politischer Sprache:

– Aus dem Roman „1984" von George Orwell ist einer breiten Öffentlichkeit das „Neusprech" bekannt, eine vom diktatorischen Regime verordnete Sprache, die das Denken der Menschen verändern soll. Die jüngere Tradition der politischen Sprachkritik in Deutschland kennt Viktor Klemperers Lingua Tertii Imperii über die manipulative Sprache des Dritten Reiches oder das „Wörterbuch des Unmenschen" von Dolf Sternberger, Gerhard Storz und W. E. Süskind. […]
– In den 1990er Jahren war es vor allem die Debatte über das Asylrecht in Deutschland und die Häufung ausländerfeindlicher Gewalttaten, die einer diskursanalytisch orientierten Sprachkritik […] eine gewisse Aufmerksamkeit über die akademische Welt hinaus bescherte.
– Im letzten Jahrzehnt wiederum hat die Diskussion um die Neuorientierung in der Arbeitsmarkt- und Sozialpolitik, vor allem die „Agenda 2010" der rot-grünen Bundesregierung, die Sprachkritik auf den Plan gerufen. Kritisiert wurde eine betriebswirtschaftlich inspirierte „Hartzsprache"[2] oder auch die „Verluderung der öffentlichen Sprache"[3]. Dies spiegelte sich in der Entscheidung einer Jury wider, die alljährlich „Unwörter des Jahres" auswählt. Im Jahr 2002 fiel die Wahl auf die „Ich-AG", im Jahr 2004 war es das „Humankapital" und im Jahr 2005 die „Entlassungsproduktivität".

[…] Politische Sprache ist als *Soft Power*[4] zu verstehen. Sie prägt unsere Vorstellung von Wirklichkeit und hat daher „realitätskonstituierenden Charakter"[5]. Begriffe sind nicht „neutral", sondern vielfach Gegenstand sogenannter semantischer Kämpfe, in denen es darum geht, diese mit einem bestimmten Inhalt zu füllen oder Sachverhalte mit bestimmten Begriffen zu bezeichnen. Politische Sprache ist zudem nicht nur argumentativ, sondern sie beinhaltet immer auch normative und emotionale Elemente. Jede politische Denkrichtung oder Gruppe verfügt über ein spezifisches Arsenal an Begriffen, Topoi, Metaphern und Narrativen, die im Bemühen um Meinungsführerschaft und Deutungsmacht zum Einsatz kommen. Dabei geht es nicht immer um eine sachliche Beweisführung, sondern darum, Übereinstimmung zwischen Redner/in und Publikum herzustellen. Sprache ist somit Gegenstand sowohl politischer Deutungskämpfe wie auch politischer Taktik und Strategie: „Es geht um Deutungshoheit und Verwendungshoheit von Sprache. Denn Sprache ist ein Instrument zur Erlangung, Sicherung, Ausübung und Kontrolle von Macht".[6] […]

Quelle: Benjamin Mikfeld und Jan Turowski: Sprache. Macht. Denken – Eine Einführung, In: Sprache. Macht. Denken. Politische Diskurse verstehen und führen, hrsg. v. Denkwerk Demokratie, Campus Verlag, Frankfurt am Main 2014, S. 15–19.

Anmerkungen:
1 Barber: Starke Demokratie, S. 198.
2 Keil, Die Hartzsprache; Hachmeister, Die Kälte der Begriffe.
3 Negt, *Der politische Mensch,* S. 194.
4 Klein, Sprache und Macht, S. 7.
5 Girnth, *Sprache und Sprachverwendung in der Politik,* S. 5.
6 Girnth, Einstieg: Sprache und Politik.

Anmerkungen zu den Autoren und zum Herausgeber:
Jan Turowski ist Politikwissenschaftler und Benjamin Mikfeld Politiker (SPD). Das als Herausgeber fungierende „Denkwerk Demokratie" ist eine gemeinsame Gründung von SPD, Grünen und Gewerkschaftsvertretern.

Weitere Anmerkungen:

Fußnoten: Die sich auf die Zitate beziehenden Fußnoten wurden aus dem Originaltext übernommen. Die in der ursprünglichen Veröffentlichung am Ende des Textes angeführten Literaturangaben wurden nicht mit aufgenommen. Hinweise zu den zitierten Autoren: Benjamin Barber ist Politikwissenschaftler, Oskar Negt Sozialphilosoph. Heiko Girnth und Josef Klein sind Sprachwissenschaftler, Gert Keil und Lutz Hachmeister Journalisten.

Finanzkrise: Die Finanzkrise begann im Jahre 2007, hatte ihren Höhepunkt aber am 15. September 2008 mit dem Zusammenbruch der US-amerikanischen Großbank Lehmann Brothers. Angesichts der dramatischen Entwicklungen forderten damals viele Wirtschaftsexperten und Politiker eine stärkere Regulierung der Finanzmärkte durch staatliche Gesetze.

Agenda 2010: Das von der rot-grünen Regierung entwickelte Reformkonzept „Agenda 2010" sollte die Rahmenbedingungen auf dem Arbeitsmarkt verbessern und zu mehr Wachstum und Beschäftigung führen, wurde aber u. a. aufgrund der damit verbundenen Kürzungen staatlicher Sozialabgaben und der Lockerung des Kündigungsschutzes stark kritisiert. Die Kommission, die das Reformpaket konzipierte, wurde damals von Peter Hartz geleitet.

Topoi (Singular: Topos): Unter „Topoi" verstehen Mikfeld und Turowski in Begründungszusammenhängen und Debatten immer wiederkehrende Argumentationsmuster (z. B. „Der demografische Wandel zwingt uns zu den Reformen …").

Narrative: Mit „Narrativen" sind in diesem Zusammenhang politische Erzählungen (z. B. die Erzählung von der Geschichte der Französischen Revolution) gemeint, die für das Selbstverständnis einer Gesellschaft oder politischen Gruppe und die in ihr vorherrschenden Wert- und Normvorstellungen eine zentrale Rolle spielen.

Titel: Im Original trägt der Titel „Sprache. Macht. Denken" noch den Zusatz „– Eine Einführung", da es sich bei dem Text um den Auftakt einer in Buchform veröffentlichten Textsammlung handelt und er die Funktion einer Einführung erfüllt.

Teilaufgabe 1

Hinweise und Tipps

Welche Aufgabenart liegt vor und wie sind die Aufgaben gewichtet?
Die vorliegende Aufgabe entspricht dem ***Typ II a: Analyse eines Sachtextes mit weiterführendem Schreibauftrag****. Beide Teilaufgaben sind in etwa* ***gleich gewichtet:*** *Die Analyse wird mit maximal 38 Punkten, der weiterführende Schreibauftrag mit maximal 34 Punkten gewertet.*

Was verlangt die Aufgabenstellung von mir?
Die Aufgabe erfordert eine ***möglichst umfassende Untersuchung*** *des Auszugs. Die Arbeitsanweisung ist nur ganz generell mit „analysieren Sie" formuliert, sodass mögliche Hilfen wie vorgegebene Untersuchungsaspekte, Spezifizierungen oder Schwerpunktsetzungen entfallen. Es wird also vorausgesetzt, dass Sie die wesentlichen* ***methodischen Schritte der Textuntersuchung*** *beherrschen und selbst entscheiden, welche Aspekte in diesem Text besondere Beachtung verdienen. Um Ihr Verständnis des Textes darzulegen, müssen Sie die Thematik sowie den Gedankengang bestimmen und die wesentlichen inhaltlichen Aussagen selbstständig wiedergeben. Insbesondere bei diesem eher schwierigen Text kann es sinnvoll sein, auch einzelne Aussagen zu erläutern. Ebenso wichtig ist es, die* ***sprachlich-rhetorische Gestaltung*** *des Auszugs unter Einbezug der* ***Textsorte*** *zu untersuchen und aufzuzeigen, wie der* ***Leser gelenkt*** *wird.*

Wie gehe ich bei der Bearbeitung der Aufgabe sinnvollerweise vor?
Für eine möglichst fundierte Bearbeitung der Aufgabe ist es notwendig, dass Sie sich genügend ***Zeit für die Vorbereitung*** *nehmen. Dies gilt für den vorliegenden Textauszug in besonderem Maße, da er mit seiner Thematik und seiner abstrakten Begrifflichkeit recht hohe Ansprüche stellt.* ***Lesen*** *Sie den Text (wenigstens) zweimal* ***konzentriert*** *– das erste Mal, um zu einem Globalverständnis zu gelangen, das zweite Mal, um ihn im Detail zu untersuchen:* ***Gliedern*** *Sie den Text und erarbeiten Sie ihn mit* ***Unterstreichungen*** *(z. B. zu inhaltlichen Schwerpunkten oder zur Sprachgestaltung) und* ***Randkommentaren*** *(etwa zum gedanklichen Aufbau). Es wird Ihnen leichter fallen, die Teilaufgabe zu bewältigen, wenn Sie sich darüber hinaus ein* ***Blatt mit Stichworten*** *oder mit einem übersichtlichen* ***Konzept*** *anlegen, das Sie dann beim Schreiben als Grundlage nehmen.*

Wie kann ich meinen Aufsatz strukturieren?
Überlegen Sie sich gut, wie Sie Ihren ***Analyseaufsatz*** *methodisch aufbauen wollen: Wollen Sie dem Textaufbau folgend die Analyse von Inhalt, Sprache und Leserlenkung* ***miteinander verbinden****? Oder wollen Sie lieber in* ***zwei getrennten Schritten*** *vorgehen und sich* ***zuerst dem Inhalt*** *und* ***danach der Sprachgestaltung sowie der Leserlenkung*** *widmen? Der vorgestellte Lösungsvorschlag folgt der letztgenannten Struktur. Er ist in diesem Fall methodisch einfacher, hat aber den Nachteil, dass der Bezug zum Textinhalt immer wieder hergestellt werden muss.*
Beginnen Sie Ihre Analyse mit einer ***Einleitung****, in der Sie Aussagen zu Autor, Titel, Textsorte, Thema und Entstehungszeit verbinden. Wenn Sie dann den* ***Hauptgedanken***

*sachgerecht umschreiben, schaffen Sie sich und den Lesenden einen Orientierungspunkt für die folgende Textuntersuchung. Schließen Sie Ihre Analyse mit einer möglichst genauen **Zusammenfassung Ihres Textverständnisses** ab.*
*Achten Sie (auf der Basis Ihres Konzepts) auch darauf, Ihre **Aussagen zu gewichten**, indem Sie Unwichtigeres raffend wiedergeben, zentrale Befunde dagegen betonen und gegebenenfalls erläutern.*

Was gibt es bei dieser Aufgabe sonst noch zu beachten?
Bei diesem anspruchsvollen Text ist es besonders wichtig, ihn „im Griff" zu haben und nicht ins Nacherzählen zu verfallen. Versuchen Sie, den Inhalt raffend und möglichst in eigenen Worten wiederzugeben.

Lösungsvorschlag

Einleitung
Textgrundlage, Kontext und Thematik

Der vorliegende Auszug stammt aus einem von **Benjamin Mikfeld und Jan Turowski** verfassten Text mit dem Titel „Sprache. Macht. Denken". Es handelt sich um den einleitenden **Beitrag zu einem gleichnamigen Sammelband** mit dem Untertitel „Politische Diskurse verstehen und führen", der von einer Gruppe namens „Denkwerk Demokratie" 2014 in Frankfurt am Main herausgegeben wurde. Wie die Titel schon andeuten, befassen sich die beiden Autoren mit der Frage, inwieweit **sprachliche Kommunikation** im öffentlichen Raum **gedankliche Einstellungen** und **politische Machtverhältnisse** beeinflussen kann.

Hauptteil
Wiedergabe des Gedankengangs
Abschnitt 1: Formen politischer Macht

Der erste Hauptabschnitt des Textauszugs (Z. 1–18) beginnt mit einer Umschreibung dessen, was die Autoren unter „**politischer Macht**" verstehen: Macht „haben" demnach – und zwar durchaus „sichtbar" (Z. 1) – zum einen **demokratisch legitimierte Institutionen** wie Legislative und Exekutive, zum anderen aber auch große Konzerne, **Verbände** und die **Medien**. Diese „Akteure der Macht" (Z. 6), so fahren die Autoren gedanklich fort, handeln auf der **Grundlage von Regelsystemen**, die die **Kommunizierbarkeit bestimmter politischer Auffassungen und Vorstellungen** festlegen. Sie begrenzen in einzelnen gesellschaftlichen Gruppen oder auch in größeren Teilen der Bevölkerung, was „sagbar" ist (vgl. Z. 10 f.), d. h. die als sachangemessen oder zulässig erachteten Positionen und Aussagen. Derartige Regelsysteme bezeichnen die Verfasser als „Diskurse" (Z. 10). Dabei heben sie hervor, dass solche **Diskurse zwar relativ stabil** seien, sich aber insbesondere in „Krisensituationen" (Z. 11) **dynamisch** verändern können. Anhand von **zwei Beispielen veranschaulichen** die Autoren dies: So hätten sich etwa nach der Reaktorkatastrophe von Fukushima oder der Finanzkrise von 2007 die Grenzen des Sagbaren in den entsprechenden Diskursen verschoben. Konservative Kreise – vermutlich sind hier vor allem die damals regierenden Parteien CDU und CSU gemeint – hätten ihre

Begriffsbestimmung „Diskurs"
Eigenarten von Diskursen
Veranschaulichung mit Beispielen
Erläuterung

vorherigen Positionen zur **Atomenergie** revidiert und die breitere Bevölkerung hätte ihre Haltung zur **Finanzindustrie** verändert.

Aus diesen Beschreibungen **leiten** Mikfeld und Turowski zu Beginn des zweiten Abschnitts (Z. 19–26) **ab**, dass derartige **Diskurse** ebenfalls **als „Kräfte der Macht"** (Z. 19) **betrachtet** werden müssten, die im öffentlichen, politischen Raum wirksam würden. Allerdings seien diese im Unterschied zu **institutioneller Macht** „unsichtbar" (vgl. Z. 19). Daran schließt sich die **Grundthese** an, dass **politisches Denken** sich zuallererst **im Medium der Sprache** äußere und diese dadurch „unser politisches Bewusstsein prägt" (Z. 21). Anschließend wird der bisher explizierte Diskursbegriff zu der – als zentral gewerteten – These weiterentwickelt, dass diese „machtvollen" gesellschaftlichen Regelsysteme **eigentlich ständig in Bewegung** seien, und zwar bedingt durch den öffentlichen **Richtungskampf** der relevanten Akteure um die „wahre" oder „richtige" Lösung staatlicher wie gesellschaftlicher Probleme. Das Ziel derartiger Auseinandersetzungen wird mit dem Begriff „**Meinungsführerschaft**" (Z. 23) umschrieben. Deshalb, so die nachfolgende praktische Forderung, hänge der Erfolg politischer Mitgestaltung (oder Herrschaft) nicht nur von der Erringung von Mehrheiten ab, sondern auch von der Gestaltung, genauer **Lenkung gesellschaftlicher Diskurse** durch Einflussnahme auf den politischen Sprachgebrauch.

Abschnitt 2: Kampf um politische Führung

Grundthese

Weiterentwicklung der These: Kampf um Lenkung der Diskurse

Der **Hauptgedanke**, dass Sprache „ein wichtiges Instrument der Politik" (Z. 27) ist, wird im dritten Abschnitt (Z. 27–53) genauer entfaltet – zuerst dahingehend, dass dies die **unterschiedlichsten Sprachhandlungen** einschließe: Argumentation, Verhandlung, Konsensfindung, aber auch Agitation und Manipulation (vgl. Z. 27 ff.). Diese könnten dann zu **unterschiedlichsten Zwecken** eingesetzt werden, z. B. um „Zustimmung und Zugehörigkeit ebenso wie Abgrenzung" (Z. 29 f.) auszudrücken. In der Kommunikation artikuliere sich zudem die Vorstellung davon, was die Menschen als Wahrheit verstehen. Aus dieser Auffächerung von Sprachformen und Zwecken **schlussfolgern** die Verfasser im Rückgriff auf eine Formulierung des Politikwissenschaftlers Benjamin Barber, dass **Sprachkontrolle** auch „Kontrolle über das gemeinschaftliche Wir" (Z. 32 f.) bedeute. Was dies genauer heißt, aber auch, inwiefern dies gefährlich ist, wird im Folgenden an **drei Beispielen veranschaulicht:** Orwells „Neusprech" und die von Victor Klemperer und anderen untersuchte Propagandasprache der Nationalsozialisten stehen für die **manipulative Macht von Sprache**. Zeitlich und gedanklich näher liegen die anderen Beispiele, die Auseinandersetzungen über **Asylrecht** und Fremdenfeindlichkeit sowie über die sogenannte **Agenda 2010**. Dabei machen die Verfasser deutlich, dass die Öffentlichkeit in Bezug auf diese Zusammenhänge mit einer sprachkritischen Perspektive in

Abschnitt 3: Sprache als Instrument der Politik

Differenzierung: verschiedene Sprachformen und Zwecke

Schlussfolgerung: Sprachkontrolle = Kontrolle der Gemeinschaft

Veranschaulichung mit Beispielen

Berührung kam. Im Hinblick auf die Agenda 2010 illustrieren sie die Sprachkritik u. a. mithilfe der damaligen Unwörter des Jahres.

Abschnitt 4: Sprache als Macht, die unser Denken prägt

Auf der Basis der vorigen Ausführungen formulieren die Autoren im letzten Abschnitt (Z. 54–67) zunächst deutlich ihre **Position**, dass die **politische Sprache** insgesamt unsere **Vorstellung von gesellschaftlicher Wirklichkeit** präge (vgl. Z. 54 f.). Ähnlich wie zuvor wird dabei in Bezug auf **Formen und Funktionen von Sprache differenziert:** Nach Mikfeld und Turowski sind Begriffe im politischen Bereich nicht „neutral“ (Z. 56) oder semantisch eindeutig, sondern werden von politischen Gruppierungen oder „Akteuren“ mit je spezifischen wertenden Inhalten und emotionalen Aspekten aufgeladen. Die Begriffe, aber auch **andere politisch relevante Sprachformen** wie „Topoi, Metaphern und Narrative[]“ (Z. 61) verstehen die Verfasser als taktisch-strategisches Mittel im Kampf um die (Deutungs-) Macht, bei dem die Sachlichkeit leiden könnte. In diesem differenzierten Sinne ist für die Autoren Sprache ein „Instrument zur Erlangung, Sicherung, Ausübung und Kontrolle von Macht“ (Z. 66 f.).

Folgerung: Sprache als Mittel im politischen Kampf

Untersuchung der Leserlenkung und sprachlich-rhetorischen Gestaltung

Textsorte

Der Beitrag von Mikfeld und Turowski trägt im Original zu Recht den Untertitel „Eine Einführung“, denn er ist nicht nur ein einleitender, sondern offenbar auch ein grundlegender Beitrag zur Thematik des Sammelbandes. Als **Textsorte** bezeichnet **„Einführung“** die verknappende, aber fachlich fundierte Darstellung eines wissenschaftlichen Gegenstandsbereichs, die sich etwa an Studierende oder – wie auch hier – an größere, gebildete Leserkreise wendet, die am jeweiligen Thema interessiert sind. Dementsprechend herrscht bei Mikfeld und Turowski über weite Strecken ein **kategorisch wirkender** (statt abwägender) **Sprechgestus** vor, der sich zudem im leitenden **Nominalstil** widerspiegelt. Der **Eindruck gediegener Fach- und Sachkompetenz** wird durch übersichtliche Strukturierung des Gedankengangs, gut **nachvollziehbaren Satzbau**, der recht häufig **Gegenüberstellungen** (vgl. z. B. Z. 22 f., 55 ff.) aufweist, und eine **Vielzahl von Fachbegriffen** hervorgerufen. Deren Verständnis wird z. T. vorausgesetzt (etwa bei „Topoi“ oder „Narrativen“, Z. 61) oder wie im Fall des grundlegenden Diskursbegriffs im Text erklärt (vgl. Z. 8 ff.). Der **wissenschaftliche Ansatz** zeigt sich auch darin, dass wiederholt andere Wissenschaftler angeführt werden, deren Äußerungen zitiert und in den Fußnoten belegt werden. Dieses Vorgehen wirkt teilweise wie der Versuch, sich abzusichern (vgl. Z. 33 f.).

Wissenschaftliche Ausrichtung

Leserbezug

Sprachliche Mittel wie gelegentliche **Aufzählungen** (vgl. Z. 3 ff., 27 ff., 60 f.), **parataktische Reihungen** (vgl. Z. 27 ff.) und **parallele Satzstrukturen** (vgl. Z. 55–59) verwenden die Verfasser, um Inhalte aufzufächern. Sie helfen den Leserinnen und Lesern, einen Zugang zu der insgesamt doch anspruchsvollen Thematik zu finden.

Anschaulichkeit

Dem gleichen Zweck dienen **bildhafte Gegenüberstellungen** wie die von „sichtbarer“ und „unsichtbarer“ Macht sowie die **erläuternden**

Beispiele, die zudem für **Anschaulichkeit** sorgen. Dazu passen die den Charakter des Diskurses illustrierende „**Fluss**"**-Metapher** (vgl. Z. 23) und die vielen Metaphern, die sich in der ein oder anderen Form auf den **Vorstellungsbereich der Macht** beziehen (z. B. „Insignien der Macht", Z. 5; „Machtvakuum", vgl. Z. 6 f.; „Kämpfe", Z. 56; „Arsenal", Z. 60). Besonders pointiert ist die der Literatur entnommene **Wortneubildung** *„Soft Power"* (Z. 54), in der die Unterscheidung sichtbarer und unsichtbarer Formen von Macht wieder aufscheint und die die Vorstellung der Autoren komprimiert, wie politischer Einfluss auch über sprachliche „Deutungshoheit" erreicht werden kann.

Kritische Ausrichtung

Im Kontext der Beispiele, der Katastrophe von Fukushima oder der Agenda 2010, tauchen aber auch **kritische Sprachwendungen** auf, die auf den politischen Standort der Autoren hinweisen. Wenn dort von einem „stramme[n] Bekenntnis zur Atomenergie" (Z. 13 f.) die Rede ist, dann findet sich der politische Gegner wohl in „konservativen Kreisen" (Z. 13) wie im „bürgerliche[n] Mainstream" (Z. 17), wie es im Text heißt. Im anderen Fall wird (qua Zitat) die Verwaltungssprache drastisch mit dem Wort „Verluderung" (Z. 49) gebrandmarkt und Neubildungen wie „Ich-AG" (Z. 51) oder „Entlassungsproduktivität" (Z. 52 f.) werden indirekt als verzerrende **Euphemismen** entlarvt. Über die Sprachkritik läuft also die kritische Distanzierung von den Neuerungen der Sozialgesetzgebung, die zuerst von einer SPD-geführten Regierung beschlossen und später von der Großen Koalition beibehalten wurden.

Gruppen- und Leserbezug

Auffällig ist auch die Verwendung der Pronomina „wir" und „unser". Kann die Rede von „unserer" These (Z. 21) noch als Hinweis auf das Autorenteam verstanden werden, so werden diese Pronomina ansonsten gebraucht, um eine Beziehung und Nähe zu den Lesenden aufzubauen (vgl. u. a. Z. 19, 29).

Bestimmung der Aussageabsicht

Die Absicht der Autoren ist klar: Sie wollen ihre **Position untermauern**, dass Sprache im politischen Raum das Denken und damit auch das Handeln beeinflusst. Zugleich scheinen sie dazu anregen und anleiten zu wollen, diese Erkenntnis in der öffentlichen Selbstdarstellung wie der Diskussion mit politischen Gegnern praktisch umzusetzen. Darauf deutet neben einer Textstelle (vgl. Z. 24 ff.) auch der Untertitel des Buches hin: „Politische Diskurse verstehen und führen".

Schluss: Vertiefende Deutung und Wertung

Von daher könnte man den Textauszug auch als Teil eines grundlegenden, auf **Selbstvergewisserung zielenden Strategiepapiers** charakterisieren – zumal der Sammelband von dem „Denkwerk Demokratie" herausgegeben wird, das von SPD, Grünen und Gewerkschaften gegründet worden ist. Dass darin auch die von der SPD und den Grünen verabschiedete Agenda 2010 kritisiert wird, könnte man als Signal für innerparteiliche Auseinandersetzungen mit früheren Positionen in diesen Parteien verstehen.

Teilaufgabe 2

Hinweise und Tipps

Was verlangt die Aufgabenstellung von mir?
Die Aufgabenstellung verlangt ***drei verschiedene Operationen*** *mit* ***steigendem Anforderungsniveau****:*

- *Zunächst sollen Sie Ihre* ***Kenntnis der sogenannten Sapir-Whorf-Hypothese*** *nachweisen, indem Sie die grundlegenden Gedanken der genannten Autoren zum Zusammenhang von Sprache, Denken und Wirklichkeit wiedergeben.*
- *Danach sollen Sie diese Theorie zu der Auffassung von Mikfeld und Turowski in Beziehung setzen – d. h., Sie sollen* ***Berührungspunkte, Ähnlichkeiten und Unterschiede*** *benennen und erläutern.*
- *Zum Schluss sollen Sie auf dieser Basis* ***beurteilen****, inwieweit der Ansatz von Mikfeld und Turowski zum politischen Sprachgebrauch überzeugt.*

Wie gehe ich bei der Bearbeitung der Aufgabe sinnvollerweise vor?
Zur Vorbereitung legen Sie am besten wieder ein ***Blatt mit Stichworten*** *an, das Sie gegebenenfalls wiederum zu einem Konzept ausbauen können. Vergegenwärtigen Sie sich dazu die zentralen Aussagen der Theorie von Whorf und Sapir und notieren Sie diese. Als Vorarbeit für den zweiten Arbeitsauftrag ist es sinnvoll, eine Tabelle anzulegen, in der Sie die* ***Sapir-Whorf-Hypothese den Überlegungen von Turowski und Mikfeld gegenüberstellen****. Darunter können Sie dann stichwortartig vermerken, inwieweit der Textauszug überzeugt. Rufen Sie sich dafür Unterrichtsinhalte in Erinnerung, die als Bezugspunkt für die argumentative Herausbildung Ihres Urteils hilfreich sein können. Außerdem können Sie sich fragen, ob der Text vielleicht argumentative Schwächen hat. Heben Sie auf dem Stichwort-Blatt wichtige Gedanken, die Sie bei der schriftlichen Bearbeitung dieser Aufgabe unbedingt verwenden wollen, durch* ***Markieren oder Unterstreichen*** *hervor. Legen Sie möglichst früh eine* ***Reihenfolge Ihrer Argumente*** *zum dritten Arbeitsschritt fest. Hier kann auch eine vorläufige, aber gleichwohl genaue Formulierung Ihrer Auffassung helfen, auf die Sie den Aufsatz dann ausrichten.*

Wie kann ich meinen Aufsatz strukturieren?
Da die ***drei Arbeitsaufträge (Darstellen – In-Beziehung-Setzen – Beurteilen)*** *aufeinander aufbauen, ist die Struktur des Hauptteils von Teilaufgabe 2 von der Aufgabenstellung vorgegeben. Diesem Hauptteil sollten Sie auf jeden Fall eine* ***aufgabenbezogene Überleitung*** *voranstellen. Die Übergänge zum zweiten bzw. dritten Arbeitsschritt sollten Sie durch entsprechende Überleitungen deutlich machen. Beenden Sie Ihren Gedankengang möglichst mit einer* ***reflektierten Stellungnahme*** *oder Wertung in Bezug auf die Problemstellung.*

Was gibt es bei dieser Aufgabe sonst noch zu beachten?
Versuchen Sie (auf der Basis Ihrer Vorarbeit), ***gedanklich und sprachlich präzise*** *vorzugehen, und verzichten Sie auf nacherzählende Elemente, nebensächliche Aspekte oder Wiederholungen. Da die Teilaufgabe viel von Ihnen verlangt, sollten Sie unbedingt darauf achten, bei der vorgegebenen Aufgabenstellung zu bleiben und nicht in andere – vielleicht benachbarte – Fragestellungen oder Überlegungen abzuschweifen.*

Lösungsvorschlag

Im Unterschied zu den Autoren des eben behandelten Textes beschäftigten sich der Linguist Edward Sapir und sein Schüler Benjamin Lee Whorf im vorigen Jahrhundert mit der Erforschung diverser **Indianer- und Eskimosprachen** und entwickelten daraus eine Theorie, die sich ebenfalls mit dem Verhältnis von Sprache, Denken und Wirklichkeit befasst.

Aufgabenbezogene Überleitung

Sie fanden strukturelle Eigenarten dieser Sprachen – besonders im Vergleich zu europäischen, „westlichen" Sprachen – heraus, die sowohl Grammatik und Syntax als auch die Lexik betreffen und die mit ganz eigenen Wirklichkeitsvorstellungen und Wahrnehmungs- und Denkweisen einhergingen. Berühmt geworden sind etwa Aussagen zur sprachabhängigen Farbklassifizierung oder zur unterschiedlichen Anzahl von Benennungen des Phänomens „Schnee". Aus ihren Beobachtungen zogen sie den Schluss, dass **Sprache mehr ist als ein Medium** zum Ausdruck von Gedanken, nämlich dass gerade ihre jeweilige Struktur die gedankliche Erfassung und Durchdringung der Außenwelt und damit unser **Verständnis der Wirklichkeit** bestimmt (oder zumindest beeinflusst). Insofern sei Denken und Erkennen immer „relativ" zu den Strukturen der jeweiligen Sprache, die man spricht – eine Annahme, die als **Prinzip der linguistischen Relativität** bekannt geworden ist. Eine ähnliche Auffassung hatte schon vorher der deutsche Sprachphilosoph Wilhelm von Humboldt vertreten, demzufolge in jeder Mutter- oder Nationalsprache eine „eigentümliche Weltansicht" liege. Dies wollte Whorf unter anderem an der Sprache der Hopi belegen, die nach seiner Auffassung nicht klar zwischen (relativ festen, kompakten) Dingen und Handlungsabläufen unterscheiden und auch über keine – dem westlichen Denken ähnelnden – Mittel verfügen, über „Zeit" bzw. Zeitverläufe zu sprechen. Hopi hätten demnach auch **keine lineare Vorstellung von der Zeit** und würden sich daher selbst eher als Teil der zyklusartigen Prozesse der Natur verstehen.

Hauptteil

A: Darstellung der Grundannahmen von Whorf und Sapir

Der grundlegende gedankliche Zusammenhang zwischen der Sapir-Whorf-Hypothese und den Überlegungen von Turowski und Mikfeld wird besonders am Anfang des letzten Abschnitts deutlich, wo (qua Zitat) vom „realitätskonstituierenden Charakter" (Z. 55) der politischen Sprache die Rede ist. In beiden Fällen wird die Auffassung vertreten, dass **Sprache unsere Vorstellung von Wirklichkeit prägt**.

B: Bezüge zwischen Whorf/Sapir und Mikfeld/Turowski

Parallele: Prägung des Denkens durch Sprache

Allerdings gehen Whorf und Sapir von **Sprache als System** aus und dieses System strukturiert nach ihrer Auffassung unsere Wahrnehmung und Erkenntnis der Welt. Mikfeld und Turowski betrachten dagegen den **Sprachgebrauch** (konkurrierender) gesellschaftlicher Gruppen, die mit ihren jeweiligen Leitbegriffen und Narrativen den

Unterschiede: Sprache als System vs. Sprachgebrauch

Blick auf gesellschaftliche Gegebenheiten oder Themen (etwa Migration) bestimmen und durch die Beeinflussung von Denken und Einstellungen Macht ausüben (wollen). Dabei scheint die Lexik bzw. die Semantik im Mittelpunkt zu stehen, während Sapir und Whorf auch Syntax und Grammatik einbeziehen.

Daraus resultiert als weiterer Unterschied, dass die Theorie sprachlicher Relativität vor allem in ihrer strikten Bedeutung („Sprache bestimmt" statt „hat Einfluss auf") ein rigides, **statisches Modell** darstellt, aus dem es eigentlich „kein Entrinnen" gibt. Der Angehörige einer Sprachgemeinschaft kann nicht aus seiner „Welt" heraus – es sei denn, er lernt eine andere Sprache. Der **pragmatisch orientierte Ansatz** der deutschen Autoren ist dagegen wesentlich **dynamischer**, da sie ja gerade davon ausgehen, dass gesellschaftliche Diskurse nicht abgeschlossen sind und durch den – demokratisch gewollten – politischen Streit in Bewegung gehalten werden.

Modell: statisch vs. dynamisch

Mit ihrem Fokus auf die gesellschaftliche Meinungsbildung und auf den Kampf um Macht verfolgen Mikfeld und Turowski einen **politischen Ansatz**, der auch die pragmatische Frage nach politischer Strategie berührt, während die Sapir-Whorf-Hypothese in den Bereich der **Erkenntnistheorie** fällt. Die Annahme der Pluralität von Wahrheit gehört dabei zu beiden Theorien; der fortlaufende Kampf in der **öffentlichen Kommunikation**, was „sagbar" oder „wahr" ist, findet sich dagegen nur in Mikfelds und Turowskis Diskurstheorie.

Ansatz: erkenntnistheoretisch vs. politisch

Aber wie überzeugend ist dieser Ansatz der Politikbetrachtung? Die beiden Verfasser entwickeln ein **Modell**, mit dem man Vorgänge im politischen Tagesgeschäft, d. h. in Parlamenten, Öffentlichkeit und Medien, beschreiben und erklären kann. Wenn hier für politische Forderungen geworben und um Positionen gestritten wird, so geschieht dies natürlich im **Medium der Sprache**, genauer mithilfe eines (fluktuierenden) **Fundus an Begriffen, Topoi und Narrativen**, aus dem sich die politischen Akteure bedienen. Wie stark z. B. Begriffe wie „Sicherheit", „Gerechtigkeit" oder „Freiheit" besetzt und vereinnahmt werden, zeigt sich schon daran, dass sie häufig mit entsprechenden politischen Parteien assoziiert werden – ein anschauliches Beispiel: Wenn – wieder einmal – um finanzielle Anreize für den Kauf von Neuwagen gestritten wird, fallen bestimmt Schlagwörter wie „Industriestandort", „Wirtschaftswachstum", „Arbeitsplätze", „Innovation", „Mobilität", „Umwelt", „Luftreinheit", „Klima" usw. Der – wiederholte – Gebrauch derartiger Begriffe erzeugt bzw. verstärkt **gedanklich wie emotional aufgeladene Kontexte**, um eine politische Entscheidung für oder gegen dieses Vorhaben zu begründen und zu „verkaufen".

C: Beurteilung des Ansatzes von Mikfeld und Turowski

Zustimmung zum Erklärungsmodell …

… mit Beispielen

Allerdings findet die **Macht der Sprache** ihre Grenze bei der **Macht des Faktischen**. Die Bürger*innen dürfte weniger interessieren, wer ihnen wie etwas „verkaufen" möchte, sondern was durch politisches

Relativierung: „Macht" der Tatsachen

Handeln in ihrer **konkreten Lebenswelt** „ankommt“: Bleibt mein Arbeitsplatz erhalten? Was kann ich mir für die Entlohnung meiner Arbeit leisten? Gibt es genügend (gut ausgestattete) Kita- und Ausbildungsplätze für meine Kinder? Bleibt Wohnraum bezahlbar? Wird meine Rente reichen? In dieser Perspektive wird auch klar, dass ein wesentlicher Aspekt von „Politikverdrossenheit“ darin besteht, dass der Zunft der Politiker Phrasendrescherei oder Schönfärberei unterstellt wird.

Relativierung: Steuerbarkeit von Diskursen

Zudem zeigt die Erfahrung auch, dass sich Diskurse und politische Meinungsbildung **nicht so genau und zielgerichtet steuern** lassen, wie Mikfeld und Turowski es unterstellen: Wir erleben es immer wieder, dass – nichtsprachliche – **Ereignisse** regionaler oder globaler Relevanz die **Diskussions- und Denkrichtung** bestimmen. So hat im Frühjahr 2020 die grassierende Corona-Pandemie in all ihren Facetten das vorher dominante Klimathema, das wiederum Fragen der Migration oder sozialer Gerechtigkeit nahezu abgelöst hatte, aus dem öffentlichen Bewusstsein weitgehend verdrängt. Es wird daher Aufgabe interessierter politischer Gruppen sein, diese – unerledigten – Themen wieder auf die Tagesordnung zu setzen. Dabei werden sich durch die neuen Entwicklungen auch die Argumentationsbedingungen verändert haben.

Aktualisierung: Problematik neuer Mediennutzung

Besondere Bedeutung bekommt der Ansatz von Turowski und Mikfeld heute vor dem Hintergrund der zu beobachtenden **medialen Verschiebungen** im Prozess der politischen Meinungsbildung, die im gegebenen Textauszug noch keine Rolle spielen. Teile gerade der jüngeren Bevölkerung verabschieden sich von den traditionellen Medien und bewegen sich im **Internet wie in sozialen Netzwerken** quasi wie in einer Blase, indem sie nur noch solche Informationen auf- und ernst nehmen, die ihrer Grundeinstellung entsprechen. Hier wird eigentlich nur noch in weitgehend **geschlossenen Systemen** kommuniziert, die von bestimmten Reizwörtern und Narrativen geprägt sind, die wiederum eine **bestimmte Denkweise stützen und befördern**. Und man muss nicht gleich auf Hasskommentare oder Verschwörungsmythen hinweisen, um deutlich zu machen, dass dabei häufig die Grenzen des „Sagbaren“ über die Maßen verschoben werden. Eine öffentliche Konkurrenz um die „**Wahrheit eines Diskurses**“ findet hier nicht mehr statt.

Schluss
Zusammenfassung und Wertung

Gerade in Zeiten von „fake news“ sollte es daher zum Handwerkszeug des viel beschworenen **mündigen Bürgers** gehören, herauszufinden, welche **Schlagwörter und Topoi** mit welchen **Kontexten und Zielen** von **welchen Gruppen** benutzt werden. Dazu bieten die Ausführungen von Mikfeld und Turowski geeignete Ansätze, auch wenn sie nicht in allen Details überzeugend sein mögen.

Leistungskurs Deutsch (Nordrhein-Westfalen): Abiturprüfung 2020
Vergleichende Analyse literarischer Texte

Aufgaben Punkte

1. Analysieren Sie Joseph von Eichendorffs Gedicht. 36

2. Analysieren Sie Durs Grünbeins Gedicht. Vergleichen Sie es mit Eichendorffs Gedicht. Berücksichtigen Sie dabei die Bedeutung des Reisens für das lyrische Ich, die Gestaltung des Reisemotivs und den jeweiligen historischen Hintergrund. 36

Joseph von Eichendorff (1788–1857)
Rückkehr (1834)

Wer steht hier draußen? – Macht auf geschwind!
Schon funkelt das Feld wie geschliffen,
Es ist der lustige Morgenwind,
Der kommt durch den Wald gepfiffen.

Ein Wandervöglein, die Wolken und ich
Wir reisten um die Wette,
Und jedes dacht: Nun spute dich,
Wir treffen sie noch im Bette!

Da sind wir nun, jetzt alle heraus,
Die drin noch Küsse tauschen!
Wir brechen sonst mit der Tür ins Haus:
Klang, Duft und Waldesrauschen.

Ich komme aus Italien fern
Und will euch alles berichten,
Vom Berg Vesuv und Romas Stern
Die alten Wundergeschichten.

Da singt eine Fei[1] auf blauem Meer,
Die Myrten[2] trunken lauschen –
Mir aber gefällt doch nichts so sehr
Als das deutsche Waldesrauschen!

Quelle: Joseph von Eichendorff: Rückkehr, In: Ders.: Werke in vier Bänden. Bd. I, Hrsg. v. Wolfdietrich Rasch, Hanser, München 1981, S. 46 (Erstveröffentlichung 1834).

Anmerkungen:
1 *Fei:* Fee
2 *Myrte:* im Mittelmeerraum verbreitete Pflanze mit duftenden Blüten, die in symbolhafter und mythischer Verwendung häufig in Zusammenhang mit Liebe und Schönheit gebracht wird

Durs Grünbein (*1962)
Kosmopolit (1999)

Von meiner weitesten Reise zurück, anderntags
Wird mir klar, ich verstehe vom Reisen nichts.
Im Flugzeug eingesperrt, stundenlang unbeweglich,
Unter mir Wolken, die aussehn wie Wüsten,
Wüsten, die aussehn wie Meere, und Meere,
Den Schneewehen gleich, durch die man streift
Beim Erwachen aus der Narkose, sehe ich ein,
Was es heißt, über die Längengrade zu irren.

Dem Körper ist Zeit gestohlen, den Augen Ruhe.
Das genaue Wort verliert seinen Ort. Der Schwindel
Fliegt auf mit dem Tausch von Jenseits und Hier
In verschiedenen Religionen, mehreren Sprachen.
Überall sind die Rollfelder gleich grau und gleich
Hell die Krankenzimmer. Dort im Transitraum,
Wo Leerzeit umsonst bei Bewußtsein hält,
Wird ein Sprichwort wahr aus den Bars von Atlantis[1].

Reisen ist ein Vorgeschmack auf die Hölle.

Quelle: Durs Grünbein: Kosmopolit, In: Ders.: Nach den Satiren. Gedichte, Suhrkamp, Frankfurt am Main 1999, S. 85.

Anmerkungen:
1 *Atlantis:* ein mythisches, versunkenes Inselreich

Teilaufgabe 1

Hinweise und Tipps

Welche Aufgabenart liegt vor und wie sind die Aufgaben gewichtet?
*Bei der vorliegenden Aufgabe handelt es sich um eine **vergleichende Analyse literarischer Texte (Aufgabenart I b)**. Für beide Teilaufgaben können Sie gleich viele Punkte erhalten: maximal 36.*

Was verlangt die Aufgabenstellung von mir?
*Der Operator „analysieren" in Teilaufgabe 1 verlangt eine umfassende Untersuchung des Eichendorff-Gedichts. Dazu gehören die differenzierte Erfassung des **Inhalts**, die Darlegung des **Aufbaus**, eine Untersuchung und Deutung der **formalen und sprachlichen Gestaltung** – und zwar mit dem Ziel, zu einer möglichst stimmigen Gesamtauslegung des Gedichts zu gelangen. Beachten Sie dabei auch Besonderheiten der inhaltlichen Gestaltung wie z. B. die Sprechsituation.*

Wie gehe ich bei der Bearbeitung der Aufgabe sinnvollerweise vor?
*Beginnen Sie die Bearbeitung mit der **mehrfachen Lektüre** des Gedichts, bei der Sie nach und nach den **Inhalt bzw. das Thema** der einzelnen Strophen erarbeiten. Hilfreich sind Markierungen und Randnotizen. Halten Sie aber auch Ihren ersten Leseeindruck fest, er kann etwas über die Gesamtatmosphäre des Gedichtes verraten. Notieren Sie zudem wichtige Beobachtungen zu **Aufbau, Reim, Metrum und sprachlich-stilistischen Auffälligkeiten**. Beim Aufbau ist es sinnvoll, auch die zeitliche Struktur des Gedichtes zu beachten.*
*Wenn Sie das Gedicht auf diese Weise erarbeitet haben, sollten Sie überlegen, welche **Aussagen** Sie **über das lyrische Ich** und **seine Reisemotive** ableiten können. Auch die Frage, wie das bereiste Land und demgegenüber die Heimat charakterisiert werden, ist aufschlussreich. Verdeutlichen Sie sich dafür, welche Vorstellungen im 19. Jahrhundert wohl über Italien vorherrschten und welche Bedeutung die beiden Schlussverse haben. Hier bietet es sich an, auch die Kenntnisse über die Romantik einfließen zu lassen.*

Wie kann ich meinen Aufsatz strukturieren?
*Ihr Aufsatz zur ersten Teilaufgabe sollte aus einer **Einleitung**, einem **Hauptteil** und einem **Schluss** bestehen.*
*Formulieren Sie eine **Einleitung** mit den **zentralen Angaben** zum Text (Autor, Titel, Textsorte, Entstehungszeitraum). Sinnvoll ist an dieser Stelle auch die Zuordnung des Gedichts zu einem **Thema**.*
*Den **Hauptteil** können Sie in zwei Teile gliedern – so wie es im folgenden Lösungsvorschlag gemacht wird: Im **ersten Teil** können Sie den **Inhalt des Gedichts** den Strophen folgend wiedergeben, wobei Sie auch die **Intentionen des lyrischen Ichs** berücksichtigen. Der **zweite Teil** des Hauptteils – die **Detailanalyse** – ist schwieriger zu strukturieren: Hier sollten **inhaltliche, formale und sprachliche Aspekte so miteinander verknüpft** werden, dass eine in sich **stimmige Gesamtdeutung** entsteht. Zwei Möglichkeiten der Strukturierung bieten sich an. Entweder man hält sich (**chronologisch**) an den durch die Folge der Strophen vorgegebenen Aufbau, was allerdings zu*

*Wiederholungen führen kann, oder man versucht, den Text **systematisch** nach Aspekten zu erschließen, z. B. durch die Gegenübersetzung von Reiseerfahrung und Heimatwahrnehmung. Natürlich geht auch eine Kombination beider Strukturierungen, wie das Beispiel unten zeigt.*
*Integriert werden muss in jedem Falle die **genaue sprachliche Untersuchung**, vor allem hinsichtlich der **metaphorischen Beziehungen** und der **Ansprache unterschiedlicher Sinneswahrnehmungen**. Besondere Beachtung sollte der **Schlussvers** finden, da ansonsten die zentrale Aussage des Gedichts verkannt werden würde.*
*In einem **Schlussteil** können Sie Ihre **Untersuchungsergebnisse zusammenfassen**. Spätestens hier ist es sinnvoll, auch den **Epochenhintergrund** zu berücksichtigen. Möglich ist es an dieser Stelle auch, auf Ihren ersten Leseeindruck zu sprechen zu kommen und diesen zu Ihren Untersuchungsergebnissen in Bezug zu setzen.*

Was gibt es bei dieser Aufgabe sonst noch zu beachten?
*Falls Sie **biografische Informationen** über den Autor haben oder Ihnen vielleicht Gemälde aus der Epoche (z. B. von Caspar David Friedrich) bekannt sind, sollten Sie diese nur mit großer Vorsicht für eine Deutung nutzen. Zentral bleibt der Ihnen vorliegende Text, alles Weitere kann bestenfalls zu **Deutungsvarianten** führen, die dann auch als solche kenntlich gemacht werden sollten.*

Lösungsvorschlag

Einleitung
Rahmendaten, Thema

In dem romantischen Gedicht „Rückkehr" von Joseph von Eichendorff, 1834 veröffentlicht, geht es um ein lyrisches Ich, das die freudige **Rückkehr von einer Italien-Reise** mit dem **Lob heimatlicher Naturerfahrungen** verbindet.

Hauptteil
Form

Seine Ankunft in der Heimat wird in fünf Strophen mit je vier Versen beschrieben. Das Metrum ergibt sich aus dem **Wechsel von drei- und vierhebigen Versen**, in denen Füllungsfreiheit herrscht. Die abwechselnd **männlichen und weiblichen Kadenzen** folgen einem **Kreuzreim**. Bei aller Dringlichkeit, die in den mehrfachen Ausrufezeichen (vgl. V. 1, 8, 10, 20), den imperativischen Aufforderungen (vgl. V. 1, 9 f.) und auch in der Drohung, die Tür aufzubrechen (vgl. V. 11 f.), liegt, verleiht diese volksliedhafte Form dem Gedicht Leichtfüßigkeit und einen **erzählerischen Ton**.

Inhalt
Strophe 1

Das Gedicht wird in der 1. Strophe mit einem kleinen **imaginierten Dialog** eröffnet, der die Vorstellung eines draußen vor der Tür stehenden Menschen weckt, der um Einlass bittet. Dabei wird die Atmosphäre eines sonnigen, aber leicht windigen Morgens in einer friedlichen bäuerlichen Landschaft evoziert.

Strophe 2

In der 2. Strophe **blickt** das lyrische Ich auf die Rückreise **zurück**, auf der es in der Gemeinschaft mit Wandervögeln und Wolken schließlich zur Eile motiviert wird, weil es sich vorstellt, die Daheimgebliebenen noch im Schlaf zu überraschen.

Strophe 3

Die 3. Strophe verbindet die **Ankunft** mit der drängenden Aufforderung an die Bewohner, herauszukommen. In der

4. Strophe bekundet das lyrische Ich die Absicht, von seinen **Erlebnissen in Italien** und den gehörten „Wundergeschichten" (V. 16) zu berichten. In der 5. und letzten Strophe deutet das lyrische Ich mit einer singenden „Fei" (V. 17) eine der zu erzählenden **fantastischen Geschichten** an, betont aber sofort, dass es die **heimatlichen Naturerfahrungen** höher schätzt. Strophe 4 Strophe 5

Das heimkehrende lyrische Ich scheint mit seiner Rückkehr **drei Intentionen** zu verbinden: Es möchte von den Daheimgebliebenen **begrüßt** werden, zweitens von seinen Erlebnissen und den gehörten Geschichten **berichten** und drittens – in einer Pointe – „das **deutsche Waldesrauschen**" (V. 20) **über seine Reiseeindrücke stellen**. Zusammenfassung

Detailuntersuchung

Identifizierung des lyrischen Ichs

Das Gedicht konfrontiert den Leser unmittelbar mit einer kleinen simulierten Sprechszene, in der die Frage zur **Identität** des Ankommenden mit der Aufforderung (im Imperativ) zum eiligen Öffnen verbunden wird. Dieser szenisch wirkende Beginn skizziert zwar die Grundsituation, bleibt aber insofern **uneindeutig**, als unklar bleibt, wer hier fragt und wer antwortet – und wer denn nun der vor der Tür Stehende ist. Wegen der wie eine Antwort wirkenden Fügung „Es ist" ist man vorübergehend geneigt, den „lustige[n] Morgenwind" (V. 3) als den Ankommenden anzunehmen. Dazu passen auch die in Strophe 2 beschriebene Reisepartnerschaft mit Wandervöglein und Wolken (vgl. V. 5) sowie die in Strophe 3 angedeutete (Tat-)Gemeinschaft mit „Klang, Duft und Waldesrauschen" (V. 12). Erst die Strophen 4 und 5 werden so konkret, dass man als Leser*in doch eher von einem heimkehrenden Menschen ausgehen wird. Dies vorausgesetzt, unterstreichen die gerade genannten Textstellen die besondere **Nähe des heimkehrenden Ichs zur Natur** und seine Wahrnehmung mit mehreren Sinnen.

Identifizierung der Adressaten

Auch die Klärung, **wer** denn die angesprochenen Daheimgebliebenen genauer sind, ist nicht ganz einfach: Ist mit der Fügung „sie noch im Bette" (V. 8) vielleicht die Geliebte gemeint und zusammen mit Vers 10 („Die drin noch Küsse tauschen") die Gefahr ihres Fremdgehens angedeutet? Und ist das vielleicht die Erklärung für die Eile der Rückkehr? In der 4. Strophe sind dann mit dem „euch", dem es zu berichten gilt (vgl. V. 14), eindeutiger alle Bewohner gemeint.

Schlussfolgerung

Mit der Frage, wer denn die Akteure im Gedicht sind, wird insofern **spielerisch** umgegangen, sie eröffnet den Leserinnen und Lesern die Möglichkeit, eigene Deutungsakzente zu setzen.

Pointe im Schlussvers

Für die zentrale Aussage des Gedichts ist die Identität des lyrischen Ichs und seiner Adressaten aber auch gar nicht so entscheidend – wichtiger ist die **Pointe im Schlussvers**. Nachdem das lyrische Ich seine Reiseberichte so begeistert angekündigt hat, kommt der Verweis auf das **noch positiver** zu wertende „deutsche Waldesrauschen" (V. 20) zwar überraschend. Die Pointe ist aber durch eine

Deutschland und Italien wiederholt kontrastierende Bildlichkeit und Wortwahl schon im Verlauf des Gedichtes vorbereitet.

Gegenüberstellungen:

Italien – Deutschland: Atmosphäre, Landschaft

Vor dem Hintergrund einer erlebnisreichen Italienreise durch ein Land, in dem zwar nicht überall „die Zitronen blühen", wie eine bekannte lyrische Charakteristik Italiens durch Goethe verkündet, aber häufig die Sonne bei einem azurblauen Himmel scheint, fällt auf, wie **idyllisch die Heimat** beschrieben wird: Der „lustige Morgenwind" (V. 3), der auch noch „gepfiffen" (V. 4) kommt, vermittelt Fröhlichkeit und das Feld, das im Morgenlicht „funkelt […] wie geschliffen" (V. 2), lässt die Leser*innen an einen Diamanten denken. Die euphorisch wahrgenommene **Landschaftsformation** aus Feld und Wald steht dabei römischen Stadtlandschaften und vulkanischen Bergformationen diametral gegenüber. Dass das lyrische Ich die nordeuropäische Naturlandschaft mit **verschiedenen Sinnen** (V. 2: „Feld" – visuell; V. 3: „Morgenwind" – taktil; V. 12: „Klang" – akustisch; V. 12: „Duft" – olfaktorisch) wahrnimmt, zeugt davon, wie umfassend die Heimaterfahrung des Rückkehrers ist.

Art der Italiendarstellung

Bei der Ankündigung seines Reiseberichts greift das lyrische Ich zum einen auf typische Elemente der Italiendarstellung („Vesuv", V. 15; „Rom[]", V. 15; „blaue[s] Meer", V. 17) zurück. Zum anderen eröffnet es einen mythischen Bedeutungsraum, wenn es von den „alten Wundergeschichten" (V. 16), der singenden Fee (vgl. V. 17) und den zuhörenden „Myrten" (V. 18) erzählt. Dieser in der Tendenz eher wirklichkeitsenthobenen Beschreibung des Italienaufenthalts, die sich zudem tradierter Elemente bedient, steht die **konkretere, unmittelbarere Erfahrung der heimatlichen Natur** gegenüber.

Erotische und sinnliche Konnotationen

Der Wunsch, auf Goethes Spuren Italien zu besuchen, ist bei vielen Malern und Dichtern der Romantik anzutreffen. Und wie bei Goethe finden sich auch in Eichendorffs Gedicht **sinnliche und erotische Aspekte**. Dies deutet sich schon im Ausdruck „Romas Stern" (V. 15) an, der die Leser*innen an eine warme, sternenklare Sommernacht denken lässt. Noch klarer werden die sinnlichen und erotischen Reize in den Erzählungen, die das lyrische Ich erinnert. Vor allem das Bild der singenden „Fei auf blauem Meer" (V. 17), mit der vielleicht Venus, die Schaumgeborene, assoziiert werden kann, weckt in Verbindung mit den „Myrten", die „trunken lauschen" (V. 18), Vorstellungen von bacchanalen Ausschweifungen. Nachdem das lyrische Ich seinen Sehnsüchten in Italien nachgegangen ist, will es nun bei der Rückkehr etwas anderes: Es will die Küssenden aus den Betten treiben (vgl. V. 8–10) und ihnen von Italien erzählen. Das lyrische Ich strebt nun die **klar strukturierte Kommunikationssituation** mit einer Hörergruppe an, der er vom Erlebten und Gehörten berichten kann.

„Waldesrauschen"

Der **Höhepunkt in der Gegenüberstellung Italien – Deutschland** liegt in der Wiederholung des schon in der 3. Strophe verwendeten und dadurch hervorgehobenen Wortes „Waldesrauschen" (V. 20). In diesem diffusen Höreindruck eines Laubwaldes bei Wind scheint das lyrische Ich seinen **Orientierungspunkt** nach der Reise wiedergefunden zu haben.

Epochen-einordnung

Damit wird eine Naturerfahrung angesprochen, die **typisch für die Epoche der Romantik** ist. Der bei Eichendorff schon fast formelhaft verwendete Begriff des Waldesrauschens richtet sich **gegen die zivilisatorischen und gesellschaftlichen Veränderungen** der Zeit und setzt auf eine **direkte, nicht sprachlich vermittelte Kommunikation mit der Natur**. Da das Waldesrauschen zudem mit dem Attribut „deutsch" versehen wird, ist aber auch eine politische Dimension zu erkennen. Diese ist ebenfalls für die Romantiker kennzeichnend, die gerne auf ein **einheitliches vergangenes Deutschland** verwiesen, das sie im Mittelalter verorteten.

Politische Anspielungen

Schluss

Zusammen-fassende Deutung

All diese Aspekte trägt das Gedicht mit einer **liedhaften, fast launigen Leichtigkeit** vor, wozu neben der Metrik die leicht verständliche Wortwahl, der abwechslungsreiche Satzbau und die eingängige Bildlichkeit beitragen. Dadurch entsteht der Eindruck von **Selbstverständlichkeit und Volksnähe**, verbunden mit einer **leicht nachvollziehbaren Aussage**, die zudem romantische Grundpositionen verrät: Das Gedicht lässt sich als eine **Huldigung der Heimat** deuten.

Teilaufgabe 2

Hinweise und Tipps

Was verlangt die Aufgabenstellung von mir?

*Zunächst ist von Ihnen wieder eine **vollständige Analyse eines Gedichtes** verlangt. Da es sich bei Durs Grünbeins Gedicht um einen Text handelt, der auf aktuelle Reiseerfahrungen Bezug nimmt, werden Sie bei der Deutung möglicherweise auf **eigene Reiseerfahrungen** zurückgreifen können. Ansonsten entsprechen die Anforderungen zur Analyse denen aus der ersten Teilaufgabe.*

*In der Aufgabenstellung zum anschließenden **Vergleich** werden verschiedene Aspekte genannt, die Ihnen hilfreiche Hinweise zum erwarteten Inhalt geben:*

- ***Die Bedeutung des Reisens:** Hier wird von Ihnen gefordert, dass Sie den jeweiligen **Stellenwert bzw. die besondere Funktion des Reisens** für das lyrische Ich herausstellen. Sie könnten zur Bearbeitung dieses Aspektes unter anderem den folgenden Fragen nachgehen: Welche **Art von Erfahrungen** haben die Reisenden gemacht? Wie werden die Reiseeindrücke **verarbeitet**?*
- ***Die Gestaltung des Reisemotivs:** Diese Formulierung weist darauf hin, dass Sie Ihr Augenmerk auch auf die auffälligsten formalen und sprachlichen Aspekte der Gedichte lenken sollen. Gehen Sie dabei auch auf die unterschiedlichen Grundstimmungen der Gedichte ein.*

- ***Der historische Hintergrund:*** *Dieser Schwerpunkt verlangt von Ihnen die vergleichende Einordnung der Gedichte in ihren (literatur-)geschichtlichen Kontext.*

Wie gehe ich bei der Bearbeitung der Aufgabe sinnvollerweise vor?
Erarbeiten Sie zunächst das Gedicht von Grünbein auf die gleiche Weise wie zuvor Eichendorffs Gedicht. Im Anschluss ist es sinnvoll, in Bezug auf die drei geforderten Teilaspekte eine ***stichpunktartige und strukturierte Gegenüberstellung*** *der beiden Gedichte anzufertigen – z. B. in einer Tabelle. Daran können Sie sich dann beim Ausformulieren des Vergleichs orientieren.*

Wie kann ich meinen Aufsatz strukturieren?
Auch Ihr Aufsatz zur zweiten Teilaufgabe sollte aus einem ***einleitenden Teil****, der als Überleitung eine Verbindung zwischen den Gedichten herstellt, einem* ***Hauptteil****, zu dem die Analyse des Grünbein-Gedichtes und der Vergleich gehören, und einem* ***Schlussteil*** *bestehen.*
Bei der Gedichtanalyse gehen Sie nach einer Formbeschreibung am besten schrittweise durch den Text und untersuchen dabei im Zusammenhang den Inhalt und die sprachlich-stilistische Gestaltung im Hinblick auf ihre Bedeutung.
Beim anschließenden Vergleich bietet es sich an, die vorgegebenen Aspekte in der Reihenfolge zu behandeln, in der sie in der Aufgabenstellung genannt werden.

Was gibt es bei dieser Aufgabe sonst noch zu beachten?
Da beide Teilaufgaben die gleiche Punktzahl haben, in der zweiten Teilaufgabe aber neben der Analyse auch noch ein Vergleich von Ihnen verlangt wird, sollten Sie bei der Analyse des Grünbein-Gedichts nicht alle der möglichen Detailuntersuchungen durchführen und sich nur auf die wichtigsten Aspekte beschränken.

Lösungsvorschlag

Aufgabenbezogene Überleitung

Thematische Einordnung

150 Jahre später hat sich das **Reisen in vielerlei Hinsicht verändert**. So verwundert es nicht, dass Durs Grünbein in seinem Reisegedicht „Kosmopolit“ von 1999 zu einer völlig anderen Einschätzung gelangt. Der Sprecher **reflektiert kritisch seine Erfahrungen während einer längeren Flugreise**.

Hauptteil (1): Gedichtanalyse

Form

Die **zwei Versblöcke** mit je acht Versen und den **einzeln stehenden Schlussvers – ohne** durchgängiges **Metrum** und ohne Reim – zeichnet ein ruhiger, reflexiver Ton aus, wobei **Enjambements** (insbesondere V. 1 f., 6 f., 10 f., 13 f.) den reihenden Stil beleben. Der **Schlussvers** hat einen zusammenfassenden und – mit dem vorausgehenden Vers zusammen – sogar einen **pointenhaften Charakter**.

Detailuntersuchung

1. Textblock

Schlussfolgerung

Negative Erlebnisse

Im ersten Textblock reflektiert das lyrische Ich mit dem zeitlichen Abstand von einem Tag über seine letzte lange Flugreise und kommt verallgemeinernd zu dem **Schluss: „[I]ch verstehe vom Reisen nichts.“** (V. 2) In den folgenden Versen wird diese Setzung durch **negative Erlebnisse** der letzten Reise erläutert: die Enge und **Unbequemlichkeit** in dem Flugzeug und die sich überlagernden und

kaum zu unterscheidenden Wahrnehmungen von Wolken, Wüsten, Meeren und Schneewehen. Eine Alliteration („Wolke[]", „Wüste[]", V. 4), **Wiederholungen**, Binnenreime und Assonanzen („Meere, und Meere", „Schneewehen", V. 5 f.) bekräftigen die Verwirrung **des lyrischen Ichs**. Diese wird zudem noch durch den **Vergleich** mit dem Gefühl „[b]eim Erwachen aus der Narkose" (Z. 7) veranschaulicht, das meist mit einer **räumlichen Desorientierung** einhergeht. Entsprechend erscheint die Reise mit dem Flugzeug als eine Irrfahrt (vgl. V. 8: „über die Längengrade zu irren").

Sprachliche Mittel

Verlust der Orientierung

Im zweiten Textblock werden die Erfahrungen während der Flugreise auf einer **etwas abstrakteren bildlichen Ebene** eingeordnet. Sowohl auf körperlicher („[d]em Körper", V. 9) als auch geistiger Ebene („den Augen Ruhe", V. 9; „[d]as genaue Wort", V. 10) ist das beherrschende Gefühl das des Verlusts („Zeit gestohlen, […] Ruhe", V. 9; „verliert seinen Ort", V. 10). Die Gegenüberstellung der substantivierten Ortsadverbien „Jenseits und Hier" (V. 11) kann zwar im Sinne eines **einfachen Orts- bzw. Landwechsels**, aber auch im religiösen Kontext als **Übergang vom Leben zum Tod** verstanden werden. Insofern weist diese Formulierung schon auf die „Hölle" (V. 17) voraus. Die Hoffnung jedenfalls, durch den Übergang qualitativ Anderes zu erfahren, wird als „Schwindel" (V. 10) entlarvt. An den Beispielen von Rollfeldern und Krankenzimmern wird die **Ähnlichkeit vieler Länder** betont, wobei auf der sprachlichen Ebene die mit einer Wiederholung verbundene Alliteration das Gesagte verdeutlicht: „gleich grau und gleich / [h]ell" (V. 13). **Negativer Höhepunkt** der Reiseerfahrung ist für das lyrische Ich der **Transitraum**. Der Neologismus „Leerzeit" (V. 15) unterstreicht – insbesondere in Kombination mit dem Adverb „umsonst" (V. 15) – anschaulich, dass es sich um **vertane Zeit** handelt, in der man darüber hinaus gezwungen zu sein scheint, bei Bewusstsein zu bleiben (vgl. V. 15).

2. Textblock

Verlustgefühle

Sprachliche Mehrdeutigkeit

Ländervergleich

„Transitraum"

In der letzten Zeile des zweiten Textblocks wird auf den **Mythos Atlantis** Bezug genommen. Aus einer Bar in dem untergegangenen Reich auf dem Grunde des Meeres stamme das Sprichwort: „Reisen ist ein Vorgeschmack auf die Hölle" (V. 17). Aufgrund seiner Reiseerfahrung zitiert das lyrische Ich diese **stark verallgemeinernde These zustimmend**.

Schlusszeilen

Mythos Atlantis

Dass diese durchgehend negative Bewertung des Reisens auch mit einem Augenzwinkern daherkommt, das heißt **leicht ironisch** und nicht ganz so rigoros gemeint ist, ergibt sich aus mehreren Aspekten des Gedichtes:

Ironische Grundhaltung …

So steht die **Überschrift** „Kosmopolit" mit ihrer positiven Konnotation zum Reisen im Gegensatz zum gesamten Gedicht und v. a. zum Schlussvers. Denn unter einem **Kosmopoliten** versteht man einen Menschen, der in der weiten Welt zu Hause ist und dem das Reisen so selbstverständlich wie vergnüglich ist.

… bei der Überschrift

Der komplexe Satzbau im ersten Textblock mündet in die Formulierung „sehe ich ein" (V. 7). Der hier angekündigte **Erkenntnisgewinn** steht aber in **gewissem Widerspruch** zu dem Eingangsstatement „ich verstehe vom Reisen nichts" (V. 2) – zumindest, wenn man es nicht als Floskel versteht, sondern wörtlich nimmt.

… beim Erkenntnisgewinn

Auch der Hinweis auf die Ähnlichkeit von Rollfeldern und Krankenzimmern an den verschiedenen Orten überzeugt nur wenig, da die Perspektive durch die Verengung auf Farb- und Helligkeitswahrnehmungen doch sehr beschränkt ist. Und eine Erfahrung des Andersseins wird zudem eher in der Begegnung mit „Land und Leuten" möglich sein.

… beim Vergleich

Am deutlichsten wird der ironische Ton aber beim **Sprichwort** aus den „Bars von Atlantis" (V. 16). Die Leser*innen werden hier in das Reich der Mythen verwiesen, d. h. der in einer Gemeinschaft geteilten Erzählungen. Da es sich bei dem Sprichwort aber offensichtlich um eine Erfindung handelt, die nicht zum eigentlichen Mythos gehört, haben die Schlussverse eine **spielerisch-ironische Ebene**.

… beim Sprichwort

Das Gedicht „Kosmopolit" von Durs Grünbein überführt eine individuelle, aber zugleich **zeittypische Reiseerfahrung** in eine kritische **Reflexion über das Reisen** und verbindet diese **ironisch gebrochen** mit einer (in diesem Fall mythologischen) **Erzähltradition und Bildwelt**.

Zusammenfassung

Hauptteil (2): Vergleich

Vergleicht man die Bedeutung des Reisens in beiden Texten, so fallen – auch wenn die Grundsituation eines heimkehrenden Reisenden gleich sein mag – die großen Unterschiede auf.

Bedeutung des Reisens

Kommunikation vs. einsame Reflexion / Bereicherung vs. Verwirrung

Bei Eichendorff kehrt ein lyrisches Ich von einer Italienreise in seine Heimat zurück und möchte den Daheimgebliebenen **begeistert** von seiner **bereichernden** Reise erzählen. Eine solche **Kommunikationssituation** sucht man bei Grünbein vergebens – bei ihm führt das Reisen zu einer **einsamen Reflexion** am folgenden Tag, dergestalt, dass die **verwirrenden Erfahrungen** mit den Mitteln des lyrischen Sprechens (und der Mythenbildung) aufgearbeitet werden.

Heimatlob vs. Austauschbarkeit

Der beide Texte prägende **Vergleich** des Startorts mit dem Zielort führt dabei zu ganz unterschiedlichen Ergebnissen. Bei Eichendorff dient er dazu, die **Heimat zu loben:** Das heimische „Waldesrauschen" (V. 20) **überbietet** gar noch die ohnehin schon **höchst positiven Erfahrungen auf der Reise**. Grünbeins Gedicht dagegen betont deren **Austauschbarkeit:** Das häufig mit dem Reisen assoziierte **Versprechen einer Fremdheitserfahrung** wird **nicht eingelöst**. Während das Reisen bei Grünbein also zum einen **verstört und verunsichert** und zum anderen auch **keinen Wert** hat, verschafft es bei Eichendorff dem Reisenden **neue Erfahrungen** und **schärft** im Vergleich zugleich seinen **Blick für die eigene Heimat**.

Auch die **Gestaltungen** der beiden Gedichte weichen erheblich voneinander ab: Eichendorffs **Reise- und Landschaftsbilder** (das Feld, der Morgenwind, der Wald, Vesuv usw.) sind zwar wörtlich zu verstehen, haben aber konventionellen Charakter und sind so in ihrer emotionalen Wirkung vorgeprägt. Grünbein dagegen verwendet eine **neuartige Bildlichkeit** zur Verdeutlichung **negativer Flugerfahrungen**, wodurch bei den Leserinnen und Lesern eine höhere Kompetenz der **Entschlüsselung** erforderlich wird. Hinzu kommt, dass die Bilder bei Grünbein mehrfach aus dem **pathologischen Bereich** stammen (z. B. „Narkose“, V. 7; „Krankenzimmer“, V. 14) bzw. **negative Erfahrungen** ausdrücken (z. B. „[i]m Flugzeug eingesperrt“, V. 3; „über die Längengrade […] irren“, V. 8).

Gestaltung des Reisemotivs

Bildlichkeit

Wird in dem Eichendorff-Gedicht ein insgesamt **fröhlicher und heiterer Ton** mit erzählerischen Anteilen angestimmt, überwiegt bei Grünbein das **Nachdenkliche**. Insbesondere der pointenhafte Gedichtschluss, der spielerisch auf den Atlantis-Mythos referiert und der deutlich übertrieben wirkt, färbt die pauschalisierende Kritik am Reisen aber auch wieder ironisch ein. Spielerisch ist bei Eichendorff höchstens die Frage behandelt, wer das lyrische Ich und wer genau die Adressaten sind – die Schlusspointe dagegen will offenbar gänzlich unironisch als Lob der Heimat verstanden sein.

Grundstimmung

Ebenso starke Abweichungen finden sich in der Form: Eichendorffs **liedhafter Gestaltung** in fünf vierversigen Strophen mit **abwechslungsreicher**, aber leicht **zugänglicher Syntax** stehen bei Grünbein **Versblöcke** mit teilweise **komplexeren**, sperrigen **Satzstrukturen** gegenüber.

Form

Bedenkt man den **historischen Hintergrund** beider Texte, überrascht es nicht, dass das Reisen zu völlig verschiedenen Beschreibungen und Wertungen führt. **Eichendorff** als typischer Vertreter romantischer Dichtung hatte ein **besonders nahes Verhältnis zur Natur**, das an die Idee einer ursprünglichen Einheit aller Wesen erinnert. Vor allem der Ausdruck „Waldesrauschen“ leistet in dem besprochenen Gedicht die Verbindung zu diesem Gedanken. Zugleich trieb es die **Romantiker gern in die Ferne**, v. a. nach **Italien**, wo sie nicht nur die griechische, römische und italienische **Kultur** studieren konnten, sondern auch ein anderes **Lebensgefühl** zu erleben hofften. Obwohl Eichendorff selbst nie in Italien war, zeugt das Gedicht auch von dieser Reiselust.

Historischer Hintergrund

Reisen der Romantiker

War zur Zeit Eichendorffs das Reisen noch ein Privileg weniger, ist es für den heutigen westeuropäischen Zeitgenossen nicht nur eine Selbstverständlichkeit, sondern für einige sogar zu einer Pflicht geworden. Ein **Erleben von Fremdem, qualitativ Anderem ist in der globalisierten Welt schwieriger geworden**. Diese Erfahrung prägt Grünbeins Gedicht. Das moderne Reisen mit dem Flugzeug unter-

Heutiges Reisen in einer globalisierten Welt

scheidet sich stark von früheren Formen des Reisens. Beim Romantiker Eichendorff darf man davon ausgehen, dass das lyrische Ich **zu Fuß** unterwegs ist und auch deshalb die Natur besonders intensiv (und mit verschiedenen Sinnen) erleben kann – ja es scheint fast **mit der Natur eins zu werden**. Bei Grünbein spielt die Naturwahrnehmung eine wesentlich andere (aber auch geringere) Rolle: Das lyrische Ich ist im **Flugzeug** vom **Außenraum abgeschnitten** („eingesperrt", V. 3) und die **Natureindrücke verschwimmen** im Auge des lyrischen Ichs ineinander.

Verhältnis zur Natur

Die grundverschiedene Ausrichtung der Gedichte spiegelt insofern deutlich den (literatur-)historischen Kontext wider: Der **euphorisierenden Natur- und Reiseerfahrung des Romantikers** stehen im Text Grünbeins das für die Gegenwartslyrik typische Gefühl der **Desillusionierung** und ein **kritisch-reflektierender Blick auf Aspekte des modernen Lebens** gegenüber.

Schluss
Abrundende Schlussfolgerung

Leistungskurs Deutsch (Nordrhein-Westfalen): Abiturprüfung 2021
Analyse eines Sachtextes mit weiterführendem Schreibauftrag

Aufgaben Punkte

1. Analysieren Sie den vorliegenden Auszug aus Friedrich Schillers Schrift „Was kann eine gute stehende Schaubühne eigentlich wirken?" im Hinblick auf die darin entfalteten theatertheoretischen Überlegungen. Erschließen Sie dabei die wesentlichen Aussagen des Textes in ihrer gedanklichen Entfaltung. Gehen Sie auch auf die Metaphorik und die sprachlich-stilistische Gestaltung des Textes ein. 39

2. In Schillers Schrift heißt es:

   „[...] so empfängt uns die Bühne – in dieser künstlichen Welt träumen wir die wirkliche hinweg, wir werden uns selbst wiedergegeben [...]" (Z. 34 f.)

   Setzen Sie diese Aussage von Friedrich Schiller in Beziehung zu G. E. Lessings Drama „Nathan der Weise", indem Sie prüfen, inwieweit Lessings Drama bereits den später formulierten Vorstellungen von Schiller entspricht. Berücksichtigen Sie dabei die Gestaltung der Dramenhandlung, die Anlage der Figur „Nathan" und die intendierte Wirkung des Dramas auf die Zuschauerinnen und Zuschauer. 33

Friedrich Schiller
Was kann eine gute stehende Schaubühne eigentlich wirken? (Textauszug)[1]
(Rede 1784, veröffentlicht 1785)

[...] Menschlichkeit und Duldung fangen an, der herrschende Geist unsrer Zeit zu werden; ihre Strahlen sind bis in die Gerichtssäle und noch weiter – in das Herz unsrer Fürsten gedrungen. Wieviel Anteil an diesem göttlichen Werk gehört unsern Bühnen? Sind sie es nicht, die den Menschen mit dem Menschen bekannt machten und das geheime Räderwerk aufdeckten, nach welchem er handelt?

Eine merkwürdige[2] Klasse von Menschen hat Ursache, dankbarer als alle übrigen gegen die Bühne zu sein. Hier nur hören die Großen der Welt, was sie nie oder selten hören – Wahrheit; was sie nie oder selten sehen, sehen sie hier – den Menschen. [...]

Die Schaubühne ist der gemeinschaftliche Kanal, in welchen von dem denkenden bessern Teile des Volks das Licht der Weisheit herunterströmt und von da aus in milderen Strahlen durch den ganzen Staat sich verbreitet. Richtigere Begriffe, geläuterte Grundsätze, reinere Gefühle fließen von hier durch alle Adern des Volks; der Nebel der Barbarei, des finstern Aberglaubens verschwindet, die Nacht weicht dem siegenden Licht. [...] Wie allgemein ist nur seit wenigen Jahren die Duldung der Religionen und Sekten geworden? – Noch ehe uns Nathan der Jude und Saladin der Sarazene beschämten und die göttliche Lehre uns predigten, daß Ergebenheit in Gott von unserm

Wähnen[3] über Gott so gar nicht abhängig sei – ehe noch Joseph der Zweite[4] die fürchterliche Hyder[5] des frommen Hasses bekämpfte, pflanzte die Schaubühne Menschlichkeit und Sanftmut in unser Herz, die abscheulichen Gemälde heidnischer Pfaffenwut[6] lehrten uns Religionshaß vermeiden […]. […]

Die menschliche Natur erträgt es nicht, ununterbrochen und ewig auf der Folter der Geschäfte zu liegen, die Reize der Sinne sterben mit ihrer Befriedigung. Der Mensch, überladen von tierischem Genuß, der langen Anstrengung müde, vom ewigen Triebe nach Tätigkeit gequält, dürstet nach bessern, auserlesnern Vergnügungen, oder stürzt zügellos in wilde Zerstreuungen, die seinen Hinfall beschleunigen und die Ruhe der Gesellschaft zerstören. Bacchantische[7] Freuden, verderbliches Spiel, tausend Rasereien, die der Müßiggang ausheckt, sind unvermeidlich, wenn der Gesetzgeber diesen Hang des Volks nicht zu lenken weiß. Der Mann von Geschäften ist in Gefahr, ein Leben, das er dem Staat so großmütig hinopferte, mit dem unseligen Spleen[8] abzubüßen – der Gelehrte, zum dumpfen Pedanten herabzusinken – der Pöbel zum Tier. Die Schaubühne ist die Stiftung, wo sich Vergnügen mit Unterricht, Ruhe mit Anstrengung, Kurzweil mit Bildung gattet[9], wo keine Kraft der Seele zum Nachteil der andern gespannt, kein Vergnügen auf Unkosten des Ganzen genossen wird. Wenn Gram an dem Herzen nagt, wenn trübe Laune unsre einsame Stunden vergiftet, wenn uns Welt und Geschäfte anekeln, wenn tausend Lasten unsre Seele drücken und unsre Reizbarkeit unter Arbeiten des Berufs zu ersticken droht, so empfängt uns die Bühne – in dieser künstlichen Welt träumen wir die wirkliche hinweg, wir werden uns selbst wiedergegeben, unsre Empfindung erwacht, heilsame Leidenschaften erschüttern unsre schlummernde Natur und treiben das Blut in frischeren Wallungen. […]

Quelle: Friedrich Schiller: Was kann eine gute stehende Schaubühne eigentlich wirken? In: Ders.: Sämtliche Werke. Fünfter Band. Erzählungen/Theoretische Schriften. Hrsg. von Gerhard Fricke und Herbert G. Göpfert. 8., durchgesehene Auflage. München: Hanser 1989, S. 828 ff.

Anmerkungen:

1 Es handelt sich um einen Auszug aus einer von Schiller 1784 gehaltenen Rede. In der Rede, die 1785 veröffentlicht wurde, geht es um das Theater als „stehende Schaubühne", d. h. um das Theater als ständige Einrichtung, und um mögliche Funktionen des Theaters. Schiller hielt die Rede vor der Kurfürstlichen Deutschen Gesellschaft in Mannheim, die das intellektuelle Zentrum in der Pfalz bildete.

2 *merkwürdige:* von Schiller hier in der ursprünglichen Bedeutung im Sinne von *bemerkenswert* verwendet

3 *Wähnen:* Denken, Glauben

4 *Joseph der Zweite:* Kaiser Joseph II. (1741–1790), auch Erzherzog von Habsburg-Lothringen, war einer der bekanntesten Vertreter des aufgeklärten Absolutismus.

5 *Hyder:* eigentlich *Hydra:* vielköpfiges, schlangenähnliches Ungeheuer der griechischen Mythologie

6 *Pfaffenwut:* von Schiller hier gebraucht etwa im Sinne von einer fanatischen Wut der „Pfaffen", d. h. der Geistlichen, auf Andersdenkende und Andersgläubige

7 *bacchantisch:* ausgelassen, trunken (Bacchus: griechischer Gott des Weines)

8 *Spleen:* seltsamer Einfall, wunderliche Neigung

9 *gattet:* „sich gatten mit" im Sinne von „sich paaren mit"

Teilaufgabe 1

Hinweise und Tipps

Welche Aufgabenart liegt vor und wie sind die Teilaufgaben gewichtet?
*Die Aufgabe entspricht den Vorgaben der **Aufgabenart I a: Analyse eines literarischen Textes**, hier **mit weiterführendem Schreibauftrag**. Aufgrund dessen erhält man für die Lösung der ersten Teilaufgabe, in deren Zentrum die Analyse des Redeauszugs steht, mehr Punkte (39 Punkte) als für den zweiten Aufgabenteil (33 Punkte).*

Was verlangt die Aufgabenstellung von mir?
*Der Operator „**Analysieren**" fordert zunächst einen **umfassenden Zugriff** auf den vorliegenden Auszug. Dabei ist der Gedankengang ebenso in den Blick zu nehmen wie die rhetorischen und argumentativen Strategien, mit denen Schiller seine Position gegenüber dem Adressaten vertritt. Die präzisierenden Formulierungen im zweiten und dritten Satz der Aufgabenstellung weisen dabei ausdrücklich darauf hin, dass die **gedankliche Entfaltung** der Aussagen ebenso zu berücksichtigen ist wie die **Metaphorik** und die **sprachlich-stilistische Gestaltung**.*

Wie gehe ich bei der Bearbeitung der Aufgabe sinnvollerweise vor?
*Zur Bearbeitung des Redeauszugs gehört sinnvollerweise seine **optische Erschließung**. Markieren Sie zentrale Begriffe, verdeutlichen Sie sich selbst durch Unterstreichungen und grafische Verbindungen den Gedankengang und notieren Sie in Stichworten auffallende redestrategische Mittel. Beachten Sie schon hier, dass die Rede einen konkreten Adressaten hat und fragen Sie sich, welche Konsequenzen das für die Argumentation hat. Notieren Sie Ihre Überlegungen und fertigen Sie einen **Schreibplan** an.*

Wie kann ich meinen Aufsatz strukturieren?
*Nennen Sie in der **Einleitung** alle notwendigen Primärinformationen und formulieren Sie das Thema der Rede, wie es sich Ihnen bei der vorangehenden genauen Analyse erschlossen hat. Im **Hauptteil** bietet es sich an, zunächst den Gedankengang knapp zu skizzieren, um anschließend der dadurch erkennbaren Gliederung systematisch textanalytisch zu folgen. Berücksichtigen Sie dabei die Bildlichkeit und auffallende sprachliche Mittel und verdeutlichen Sie jeweils deren Funktion bzw. Wirkung. Eine kurze **Schlussbetrachtung** sollte die Teilaufgabe 2 abschließen. Dabei können Sie beispielsweise die Ergebnisse Ihrer Textuntersuchung noch einmal pointiert bündeln, um so auch die Überleitung zur zweiten Teilaufgabe vorzubereiten.*

Was gibt es bei dieser Aufgabe sonst noch zu beachten?
Schaut man auf den Textauszug, so fällt auf, dass er nicht vollständig in sich geschlossen ist, sondern Auslassungen aufweist, deren Inhalt und Umfang Sie nicht kennen. Offensichtlich wird das vor allem im Übergang von Zeile 20 zu Zeile 21, wo die Argumentation etwas sprunghaft erscheint. Dies wiederum könnte auf eine größere Textaussparung schließen lassen. Achten Sie an dieser Stelle darauf, nicht allzu stark auf einem vermeintlich schlüssigen Argumentationsgang zu beharren, den es vielleicht gar nicht gibt, oder umgekehrt von einem Bruch in Schillers Argumentation auszugehen, der aber eigentlich durch die Auslassung verursacht wurde.

Lösungsvorschlag

Einleitung
Thema

Im Jahr 1784 hielt Friedrich Schiller eine Rede vor der Kurfürstlichen Deutschen Gesellschaft in Mannheim, in der er der Frage nachgeht, was eine „gute stehende Schaubühne", also ein dauerhaftes und fest institutionalisiertes Theater bewirken könne. Im vorliegenden Auszug aus dieser Rede, die ein Jahr später in Schriftform veröffentlicht worden war, preist er deren **aufklärerisches Potenzial**.

Hauptteil
Ausgangspunkt und These

Er beginnt mit einer **ausgesprochen optimistischen Zeitdiagnose**. „Menschlichkeit und Duldung" – gemeint ist hier wohl, was wir heute als Toleranz bezeichnen würden – „fangen an, der herrschende Geist unsrer Zeit zu werden" (Z. 1 f.). Diese Entwicklung wirke mittlerweile bis in die Staatsspitze, genauer: bis „in das Herz unsrer Fürsten" (Z. 2 f.). Mit der Herzmetapher spricht er einen zentralen Aspekt seiner Vorstellung von Aufklärung an. Es scheint Schiller offenbar nicht allein um die **Bildung des Verstandes**, sondern auch um die **Ausbildung und Förderung von Empathie und Mitgefühl** zu gehen. Aus dieser Zeitdiagnose leitet der Redner dann sein eigentliches Thema ab – die Rolle des Theaters bei der Verbreitung und Durchsetzung dieses Leitgedankens: „Wieviel Anteil an diesem göttlichen Werk gehört unsern Bühnen?" (Z. 3) Dabei lässt er an seiner eigenen Einschätzung von vorneherein keine Zweifel: Die Verknüpfung der offenen Frage (vgl. Z. 3) mit einer gleich angeschlossenen rhetorischen Frage (vgl. Z. 4 f.) sowie die hyperbolische Metaphorik („göttliche[s] Werk", Z. 3; „geheime[s] Räderwerk aufdeckten", Z. 4 f.) machen deutlich, dass Schiller dem **Theater bei dem Projekt Aufklärung eine zentrale Funktion** zuschreibt. Nach seiner Überzeugung ist das Theater eine Institution, in der der Mensch etwas **über sich selbst lernt** (vgl. Z. 4 f.). Er schlägt gleich zu Beginn einen **hohen pathetischen Ton** an, den er dann auch im folgenden Gedankengang, mit dem er seine These verdeutlichen will, beibehält.

Gedankengang und Aufbau

Dieser Gedankengang hat einen **dreigliedrigen** Aufbau. Schiller verfolgt zunächst verschiedene **politische Zusammenhänge**, in denen nach seiner Einschätzung die Schaubühne ihre Wirksamkeit entfaltet (vgl. Z. 6–20). Sodann legt er sein Augenmerk auf die menschliche **Bedürfnisstruktur** (vgl. Z. 21–30). Dieser Aspekt führt ihn schließlich zu den Wirkmechanismen, mit denen die Schaubühne den beschriebenen anthropologischen Grundphänomenen ästhetisch begegnet und ihren aufklärerischen Einfluss auf den Menschen ausübt (vgl. Z. 31–39).

Dabei ist Schiller **in seiner Begrifflichkeit und Argumentation nicht immer trennscharf**. Er spricht zwar immer wieder von der Schaubühne als Institution, also von einem an einem festen Ort etablierten Theater, meint aber zugleich die Theaterstücke, die in diesen

Häusern gespielt werden. Deutlich wird das, als er auf Lessings „Nathan der Weise“ zu sprechen kommt – aber dazu später mehr.

Theater und Obrigkeit

Es mag dem **Adressaten der Rede**, der Kurfürstlichen Deutschen Gesellschaft in Mannheim, geschuldet sein, dass Schiller in seinen Ausführungen zunächst auf die **Bedeutung der Schaubühne** für die **politische Spitze des Staates** abhebt – diese jedenfalls ist offenbar mit der Wendung „die Großen der Welt“ (Z. 7) gemeint. Schiller betont, dass gerade diese „Klasse von Menschen“ (Z. 6) Grund zur Dankbarkeit gegenüber dem Theater habe. Die **Absicht** dahinter ist offensichtlich. Ohne die Gunst des Fürsten kann es eine stehende Schaubühne nicht geben. Insofern ist es dem Redner offenbar ein Anliegen, zu zeigen, dass mit der Einrichtung einer solchen alles richtig gemacht wird. Umso auffallender ist es aber, dass Schiller eben **nicht** in eine **devote Dankesrede an die Obrigkeit** verfällt, sondern den Nutzen der Einrichtung für diese hervorhebt. Ausgehend von der stillschweigenden Annahme, die Staatsvertreter seien den tatsächlichen Lebensverhältnissen der Menschen entrückt, betont Schiller, dass sie im Theater hören und sehen könnten, „was sie nie oder selten sehen“ (Z. 8). Er beschreibt dies mit **Hochwertwörtern**, hinter deren Abstraktheit sich ein deutlicher moralischer Anspruch verbirgt: die „Wahrheit“ und „den Menschen“ (Z. 8). Diese **Aufladung der Begriffe** macht die **Funktion der Schaubühne** stark.

Theater und das Volk

Im nächsten Absatz, in dem Schiller nun mehr die Wirkung des Theaters auf das Volk in den Blick nimmt, zieht Schiller alle Register der **Aufklärungsmetaphorik**. Er spricht vom „Licht der Weisheit“ (Z. 10), das den „Nebel der Barbarei“ (Z. 12 f.) schwinden ließe, sodass schließlich „die Nacht […] dem siegenden Licht“ (Z. 13 f.) weiche. Er weckt beim Publikum Bilder des Organischen, wenn er darauf verweist, „[r]ichtigere Begriffe, geläuterte Grundsätze, reinere Gefühle“ flössen „durch alle Adern des Volks“ (Z. 11 f.) – so als schüfe die Schaubühne einen Körper, der die einzelnen Teile über die Blutbahnen („Adern“) miteinander verbinde. Schillers **emphatische Begeisterung für das stehende Theater** drückt sich hier zudem in der Häufung komparativischer Wendungen (vgl. Z. 11 f.) aus. Indem Schiller von der Schaubühne als „gemeinschaftliche[m] Kanal“ (Z. 9) spricht, vermittelt er den Eindruck, dass es sich bei dieser um ein **Kommunikationsforum zur Verbreitung aufklärerischen Gedankenguts** handele. Weniger modern an diesem Gedankengang ist die dahinter verborgene **elitäre Vorstellung** vom Künstler, von dem als dem „denkenden bessern Teile des Volks“ (Z. 9 f.) die Vermittlung der Weisheit ausgehe.

Toleranzdebatte als Wirkungsbeispiel

Dabei betont er, dass die Wirkungsmöglichkeiten der Schaubühne schon zum Tragen gekommen seien, bevor zentrale und breitenwirksame Positionen im Theaterschaffen wie in politischen Entscheidungen prägend wurden. Er verdeutlicht dies **am Beispiel des religiösen Toleranzgedankens**, der aufgrund der Wirkung der Schaubühne schon vor Lessings „Nathan“ (vgl. Z. 15) und vor den Toleranzedikten von Kaiser Joseph II. (vgl. Z. 17 f.) „allgemein“ (Z. 14) geworden sei. Die Schaubühne habe „Menschlichkeit und Sanftmut in unser Herz“ (Z. 18 f.) ‚gepflanzt‘ und mit „abscheulichen Gemälde[n] heidnischer Pfaffenwut“ gelehrt, „Religionshaß [zu] vermeiden“ (Z. 19 f.).

Schillers Rede wird hier so **pathetisch**, dass er nicht nur erneut **moralische Hochwertwörter** bemüht („Menschlichkeit“, „Sanftmut“), nicht nur ein weiteres Mal Bilder des Organischen zur Erläuterung der Funktion des Theaters entwirft („Herz“, „pflanzte“), sondern auch auf lautmalerische Lyrismen zurückgreift („Sanftmut“ – „Pfaffenwut“).

Gefahr des Verlustes menschlicher Natur

Nach einem vermutlich durch die Textkürzung bedingten Einschnitt nimmt Schiller die **anthropologischen Grundlagen** in den Blick, auf denen die Wirkung der Schaubühne beruht. Er hebt an zu einer Kritik gesellschaftlicher Entwicklungen und Verhältnisse, die den Menschen in die Irre führen würden. Die menschliche Natur, so Schillers Ausgangsdiagnose, ertrüge es nicht, „ununterbrochen und ewig auf der Folter der Geschäfte zu liegen“ (Z. 21 f.). Der Mensch sei „überladen von tierischem Genuß, der langen Anstrengung müde, vom ewigen Triebe nach Tätigkeit gequält“ (Z. 23 f.). Der Mensch verlange „nach bessern, auserlesnern Vergnügungen“ (Z. 24). Dass es sich bei diesem Verlangen um ein grundlegendes Bedürfnis des Menschen handelt, unterstreicht dabei die Metapher „dürstet“ (Z. 24). Würde dieses menschliche Bedürfnis nicht bedient, so der Autor, dann führe das schließlich zur Barbarei. Er entwirft ein **Schreckensszenario**, das vor **drastischer Bildlichkeit** und **Übertreibungen** nicht zurückschreckt. Er spricht von einem „zügellos[en]“ Sturz „in wilde Zerstreuungen“, die „die Ruhe der Gesellschaft zerstören“, sowie von „[b]acchantische[n] Freuden“, „verderbliche[m] Spiel“ und „tausend Rasereien“ (Z. 24–26). Unterschwellig richtet Schiller hier einen Appell an die Vertreter des Staates: Sie könnten den „Hang des Volks“ in die richtige Bahn „lenken“ (Z. 28).

Katharsis als Wirkungsabsicht

Wenn Schiller vor diesem Hintergrund die Bedeutung der Schaubühne hervorhebt, dann deutet er damit indirekt an, dass die feste **Etablierung von Schaubühnen** dafür ein geeignetes Mittel sein könnte. Das Theater, so kann man schließen, böte die oben angesprochenen „bessern, auserlesnern Vergnügungen“ (Z. 24). Schiller malt hier nun – erneut mit reichlich Pathos – als Gegenbild zum Schreckensszenario die **erzieherische Macht** der Bühne aus: „Die Schaubühne ist die Stiftung, wo sich Vergnügen mit Unterricht, Ruhe mit Anstrengung, Kurzweil mit Bildung gattet, wo keine Kraft der Seele zum Nachteil der andern gespannt, kein Vergnügen auf Unkosten des Ganzen genossen wird." (Z. 31 ff.) Schillers Plädoyer für das stehende Theater ist deutlich **geprägt von Vorstellungen des Ausgleichs und des Harmonischen**, die zentrale Gedanken der klassischen Phase zur literarischen Wirksamkeit schon vorwegnimmt. **Theater verbindet er dabei mit Katharsis-Vorstellungen**, nach denen Stücke läuternde Wirkungen auf die Gefühlshaushalte und Denkweisen der Zuschauenden ausüben. Er spricht davon, dass der Mensch im Theater sich „in dieser künstlichen Welt […] die wirkliche hinweg[träume]" (Z. 37). Gemeint ist damit aber kein Verleugnen oder Verdrängen von Wirklichkeit durch billiges Vergnügen und wahllosen Kulturkonsum. Schillers Blick zielt auf **Veredelung durch ästhetisches Erleben im Theater**. Mit dem Hinweis, dass im Theater durch „heilsame Leidenschaften" „unsre schlummernde Natur" erschüttert und „das Blut in frischere[] Wallungen" (vgl. Z. 38 f.) getrieben würde, entwirft Schiller sprachlich eine Bildwelt, die Vorstellungen von **Reinigung** und **Erneuerung** weckt. Die Formulierung, dass „wir" im Theater „uns selbst wiedergegeben" (Z. 37 f.) würden, setzt dabei voraus, dass der Mensch gegenwärtig in einem Zustand der **Selbstentfremdung** lebe, und bringt zum Ausdruck, dass die Bühne diese **aufheben** könne.

Schluss-betrachtung

Insgesamt entwickelt Schiller ein ausgesprochen **optimistisches Bild vom aufklärerischen Potenzial des Theaters**. Seine Intention ist klar: Er wirbt dafür, dass sich das stehende Theater immer mehr etabliert, weil es ein Ort der Aufklärung ist, in dem gesellschaftliche Entwicklungen und Konflikte zur Sprache kommen. Er plädiert für ein **Konzept aufgeklärter Bildung**, das nicht allein von einem rein rational geprägten Menschenbild geleitet ist, sondern in dem **Vernunft und Gefühl, Verstand und Affekt** ebenso zum Tragen wie auch zur Geltung kommen – als Ausdruck menschlichen Daseins.

Teilaufgabe 2

Hinweise und Tipps

Was verlangt die Aufgabenstellung von mir?

Die zweite Teilaufgabe ist ***komplex gestaltet*** *und fordert* ***unterschiedliche Perspektiven auf das Textmaterial*** *ein. Sie enthält ein Zitat aus Schillers Text und fordert Sie dazu auf, es auf Lessings „Nathan" zu beziehen. Die Teilaufgabe präzisiert diesen Auftrag, indem sie von Ihnen verlangt,* ***Lessings Drama*** *daraufhin zu prüfen, inwiefern es den* ***Vorstellungen Schillers*** *entspricht. Der Bezug auf „Nathan der Weise" ist in der Aufgabenstellung so offen gehalten, dass Sie das Drama in seiner Ganzheit in den Blick nehmen müssen. Da dabei die Berücksichtigung der* ***Gestaltung der Dramenhandlung****, der* ***Hauptfigur des Stückes*** *selbst sowie der* ***Wirkung auf Zuschauerinnen und Zuschauer*** *gefordert ist, genügt es nicht, sich bloß auf inhaltliche Aspekte* *zu beschränken. Vielmehr gilt es auch Aspekte der Konstruktion des Stückes wie auch seine Wirkungsabsicht einzubeziehen.*

Wie gehe ich bei der Bearbeitung der Aufgabe vor?
*Zunächst sollten Sie sich die **zentralen Aspekte**, die sich im **Zitat** niederschlagen, noch einmal kurz bewusst machen. Berücksichtigen Sie dabei durchaus den gesamten Auszug, denn die eine oder andere Stelle kann Ihnen beim Verständnis des Zitats helfen. Auf dieser Grundlage erstellen Sie sich dann am besten zu den in der Teilaufgabe genannten Gesichtspunkten (Dramenhandlung, Nathan als Hauptfigur, Wirkung) **Notizen** im Hinblick darauf, inwiefern sich bei diesen **Entsprechungen** zu Schillers Ideen finden lassen. Fragen Sie sich beispielsweise, in welchem Verhältnis Fiktion und Wirklichkeit in Lessings Drama zueinander stehen und inwiefern sich darin gegebenenfalls Schillers Vorstellung der Differenz zwischen „künstlicher Welt" des Theaters und der „wirklichen Welt" wiederfindet.*

Wie kann ich meinen Aufsatz strukturieren?
*Formulieren Sie zunächst eine **aufgabenbezogene Überleitung zu Teilaufgabe 2**. Sie können diese dafür nutzen, das in der Aufgabenstellung aufgeführte **Zitat** noch einmal kurz zu **erläutern**. In jedem Falle sollten Sie Lessings Drama als Bezugstext mit den üblichen Rahmendaten nennen (Titel, Veröffentlichungszeitpunkt). Im **Hauptteil** der zweiten Teilaufgabe arbeiten Sie auf dieser Grundlage die Bezüge von Schillers Vorstellungen zu den **geforderten Aspekten des Stückes** (Dramenhandlung, Nathan als Hauptfigur und Wirkungsabsicht) heraus. Wenn Sie das in der genannten Reihenfolge tun, fällt es Ihnen leichter, den Überblick zu behalten. In der Schlussbetrachtung liegt es nahe, die **Ergebnisse** Ihrer Überlegungen prägnant **zusammenzufassen**.*

Lösungsvorschlag

Aufgabenbezogene Überleitung
... mit Erläuterung des Zitats

Wie im ersten Aufgabenteil näher dargelegt, endet der Textauszug aus Schillers Rede mit **einer emphatischen Preisung der Wirkmächtigkeit des Theaters:** „[…] so empfängt uns die Bühne – in dieser künstlichen Welt träumen wir die wirkliche hinweg, wir werden uns selbst wiedergegeben […]" (Z. 36 ff.). Für Schiller sind offenbar die auf die Bühne gebrachten Weltzusammenhänge mit der außerliterarischen Wirklichkeit **nicht identisch**. Der Begriff „hinwegträumen" suggeriert dabei, dass das Theater – wie in einem **Schonraum** oder einem **Labor** – **alternative Bilder vom besseren Zuschnitt der Welt** entwerfen und Wirklichkeit transzendieren kann, vielleicht sogar im Sinne einer konkreten Utopie. Der Fokus des Zitats scheint dabei aber erst einmal weniger auf eine politische Ebene gerichtet zu sein, vielmehr geht es Schiller um **einen individuellen Veränderungsprozess**, der den entfremdeten **Einzelnen zurückführt zu sich selbst** (vgl. „wir werden uns selbst wiedergegeben", Z. 37 f.). Andere zentrale Formulierungen des Auszugs legen nahe, dass der Autor damit eine **Wiederentdeckung des Menschlichen**

im Menschen, eine Besinnung auf das, was ihn wahrhaft human macht, meint (vgl. Z. 1, 18 f.). Diese Wirkästhetik hat dabei offenbar sowohl eine **rational-kognitive** (vgl. Z. 10 ff.: „Licht der Weisheit", „Richtigere Begriffe, geläuterte Grundsätze") als auch eine **emotional-affektive** (vgl. Z. 38 f.) Seite.

... und Nennung des Bezugstextes

Mit seinen eigenen Hinweisen in der Rede (vgl. Z. 15 ff.) stößt Schiller quasi selbst die Frage an, inwiefern Lessings „Nathan der Weise", das fünf Jahre vor Schillers Rede, also 1779, veröffentlicht und 1783 uraufgeführt worden war, den Schillerschen Vorstellungen von den **Wirkmechanismen und Wirkmöglichkeiten des Theaters entspricht**.

Hauptteil

Die Gestaltung der Dramenhandlung

Inwiefern, so kann man zunächst fragen, erscheint „Nathan der Weise" als ein Stück, das gegenüber der damaligen Lebensrealität eine „künstliche[] Welt" (Z. 37) entwirft? Lessing rückt die Dramenhandlung in eine **zeitliche und örtliche Ferne** – auch wenn er an realhistorische Zusammenhänge (Kreuzzüge) und an die zeitgenössische **Toleranzdiskussion** anknüpfen mag: Bekanntlich spielt das Drama im Jahr 1192 in Jerusalem. Zugleich erscheint die **Handlung konstruiert**, gleichsam wie in einer Versuchsanordnung. Lebensschicksale führen Menschen aus unterschiedlichen Religionen und Kulturräumen letztlich zufällig zusammen und lassen sie zunächst geradezu aufeinanderprallen. Die religiöse Intoleranz, von der sich der Tempelherr lange Zeit und der Patriarch durchgängig leiten lassen, die Machtinteressen Saladins und die Außenseiterrolle der Juden machen die **konfliktbeladene Grundkonstellation des Dramas** aus. Darin scheint zunächst **keine bessere Welt** auf, aber schließlich **entwickelt** sich die Handlung doch deutlich in diese **Richtung**. Die Ausrichtung der Dramaturgie von „Nathan der Weise" auf die **Veränderung der Bewusstseinslagen** der einzelnen Figuren, also auf ein **inneres Geschehen**, steht dabei Schillers Vorstellung nahe, dass die Bühne „den Menschen mit dem Menschen bekannt" mache und „das geheime Räderwerk aufdeckt[], nach welchem er handelt" (Z. 4 f.).

Lehrhafte Funktion der Gespräche und die Ringparabel

In diesem Prozess nehmen Nathans zahlreiche Gespräche besonderen Raum ein. In den Gesprächen – seien es nun die mit Recha, mit dem Tempelherrn oder mit Saladin – gelingt es Nathan, **stereotype Denkweisen aufzubrechen und infrage zu stellen**. Das gilt für Rechas zunächst dogmatisch vertretenen Offenbarungsglauben ebenso wie für die Vorbehalte des Tempelherrn gegenüber Juden. Das **dramaturgische Zentrum** bildet in diesem Zusammenhang die **Ringparabel**. Sie zeigt, dass die Frage nach der wahren Religion unbeantwortbar ist und auch unbeantwortbar bleiben muss. An die Stelle einer Antwort tritt eine **Haltung**, in der **Toleranz gegenüber Andersdenkenden** und das **eigenverantwortliche moralische Handeln** des Menschen als **Postulat und Anspruch menschlichen Miteinanders** eingefordert wird. In diesen Lehrdialogen kann man wiederum eine **Entsprechung** zu der aus Schillers Überlegungen ableitbaren **rational-kognitiven Ebene** sehen: Nathans Gespräche vermitteln sozusagen „[r]ichtigere Begriffe, geläuterte Grundsätze" (Z. 11 f.) bzw. „das Licht der Weisheit" (Z. 10).

Die Anlage der Figur Nathan

Nathan verkörpert dabei das **Ideal eines aufgeklärten Menschen** und wird zugleich zum **Multiplikator für die Verbreitung aufklärerischer Positionen**. Es gibt kaum eine Figur, der er nicht mit großer **Zugewandtheit** und **Empathie** gegenübertritt und auf die er aufgrund seiner Menschenfreundlichkeit, aber auch seiner Gesprächskompetenzen nicht einwirken kann. Dass sich bei Daja, die bis zum Ende des Dramas versucht, Recha in den Schoß des christlichen Glaubens zu führen, Grenzen seines Einflusses zeigen, spricht dabei weniger für ein Unvermögen der Titelfigur als vielmehr für die Verbohrtheit der Gesellschafterin. Signifikanterweise fehlt sie beim Schlussbild des Dramas.

Die Wirkung auf das Publikum

Eine Figur wie Nathan hat außerdem einen **hohen identifikatorischen Wert für die Zuschauerwirkung**. Nathans Vorbildfunktion im Denken und Handeln strahlt nicht nur auf die ihn umgebenden Figuren aus, sondern auch auf die Zuschauerinnen und Zuschauer des Stückes. Insofern kann man den „Nathan" nicht nur als ein **Ideendrama der Toleranz**, sondern geradezu als **eine Form des Lehrtheaters** auffassen, das den Anspruch hat, sein Publikum auch zu erziehen. In dieser wirkungsästhetischen Grundanlage des Stückes, die zentrale Aspekte von Schillers Idee der Schaubühne als Bildungsanstalt enthält (vgl. Z. 31 f.), kann man aber durchaus eine gewisse **Differenz zu Schillers Vorstellung** ausmachen, dass der Mensch im Theater doch gerade auch in seiner **Empfindungswelt** angesprochen werde (vgl. Z. 38 f.). Allerdings muss man dabei berücksichtigen, dass Lessing diese ja nicht ausblendet. Eine **emotionale Ansprache** erfährt das Publikum unter anderem in **Nathans Umgang mit seiner Ziehtochter Recha**, in ihrer **Furcht**, den **Vater zu verlieren**, oder auch im **beeindruckenden Schlussbild**, in dem unter „allseitiger Umarmung" der Vorhang fällt und damit die **Versöhnbarkeit der Religionen** symbolisiert wird. Hierin zeigt sich am deutlichsten der **optimistische Grundzug**, der das Stück durchzieht.

Schlussbetrachtung

Wenn also Schiller in seiner Schaubühnen-Rede auf „Nathan der Weise" hinweist – sei es auch, um zu zeigen, dass es auf dem Theater schon vor dessen Veröffentlichung aufklärerische Impulse gab –, so ist das in hohem Maße nachvollziehbar. Die **Veränderbarkeit der Welt durch die Schaubühne**, die Schiller deutlich macht und die zugleich eine optimistische Perspektive in die Zukunft eröffnet – das ist das Element, das **Lessings Drama auszeichnet** und der **Idee der stehenden Schaubühne zur Kenntlichkeit** verhilft.

Leistungskurs Deutsch (Nordrhein-Westfalen): Abiturprüfung 2021
Analyse eines Sachtextes mit weiterführendem Schreibauftrag

Aufgaben

	Punkte
1. Analysieren Sie den vorliegenden Auszug aus Steven Pinkers Studie „Der Stoff, aus dem das Denken ist“ im Hinblick auf die Position des Autors und die Aussagen des Textes in ihrer gedanklichen Entfaltung. Berücksichtigen Sie dabei die Argumentationsweise und die Art der Leserlenkung.	40
2. Stellen Sie Grundannahmen unterschiedlicher Theorien über das Verhältnis von Sprache, Denken und Wirklichkeit dar. Setzen Sie Pinkers Ansatz zu diesen Konzepten in Beziehung. Nehmen Sie abwägend Stellung zu Pinkers Position.	32

Steven Pinker
Der Stoff, aus dem das Denken ist. Was die Sprache über unsere Natur verrät
(Textauszug)

Es folgt eine weitere interessante Version der Whorf'schen Hypothese:

[…] Jede Sprache zwingt ihre Sprecher, ihre Aufmerksamkeit bestimmten Aspekten der Welt zuzuwenden, sobald sie Sätze bilden oder interpretieren. So müssen wir uns im Deutschen, sobald wir den Mund zum Äußern eines Satzes öffnen, Gedanken über das Tempus machen – über die Zeitrelation zwischen dem Ereignis, über das wir sprechen, und dem Moment, in dem wir sprechen. Andere Sprachen, etwa Türkisch, verlangen von ihren Sprechern anzugeben, ob sie dem Ereignis beigewohnt oder nur über Hörensagen davon erfahren haben. Ein weiteres Beispiel: Räumliche Begriffe wie *in* und *auf* unterscheiden im Deutschen, grob gesagt, Umschließen von Stützen[1]; koreanische Raumverben ignorieren diese Differenzierung und beachten ihrerseits, ob ein Inhalt lose in einem Behälter sitzt (wie Obst in einer Schale und Blumen in einer Vase) oder fest (wie ein Legostein, der auf einem anderen steckt, eine Kassette in ihrer Hülle oder ein Ring an einem Finger). Und noch eins: Deutsche Verben (wie *treiben*) können die Bewegung an sich mit einer speziellen Art von Bewegung kombinieren, während sie die Angabe der Bewegungsrichtung einer Präpositionalphrase überlassen, wie in *Das Kanu trieb in die Höhle*. Spanische und griechische Verben kombinieren die Bewegung an sich häufig mit einer Bewegungsrichtung und hängen die *Art* der Bewegung in einem Nachsatz an, etwa wie *Das Kanu gelangte in die Höhle, treibend.*

Somit *muss* die Sprache das Denken insofern beeinflussen, als die Sprecher verschiedene Dinge beachten, wenn sie Wörter auswählen und sie zu einem Satz zusammenfügen; diesen Effekt nennt man „Denken zum Sprechen“ *(„thinking for speaking“)*.[2] Die Frage ist, ob sich die lebenslange Gewohnheit, auf bestimmte Unterscheidungen zu achten und andere zu ignorieren, auch auf das Denken zum *Denken* ausweitet – das heißt, auf logische Überlegungen zu Gegenständen und Ereignissen, die über den bloßen Zweck, sie zu beschreiben, hinausgehen. Haben Deutschsprecher, im Vergleich zu den Sprechern anderer Sprachen, Probleme damit, den Unterschied zwischen selbst erlebten und erzählten Ereignissen zu erfassen oder den zwischen lose und fest sitzenden Behältern oder das Bewegen in eine Richtung? Die Antwort auf diese Frage erübrigt sich – natürlich beherrschen wir diese Differenzierungen in unserem Umgang mit der sozialen und physikalischen Welt. Obwohl also das „Denken zum Sprechen" vermutlich das Thema ist, das im Rahmen des Neo-Whorfianismus[3] am aktivsten erforscht wird, sind die Wissenschaftler bislang davor zurückgeschreckt, den Sprachlichen Determinismus diesen Tests zu unterziehen, und zielen auf weitaus schwächere Behauptungen ab. So fragen sie, ob Englischsprecher, denen man vage Aufgaben stellt, wie das Benennen des nicht passenden Beispiels in einer Reihe von Handlungen, größere Probleme als Koreanischsprecher damit haben, diejenige Handlung herauszupicken, bei der der Unterschied von der Enge des Behälters abhängt. Einige Experimente bestätigen einen Einfluss der Sprache auf diese Beurteilungen, andere nicht.[4]

Es sollte uns nicht überraschen, dass die Auswirkungen des Denkens zum Sprechen auf das Denken selbst bestenfalls geringfügig sind. Konzepte wie das Ineinanderpassen von Dingen und ob man etwas mit eigenen Augen gesehen oder nur davon gehört hat, sind für das menschliche Leben von so großer Bedeutung, dass die historischen Zufälligkeiten, die eine bestimmte Sprache geformt haben, wohl kaum die kulturellen und kognitiven Ressourcen überwiegen, mit deren Hilfe wir mit diesen Konzepten umgehen. Und es liegt nicht einmal auf der Hand, dass das lebenslange sprachliche Codieren einer Unterscheidung diese Unterscheidung bei sonstigen Überlegungen präsenter macht. Genauso wahrscheinlich könnte das Gegenteil geschehen. Sobald sich nämlich ein Denkprozess automatisiert, wird er als kognitiver Reflex tief ins Sprachsystem eingebettet, und seine inneren Mechanismen sind dem Bewusstsein nicht mehr zugänglich – ebenso wenig, wie wir bewusst über die Bewegungen unserer Finger nachdenken, wenn wir uns die Schuhe binden.

Ein paar Beispiele aus dem wirklichen Leben illustrieren, warum das Denken zum Sprechen vielleicht nur wenig Einfluss auf das Denken selbst hat. Nehmen wir die Semantik des Tempus. In der deutschen wie auch der englischen Grammatik spielt das Tempus eine wichtige Rolle, und nach der Whorf'schen Logik sollten Englischsprecher aufgrund ihrer lebenslangen Sprachpraxis ganz besonders sensibel für die zahlreichen Relationen zwischen einem Ereignis und dem Zeitpunkt des Sprechens sein. Detektive und Staatsanwälte können das jedoch nicht bestätigen: Die automatische Berechnung der Reihenfolge von Ereignissen ist im Sprachsystem verankert und verleitet Verdächtige dazu, sich mit ihren Worten selbst zu verraten. Susan Smith, die ihre beiden Söhne 1994 ertränkt und dann behauptet hatte, sie seien entführt worden, belastete sich selbst, als sie zu Reportern sagte: „Meine Kinder verlangten nach mir. Sie brauchten mich. Und nun kann ich ihnen nicht helfen." Die reflexhafte Verwendung der Vergangenheitsform verriet ihr Wissen, dass die Kinder zu dem Zeitpunkt bereits tot waren. Die gleiche Grammatikkomponente brachte Scott Peterson womöglich die tödliche Giftspritze ein: Die Staatsanwälte schlossen auf seine Schuld, als er schon in der Vergangenheitsform über seine Frau und seinen ungeborenen Sohn sprach, bevor ihre Leichen gefunden wurden. Demzufolge half die Gewohnheit von Englischsprechern, das Tempus zu bestimmen, ihnen nicht dabei, spontan das Richtige zu sagen oder zu verschweigen – und das, obwohl sie außerordentlich motiviert hätten sein müssen, bewusst über die Reihenfolge der Ereignisse nachzudenken, denn es ging für sie buchstäblich um Leben oder Tod.

Aus: Steven Pinker: Der Stoff, aus dem das Denken ist. Was die Sprache über unsere Natur verrät. Frankfurt am Main: Fischer 2014, S. 172 ff. (Das amerikanische Original ist 2007 erschienen.)

Anmerkungen:
1 Gemeint ist, dass die Präpositionen „in" und „auf", die im Zusammenhang mit den Verben „umschließen" und „stützen" verwendet werden, die beiden Tätigkeiten unterscheiden (z. B.: „In dem Topf ist Wasser."; „Ich stütze mich auf den Spazierstock.").
2 Steven Pinker bezieht sich hier auf eine Unterscheidung des US-amerikanischen Sprachwissenschaftlers Dan Slobin (*1939).
3 Neo-Whorfianismus: Pinker bezieht sich hier auf aktuellere Forschungen, die die Annahmen von Whorf zu stützen versuchen.
4 Pinker bezieht sich hier u. a. auf Veröffentlichungen der Psychologin Dedre Genter.

Anmerkungen zum Verfasser:
Steven Pinker (geb. 1954) ist ein amerikanisch-kanadischer Sprachwissenschaftler und Psychologe. In seiner Studie „Der Stoff, aus dem das Denken ist. Was die Sprache über unsere Natur verrät" setzt er sich mit dem Verhältnis von Sprache und Denken auseinander. Im vorliegenden Auszug knüpft er an eine bestimmte Version der Hypothese von Whorf an und entwickelt auf dieser Grundlage seine eigene Position.
Aus Gründen der besseren Lesbarkeit wurden die Fußnoten aus dem Originaltext nicht übernommen.

Teilaufgabe 1

Hinweise und Tipps

Welche Aufgabenart liegt vor und wie sind die Aufgaben gewichtet?
Die vorliegende Aufgabe entspricht der ***Aufgabenart II a: Analyse eines Sachtextes mit weiterführendem Schreibauftrag****. Die erste Teilaufgabe bildet den Schwerpunkt mit* ***40*** *zu vergebenden* ***Punkten****, die zweite Teilaufgabe ist mit* ***32 Punkten*** *versehen.*

Was verlangt die Aufgabenstellung von mir?
Die erste Teilaufgabe fordert von Ihnen die ***Analyse*** *eines Textes aus dem Inhaltsfeld Sprache, der von dem Sprachwissenschaftler Steven Pinker verfasst worden ist. Die Hauptoperation des „Analysierens" wird durch die nachfolgend genannten Aspekte konkretisiert:*

- ***Position des Autors und Aussagen des Textes in ihrer gedanklichen Entfaltung:*** *Der Text stellt eine kritische Auseinandersetzung mit der Ihnen als Schwerpunktthema bekannten* ***Sapir-Whorf-Hypothese*** *dar. Es gilt also herauszuarbeiten, welche* ***Ansicht*** *der Verfasser zu diesem Thema vertritt, wie er seine* ***Einschätzung darlegt und begründet*** *und wie die Überlegungen* ***gedanklich miteinander verknüpft*** *sind.*
- ***Argumentationsweise des Textes:*** *Analysieren Sie, wie der Autor seine Argumentation gestaltet, um seine Position überzeugend darzulegen, z. B.: Wie ist seine Argumentation aufgebaut? Womit stützt er seine Argumente? Wen möchte er ansprechen?*
- ***Art der Leserlenkung:*** *Da der Verfasser die Leserschaft von seiner Position überzeugen möchte, gestaltet er seine Ausführungen in bestimmter Art und Weise. Achten Sie bei der Untersuchung dieses Aspektes auf Textstellen, die Sie als Leserin oder Leser besonders angesprochen haben. Folgende Fragen können Ihnen dabei helfen: Wird der Leser* ***direkt angesprochen*** *oder* ***einbezogen****? Wie wird der abstrakte Inhalt* ***veranschaulicht****? Werden* ***sprachlich-rhetorische Mittel*** *benutzt und zu welchem Zweck? Wird* ***Expertenwissen*** *herangezogen oder* ***Fachsprache*** *verwendet?*

Wie gehe ich bei der Bearbeitung der Aufgabe sinnvollerweise vor?
Lesen Sie den Text gründlich durch. Beim ersten Lesedurchgang sollten Sie zunächst den Inhalt ***global erfassen****. In einem weiteren Durchgang können Sie den gedanklichen* ***Aufbau*** *des Textes erarbeiten, indem Sie den Text in Abschnitte einteilen und gegebenenfalls* ***Inhaltsaspekte*** *knapp an den Rand notieren. Ein weiterer Durchgang dient dem* ***Markieren von Textstellen****, die sich auf die genannten* ***Teilaspekte*** *der Aufgabenstellung beziehen. Auf einem Konzeptblatt können Sie in der Art eines Schreibplans* ***Stichpunkte*** *für den Aufbau Ihres eigenen Textes notieren.*

Wie kann ich meinen Aufsatz strukturieren?
Sie beginnen mit der ***Einleitung****, in der Sie die Primärinformationen und das Thema angeben. Anschließend arbeiten Sie im* ***Hauptteil*** *die genannten Aspekte ab. Sie können Schritt für Schritt durch den Text gehen und jeweils alle Teilaspekte der Aufgabe untersuchen. Es ist aber auch möglich, die Teilaspekte in der* ***Reihenfolge*** *zu behandeln, in der sie in der* ***Aufgabenstellung*** *genannt sind. Dieser Struktur folgt der vorliegende Musteraufsatz. Zunächst stellen Sie in diesem Fall die* ***Position*** *des Verfassers dar, um dann die* ***inhaltliche Entfaltung*** *der Überlegungen zu untersuchen. Danach*

*wenden Sie sich der **Argumentationsweise** des Textes zu und erklären auch unter Verwendung von Textzitaten, wie Pinker seine Argumentation gestaltet. Ähnlich verfahren Sie dann bei der Darstellung der **Leserlenkung**. Beachten Sie, dass Sie die entsprechenden **Fachbegriffe** (z. B. rhetorische Fragen) und strukturschaffende Formulierungen verwenden. Ein kurzes **Fazit** (z. B. hinsichtlich der inhaltlichen Position Pinkers oder der Art und Weise, wie er diese darlegt) sollte den ersten Teil abrunden.*

Was gibt es bei dieser Aufgabe sonst noch zu beachten?
*Wählen Sie eine solche Aufgabe im Abitur nur dann, wenn Sie über **fundierte Kenntnisse** zum Thema „Sprache-Denken-Wirklichkeit" und insbesondere zur „Aktualität der Sapir-Whorf-Hypothese" verfügen.*
*Nehmen Sie unbedingt die **Fußnoten** und die **Anmerkungen** zur Kenntnis. Diese liefern Ihnen erste Hinweise zu wichtigen Personen im Zusammenhang mit der Kontroverse und sogar eine Einordnung bezüglich der Position des Verfassers.*

Lösungsvorschlag

Einleitung
Primärinformationen, Thema des Textes

Der vorliegende Sachtextauszug aus der Studie „Der Stoff, aus dem das Denken ist. Was die Sprache über unsere Natur verrät" wurde von dem Linguisten und Psychologen Steven Pinker 2007 im amerikanischen Sprachraum und 2014 auf Deutsch veröffentlicht. In dem Textauszug setzt sich der Wissenschaftler **kritisch mit dem linguistischen Relativitätsprinzip** von Whorf und Sapir auseinander, das im Zuge des Neo-Whorfianismus eine Renaissance in der Linguistik erfahren hat.

Hauptteil
Pinkers Position

Bereits Titel und Untertitel der Studie deuten an, dass Pinker das **Verhältnis von Sprechen und Denken** in den Blick nimmt, wobei er zu anderen Einschätzungen gelangt als die Vertreter und Vertreterinnen eines sprachlichen Determinismus. Zwar negiert Pinker nicht umfänglich den sprachsystemischen Einfluss auf das Denken und die Wirklichkeitswahrnehmung, räumt ihm aber wesentlich weniger Bedeutung ein. Er begründet seine Auffassung mit **kognitiven und kulturellen Fähigkeiten** des Menschen, die für den Umgang mit der Außenwelt elementar und nicht abhängig von Einzelsprachen seien. Also prägen seiner Meinung nach die grundlegende **Denkfertigkeit** und die **kulturellen Lebensumstände** in höherem Maße die konkreten Denkvorgänge und die Wahrnehmung als sprachlich erworbene Muster der Sprecher und Sprecherinnen verschiedener Sprachen.

Aussagen in ihrer gedanklichen Entfaltung

Nach einer **Ankündigung** einer „weitere[n] interessante[n] Version der Whorf'schen Hypothese" (Z. 1) führt Pinker diese genauer aus. Die Sprache, die ein Mensch spricht, erfordert demnach sowohl beim Sprechen als auch beim Verstehen von Äußerungen einen **spezifischen gedanklichen Fokus auf bestimmte Aspekte**. Da ähnliche Sachverhalte oder Zusammenhänge in unterschiedlichen Sprachen sprachstrukturell verschieden ausgedrückt werden, unterscheidet sich nach Pinker bei Sprecherinnen und Sprechern verschiedener Sprachen daher auch der gedankliche Fokus beim Sprechen darüber. Anhand mehrerer **Beispiele** des sprachlichen Ausdrucks für **Zeit- und Raumverhältnisse** aus verschiedenen Sprachen wie Türkisch, Deutsch oder Koreanisch illustriert Pinker die durch **Sprachkonventionen vorgegebenen unterschiedlichen Darstellungen** von Wirklichkeitswahrnehmungen. So wird im Türkischen zum Beispiel sprachlich codiert, ob der Sprecher oder die Sprecherin das Gesagte selbst erlebt hat oder ob es ihm bzw. ihr nur berichtet wurde. Ausgehend von diesen empirischen Belegen gesteht Pinker dem jeweiligen Sprachsystem eine **partielle Beeinflussung des Denkens seiner Sprecherinnen und Sprecher** zu, da diese bei Äußerungen sprachenabhängig gewisse Aspekte berücksichtigen und andere Aspekte ignorieren würden. Diesen Effekt nennt er in Anlehnung an den Linguisten Dan Slobin „**Denken zum Sprechen**" (Z. 21). Hiervon grenzt der Verfasser das „**Denken zum *Denken***" (Z. 23) ab. Dieses bezeichnet nach Pinker einen **substanzielleren Einfluss** auf das Denken, und zwar in der Form, dass die „lebenslange Gewohnheit" (Z. 22) des sprachspezifischen Denkens zum Sprechen sich **grundsätzlicher** auf die **kognitiven Strukturen und auf das Denkvermögen** auswirke – unabhängig von einer konkreten Sprechsituation. Einen **solchen Einfluss bestreitet Pinker** mit Verweis auf die zuvor genannten Beispiele (vgl. Z. 25–30). Selbstredend seien Deutschsprecher zum Beispiel dazu in der Lage, zwischen Selbsterlebtem und Erzähltem zu unterscheiden, auch wenn diese Unterscheidung beim Sprechen über eine Begebenheit nicht wie im Türkischen immer artikuliert werden müsse (vgl. auch Z. 6 ff.). Mit dem Hinweis, dass „wir diese Differenzierungen in unserem Umgang mit der sozialen und physikalischen Welt" (Z. 29 f.) beherrschen, deutet Pinker die größere **Bedeutung der konkreten Handlungs- und Kommunikationskontexte** gegenüber den sprachlichen Bedingungen an. In diesem Zusammenhang moniert Pinker den Mangel an Studien, die den **sprachlichen Determinismus** in entsprechender Weise **wissenschaftlich-empirisch überprüfen**. Stattdessen gäben sich die Vertreter des Neo-Whorfianismus mit weitaus „schwächere[n] Behauptungen" (Z. 34) zufrieden. Wiederum untermauert Pinker seine Argumentation mit einem **Beispiel** (vgl. Z. 34–39), und zwar mit einem Experiment, das in seinen Augen offenbar kaum taugt, einen stärkeren Einfluss auf das Denken zu belegen. Die Ergebnisse solcher Experimente seien zudem nicht eindeutig.

Pinker erklärt den eher geringen Einfluss der Sprache auf das Denken damit, dass das Denken in einem wesentlich **höheren Maße** von **kulturellen und kognitiven Voraussetzungen und Vermögen** geprägt sei als vom Sprachsystem. Bestimmte Konzepte – z. B. be-

stimmte räumliche Vorstellungen – sind nach Pinker für den Menschen von so substanzieller Bedeutung, dass er eine stärkere Abhängigkeit von den „historischen Zufälligkeiten“ (Z. 43 f.), die für die Ausprägung einer Sprache verantwortlich seien, ausschließt.
Darüber hinaus bezweifelt Pinker, dass der durch das Denken zum Sprechen bedingte Fokus auf bestimmte Aspekte diese Aspekte im Denken grundsätzlich „präsenter“ (Z. 47) mache. Ebenso gut könne man davon ausgehen, dass die sprachlichen Codierungen und Decodierungen so reflexhaft ausgeführt würden, dass sie **dem Bewusstsein gar nicht mehr zugänglich** seien – vergleichbar mit einem Automatismus wie beim Schuhebinden (vgl. Z. 48–52).
Seine **Kernthese**, das Denken zum Sprechen habe „vielleicht nur wenig Einfluss auf das Denken selbst“ (Z. 54), exemplifiziert Pinker im letzten Abschnitt des Auszugs an **konkreten Beispielen aus dem Bereich der Strafverfolgung** zweier Mordfälle aus dem anglophonen Raum. In der englischen Sprache spiele die Tempusverwendung eine besondere Rolle bei der Darstellung eines Ereignisses im Verhältnis zum Zeitpunkt des Sprechens. Daher könne man davon ausgehen, dass die Englischsprecher dafür „ganz besonders sensibel“ (Z. 57) seien. Ein Mörder und eine Mörderin verrieten aber indirekt ihre Tat, indem sie in der Vergangenheit über die Ermordeten sprachen, obwohl zum Zeitpunkt ihrer Aussagen noch gar nicht klar war, dass die Opfer bereits tot waren.

Argumentationsweise des Textes

Gerade diese letzten beiden anschaulichen Beispiele aus dem Bereich der Kriminalität zeigen deutlich, dass Pinkers Argumentation auf die Plausibilisierung seiner Auffassung anhand einer **anschaulichen** sowie **an Phänomenen und Beispielen orientierten Darstellungsweise** setzt. Auch schon zu Beginn des Textauszugs prägen zahlreiche **Beispiele** zu Tempusverwendung oder Ortsbestimmung die **diskursiv angelegte Auseinandersetzung** mit der **Sapir-Whorf-Hypothese**. Anhand dieser Exempel gesteht Pinker ihr zwar durchaus eine gewisse Berechtigung zu. Die begrifflich eingängige **Differenzierung** des „**Denkens zum Sprechen**“ und des „**Denkens zum Denken**“ dient Pinker dann aber als **argumentative Basis** für seine Kritik an der Forschung der (Neo-)Whorfianer – nicht ohne einen kurzen Seitenhieb auf die mangelnden empirischen Nachweise der Gegenseite. Überhaupt entfaltet Pinkers Text seine Überzeugungskraft vor allem anhand der expliziten **Auseinandersetzung mit der Gegenposition**, also ex negativo. Insbesondere die Beispiele am Ende des Auszugs, die durch ihren Fokus auf zwei sensationelle Kriminalfälle Aufmerksamkeit erregen, bezeugen dabei die **populärwissenschaftliche Ausrichtung** des Textes. So bedient sich Pinker einer **Mischung** aus **sachlicher, faktenbasierter Argumentation**, in die auch Fachbegriffe eingestreut sind, und vielen **anschaulichen Beispielen**, die seine Position plausibel machen sollen und die die Lektüre des Textes sowohl für **Fachleute** als auch für **Laien** ermöglicht.

Leserlenkung

Um die Leserinnen und Leser auf seinem Argumentationsgang mitzunehmen, bedient sich Pinker verschiedener sprachlicher und rhetorischer Mittel. So bezieht er die **Leserschaft** mehrfach ein („müssen wir“, Z. 3; „Nehmen wir“, Z. 54) und legt ihr Einschätzungen nahe: „Es sollte uns nicht überraschen [...].“ (Z. 40) Nicht nur in diesem Beispiel werden **Modalverben** verwendet, um die Aussagekraft seiner Position hervorzuheben („Somit *muss* die Sprache“, Z. 19). In einer **rhetorischen Frage** (vgl. Z. 25–28) spricht Pinker exemplarisch von den „Deutschsprecher[n]“ (Z. 25) – sie ist aber so zugespitzt formuliert, dass auch andere Muttersprachler sie problemlos verneinen können. Der Verfasser schöpft seine **Beispiele aus so vielen Sprachen**, dass eine gewisse Universalität erkennbar wird, und erzeugt mithilfe **linguistischer Fachsprache** („Semantik des Tempus“, Z. 55) und **gehobener Fremdwörter** („kognitiven Ressourcen“, Z. 45) den Eindruck einer fundierten Darstellung. Gleichzeitig erleichtert das **wiederholte Aufgreifen der Beispiele** aus verschiedenen Sprachen das Nachvollziehen der argumentativen Herleitung und Verdeutlichung der Position Pinkers. Besonders die den Textauszug abschließenden Kriminalfälle erzeugen Neugierde, nicht nur wegen der geschilderten Verbrechen, sondern auch in der fast **epischen Erzählweise** mit der Nennung von Klarnamen, direkter Redewiedergabe der Worte der Kindermörderin oder spannungserzeugenden Ausdrücken wie „die tödliche Giftspritze“ (Z. 66 f.).

Schluss

Reflektierte Schlussbetrachtung

Die Frage nach der Beeinflussung des Denkens durch die Sprache ist nach wie vor **aktuell**. Zwar wurde schon im letzten Jahrhundert Kritik an der Sapir-Whorf-Hypothese laut, besonders nachdem man einige Beispiele, die als Belege dienen sollten, widerlegen konnte. Allerdings zeigen **neuere Forschungsbeispiele**, dass man die Hypothese vielleicht vorschnell zu den Akten gelegt hat. Insofern verwundert es nicht, dass Pinker seinerseits ebenfalls sehr viele, zum Teil drastische sprachliche Beispiele heranzieht, um seine **Kritik am Neo-Whorfianismus** zu illustrieren und seine wissenschaftlichen Kontrahenten mit ihren eigenen Waffen zu schlagen.

Teilaufgabe 2

Hinweise und Tipps

Was verlangt die Aufgabenstellung von mir?

Die zweite Teilaufgabe ist in sich noch einmal ***dreigeteilt:***

- *Zuerst sollen Sie* ***Grundannahmen unterschiedlicher Theorien darstellen****, die sich auf das Verhältnis von Sprache, Denken und Wirklichkeit beziehen.*
- *Dann gilt es,* ***Pinkers Ansatz****, wie Sie ihn im Rahmen der ersten Teilaufgabe erschlossen haben,* ***innerhalb dieser Theorien*** *zu verorten.*
- *Abschließend sollen Sie zu Pinkers Position innerhalb der Kontroverse um die Sapir-Whorf-Hypothese* ***abwägend Stellung nehmen****.*

Wie gehe ich bei der Bearbeitung der Aufgabe sinnvollerweise vor?

Rufen Sie zunächst Ihr ***Vorwissen*** *zu den verschiedenen Theorien ab, die Sie im Zusammenhang mit dem Schwerpunktthema „Aktualität der Sapir-Whorf-Hypothese" kennengelernt haben. Gegebenenfalls notieren Sie auf einem* ***Konzeptpapier*** *einige* ***Stichpunkte zu den Theorien*** *und ihren jeweiligen Vertretern (wie z. B. Humboldt – eigentümliche Weltansicht; Chomsky – Universalgrammatik; Boroditsky – Neo-Whorfianismus; Tomasello/Ibbotson – gebrauchsbasierte Linguistik/mentale Mehrzweckmodule). Da in der Aufgabenstellung der Plural verwendet wird, sollten Sie* ***nicht nur eine*** *Ihnen bekannte* ***Theorie*** *kurz ausführen, sondern* ***mehrere****. Ergänzen Sie gegebenenfalls auf Ihrem Konzeptpapier, welcher Theorie Pinker nahesteht (Universalismus) und welcher nicht (Relativismus) und worin die Verbindung besteht.*
Anschließend überlegen Sie, wie ***Sie selbst auf diese Kontroverse schauen****. Sie müssen sich also entscheiden, ob Sie der* ***Position Pinkers zustimmen*** *können oder eher eine* ***eingeschränkt-zustimmende bis ablehnende Haltung*** *einnehmen. Notieren Sie gegebenenfalls auch hier kurze Begründungen.*

Wie kann ich meinen Aufsatz strukturieren?

Formulieren Sie zunächst eine ***aufgabenbezogene Überleitung****. Da die Aktualität der Sapir-Whorf-Hypothese in der wissenschaftlichen Diskussion kontrovers diskutiert wird, können Sie diese Tatsache als Gelenk benutzen. Im nächsten Schritt stellen Sie die* ***Grundannahmen*** *der verschiedenen Theorien mit ihren Vertreterinnen und Vertretern dar. Zeigen Sie dann auf, welcher Seite* ***Pinker*** *in der Kontroverse* ***Universalisten vs. Relativisten*** *eher zuzuordnen ist. Anschließend wenden Sie sich der* ***abwägenden Stellungnahme*** *zu. Ihre eigene Einschätzung müssen Sie selbstverständlich* ***begründen****, sei es aus der Argumentation Pinkers heraus oder gestützt auf andere Positionen, die Sie mehr überzeugen. Ein kurzes* ***Fazit*** *mit einem selbstgewählten Schwerpunkt (z. B. kritische Einordnung der Argumente, der Argumentationsweise, des wissenschaftlichen Diskurses) rundet den Aufsatz ab.*

Was gibt es bei dieser Aufgabe sonst noch zu beachten?

Wie bei jeder Teilaufgabe gilt auch hier, dass Punkte für die Erfüllung weiterer aufgabenbezogener Kriterien erworben werden können. Wenn Sie also über für das Thema relevantes Spezialwissen verfügen (z. B. weitere relevante Forschungsergebnisse), so können Sie dieses einbringen und gegebenenfalls diese Punkte abschöpfen.

Lösungsvorschlag

Inwieweit die Art und Weise, wie Menschen sprechen, für die **Konstruktion von Wirklichkeit** relevant ist, erweist sich als ein hochaktuelles Thema. Dies zeigt sich beispielsweise konkret bei der Kontroverse um das „Gendern": Macht es einen Unterschied in unserem Denken, ob man verschiedene Geschlechter beim Schreiben und Sprechen explizit benennt oder nur „mitmeint"? Die Verfechterinnen und Verfechter der „**Sapir-Whorf-Hypothese**" würden dahingehend zu ganz anderen Einschätzungen gelangen als deren Kritikerinnen und Kritiker, zu denen Pinker gehört.

Aufgabenbezogene Überleitung

In den 2000er-Jahren erfuhr die zeitweise ad acta gelegte Hypothese, nach der der Mensch nur das denken kann, wofür er Worte besitzt, eine **Renaissance – ausgelöst durch verschiedene Untersuchungen**, die im Grunde denen ähneln, die Whorf im Zusammenhang mit der Untersuchung der Zeitdarstellung in der Sprache der Hopi angestellt hatte. Mit Bezug auf die Theorie seines Lehrers Sapir begründete Whorf das „linguistische Relativitätsprinzip", demzufolge die **Wahrnehmung der Wirklichkeit** und die **Form des Denkens** von dem **Sprachsystem abhängen**, in das ein Mensch hineingeboren wird. Whorf ist also der Auffassung, dass Sprecherinnen und Sprecher unterschiedlicher Sprachen bei der Wahrnehmung desselben Sachverhalts **nicht zum selben Bild von der Welt** kommen, da ihre Sprachen mit unterschiedlichen Kategorien arbeiten. Die Möglichkeiten der Erkenntnisbildung sind also „relativ" zu denen ihrer Sprache.

Hauptteil
Grundannahmen zum Verhältnis Sprache-Denken-Wirklichkeit
Relativistische Positionen
– Whorf

Vor allen Dingen die als Neo-Whorfianerin bezeichnete **Kognitionspsychologin Lera Boroditsky** listet in ihrem Aufsatz „Wie die Sprache das Denken formt" zahlreiche **kulturvergleichende Studien** auf, die darauf hindeuten, dass sprachliche Strukturen in einem hohen Maße die Wahrnehmung der Welt beeinflussen. Eine gewisse Berühmtheit hat dabei der Amazonas-Stamm der Pirahã erlangt. Dieses Volk kennt keine Zahlwörter, keine Vergangenheitsformen und keine Nebensätze. Stammesangehörige waren zum Beispiel nicht in der Lage, die Anzahl vorgegebener Gegenstände zu reproduzieren. Für ihre kognitive Verarbeitung von Mengen ist die genaue Anzahl unerheblich, sie leben im Hier und Jetzt und bedürfen keiner Abstraktion. Boroditsky geht davon aus, dass die Wahrnehmung von **Beziehungen, Begründungszusammenhängen und von Zeit und Raum** und die darauf bezogenen **kognitiven Strukturen von der Sprache geprägt**, ja sogar **geformt** werden. Aus den Forschungen folgert Boroditsky, dass das Denken „eine Ansammlung linguistischer und nicht linguistischer Prozesse" ist.

– Boroditsky

Diese relativ neuen Feldforschungen lassen sich durchaus mit Wilhelm von Humboldts **linguistischem Idealismus von der**

– Humboldt

Sprache als bildendem Organ der Gedanken verbinden, der unter anderem besagte, dass Dinge nicht nur einfach sprachlich bezeichnet werden, sondern dass sich durch Semantik und Grammatik einer Sprache bereits der **Blick auf die Welt** der Sprecherinnen und Sprecher **formt**. Daher erwerbe man mit einer Fremdsprache auch eine neue Weltansicht.

Universalistische Positionen

Dieser Ansicht würden **Vertreterinnen und Vertreter des Universalismus wie Noam Chomsky** widersprechen. Ihrer Meinung nach verfügt jeder Mensch über **angeborene sprachliche Strukturen**, die für den Spracherwerb „reserviert" sind und die ihn dazu befähigen, die Sprache(n) seiner Umgebung zu erlernen und zu benutzen. Auf der Basis der universellen Sprachstrukturen würden die **Regeln der jeweiligen Sprache abgeleitet**, und diese würden es dann ermöglichen, eine unbegrenzte Anzahl grammatisch korrekter Äußerungen zu generieren. Folgt man dieser Auffassung, so ist das **Denken von der Sprache weitgehend unabhängig**.

Positionen der gebrauchsbasierten Linguistik

Die Vertreterinnen und Vertreter der **gebrauchsbasierten Linguistik**, insbesondere Michael **Tomasello** und Paul **Ibbotson**, suchen einen anderen Erklärungsansatz, der im Spracherwerb verortet ist. Sprachliche Strukturen seien demnach nicht angeboren, sondern würden **von einer Generation zur nächsten weitergegeben**. Dabei bringe jeder Mensch die notwendigen sozialen und kognitiven Voraussetzungen mit, um zum Spracherwerb zu gelangen. Diese Voraussetzungen seien aber nicht universalgrammatischer Natur, sondern bestünden aus sogenannten „**Mehrzweckmodulen**". Diese seien zwar ebenfalls **angeboren**, aber eben nicht für die Sprache reserviert, sondern entsprächen einem **grundsätzlichen kognitiven Vermögen**. Dazu zählen Tomasello und Ibbotson die Fähigkeiten, **Kategorien** zu bilden, **Intentionen** eines Kommunikationspartners zu erschließen oder auch **Analogien** herzustellen. Das heißt also konkret, dass Kinder ihre Sprache ausbilden, indem sie sic von Erwachsenen hören und in der Interaktion zunehmend sicherer anwenden. Ohne angeborene kognitive Prozesse sei dies nicht möglich.

Verortung von Pinkers Position

Wenn man die Diskussion um die Aktualität der Sapir-Whorf-Hypothese inhaltlich zuspitzen möchte, dann stellt sie sich als **Auseinandersetzung zwischen Relativisten und Universalisten** um die Frage dar, ob die **Strukturen einer Einzelsprache** das **Weltbild und das Denken** ihrer Sprecherinnen und Sprecher spezifisch **formen** oder ob eine **universelle Grundfähigkeit unabhängig von der Sprache existiert**.

Pinker versteht sich durchaus als **Schüler Chomskys**, dessen Ideen verdienstvoll die Linguistik revolutionierten, aber zunehmend widerlegt wurden, sodass die Universalgrammatik auf die Fähigkeit zur Rekursion als zentralem Element reduziert wurde. Insofern steht Pinker der Whorf'schen Hypothese eher ablehnend gegenüber und gehört zum Lager der Universalisten. Er negiert keinesfalls, dass es Einflüsse der Sprache auf das Denken gebe. Diesen Effekt nennt er „thinking for speaking“ (Z. 21 f.). Dieser Effekt aber habe keinerlei oder nur geringe Auswirkungen auf das „Denken zum *Denken*“ (Z. 23). Dass er die **Idee einer der Einzelsprache vorgeschalteten kognitiven Grundausstattung** des Menschen vertritt, wird an seiner Aussage deutlich, dass nicht die **historische Zufälligkeit** einer Einzelsprache die **kulturellen und kognitiven Ressourcen überwiegen** könne (vgl. Z. 43–46), was eine Nähe zu nativistischen Ansätzen vermuten lässt. Mit der Betonung der kognitiven Fähigkeiten steht Pinker auch den Vertreterinnen und Vertretern der **gebrauchsbasierten Linguistik** nahe, nach denen auf der Grundlage einer **allgemeinen kognitiven Grundausstattung** eines jeden Menschen sprachliche Bedeutungen und Strukturen beim Gebrauch der Sprache erworben werden. Ob Pinker eher wie Chomsky davon ausgeht, dass die angeborenen Fähigkeiten, die den Spracherwerb ermöglichen, für die Sprache „reserviert“ sind, oder ob er wie Tomasello und Ibbotson allgemeinere kognitive Fähigkeiten annimmt, lässt sich aber kaum aus dem kurzen Textauszug ableiten.

Abwägende Stellungnahme zur Position Pinkers

Pinker bedient sich zur Illustration seiner Ideen zahlreicher linguistischer Beispiele, die durchaus an die **Forschungsergebnisse der Relativisten** erinnern. Letztere haben mit zahlreichen Studien im Zusammenhang mit Sprachen, die eher unbekannten Kulturräumen entstammen, die **universalgrammatischen Grundannahmen ins Wanken** gebracht. Gerade die letzten von Pinker aufgerufenen Beispiele aus der Welt der Kriminalität wirken nur auf den ersten Blick sehr eingängig. Ob ein noch nicht überführter Mörder angesichts der emotionalen und sozialen Ausnahmesituation, in der er sich selbstverschuldet befindet, zu kognitiven Höchstleistungen in der Lage ist, lässt sich bezweifeln, ganz unabhängig von der Frage, mit welcher Intelligenz und Eloquenz er ausgestattet ist. Gegebenenfalls könnte das Beispiel sogar als **Beweis für das Gegenteil** herangezogen werden: Möglicherweise zeigt es gerade, dass die in der jeweiligen Sprache verankerte Tempusstruktur so mächtig ist, dass die Tempora richtig verwendet werden – womit sich der Mörder dann selbst überführt.

Dennoch erscheint Pinkers Position insofern überzeugend, als er nicht grundsätzlich den Einfluss der Sprache auf das Denken negiert, sondern die Zusammenhänge **differenziert** betrachtet, indem er das „**Denken zum Sprechen**“ vom „**Denken zum Denken**“ unterscheidet. Allerdings überwiegen in seiner Darlegung nichtexotische Sprachbeispiele – dabei sind **grundlegende Unterschiede im „Denken zum Denken“** nachvollziehbarerweise eher **bei größeren Kultur- und Sprachunterschieden** zu erwarten.

Die Studien von Relativisten, die wissenschaftlichen Maßstäben folgen, entfalten eine **deutlich größere Überzeugungskraft** als das eher anekdotisch anmutende Exempel Pinkers. Beispielhaft sei eine Besonderheit australischer Ureinwohner erwähnt, die Boroditsky in ihrem Aufsatz „Wie die Sprache das Denken formt" beschreibt: Diese bestimmen – so Boroditsky – räumliche Relationen mithilfe der Himmelsrichtungen. So liegt z. B. eine Gabel südlich vom Teller und nicht rechts oder links davon. Entsprechend hätten diese Ureinwohner das kognitive Vermögen, jederzeit die Himmelsrichtungen benennen. Daraus lässt sich schlussfolgern, dass **Sprache** einen deutlich größeren Einfluss auf das Denken hat als bisher vermutet und dass Humboldts klassische Idee, dass Sprecherinnen und Sprecher je nach Sprache eine andere „Weltansicht" vertreten, ihre Berechtigung hat. Allerdings legen die Forschungen im Zusammenhang mit der gebrauchsbasierten Linguistik nahe, dass **mentale Fertigkeiten** wie die Analogiebildung eine **entscheidende Rolle** einnehmen. Sie stützen somit Pinkers Annahme, dass die den Sprecherinnen und Sprechern zur Verfügung stehenden **kognitiven Ressourcen** für ihren Umgang mit der Wirklichkeit wichtig sind.

Fazit

Die Frage bezüglich des Verhältnisses von Sprache-Denken-Wirklichkeit ist **längst noch nicht beantwortet** und es darf mit Spannung erwartet werden, welche empirisch gestützten Forschungsergebnisse Nachbardisziplinen wie die Neuro- oder Kognitionswissenschaften noch hervorbringen werden. Der **Paradigmenwechsel**, den Ibbotson und Tomasello beschreiben, scheint in vollem Gange, wobei der Trend, dass **sprachuniversalistische Ideen** sich **auf dem Rückzug** befinden, **in der Forschungslage deutlich** auszumachen ist.

Leistungskurs Deutsch (Nordrhein-Westfalen): Abiturprüfung 2021
Vergleichende Analyse literarischer Texte

Aufgaben Punkte

1. Analysieren Sie Joseph von Eichendorffs Gedicht „Der verspätete Wanderer“ unter besonderer Berücksichtigung der Bildlichkeit. 36

2. Analysieren Sie Günter Kunerts Gedicht „Straßen“ und vergleichen Sie es mit Eichendorffs Gedicht. Berücksichtigen Sie dabei insbesondere das Motiv des Unterwegsseins und die unterschiedliche Entstehungszeit der beiden Gedichte. 36

Joseph von Eichendorff
Der verspätete Wanderer

Wo aber werd ich sein im künftgen Lenze?
So frug ich sonst wohl, wenn beim Hüteschwingen
Ins Tal wir ließen unser Lied erklingen,
Denn jeder Wipfel bot mir frische Kränze[1].

Ich wußte nur, daß rings der Frühling glänze,
Daß nach dem Meer die Ströme leuchtend gingen,
Vom fernen Wunderland die Vögel singen,
Da hatt das Morgenrot noch keine Grenze.

Jetzt aber wirds schon Abend, alle Lieben
Sind wandermüde längst zurückgeblieben,
Die Nachtluft rauscht durch meine welken Kränze,

Und heimwärts rufen mich die Abendglocken,
Und in der Einsamkeit frag ich erschrocken:
Wo werde ich wohl sein im künftgen Lenze?

Quelle: Joseph von Eichendorff: Der verspätete Wanderer.
In: Ders.: Werke in einem Band. Hrsg. von Wolfdietrich Rasch.
3. Auflage. München/Wien: Hanser 1984 (Lizenzausgabe für die WBG Darmstadt), S. 444

Anmerkung:
1 *Kränze:* hier als Belohnung für erreichte Ziele

Anmerkungen zum Autor:
Eichendorff lebte von 1788–1857. Die Erstveröffentlichung des Gedichts war 1859.

Günter Kunert
Straßen

Straßen: begehbar, gesperrte, verschlammte, zu viele,
ansteigend, abfallend, grade und krumme zum Ziele,
gepflastert und steinig, nicht endend, so scheint es;
bis man da anlangt, ist man schon Aas und beweintes,
hat einen Platz an der Straße erhalten, doch unter
dem Boden. Drüber und weiter und unaufhaltsam und munter
gehen und laufen, marschieren, die leben, die blicken
nicht rechts, links und rückwärts, spüren die Tücken
der Straßen erst später, selber schon müde vom Laufen
harren des Zieles noch, und ohne Verschnaufen
tappen sie weiter, stürzen wo nieder und fragen vergebens
den leeren Himmel: Ob denn das Leben der Sinn allen Lebens.

Quelle: Günter Kunert: Straßen. In: Ders.: Warnung vor Spiegeln, Gedichte. München: Hanser 1970.

Anmerkungen zum Autor:
Kunert lebte von 1929 bis 2019, bis 1979 in der DDR, danach in der Bundesrepublik. Das Gedicht aus der erstmals im Jahr 1970 erschienenen Sammlung „Warnung vor Spiegeln" entstand zwischen 1965 und 1969 in der DDR.

Teilaufgabe 1

Hinweise und Tipps

Welche Aufgabenart liegt vor und wie sind die Teilaufgaben gewichtet?
Bei der vorliegenden Abituraufgabe handelt es sich um die ***Aufgabenart I b****. Es ist also eine „****Vergleichende Analyse literarischer Texte****“, in diesem Fall zweier Gedichte, gefordert. Dazu soll zunächst das Gedicht „Der verspätete Wanderer“ von Joseph von Eichendorff und dann das Gedicht „Straßen“ von Günter Kunert analysiert werden – mit dem Ziel, sie anschließend miteinander zu vergleichen. Beide Teilaufgaben sind gleich gewichtet und werden mit* ***jeweils 36 Punkten*** *bewertet.*

Was verlangt die Aufgabenstellung von mir?
*Die erste Teilaufgabe mit dem Operator „****Analysieren****“ fordert von Ihnen eine umfassende Beschreibung und Deutung des Gedichts von Joseph von Eichendorff. Wie dabei üblich sind hierfür die* ***Thematik****, die* ***Sprechsituation****, der* ***Inhalt****, der* ***formale Aufbau*** *und die* ***sprachliche Gestaltung*** *zu untersuchen. Die Teilaufgabe nennt dabei die* ***Bildlichkeit*** *als einen besonders zu beachtenden Aspekt.*

Wie gehe ich bei der Bearbeitung der Aufgabe sinnvollerweise vor?
Da der zugrunde gelegte Analysebegriff auf umfassende Interpretationsleistungen abzielt, sollten Sie sich noch einmal vor Augen führen, welche Aspekte für die Untersuchung eines Gedichts wichtig und wie sie zueinander in Beziehung zu setzen sind.
Lesen Sie sodann das Eichendorff-Gedicht aufmerksam und versuchen Sie dabei, den ***Inhalt*** *zu verstehen. Bei diesem Gedicht hilft es Ihnen, wenn Sie möglichst schnell die* ***zweiteilige Grundstruktur*** *des Gedichts erfassen. Markieren Sie dann in weiteren Lesedurchgängen – am besten in unterschiedlichen Farben – auffallende Aspekte der* ***formalen*** *und der* ***sprachlichen Gestaltung****, wobei Sie der Bildlichkeit besondere Aufmerksamkeit schenken sollten. Auch durch Anmerkungen am Rand und Kommentare sowie eine Strukturierung Ihrer Notizen können Sie Ihre schriftliche Analyse vorbereiten.*
Bevor Sie Ihre Untersuchungsergebnisse in einem Fließtext darlegen, vergegenwärtigen Sie sich am besten noch einmal die im Unterricht erlernte Struktur einer Gedichtanalyse, damit Sie auf der Basis Ihrer Arbeitsergebnisse eine den Anforderungen entsprechende, in sich schlüssige und kohärente Deutung verfassen können.

Wie kann ich meinen Aufsatz strukturieren?
In der Ihnen vertrauten Reihenfolge von Einleitung, Hauptteil und Schluss sollten Sie die Ergebnisse Ihrer Vorarbeit sinnvoll und gedanklich verknüpft darlegen. Beginnen Sie in der ***Einleitung*** *zur ersten Orientierung mit grundlegenden Informationen zum Gedicht (Autor, Textsorte, Titel und Erscheinungsjahr) und benennen Sie seine Thematik. Im* ***Hauptteil*** *führen Sie dann die einzelnen Aspekte der Analyse systematisch geordnet aus, sodass Sie im* ***Schlussteil*** *ausgehend von der Beschreibung zu einer reflektierten Gesamtdeutung – insbesondere auf der Basis der im Gedicht verwendeten Bildlichkeit – gelangen können.*

Was gibt es bei der Aufgabe sonst noch zu beachten?
Auch wenn zu einer umfassenden Gedichtanalyse eigentlich die Einordnung in den historischen Kontext einer literarischen Epoche gehört, empfiehlt es sich hier, diesen nur kurz zu nennen, da in der zweiten Aufgabe explizit danach gefragt ist, sodass dort dazu genauere Ausführungen erfolgen können. Es ließe sich allerdings auch in der Überleitung zum zweiten Teil darauf eingehen.
Da in der zweiten Teilaufgabe der Vergleich der beiden Gedichte gefordert wird, ist es ratsam, schon zu Beginn der Arbeit ***beide Texte*** *im Blick zu haben, vor allem was die beiden genannten Aspekte –* ***Motiv des Unterwegsseins*** *und* ***Entstehungszeit*** *– betrifft. Und denken Sie daran, Ihre Aussagen durch Zitate und Textverweise zu belegen.*

Lösungsvorschlag

Einleitung
Grundlegende Informationen zum Gedicht

Das Sonett „Der verspätete Wanderer“ von Joseph von Eichendorff wurde erstmals 1859 veröffentlicht und kann noch der Epoche der Romantik zugeordnet werden. Das Motiv des Wanderns, das in romantischen Gedichten oft mit dem vergnügten leichten Leben assoziiert ist, zeigt sich hier in etwas anderer Ausprägung. Dieses Gedicht ist eher von einem **nachdenklichen Grundton** bestimmt und reflektiert die sich im Laufe des Lebens **ändernde Haltung** – von **Unbeschwertheit und Optimismus** in der Jugend hin zu **Verunsicherung und Gedrücktheit** im Alter.

Hauptteil
Aufbau und formale Aspekte

Die Form des Sonetts unterstreicht dabei die **antithetische Grundanlage** des Gedichts: Der frischen und frohen Jugendzeit in den Quartetten wird in den Terzetten die Schwäche und Einsamkeit im Alter kontrastiv gegenübergestellt. Hierbei verleihen das ganz regelmäßige Reimschema (abba, abba, cca, dda), der fünfhebige Jambus und die weiblichen Kadenzen dem Gedicht in seiner reflexiven Grundstimmung eine gewisse **innere und rhythmische Einheitlichkeit**.

Inhalt

Im ersten Quartett **erinnert** sich das lyrische Ich an **einstige Wanderungen in der Gruppe**, die ein beschwingtes jugendliches Lebensgefühl vermitteln. Das zweite Quartett schildert die damalige unmittelbare **Wahrnehmung der wundervollen Schönheit** der leuchtenden und glänzenden Natur im Frühling. Dem lyrischen Ich zeigen sich in diesem Rückblick die **grenzenlosen Möglichkeiten** der Jugend: „Da hatt das Morgenrot noch keine Grenze.“ (V. 8) Die Terzette springen dann in die **Gegenwart:** Der inzwischen gealterte und einsame Wanderer hält inne und wird sich seiner **veränderten Lebenssituation** bewusst. Nicht mehr hinaus in die Welt weist sein Weg, sondern „heimwärts“ (V. 12). An die Stelle von Zuversicht und Verheißung ist **verunsichernde Ungewissheit** getreten.

Sprachliche Gestaltung

Besonders die **sprachliche Gestaltung** veranschaulicht den **Kontrast zwischen Jugend und Alter** in vielfältiger Weise. Der erste Vers („Wo aber werd ich sein im künftgen Lenze?“, V. 1) wird am

Ende des Gedichts in nahezu identischem Wortlaut **wiederholt** und bildet so mit diesem eine Art **Rahmen**. Allerdings wirkt Vers 1 im Kontext des Rückblicks auf die **jugendliche Aufbruchsstimmung** eher **energiegeladen**. Dagegen signalisiert der letzte Vers insbesondere in Verbindung mit dem die Frage einleitenden Satz („Und in der Einsamkeit frag ich erschrocken:“, V. 13) und durch das Wörtchen „wohl“ (V. 14) **Sorge und Unsicherheit**.

Auch der unterschiedliche **Tempusgebrauch** weist auf die verschiedenen Lebensalter hin. So wird in den Quartetten im **Präteritum** vom jugendlichen Wandern durch die herrliche Natur erzählt und an die vergangene Jugendzeit erinnert, während in den **Terzetten** im **Präsens** die Gegenwart des Alters ausgedrückt und die Situation des gealterten Wanderers reflektiert wird. Das Futur im ersten und letzten Vers unterstreicht, dass das lyrische Ich nach seinem Verbleib in der Zukunft fragt.

Und auch durch die **Wortwahl** werden die Unterschiede in den beiden Lebensphasen sehr deutlich. Bewegung („Hüteschwingen“, V. 2; „nach dem Meer die Ströme […] gingen“, V. 6) und Klänge („Lied erklingen“, V. 3; „Vögel singen“, V. 7) signalisieren zunächst **Heiterkeit und Beschwingtheit** des jugendlichen Wanderers. Zwar ist das lyrische Ich auch im zweiten Teil des Gedichts noch unterwegs, aber Begriffe wie „wandermüde“ und „zurückgeblieben“ (V. 10) deuten auf das **Nachlassen der Kräfte** am Lebensabend. Die „frische[n] Kränze“ (V. 4), deutbar als Belohnung für erreichte Ziele in der Jugend, sind zudem zu „welken Kränze[n]“ (V. 11) geworden – ein klarer Hinweis auf die **Vergänglichkeit**. **Leuchten** (vgl. V. 6) und **Glänzen** (vgl. V. 5) der Natur symbolisieren in den Quartetten die Schönheit der Welt. Zwar nimmt auch der gealterte und schwächliche Wanderer sinnlich erfahrbare Natureindrücke noch wahr, wie auch die Onomatopoesie „rauscht“ (V. 11) zeigt, doch scheint an die Stelle des Lichts die durch die Begriffe „Abend“ (V. 9) und „Nachtluft“ (V. 11) angedeutete **Dunkelheit** zu treten.

Darüber hinaus weisen Wendungen wie „nach dem Meer“ (V. 6), „Vom fernen Wunderland“ (V. 7) oder „keine Grenze“ (V. 8) in die Ferne, wobei die räumliche **Offenheit**, die auch in der Ausgangsfrage anklingt, hier auch für verheißungsvolle und grenzenlose Erfahrungsmöglichkeiten steht. In den Terzetten ist von dieser Offenheit nichts mehr zu spüren: Die Zeichen stehen auf **Heimkehr** („heimwärts“, V. 12). Der Bruch zwischen den Quartetten und den Terzetten wird dabei zur Kontrastierung der Lebenssituationen in der Jugend und im Alter durch das „Jetzt aber“ (V. 9) deutlich markiert.

Wandern ist zur Zeit der Romantik die typische Art des Unterwegsseins, aber es lässt sich hier auch metaphorisch als **Lebensreise** deuten, wobei der „verspätete Wanderer“ (vgl. Titel) an seinem Lebensabend noch nicht am Ziel seiner Reise angekommen zu sein scheint. Bildlichkeit

Metaphorisch deuten lassen sich darüber hinaus die **Jahres- und Tageszeiten**. So wird in den Terzetten ausdrücklich der Frühling benannt, der als **Frühling des Lebens** auch für die Jugend stehen kann. Das „Morgenrot" (V. 8), Ausdruck der Kraft der Sonne, deutet auf die **jugendliche Energie** hin, während der „Abend" (V. 9) mit der „Nachtluft" (V. 11) und den „Abendglocken" (V. 12) nicht nur die Tageszeit, sondern auch den **Lebensabend** meint. Die Wanderschaft erscheint vor diesem Hintergrund als **Lebensreise** – die ausstehende Rückkunft („heimwärts", V. 12) ließe sich daher auch als **Andeutung des Todes** und aus religiöser Perspektive als **Heimkehr zu Gott** lesen, zumal die „[G]locken" (V. 12) aus dem kirchlichen Bedeutungsbereich stammen.
Dabei wirft das Adjektiv „verspätet" im Gedichttitel Fragen auf: Besinnt sich das lyrische Ich zu spät auf die Heimkunft? Erkennt es zu spät, dass es gealtert ist? Artikuliert die abschließende Frage vielleicht die Sorge, dass es den Weg nach Hause nicht mehr schaffen, das **Ziel der Lebensreise** – die Heimkehr zu Gott – **nicht mehr erreichen** wird? Unabhängig davon, wie man diese Fragen genau beantwortet, äußert sich in der Abend-Metaphorik das innehaltende **Sich-Besinnen auf den zu Ende gehenden Lebensweg**.

Schluss
Zusammenfassende Deutung

Das Gedicht lässt sich ausgehend von den Analyseergebnissen auch als eine **Auseinandersetzung mit dem Altern** lesen. Das gealterte lyrische Ich reflektiert seine Lebensperspektiven und scheint sich dabei des **nahenden Todes** bewusst zu werden. Was bleibt, ist der erschrockene Blick in die Zukunft und die Frage nach dem eigenen Verbleib, die man vor der Folie des gesamten Gedichts auch als **Zweifel** daran deuten darf, dass das lyrische Ich das **Ziel seines menschlichen Daseins** erreichen wird.

Teilaufgabe 2

Hinweise und Tipps

Was verlangt die Aufgabenstellung von mir?
*Die zweite Teilaufgabe enthält zwei Arbeitsaufträge: Zunächst fordert sie von Ihnen die **Analyse** des Gedichts von Günter Kunert, d. h., Sie müssen auch hier die **Thematik** benennen, die **Sprechsituation**, den **Inhalt** und die **formale sowie sprachlich-stilistische Gestaltung** untersuchen, um zu einer in sich stimmigen Deutung zu gelangen. Für den anschließenden **Vergleich** der beiden Gedichte werden Ihnen zwei besondere Aspekte genannt, die Sie in jedem Fall berücksichtigen sollten: das **Motiv des Unterwegsseins** und die jeweilige **Entstehungszeit**. Das heißt aber nicht, dass Sie die **Form** der Gedichte oder die verwendeten **Gestaltungsmittel** außen vor lassen sollten. Es bietet sich an, diese Gesichtspunkte in Verbindung mit den gesondert genannten Aspekten zu thematisieren.*

Wie gehe ich bei der Bearbeitung der Aufgabe sinnvollerweise vor?
Die Vorgehensweise unterscheidet sich im ersten Schritt kaum von der in der ersten Teilaufgabe. Auch hier ist es sinnvoll, zu ***markieren****, zu* ***unterstreichen*** *und zu* ***kommentieren****, was Ihnen für die Analyse bedeutsam erscheint. Im Hinblick auf den geforderten Vergleich empfiehlt es sich, auch schon* ***auffällige Unterschiede*** *zum Gedicht Eichendorffs zu vermerken und nebenbei stichpunktartig und/oder tabellarisch die jeweilige* ***(Be-)Deutung des Unterwegsseins*** *zu notieren. Systematisieren und strukturieren Sie Ihre Aufzeichnungen, bevor Sie mit dem Ausformulieren Ihrer Untersuchungsergebnisse und Gedanken beginnen.*

Wie kann ich meinen Aufsatz strukturieren?
Die Aufgabenstellung gibt bereits die Grobstruktur vor: Zunächst verfassen Sie die Analyse, dann den Vergleich. Beginnen Sie mit einer ***aufgabenbezogenen Überleitung****, in der Sie z. B. das beide Gedichte verbindende Motiv des Unterwegsseins als Lebensreise, verbunden mit der Frage nach dem Sinn und Ziel des Lebens, aufgreifen. Aber auch die Gegenüberstellung der verschiedenen Entstehungszeiten könnte sich als Überleitung eignen. In jedem Fall aber müssen Sie das Gedicht Günter Kunerts mit den* ***erforderlichen Informationen*** *(Textsorte, Autor, Titel, Entstehungszeit)* ***vorstellen****. Unter anderem weil die Analyse des zweiten Gedichts in dieser Aufgabenart meist weniger Punkte bringt als die Analyse des ersten Gedichts, bietet es sich an, die Textuntersuchung* ***aspektorientiert*** *anzulegen – denn ein lineares Vorgehen, bei dem Sie Schritt für Schritt durch den Text gehen, birgt die Gefahr, dass Sie sich verzetteln und zu viele Details thematisieren. Konzentrieren Sie sich daher auf die* ***zentralen Aspekte*** *des Gedichts.*
Die ***Struktur*** *des anschließenden* ***Vergleichs*** *können Sie an den beiden in der Aufgabenstellung hervorgehobenen Aspekten – Unterwegssein und Entstehungszeit – ausrichten. Beschränken Sie dabei Ihren Blick aber nicht zu sehr, denn der Arbeitsauftrag verlangt nur die besondere Berücksichtigung dieser Aspekte – und nicht deren ausschließliche Behandlung. So sollten Sie zum Beispiel durchaus auch die Form der beiden Gedichte und ihre Bildlichkeit miteinander vergleichen. Sie können sich aber auch dafür entscheiden, einzelne* ***Details beider Gedichte direkt zueinander in Bezug*** *zu setzen und dabei die genannten Aspekte besonders zu beachten. Achten Sie bei Ihrer Textproduktion darauf, dass die Ausführungen* ***aufeinander aufbauen****.*

Was gibt es bei dieser Aufgabe sonst noch zu beachten?
Da hier Analyse und Gedichtvergleich gefordert sind, ist es wichtig, von Beginn an ***konzentriert und zielführend*** *zu arbeiten, um nicht in Zeitnöte zu kommen. Auch wenn Sie auf Untersuchungsergebnisse der ersten Teilaufgabe zurückgreifen (müssen), darf dies* ***nicht zu bloßen Wiederholungen oder Redundanzen*** *führen. Denken Sie daran, Ihre Ergebnisse der einzelnen Arbeitsschritte schlüssig miteinander zu verbinden und Ihre Aussagen auch mit entsprechenden Zitaten zu belegen.*

Lösungsvorschlag

Aufgaben-bezogene Überleitung

Grundlegende Informationen zum Kunert-Gedicht

Ähnlich wie in Eichendorffs romantischem Gedicht „Der verspätete Wanderer" ist auch in dem modernen Gedicht „Straßen" von Günter Kunert, entstanden Ende der 1960er-Jahre und erstmals 1970 veröffentlicht, das **Unterwegssein** das **zentrale Motiv**. Und auch hier steht dieses Motiv für die **Lebensreise** und wird mit der Frage nach dem **Sinn des Lebens** verbunden.

Hauptteil

Analyse des Kunert-Gedichts

Das beständige Fortschreiten der Menschen und schließlich ihr verzweifeltes Niederstürzen scheinen dabei die Erfahrung zu umschreiben, dass die Suche nach einem **übergeordneten Lebenssinn vergeblich** ist. Letztendlich mündet der Weg in die Frage, ob das **Leben an sich der Sinn des Lebens** sein könnte.

Form

Das Gedicht umfasst nur einen Abschnitt mit **zwölf Langversen**, die zu **sechs Paarreimen** geordnet sind. Es besteht aus **zwei Sätzen**, deren syntaktische Struktur sich nicht auf den ersten Blick erschließt, weil sie in ungeordnet scheinender Weise aus **Aufzählungen** und **Aneinanderreihungen** zusammengesetzt sind. Diese sind lediglich durch Kommata und ein Semikolon abgetrennt, sodass durch diese äußere Form bereits eine **unaufhaltsame Bewegung** suggeriert wird, die durch die Rhythmisierung, die sich durch den vielfachen Gebrauch des Daktylus ergibt, noch unterstrichen wird. Die geschlossene Form des Gedichtes steht dabei im **Kontrast** zu der offenen, unbeantwortet bleibenden Frage nach dem Sinn des Lebens.

Sprechsituation

In dem Gedicht tritt kein lyrisches Ich in Erscheinung, vielmehr handelt es sich um einen **distanzierten**, **verborgen bleibenden Sprecher**, der wie ein Beobachter verallgemeinernd („man", V. 4; „die leben", V. 7; „tappen sie", V. 11) das Unterwegssein der Menschen beschreibt.

Aufbau und Inhalt

„Straßen:" (V. 1) – so beginnt das Gedicht und nach dem Doppelpunkt wird über drei Verse hinweg in Form von aneinandergereihten Adjektiven und Attributen eine **Vielzahl** an unterschiedlich beschaffenen **Straßen** beschrieben, die kein Ende zu haben scheinen. Die Verse 4 bis 6 deuten dann an, dass das Ende der Straßen nie erreicht werde, da man auf dem Weg **sterben** („ist man schon Aas und beweintes", V. 4) und neben der Straße beerdigt (vgl. V. 5 f.) würde. Indessen – so die weitere Darstellung – bewegen sich auf der Straße weiterhin die Menschen auf ganz unterschiedliche Weise, aber **ohne nachzudenken**, **ohne innezuhalten** und **ohne das Ziel zu kennen** (vgl. V. 6–11). In den letzten beiden Versen wird deutlich, dass sie nach all den Anstrengungen **zusammenbrechen:** Sie „stürzen wo nieder und fragen vergebens / den leeren Himmel" (V. 11 f.), ob ein **Sinn für das Leben** im Leben selbst zu finden sei. Diese Frage bleibt unbeantwortet.

Schon der Titel „Straßen“ als Motiv und Metapher für die Lebensreise des Menschen signalisiert eine gewisse **Beliebigkeit des Weges** ohne jede Erwartung an etwas Schönes. Beliebig und assoziativ aneinandergereiht wirken auch die Attribute, die die Beschaffenheit der **unterschiedlichen Lebenswege** symbolisieren, und die Verben, die die gedankenlose, unaufhörliche Fortbewegung der Menschen kennzeichnen. Hier verstärken zudem die **Enjambements** (ab V. 5 bis zum Ende) den Eindruck des **pausenlosen Weiterlaufens**, auch wenn solche Einschübe wie „selber schon müde vom Laufen“ (V. 9) oder „und ohne Verschnaufen“ (V. 10) bremsend wirken mögen. Die bereits zuvor („nicht endend, so scheint es“, V. 3) angedeutete **Orientierungslosigkeit** wird gegen Ende des Gedichts offensichtlich: Die inzwischen ermüdeten Menschen bleiben **ziellos** („harren des Zieles noch“, V. 10), ihr Laufen wird mit dem Wort „tappen“ (V. 11) als **unbeholfen** charakterisiert und ihre verzweifelte, offenbar an Gott („Himmel“, V. 12) gerichtete **Frage nach dem Sinn bleibt unbeantwortet** („vergebens“, V. 11). Dabei deutet das auf den Himmel bezogene Attribut „leer[]“ (V. 12) auf die **Nichtexistenz Gottes** und damit auch auf die **Unmöglichkeit einer übergeordneten, transzendenten Sinnstiftung** hin.

Bildlichkeit und sprachliche Gestaltung

So lässt sich das **Motiv der Straßen** als **Metapher für die trostlosen und strapaziösen Lebenswege** des niemals und nirgendwo ankommenden Menschen lesen. Die Suche nach einem Sinn bleibt vergebens. Am Ende des Gedichts scheint das Leben als Sinn des Lebens – Leben als eine Art „Selbstzweck“ – lediglich als eine Möglichkeit auf. Insofern bestimmt das Gedicht die **Orientierungslosigkeit** des durch die Welt irrenden Menschen zum zentralen **Merkmal des Lebens in der Moderne**. Bezieht man die historische Situation mit ein, in der das Gedicht entstand, dann könnte man das Gedicht aber auch als **verschlüsselte Kritik an der DDR** verstehen, in der das „Mitlaufen“ gefragt und das „Mitdenken“ untersagt war.

Vergleich der beiden Gedichte

Gemeinsamkeiten

Vergleicht man die beiden Gedichte miteinander, so fallen trotz ihrer so unterschiedlichen Machart gewisse **Parallelen bzw. Ähnlichkeiten** auf. Das Unterwegssein steht jeweils sinnbildlich für die **Lebensreise** des Menschen. Beide Gedichte laufen dabei auf eine Ernüchterung hinaus – das zukunftsfrohe Wandern bei Eichendorff und das beständige, teilweise „munter[e]“ (V. 6) Laufen der Menschen bei Kunert münden in **Desillusionierung:** Die Menschen im moderneren Gedicht „spüren die Tücken/[...] erst später“ (V. 8 f.) und brechen am Ende kraftlos zusammen, ohne auch nur das Ziel ihres Weges oder eine Form von Sinngebung zu erfahren – so wie das lyrische Ich am Ende des über 100 Jahre älteren Gedichts zweifelt, ob es sein Ziel erreichen werde. Die **Frage nach dem Sinn** des Lebens beschäftigt insofern sowohl das lyrische Ich in Eichendorffs Gedicht als auch den distanziert-beobachtenden lyrischen Sprecher in Kunerts

„Straßen". Und jeweils wirkt die **Geschlossenheit der Form** – das Sonett bei Eichendorff, der kompakte Abschnitt bei Kunert – wie ein **Kontrast** zu der offenbleibenden **Frage nach dem Lebensziel**.

Unterschiede

Aber gerade die **äußere Form** des Kunert-Gedichtes, zwei Sätze voller aneinandergereihter Aufzählungen sowie der Verzicht auf Strophen und Versmaß, lässt es insbesondere gegenüber der strengen und traditionellen Sonettform Eichendorffs modern erscheinen. Dazu passen der **reflektierend-verallgemeinernde Ton** und das **Fehlen** eines identifizierbaren **Sprecher-Subjekts**. Dem steht im Gedicht Eichendorffs ein explizites **lyrisches Ich** gegenüber, das nicht distanziert, sondern **erzählend und erfahrungsbezogen** die eigene Lebenssituation im Alter reflektiert. Damit einher gehen auch Unterschiede in **Atmosphäre** und **Stimmung:** Die ganz im Rahmen der romantiktypischen Bildlichkeit bleibende Darstellung des **euphorischen Wanderglücks** in der schönen Natur steht im krassen Gegensatz zu der nahezu **intellektuell-sachlichen Aufzählung** der Beschaffenheiten verschiedener Straßen bei Kunert. Dabei sind diese metaphorisch für ganz unterschiedlich belastende bzw. anstrengende Lebensabschnitte und -wege der Menschen zu deuten. Insgesamt dominiert in Kunerts Gedicht das **metaphorische Sprechen:** Die **Sinnbildlichkeit** des Textes ist **offensichtlich**. Bei Eichendorff dagegen sind die Tages- und Abendzeiten sowie das Motiv des Wanderns **doppeldeutig** zu verstehen – **als wörtlich** zu nehmende Beschreibung der Wirklichkeit einerseits und **als Bild** für das menschliche Leben in der Jugend und im Alter andererseits, für die **Lebensreise** also. Dabei kann sich der alternde Wanderer, der spät, vielleicht zu spät unterwegs ist, an den **Abendglocken orientieren** (vgl. V. 12), während der moderne Mensch bei Kunert ziel- und heimatlos auf den Straßen herumirrt, bis er nicht mehr kann. Damit ist die **Sinnsuche** bei Kunert **vergeblich**, letztlich bleibt es **offen**, ob vielleicht im Leben selbst der Lebenssinn zu finden sein könnte. In eine ganz andere Richtung deutet Eichendorffs Gedicht: In der **Möglichkeit der Heimkehr** schwingt eine religiöse Bedeutung mit – im Sinne einer Heimkehr zu **Gott**.

Schluss

Berücksichtigung der Entstehungszeit

Abschließend lässt sich festhalten, dass das Motiv des Unterwegsseins in beiden Gedichten den **Bedingungen der jeweiligen Entstehungszeit entsprechend** gestaltet ist. Eichendorff greift auf ein **dominierendes Motiv der Romantik**, die Wanderschaft, zurück und verwendet es über die konkrete Bedeutung hinaus als **existenzielles Bild für die Lebensreise**. Im Aufscheinen eines **religiösen Sinnhorizonts** spiegelt sich dabei die die Romantik prägende **Rückbesinnung auf den Glauben** wider, wobei die mögliche Verfehlung des Lebensziels als das **individuelle Schicksal** eines verspäteten Wanderers ausgestaltet wird.

Kunerts Gedicht aus den 1960ern des vergangenen Jahrhunderts will dagegen auf eine **allgemeinere Erfahrung** hinaus: Im Bild des immer weiter hetzenden Menschen, der sich am Ende niederstürzend mit der Frage nach dem Sinn an den Himmel wendet, scheint es das **moderne Lebensgefühl der Rastlosigkeit** und den **Bedeutungsverlust religiöser Sinnstiftung** für den heutigen Menschen zu artikulieren. Modern an diesem Gedicht ist dabei auch sein **Mehrdeutigkeitspotenzial:** Denn setzt man es in Bezug zur konkreteren historischen Situation, so lässt es sich auch als gesellschaftskritische Einlassung gegen die **Zustände in der DDR** lesen.

Abiturprüfung NRW – Deutsch 2022
Leistungskurs

Um Ihnen die Prüfung 2022 schnellstmöglich zur Verfügung stellen zu können, bringen wir sie in digitaler Form heraus.

Sobald die Original-Prüfungsaufgaben 2022 freigegeben sind, können sie als PDF auf der Plattform **MyStark** heruntergeladen werden (Zugangscode vgl. Farbseiten vorne im Buch).

Prüfung 2022

www.stark-verlag.de/mystark